Eva Völler

Durch die Nacht und alle Zeiten

Weitere Titel der Autorin:

Auf ewig dein (Time School, Band 1)
Auf ewig mein (Time School, Band 2)
Auf ewig uns (Time School, Band 3)
Zeitenzauber – Die magische Gondel
Zeitenzauber – Die goldene Brücke
Zeitenzauber – Das verborgene Tor

Titel in der Regel auch als E-Book erhältlich

Eva Völler

Durch die Nacht und alle Zeiten

Boje

Dieser Titel ist auch als E-Book erschienen

MIX
Papier aus verantwortungsvollen Quellen
FSC® C014496

Originalausgabe

Lektorat: Anna Hahn, Trier

Umschlaggestaltung: Sandra Taufer,München unter Verwendung von Motiven von © Rudchenko Liliia / shutterstock; motion_dmitriy / shutterstock; Bokeh Blur Background / shutterstock; Allgusak / shutterstock; Anastasiia Veretennikova / shutterstock; Karma3 / shutterstock; lisima / shutterstock; Abstractor / shutterstock; © Lee Avison / Trevillion Images

Satz: Dörlemann Satz, Lemförde

Gesetzt aus der Minion Pro

Druck und Einband: GGP Media GmbH, Pößneck

Printed in Germany

ISBN 978-3-414-82595-7

2 4 5 3 1

Sie finden uns im Internet unter: www.boje-verlag.de

Bitte beachten Sie auch www.luebbe.de

Für Heiner

Prolog

Bläuliche Blitze zuckten über meine Unterarme und sammelten sich rund um meine Fingerspitzen wie Elmsfeuer, doch die Hitze verbrannte meine Haut nicht. Weitere Blitze durchstießen die Dunkelheit und schlugen dicht um mich herum ein, begleitet von ohrenbetäubendem Donner. Die fremdartige Magie durchströmte mich mit solcher Intensität, dass ich laut aufschrie und die Hände unwillkürlich zum Himmel ausstreckte.

Brausender Wind erhob sich und wehte mir das Haar um den Kopf. Der nächste Blitz traf mich voll. Umgeben von sprühenden, zischenden Funken und blendenden Lichtzungen stand ich da, beide Arme weit hinaufgereckt und das Gesicht zum Himmel gewandt. Ich konnte nichts denken in diesem Augenblick, denn eine alles umschließende Macht erfüllte mich ganz und gar mit magischem, wildem Feuer. Die Luft, die ich einatmete, loderte in meinen Lungen, aber es tat nicht weh. Im Gegenteil, es war wie ein verrücktes Aufputschmittel, das mich mit einer nie gekannten Energie durchflutete. Meine Haare wirbelten im Wind, mein Körper erzitterte unter der archaischen Urgewalt der Blitze, doch mir geschah kein Leid dabei. Unbezähmbare Emotionen durchströmten mich, ein Gemisch aus Furcht, Verzückung und dem berauschenden Gefühl von Unbesiegbarkeit. Diese Kraft war mein, sie gehörte mir! Ich konnte sie beherrschen!

Genauso spürte ich die Gegenwart der mächtigen Ulme mit dem gespaltenen Stamm. Das verwitterte Holz des Baums bildete das Gegenstück zum unvergänglichen Stein des Felsens. Der Baum hatte über die Jahrhunderte hinweg seine Wurzeln bis zum Felsen ausgestreckt, bis beide durch Raum und Zeit miteinander verbunden waren.

Es war ein uralter, sagenumwobener Baum, der nur dann sichtbar wurde, wenn die Macht des Himmelsfeuers groß genug war, um den Schleier der Normalität zu zerreißen. Manchmal, in Gewitternächten, zeigte er sich den Menschen. Und ganz selten, wenn magische Kräfte zwischen Baum und Felsen einen Bogen aus dem Himmelsfeuer bildeten, lösten sich dort die Grenzen der Zeit auf.

Ich hatte keine Ahnung, woher mein plötzliches Wissen über den Baum und den Felsen stammte. Es war auf einmal da, genau wie die nicht enden wollenden Blitze, die mich einhüllten wie ein Umhang aus tanzendem weißem Feuer.

Der Wind wurde zum Sturm. Das Heulen der Böen wurde nur noch vom Krachen des Donners übertönt.

Der Moment war gekommen.

*

1

Einen Tag zuvor

»Na, vielen Dank auch«, sagte ich zu meiner Freundin Kathy, die mir am Telefon ausgiebig von der Party vorschwärmte, auf die sie ohne mich gegangen war. »Jetzt habe ich direkt noch viel mehr Lust auf das öde Wochenende hier.«

»Frag *mich* mal«, sagte meine Schwester Mia, mit der ich mir in der Pension ein Zimmer teilte. »Da müssen wir jetzt beide durch.« Sie stand vor dem Spiegel und drehte sich hin und her. Genau wie ich trug sie ein historisches Gewand im Empirestil aus hellem Musselin und dazu einen mit Rüschen verzierten Schutenhut, der unterm Kinn mit einer Seidenschleife zugebunden war. »Wir sollten langsam mal runtergehen. Mama hat eben schon wieder geschrieben, wo wir bleiben.«

»War das gerade deine Schwester?«, fragte Kathy. Sie wartete meine Antwort nicht ab. »Echt schade, dass du nicht mit auf der Party warst«, fuhr sie fort. »Die Jungs waren total süß. Der eine hätte super zu dir gepasst. Hast du den Snap gesehen, den ich dir geschickt habe?«

»Du hast mindestens zwanzig geschickt.«

»Ich meine das Bild, wo wir alle mit Strohhalmen aus dem Eimer trinken. Zusammen mit dem Typ, der sich die Strohhalme in die Nasenlöcher gesteckt hat. Der ohne T-Shirt.«

Jungs, die mit Strohhalmen Alkohol durch die Nase tranken (ging das überhaupt?), waren eigentlich nicht so mein Fall. Trotzdem wäre ich gern mit auf die Party gegangen. Dann hätte ich vielleicht letzte Nacht nicht diesen schlimmen Albtraum gehabt, der mir immer noch nachhing.

Nachdem Kathy und ich das Gespräch beendet hatten, rief ich auf meinem Handy wieder das Video auf, das ich vorhin im Internet rausgesucht hatte. Eine Szene aus einem älteren Film namens *Der Highlander*, den ich vor ein paar Jahren mal gesehen hatte. Darin ging es um einen mit übernatürlichen Kräften begabten Schotten, der herabschießende Blitze irgendwie mit seinen Händen absorbieren konnte. Fast so wie ich in meinem Albtraum.

»Ziehst du dir da gerade ein Video rein?« Mia schaute mir über die Schulter. »Echt jetzt? Halloo-ho! Mama und Papa warten auf uns!«

»Ich komm ja schon.« Ich drückte das Video weg. Es war bloß ein Film und hatte nichts mit meinem Traum zu tun.

In diesem Moment ging die Tür auf, und meine Mutter kam herein, ebenfalls in historischer Aufmachung – schulterfreie weiße Bluse, wallender dunkelblauer Kattunrock, eine mit Bändern verzierte Haube. Ihr langes helles Lockenhaar war zu zwei dicken Zöpfen geflochten.

»Wo bleibt ihr denn? Gleich geht das Böllerschießen los!« Ihre Wangen waren gerötet, und in ihren Augen leuchtete die Vorfreude. Sie zupfte an Mias Gewand herum, dann warf sie einen anerkennenden Blick auf mein Kleid. »Papa ist schon unten. Kommt ihr auch mit raus?«

»Das ist ja wohl der Sinn der ganzen Sache«, meinte Mia. Es klang nicht sehr begeistert.

»Oh, an deinem Kleid ist der Saum aufgegangen«, sagte meine Mutter zu ihr. »Das richte ich schnell. Dauert nur eine Minute!« An mich gewandt, fügte sie hinzu: »Gehst du schon vor und sagst Papa Bescheid, dass wir gleich nachkommen?«

»Ja, mach ich.« Es war mir sehr recht, den Raum so schnell verlassen zu können. Das Zimmer in der Pension erschien mir auf einmal zu eng. Ich hatte das Gefühl, nicht genug Luft zu bekommen. Ständig musste ich an den blöden Traum denken. Die Blitze, die heißen Flammen an meinen Händen … Die Bilder schoben sich immer wieder vor mein geistiges Auge. Es ging mir einfach nicht aus dem Kopf.

Im Erdgeschoss lief ich zu allem Überfluss Herrn Binsenbrech über den Weg. Er hatte Geheimratsecken bis zum Hinterkopf und war ungefähr so alt wie meine Eltern, schien sich aber Jahrzehnte jünger zu fühlen. Diese Selbsteinschätzung teilte er seiner Umwelt mit, indem er modisch zerrissene Jeans trug und in Jugendslang redete – oder was er dafür hielt.

Er ordnete irgendwelche Papiere an der Rezeption und hörte sofort damit auf, als er mich sah. »Krassikowski, in diesem Kleid bist du aber echt ein Hottie, Lori! Du hast bestimmt irre viele Follower, mit deinem Gesicht und diesen großen blauen Augen!«

»Sie sind grün«, sagte ich im Vorbeigehen.

»Hast du schon über meinen Vorschlag nachgedacht?«, rief er. »Ich meine, die Sache mit dem Ferienjob? Du hättest dabei auch jede Menge Zeit zum Chillen!«

Ich lief weiter und tat so, als hätte ich seine Frage nicht mehr gehört. Draußen herrschte bereits der reinste Volksauflauf. In der näheren Umgebung hatten sich Mitwirkende und Besucher des Historienspektakels versammelt und warteten auf die offizielle Eröffnung. Inmitten all dieser altertümlich kostümierten Menschen kam man sich vor wie in eine vergangene Zeit versetzt – an den Buden konnte man Handwerkern bei der Arbeit über die Schulter schauen und alle möglichen Dinge kaufen, die es auch auf einem rheinischen Markt im Jahr 1813 gegeben hätte. An einem Stand saß eine Frau an einem Spinnrad, an einem anderen wurden Körbe aus Weidenruten geflochten, an einem dritten Seile gedreht. Es gab Imbissbuden, fliegende Händler und Musikanten, alles wie vor über zweihundert Jahren. Aus unerfindlichen Gründen verursachte der Anblick mir tiefes Unbehagen. Schlimmer noch – auf einmal wirkte die ganze Umgebung bedrohlich auf mich. Eine Stimme in mir schien zu flüstern: Du solltest nicht hier sein!

Dabei sah alles völlig harmlos aus. Das Wetter an diesem Pfingstwochenende hätte gar nicht besser sein können. Der Himmel war strahlend blau. Keine Wolke trübte die Festtagsstimmung. Alle waren super drauf. Nur ich nicht. Am liebsten wäre ich weggelaufen – und zwar so weit wie möglich.

Ich schob mich durch die Menschenmenge und lief an der nächsten Ecke beinahe meinem Vater in die Arme. Seine große, kräftige Gestalt war auch im Gedränge nicht zu übersehen. Passend zu der Veranstaltung war er als preußischer Offizier verkleidet.

»Lori!« Lächelnd legte er mir den Arm um die Schultern. »Du siehst toll aus in diesem Kleid!«

Ich nickte bloß schweigend.

»Die Eröffnung fängt gleich an. Wo sind deine Mutter und deine Schwester?«

»So gut wie auf dem Weg. An Mias Kleid war der Saum lose, aber dafür braucht Mama nicht lange.«

Mein Vater ließ mich los und musterte mich forschend. »Alles okay?«

»Alles bestens.«

Doch das Gefühl, dass irgendetwas ganz und gar nicht stimmte, wurde von Sekunde zu Sekunde stärker.

»Ich lauf hier noch ein bisschen rum«, sagte ich. »Der Stand mit den bunten Umhängen da vorn sieht interessant aus.«

»Geh nicht mehr so weit weg«, sagte mein Vater. »Das Böllerschießen fängt gleich an.«

»Ich weiß«, rief ich über die Schulter zurück. Doch ohne auf seine Bitte zu hören, ging ich mit großen Schritten an einigen Ständen vorbei und ließ nach und nach das Menschengetümmel hinter mir. Mein Weg führte mich aus dem Ort hinaus in das angrenzende Gelände – teils mit Weinreben bewachsene, teils bewaldete Hänge. Ich hatte nichts dabei außer meinem Smartphone, das in dem kleinen Samtbeutel verstaut war, den ich am Handgelenk trug (ein historisches Accessoire namens *Pompadour*). So hatte ich beide Hände frei, um beim Gehen den Saum meines Kleides ein Stück hochzuheben.

Ich wusste selbst nicht, wieso ich diese Richtung wählte, geschweige denn, wieso ich ausgerechnet *jetzt* diesen Spaziergang machte – ich lief einfach immer weiter bergauf, bis ich von lauter Bäumen umgeben war. Während ich den dicht bewaldeten Hügel hochstieg, hörte ich von ferne die Böllerschüsse, mit denen die Historientage gerade offiziell eröffnet wurden, im festlichen Gedenken an die Rheinüberquerung Blüchers, eines berühmten Feldherrn, der entscheidend zu Napoleons späterer Niederlage bei Waterloo beigetragen hatte. In der Neujahrsnacht 1813/14 hatte dieser Blücher, tatkräftig unterstützt durch die Bewohner des Örtchens, mit seinen Truppen den Rhein überquert und war in Frankreich einmarschiert.

Irgendein wichtiger Politiker würde gleich als Schirmherr der Veranstaltung eine Rede halten, danach würde es Theater- und Tanzvorführungen geben, alles natürlich mit Teilnehmern in historischen Gewändern, und nebenher konnte man wie schon vor über zweihundert Jahren Deftiges aus der Feldküche essen und dazu Feuerwein trinken, eine uralte Spezialität aus dieser Gegend.

Eigentlich hätte ich dabei sein müssen, um mir alles gemeinsam mit meinen Eltern und meiner Schwester anzusehen. Schon meiner Mutter zuliebe.

»Es würde mir viel bedeuten, Lori! Du weißt doch, wie wichtig das für Papa und mich ist!«

Unzählige Male hatte sie mir schon erzählt, dass sie und mein Vater sich damals hier in der Gegend kennengelernt und auf Anhieb unsterblich ineinander verliebt hatten. Genau genommen hatten sie mich sogar gleich in ihrer ersten gemeinsamen Nacht an Ort und Stelle gezeugt. Natürlich nicht absichtlich, aber nachdem es nun einmal passiert war, hatten sie sich wie verrückt auf mich gefreut und mich nach der Loreley benannt, dem sagenumwobenen Felsen hoch oben über dem Rhein, der sich ganz in der Nähe befand.

Ein Teil von mir war jedes Mal gerührt, wenn meine Mutter darüber sprach – ich konnte nichts dagegen tun.

Kein Mensch konnte übersehen, wie sehr sich meine Eltern liebten. Obwohl sie schon so viele Jahre ein Paar waren, hielten sie beim Spazierengehen immer noch Händchen und suchten ständig Körperkontakt. Dabei blickten sie einander auf eine Weise an, die einem als Tochter oft peinlich war, vor allem in der Öffentlichkeit. Natürlich zofften sie sich auch ab und zu, aber meist lachten sie schon eine Minute später darüber und gaben sich zur Versöhnung einen Kuss.

Während mir diese Gedanken durch den Kopf gingen, verspürte ich nach diesem steilen Aufstieg auf einmal das Bedürfnis, eine Pause zu machen und mich auszuruhen. Ich machte es mir auf einem breiten, von der Sonne erwärmten

Felsvorsprung bequem, von dem aus man eine gute Aussicht hatte. Mein Hut war verrutscht, ich nahm ihn kurzerhand ab und löste auch mein Haar, das Mia mir vor ein paar Stunden zu einer kunstvollen Empirefrisur geflochten und hochgesteckt hatte. Die Strähnen kringelten sich wild um mein Gesicht und fielen in Wellen über meinen Rücken, ähnlich lockig wie bei meiner Schwester, nur eine Spur dunkler. Sie hatte rötlich blondes Haar, meines war eher honigfarben. Dafür hatten wir beide die gleiche Augenfarbe – eine seltene Mischung aus Grün und Bernstein. *Hexenaugen* hatte Kathy sie mal genannt.

Nachdem ich es mir auf dem Felsen bequem gemacht hatte, checkte ich gewohnheitsmäßig mein Handy. Blöderweise war der Akku fast leer. Klasse. Aber zum Lesen von ein paar Nachrichten reichte es gerade noch.

Meine Mutter hatte geschrieben*: Alles in Ordnung bei dir? Melde dich bitte kurz, ich mache mir Sorgen.*

Mia: *Voll mies, dass du abgehauen bist. Glaubst du etwa, ICH hab Spaß an diesem Schnarch-Event?*

Meine Mutter: *Sollen wir mit dem Essen auf dich warten oder dir ein Stück Spießbraten aufheben? Es schmeckt auch kalt sehr gut.*

Ich schrieb eine kurze Nachricht an meine Mutter. *Alles ok. Bin spazieren. Esst ruhig ohne mich.*

Anschließend verstaute ich das Handy wieder in meinem Pompadour und sah mir ausgiebig die Gegend an. Der Ausblick von hier oben war wirklich spektakulär. Die grünen Hänge auf beiden Seiten des Rheins, eine alte Burg ein

Stück unterhalb von mir, eine andere Burg auf einer kleinen Flussinsel in Ufernähe, das beschauliche Örtchen mit dem Kirchturm – das reinste Postkartenidyll.

Beim Anblick des Flusses stieg von einem Moment auf den nächsten eine eigentümliche Sehnsucht in mir auf. Es war wie ein Wunsch, die Hände nach etwas auszustrecken, das mir vertraut und doch fremd war. Das Herz strömte mir auf einmal über von diesem bittersüßen Gefühl zwischen Traurigkeit und Hoffnung.

Doch wenig später war es damit vorbei. Während ich ins Tal schaute, überlief mich aus heiterem Himmel eine Gänsehaut. Dunkle Schatten legten sich über mich. Wie aus dem Nichts waren schwarze Wolken aufgezogen und verhüllten die Sonne. In der Nähe fuhr ein Blitz nieder, und der aufbrüllende Donner traf mit solcher Wucht auf meine Ohren, dass ich entsetzt aufschrie. Einen derartig unerwartet einsetzenden Wetterumschwung hatte ich noch nie erlebt.

Schlagartig explodierte die Angst in mir. Jene namenlose, grauenvolle Angst, mit der ich in der vergangenen Nacht aus dem Albtraum hochgeschreckt war. Ich schrie vor Panik laut auf, umschlang mit beiden Armen meine Knie und kauerte mich zusammen. Weitere Blitze zuckten vom Himmel herab und schlugen dicht neben mir ein, gefolgt von Donnerschlägen, die so gewaltig waren, dass die Erde um mich herum erzitterte.

Doch bei alledem fiel kein einziger Regentropfen vom Himmel.

Meine Hände wurden urplötzlich von einem Gefühl

brennender Hitze erfasst. Entsetzt starrte ich sie an. Es war genau wie in meinem Traum! Ein blauweißes Flimmern zuckte um meine Fingerspitzen, begleitet von einem elektrisch klingenden Knistern und Summen.

Schluchzend ballte ich die Hände zu Fäusten. Was war das? Was passierte da mit mir? Es sollte endlich aufhören!

Im Wald war es merklich dunkler geworden, es herrschte eine urzeitlich wirkende Dämmerung. Der Wind hatte sich zum Sturm erhoben und brauste heulend durch das Geäst über mir. Ich sprang auf, um wegzurennen. Aber ich konnte den Blitzen nicht entkommen. Der nächste erwischte mich voll. Gleißend helles Licht hüllte mich von Kopf bis Fuß ein und verband sich mit dem bläulichen Feuer um meine Fingerspitzen. Die Hitze brannte sich tief in mein Inneres und durchströmte mich bis in den letzten Winkel meines Seins. Im nächsten Moment wurde alles um mich herum schwarz.

*

Als ich wieder zu mir kam, war es immer noch dunkel. Erst mit einiger Zeitverzögerung erkannte ich, dass es jetzt *richtig* dunkel war – über den Baumwipfeln spannte sich ein sternenübersäter Nachthimmel. Nachdem ich meine Gedanken sortiert hatte, begriff ich, was passiert sein musste: Ich war in der warmen Sonne eingenickt und hatte stundenlang geschlafen. Und dabei schon wieder diesen seltsamen, unglaublich realistischen Albtraum gehabt. Der jetzt zum

Glück vorbei war. Erleichtert atmete ich durch und tastete meine Hände ab. Nichts versengt oder verbrannt. Alles völlig normal.

Abgesehen davon, dass ich anscheinend den Rest des Tages komplett verpennt hatte. Ich wusste nicht, wie spät es war, aber die Sonne musste schon vor einer Weile untergegangen sein. Ein zunehmender Mond verbreitete blasses Licht, doch allzu viel konnte ich von meiner Umgebung nicht erkennen.

Ich holte mein Handy aus dem Samtbeutel und stöhnte vor Frust laut auf. Es war ausgegangen. Na toll. Ich saß allein mitten im Wald, es war stockdunkel, und mein Akku war leer.

Meine Eltern machten sich bestimmt schon Sorgen. Ob sie bereits nach mir suchten? Hastig rappelte ich mich auf und ging zurück zum Waldweg. Dummerweise war er in dieser Finsternis kaum zu erkennen. Meine Versuche weiterzugehen endeten alle paar Meter vor einem Baum. Zweimal kam ich vom Weg ab und wäre um ein Haar einen Abhang hinuntergestürzt. Irgendwann blieb ich entnervt stehen. *Denk nach, Lori!* Es musste doch irgendeine bessere und schnellere Möglichkeit geben, aus diesem blöden Wald hinauszufinden!

Aber welche? Mir wollte keine einfallen. Nur eins war klar, ich musste ins Tal, denn von dort war ich schließlich gekommen. Und sobald ich das erste bewohnte Haus erreichte, konnte ich kurz mein Handy aufladen und meine Eltern anrufen. Während ich noch dastand und nachdachte, wurde es auf einmal etwas heller. An der Wegbiegung tauchte eine hochgewachsene Gestalt auf, die sich beim Näherkommen als junger Mann mit einem altmodischen Windlicht entpuppte. Er war schätzungsweise zwei oder drei Jahre älter als ich und hatte sich ebenfalls für die Historienspiele verkleidet – als englischer Soldat. Gleichzeitig erschrocken und erleichtert über sein plötzliches Auftauchen im Wald eilte ich ihm entgegen.

»Gott sei Dank!« Atemlos blieb ich vor ihm stehen. Verlegen strich ich mein Empirekleid glatt und schob mir ein paar Haarsträhnen hinter die Ohren. »Ich dachte schon, ich müsste hier im Dunkeln übernachten!«

Er starrte mich mit offenem Mund an wie einen Geist. »Wer bist du?«, fragte er. Er sprach mit hörbarem englischem Akzent. Offenbar ein echter Wellington-Fan. Im Ort hatte ich schon ein paar von ihnen gesehen. Zu den diversen *Reenactment*-Veranstaltungen, die regelmäßig in ganz Europa verstreut stattfanden, kamen Teilnehmer aus aller Herren Länder und traten für die Bataillone früherer Feldherren zu Schaukämpfen an. Franzosen, Schweden, Deutsche, Engländer – alle hatten ihren Spaß dabei. Manche tourten sogar pausenlos von einem Event zum nächsten.

»Ich heiße Lori«, sagte ich. »Ich glaube, ich habe mich verlaufen.«

Er ließ mich nicht aus den Augen. »Woher stammst du?«

»Eigentlich aus Frankfurt. Ich bin mit meinen Eltern und meiner Schwester zu Besuch hier.« Ich betrachtete meinen Retter genauer, und was ich im flackernden Schein des

Windlichts erkennen konnte, war nicht übel. Er war groß, bestimmt eins fünfundachtzig, und seine Gestalt wirkte in dem roten Waffenrock drahtig und muskulös. Betont heiter setzte ich hinzu: »Mein Vater ist übrigens momentan auch in Uniform unterwegs. Allerdings tritt er für die Preußen an.«

»Wie kommt es, dass er dich mitten in der Nacht allein in den Wald gehen lässt?«

»Na ja, er war nicht wirklich damit einverstanden. Ich bin einfach losgezogen, weil ich keine Lust auf die Veranstaltung hatte. Irgendwann habe ich mich hingesetzt und ausgeruht. Dabei bin ich eingeschlafen und erst vorhin wieder aufgewacht.«

Sein Blick war seltsam eindringlich. »Hast du keine Angst vor den Franzosen? Hier im Wald streifen feindliche Soldaten umher.«

Autsch, jetzt übertrieb er es aber. Er schien zu diesen Historienfreaks zu gehören, die sogar außerhalb der offiziellen Darbietungen authentisch rüberkommen wollten. Das erklärte auch, wieso er im Dunkeln mit einem Windlicht herumlief statt mit einer Taschenlampe. Eindeutig ein Freak.

Leichtes Unbehagen machte sich in mir breit.

Ich schleimte mich trotzdem bei ihm ein, denn er schien nicht nur den Weg zu kennen, sondern besaß auch die einzige Lichtquelle weit und breit. »Jetzt ist ja zum Glück ein Engländer hier, um mich vor den Franzosen zu beschützen«, sagte ich fröhlich. »Wie heißt du eigentlich? Und könnte ich vielleicht mal kurz dein Handy benutzen?«

Er deutete eine Verbeugung an. »Thomas Wakefield. *Lieutenant* Thomas Wakefield.« Ich verdrehte genervt die Augen, was er in dem spärlichen Licht nicht sehen konnte. Ein wenig steif fuhr er fort: »Ich bin des Deutschen nicht vollständig mächtig und fürchte, ich weiß nicht, was ein Handy ist.«

»Sorry, in England heißt es *mobile*, das hatte ich ganz vergessen. Du sprichst übrigens prima Deutsch. In der Schule gelernt?«

»Nein, ich erlernte deine Sprache nicht in der Schule. Meine Großmutter stammt aus Hannover. Sie lehrte es mich.«

Aha, das erklärte wohl auch, wieso er sich so merkwürdig altertümlich ausdrückte. Und dass er sein Handy nicht eingesteckt hatte, wunderte mich auch kein bisschen. Wer mit so einer vorsintflutlichen Leuchte durch den Wald spazierte (war das eine Öllampe?), legte Wert auf Althergebrachtes. Das erkannte man auch an dem übrigen antiquierten Kram, den er dabeihatte. Als er sich halb von mir wegdrehte, um den Wegrand auszuleuchten, bemerkte ich den ledernen Tornister auf seinem Rücken. Daran festgeschnallt waren weitere Utensilien: ein meterlanges Gewehr, eine zerbeulte Feldflasche und mehrere kleinere und größere Beutel und Behältnisse, denen man auf den ersten Blick nicht ansah, was drinsteckte. Am Gürtel trug er einen Säbel und ein Jagdmesser. Über der Brust kreuzten sich zwei breite Patronengurte. Dieser Thomas Wakefield schien wirklich alles im Gepäck zu haben, was ein waschechter Soldat auf einem

Feldzug brauchte. Und jedes Teil wirkte hundertprozentig echt.

»Du machst das wohl öfters.« Ein bisschen nette Konversation konnte nicht schaden. Wie gesagt, er war derjenige mit der Lampe.

»Was genau mache ich deiner Meinung nach öfters?«, erkundigte Thomas sich.

»An solchen Militärevents teilnehmen.«

Er zog befremdet die Brauen zusammen. »Militärevents? Nennt man das bei euch Deutschen so? Der Begriff ist mir nicht geläufig. Ich kenne nur das Wort *Schlacht.*«

»Ja, klar, das passt genauso.«

»Nun, ich habe schon in mehreren Schlachten gegen die Truppen des Franzosenkaisers gekämpft, zuletzt im Oktober bei Leipzig.«

Ich heuchelte Interesse. »War es ein großes Event?«

Thomas starrte mich an. »Es war die größte Schlacht aller Zeiten. Mehr als eine halbe Million Soldaten haben dort gekämpft, und nahezu hunderttausend von ihnen haben dabei ihr Leben gelassen.«

Mit einem Mal war ich auf der Hut. Der Typ war *wirklich* ein Freak.

»Verstehe«, sagte ich verbindlich. »Du meinst die große Völkerschlacht von Leipzig. Im Rahmen von Napoleons Rückzug nach dem Russlandfeldzug. Mein Vater hat mir alles Mögliche darüber erzählt. Könnten wir jetzt bitte wieder in die Stadt zurückgehen? Du *willst* doch in die Stadt, oder?«

Thomas ignorierte meine Frage. »Hat dein Vater auch bei Leipzig gekämpft?«, wollte er wissen. »Welchen Rang bekleidet er in der preußischen Armee?«

»Major«, behauptete ich aufs Geratewohl. Nach meiner Kenntnis war das ziemlich hochstehend, auf alle Fälle mehr als ein Leutnant. Vielleicht förderte das die Hilfsbereitschaft dieses Engländers.

Er sah mich die ganze Zeit unverwandt an.

Allmählich wurde ich richtig nervös. Schlagartig gingen alle möglichen inneren Alarmsirenen bei mir an. »Gibt es ein Problem?«

»Sag du es mir, Lori, oder wie auch immer dein wirklicher Name lautet.«

Ich machte mich bereit, so schnell wie möglich abzuhauen, ganz egal, wie dunkel es war. »Lori ist nur eine Abkürzung. Ich heiße Loreley. Aber nicht nach der Hauptfigur in *Gilmore Girls*, sondern nach dem berühmten Rheinfelsen.«

Er machte einen Schritt auf mich zu, worauf ich sofort vor ihm zurückwich. »Vergiss es einfach«, sagte ich hastig. »Ich finde schon allein zurück.«

»Dir sollte klar sein, dass ich dich nicht einfach so gehen lassen kann. Sag mir die volle Wahrheit, Lori, dann verschone ich dein Leben. Bist du eine Spionin der Franzosen?«

Jetzt drehte er komplett durch. Ich gab jeden Versuch auf, die Konversation auf einer vernünftigen Basis fortzusetzen. »Komm nicht näher, sonst schreie ich.«

Das schien ihn nicht zu interessieren. Er tat einen weiteren Schritt in meine Richtung, und diesmal gab es nur eine richtige Entscheidung. Ich schrie aus Leibeskräften um Hilfe. Und dann rannte ich weg.

*

2

Er setzte mir sofort nach, doch ich gewann rasch einen ordentlichen Vorsprung. Erwähnte ich schon, dass ich eine ziemlich gute Sprinterin bin? Außerdem hatte ich im Gegensatz zu meinem Verfolger kein schweres Gepäck dabei, sondern nur einen kleinen Samtbeutel mit einem Handy darin. Ich wäre ihm sicherlich entkommen – bei Tag. Es war zwar nicht völlig finster, weil das Windlicht hinter mir einen matten Schein verbreitete. Doch je weiter ich mich von ihm entfernte, desto mehr verdunkelte sich meine Umgebung, und entsprechend langsamer kam ich vorwärts. Was zur Folge hatte, dass dieser Thomas Wakefield immer wieder aufholte. Es war ein fortwährendes Wechselspiel – fiel er zurück, wurde ich langsamer. Schloss er auf, wurde ich schneller.

Seine schweren Stiefel trampelten hinter mir über den Waldboden. Inzwischen hatte ich Todesangst. Verflucht, wie weit war es denn noch?

Dann erübrigte sich diese Frage, denn im nächsten Augenblick wurde mir mein langes Flatterkleid zum Verhängnis – ich blieb damit an einem Strauch hängen, und ehe ich mich losreißen konnte, wurde ich von hinten gepackt und grob gegen einen Baum gestoßen. Ich schrie lauthals um Hilfe und versuchte vergeblich, mich dem harten Griff meines Verfolgers zu entwinden.

»Halt den Mund! Man hört dich meilenweit! Hier in der Nähe sind Franzosen! Wenn sie uns finden, ist dein Schicksal schlimmer als der Tod!« Er stellte die Laterne ab und ballte die freie Hand dicht vor meiner Nase zur Faust. »Sei still, oder ich muss dich bewusstlos schlagen!«

Diese Drohung ließ mich schlagartig verstummen. Fieberhaft dachte ich nach. Vielleicht sollte ich einfach mitspielen und so tun, als wäre seine ganze abgedrehte Soldatenshow echt – das war meine einzige Chance! Doch als er sein Halstuch abnahm und mir damit die Handgelenke zusammenband, kamen mir sofort Zweifel an dieser Option.

»Ich bin keine Spionin, das schwöre ich!«, beteuerte ich dennoch vorsorglich. »Ich war wirklich nur spazieren. Und natürlich will ich ebenso wenig in französische Gefangenschaft geraten wie du! Deshalb bin froh, dass ich einem verbündeten Engländer begegnet bin.« Ich sprach wie mit einem kleinen Kind. Man durfte ihn nicht reizen. Deeskalation war jetzt das Wichtigste. »Du brauchst mich wirklich nicht zu fesseln, Thomas. Äh, Lieutenant Wakefield.«

»Du darfst mich Thomas nennen.«

»Kannst du mich jetzt bitte losbinden, Thomas?«

Anstelle einer Antwort nahm er die Lampe wieder auf und zerrte mich an meinen gefesselten Händen hinter sich her. Ich stellte fest, dass er den Tornister abgenommen hatte, um mich schneller fangen zu können. Wir gingen ein Stück bergauf zu der Stelle, wo er das Teil abgeladen hatte. Unterwegs hob er am Wegrand noch seinen Hut auf, den er beim Laufen verloren hatte.

Thomas stellte die Laterne zu seinen Füßen ab, holte einen Strick aus dem Tornister und knotete ihn zusätzlich zu dem Halsband um meine Handgelenke, dann band er das andere Ende des Seils an seinem Gürtel fest. Damit machte er jede Möglichkeit für eine plötzliche Flucht zunichte und hatte gleichzeitig beide Hände frei. Anschließend schnallte er sich den Tornister mitsamt Gewehr und anderem Kram wieder auf den Rücken.

»Was hast du vor?«, fragte ich mit wachsendem Entsetzen, während er mich seitlich vom Weg ins Unterholz zerrte. Er hielt mit einer Hand die Lampe, mit der anderen hatte er den Strick umfasst und zog mich quer durchs Gebüsch. Mein Herz raste vor Angst. Oh mein Gott! Er wollte doch nicht etwa …

»Wo gehen wir hin? Willst du mir was antun, du Drecksack?«, stieß ich hervor.

»Was denkst du von mir?« Zorn und Abscheu erfüllten seine Stimme. »Ich bin ein Mann von Ehre! Kein Soldat in meinem Korps würde je so tief sinken, Frauen zu schänden, auch wenn es die des Feindes sind!«

Meine Angst legte sich nur zum Teil. Aber ich durfte auf keinen Fall die Kontrolle verlieren! Der Typ war unberechenbar. Ich musste ihn dazu bringen, dass er mir vertraute und mich losband, dann würde sich der Rest wie von allein ergeben. Sobald er mir das nächste Mal den Rücken zuwandte, würde ich mir die Lampe schnappen und abhauen.

Wahlweise würde ich ihn einfach bis zum Morgengrauen mit Small Talk hinhalten und erst loslaufen, wenn es hell genug war. Um diese Jahreszeit ging die Sonne sehr früh auf, vielleicht musste ich gar nicht so lange warten.

Mit einem Mal merkte ich, wie durstig ich war. Ich hatte seit dem Mittag nichts mehr getrunken. Und ganz nebenbei bot mir das bestimmt eine gute Gelegenheit, auf friedliche Art ins Gespräch zu kommen. »Hast du vielleicht eine Kleinigkeit zu trinken dabei?«

Thomas löste die Feldflasche von seinem Tornister und reichte sie mir.

»Danke!« Ich nahm sie mit meinen gefesselten Händen entgegen und trank ein paar Schlucke. Das Wasser darin schmeckte ziemlich abgestanden, aber es löschte den Durst.

Ich gab ihm die Flasche zurück. Er trank selbst daraus und verstaute sie wieder bei seinem Gepäck. Als er sich anschließend zu mir umdrehte, hielt er sein Jagdmesser in der Hand. Mir entwich ein unterdrückter Schreckenslaut.

Doch er schnitt nur die Kordel des Pompadours durch, der immer noch an meinem Handgelenk baumelte.

Er wog den Beutel in der Hand. »Was ist da drin?«

»Mein Handy«, sagte ich, zwischen Angst und Zorn hin- und hergerissen. Angst, weil ich noch nie mit einem derartig unzurechnungsfähigen Menschen zu tun gehabt hatte, und Zorn, weil er mich schon wieder dazu gebracht hatte, die Beherrschung verlieren.

Er holte das Smartphone aus dem Beutel und betrachtete es verwundert von allen Seiten. Vorsichtig strich er mit dem Finger darüber und berührte das Display, in dem sich der Schein des Windlichts widerspiegelte. »Bei allen Heiligen, was ist das?«, flüsterte er.

Großer Gott. Ich war in einem Gruselfilm gefangen. Der dunkle Wald. Der gestörte Typ. Und ich gefesselt und wehrlos vor ihm. Wie sollte ich das bis zum Morgengrauen durchstehen?

Doch es sollte noch schlimmer kommen.

Unvermittelt warf er das Handy auf den Boden. »Dieses Ding ist Teufelswerk! Du bist zweifellos eine Hexe!«

Diese Unverschämtheit konnte ich unmöglich auf mir sitzen lassen. Meine Eltern hatten mich nicht dazu erzogen, solche Beleidigungen ohne einen Mucks einzustecken.

»Du Arschloch!«, gab ich aufgebracht zurück. Ich streckte ihm meine Handgelenke entgegen. »Mach mich sofort los! Ich will jetzt nach Hause. Du kannst dir eine andere Tussi für deine bekloppten Spielchen suchen.«

Er starrte mich nur stumm an.

»Was ist?«, fragte ich herausfordernd. »Willst du mich jetzt auf einen Scheiterhaufen schmeißen oder was?«

»Wir biwakieren hier«, sagte er kurz angebunden. »Setz dich«, fügte er hinzu, während er sich mit gekreuzten Beinen auf dem bemoosten Waldboden niederließ. »Ich habe etwas zu essen dabei und kann dir davon abgeben.«

Trotzig blieb ich stehen. »Ich habe keinen Hunger.« Das war die Wahrheit. Wenn überhaupt, hätte ich jetzt einen

Schokoriegel vertragen können. Aber so was hatte dieser Spinner ganz sicher nicht im Marschgepäck.

Und tatsächlich packte er eine Mahlzeit aus, die haargenau zu seinem ganzen übrigen Auftritt passte: zwiebackähnliches Brot, ein paar streng riechende Streifen Trockenfleisch, ein Säckchen mit Dörrobst. Schweigend breitete er alles auf einem schmuddeligen Tuch vor sich aus und fing an zu essen.

Nach einer Weile wurde mir das Stehen zu mühsam. Ich setzte mich ebenfalls hin.

»Erzähl mir von dir«, sagte mein Entführer unvermittelt zwischen zwei Bissen.

»Was willst du denn hören?«, fragte ich spitz. »Meinen Lebenslauf? Warte, wo fange ich an …? Ah, am besten ganz von vorn. Wie alle Hexen kam ich mit drei Jahren in einen Hexenkindergarten. Weil ich in diesem frühen Alter bereits gut sprechen konnte, hatte ich schon bald jede Menge Zaubersprüche drauf. Allerdings gab es auch öfters Ärger, weil ich die anderen Kinder ohne Erlaubnis in Tiere verwandelte. Eines Tages verzauberte ich einen kleinen Jungen namens Freddie in einen Ameisenbären. Er steckte seine lange Schnauze in ein Mauseloch und blieb hängen. Ich verwandelte Freddie sofort zurück, aber er hatte anschließend ein Problem mit seiner Nasenscheidewand und musste ständig niesen.«

Ich hielt inne und blickte mein Gegenüber an. Er schaute nicht mehr ganz so verbiestert drein. Wenn ich mich nicht sehr täuschte, kämpfte er sogar gegen eine Aufwallung von

Heiterkeit an. Für mich ein Hinweis, dass ich auf dem richtigen Weg war.

»Meine Schulzeit verbrachte ich in einem Hexeninternat. Meine Leistungsfächer waren Besenfliegen und Bannsprüche. Im Besenfliegen bin ich richtig gut, das halte ich stundenlang durch, ohne auch nur eine einzige Borste zu verlieren. Ich könnte es dir vorführen, aber wie ich sehe, hast du keinen Besen dabei. Das Kochen mit dem Hexenkessel liegt mir nicht so. Ich kann mich einfach nicht daran gewöhnen, mit solchen Dingen wie Hundezunge, Krähenhirn und Eidechsenknochen zu arbeiten. Deshalb habe ich mich neben dem Hexenberuf rechtzeitig nach Zweitjobs umgeschaut, unter anderem als Spionin für die Franzosen. Leider zahlen sie miserabel, und zu den konspirativen Treffen kommen sie dauernd zu spät. Ich könnte mir daher gut vorstellen, zusätzlich als Doppelagentin für die Engländer zu arbeiten. Die sind angeblich sehr rücksichtsvoll und benehmen sich immer wie Kavaliere. Vor allem gegenüber Frauen. Was meinst du, wäre das was für eine Hexe und Spionin wie mich?«

Damit hatte ich ihn. Er prustete laut heraus, und ich lachte mit.

Anscheinend waren wir soeben auf die Ebene der Realität zurückgekehrt.

*

»Falls du noch die echte Version hören willst – bitte sehr«, fuhr ich fort. »Ich selber stehe nicht sonderlich auf dieses

Schlachtengedöns. Mein Vater ist der wahre Fan, er *liebt* es. Wo auch immer irgendwelche wichtigen Reenactments stattfinden, reist er in voller Uniform an. Meist für die Preußen, aber es dürfen auch mal die Bayern oder die Hohenzollern sein. Meine Mutter ist ebenfalls ganz wild auf diese militärischen Events, sie hat für alle möglichen Epochen die passende Kostümierung. Meine jüngere Schwester Mia und ich sind oft mit von der Partie, weil meine Eltern uns unbedingt dabeihaben wollen.« Aufmunternd blickte ich Thomas an, der mir die ganze Zeit aufmerksam, wenn auch wieder mit diesem seltsamen Stirnrunzeln zugehört hatte. »Jetzt du«, fügte ich hinzu. »Wie bist du zur … ähm, Truppe gekommen?«

Thomas rollte die Reste seines Nachtmahls wieder in das schmuddelige Tuch ein, während er meine Frage beantwortete. »Nach der Schule besuchte ich die Militärakademie und erwarb mein Offizierspatent, und als ich alt genug war, zog ich in den Krieg. Und damit meine ich nicht jene Übungsaufmärsche oder Paraden in Uniform, wie sie dein Vater zu bevorzugen scheint, sondern richtige Kämpfe.«

Ich war baff. »Du warst schon in einem *echten* Krieg?«

Er zuckte mit den Schultern. »Er hat sich überaus echt angefühlt. Ich wurde zweimal verwundet. Beim zweiten Mal hing mein Leben am seidenen Faden – ich erlitt eine ernste Kopfverletzung.« Beiläufig deutete er auf eine Stelle über seinem rechten Ohr. »Ich befand mich lange Zeit im Lazarett.«

»Das tut mir leid«, sagte ich bestürzt. Diese Vorgeschichte – natürlich vorausgesetzt, dass sie stimmte – erklärte vieles. Kein Wunder, dass er so drauf war. Der arme Kerl war das Opfer einer posttraumatischen Belastungsstörung. Die Kopfverletzung hatte bestimmt auch ihren Teil dazu beigetragen. Vielleicht hatte er eine Art Kriegsneurose, die ihn zwang, sogar in seinem Privatleben noch den Soldaten zu spielen. »Wo warst du denn stationiert?«, fragte ich. »In Afghanistan?« Taktvoll hielt ich inne. »Du musst nicht darüber sprechen, wenn es dich belastet.«

»Es belastet mich nicht über Gebühr«, antwortete Thomas. »Ich stehe weiterhin im Dienst seiner Majestät, des englischen Königs.« Es klang zurückhaltend und auch ein bisschen geheimnisvoll, als wollte er nicht zu viel darüber verraten.

Das war wieder der Punkt, wo sein Bezug zur Realität verloren ging und er in seine Wahnvorstellung abglitt. Ich beschloss spontan, einfach mitzuspielen. Das war in dieser Situation immer noch das Vernünftigste.

»Ich glaube, ich weiß, was du machst«, sagte ich fröhlich. »Militärische Aufklärung. Stimmt's?«

Mit einem Mal wirkte er wachsam. »Wie kommst du darauf?«

»Da du allein in diesem Wald unterwegs bist, gibt es nur zwei Möglichkeiten, was du sein könntest – Kundschafter oder Deserteur. Und mein Riecher sagt mir, dass du kein Deserteur bist.« Ich hob die Hand. »Du musst es nicht kommentieren. Zumal ich ja eine Spionin der Franzosen sein könnte.«

»Du hast einen sehr scharfen Verstand, Lori.«

Ich lächelte ihn an. »Ja, das sagt mein Vater auch immer. Trotzdem wäre es unglaublich nett von dir, wenn du mir diese blöden Fesseln abnehmen würdest. Ich verspreche auch hoch und heilig, dass ich nicht weglaufe. Ohne Licht komme ich sowieso nicht weit, schon gar nicht in diesem Kleid.« An dieses Versprechen fühlte ich mich selbstverständlich nicht gebunden. Bei Tagesanbruch würde ich mit Lichtgeschwindigkeit losrennen, und diesmal würde er mich nicht kriegen.

Er betrachtete unschlüssig meine gefesselten Hände.

»Die Sache ist die«, fuhr ich fort. »Ich müsste mal dringend ins Gebüsch. Du weißt schon. Und dafür brauche ich zwei freie Hände.«

Er wurde tatsächlich rot, das sah man sogar im dürftigen Schein des Windlichts.

»Nun gut. Ohne Lampe würdest du wohl wirklich nicht weit kommen.« Mit geschickten Bewegungen löste er das Halstuch von meinen Handgelenken und stopfte es sich in den Ärmel seiner Uniformjacke. Ein Zipfel schaute heraus, als wollte er es jederzeit griffbereit haben, um mich wieder zu fesseln, falls ich nicht kooperierte.

»Danke. Ich bin dann mal ganz kurz einen Baum weiter.« Ich stand auf (bei der Gelegenheit hob ich unauffällig mein Handy auf), klopfte mir ein paar Bucheckern und Tannennadeln aus dem verdreckten Kleid und schaute mich nach einer geeigneten Stelle um. In der Hinsicht hatte ich nicht gelogen – ich musste wirklich mal. Hinter einem Baum hockte ich mich hin, aufmerksam in Richtung unseres Rastplatzes lauschend, während ich zuerst das Handy in meinem BH verstaute und dann mein kleines Geschäft erledigte. Zu meiner Erleichterung blieb Thomas ruhig sitzen und wartete, bis ich zurück war.

»Wo waren wir stehen geblieben?«, fragte ich leutselig, denn ich sah, dass er wieder genauso düster dreinblickte wie vor unserem Gespräch über Hexen und Armeekarrieren. »Wie ging es nach der Verwundung mit dir weiter?«

»Was genau willst du von mir hören, Lori?« Thomas betrachtete mich mit unergründlicher Miene.

»Keine Ahnung. Nichts Besonderes. Ich dachte bloß, es wäre vielleicht nicht ganz so langweilig, wenn wir uns unterhalten. Du erzählst ein bisschen was, ich erzähle ein bisschen was – keine Militärgeheimnisse, bloß etwas Small Talk. Mich würde zum Beispiel interessieren, wieso du hier im Wald herumläufst, statt unten im Ort mit den anderen zu feiern.«

»Small Talk!« Er lachte, doch es klang ziemlich sarkastisch, fast schon bitter. »Aber gut, warum soll ich es dir nicht verraten. Schließlich hast du dazu beigetragen.«

»Ich?«

»Natürlich. Ohne dich wäre ich schließlich gar nicht hier.«

Gegen meinen Willen war ich gespannt, was für eine komische Theorie er dazu entwickelt hatte.

»Ich war mit einem Boot auf dem Rhein unterwegs«, berichtete Thomas. »Das Wetter war stürmisch, und im Fluss gab es gefährliche … Wie nennt man es in eurer Sprache? Strömungen? Strudel?«

»Geht beides. Strudel passt super. Nicht zu verwechseln mit Apfelstrudel. Dein Deutsch wird übrigens immer besser, je länger du sprichst. Ist also eine echt gute Übung für dich, dass du mir deine … ähm, Abenteuer erzählst.«

Thomas wirkte leicht irritiert, fuhr dann aber fort. »Der Maat gab sein Bestes, aber wir drohten zu kentern. Ich hielt mit dem Feldstecher Ausschau nach einer Stelle am Ufer, wo wir anlegen konnten. Und dabei sah ich … dich.«

»Mich?«, vergewisserte ich mich perplex.

Er nickte. »Du saßest in deinem weißen Kleid oben auf einem Felsvorsprung und hast auf den Fluss hinabgeschaut. Dein langes Haar wehte im Wind.«

Ich holte scharf Luft und starrte ihn an. Ich hatte ihm zwar erzählt, dass ich mich zum Ausruhen hingesetzt hatte, aber den Felsen hatte ich nicht erwähnt. Was für ein unglaublicher Zufall, dass seine ausgedachte Geschichte in diesem einen Punkt zur Realität passte! Doch gleich darauf hatte ich die Erklärung für diese phänomenale Übereinstimmung: Es war überhaupt kein Zufall, sondern er hatte mich wirklich vom Tal aus mit einem Fernglas beobachtet. Ich schluckte verunsichert, dann meinte ich lahm: »Da könnte man mich wohl glatt mit der echten Loreley verwechseln, oder?«

»Was meinst du damit?«

»Kennst du nicht die Loreley vom Rhein? Die bekannte Sagengestalt? Sie saß hoch oben über dem Rhein auf besagtem Felsen und kämmte ihr goldenes Haar, und die Fischer, die sie vom Fluss aus zu sehen bekamen, waren so betört von ihrer Schönheit, dass ihre Boote an Riffen zerschellten. Allerdings befindet sich der Loreley-Felsen ein paar Kilometer entfernt von hier, es ist nicht der, auf dem ich vorhin gesessen habe.« Ich hielt inne, bevor ich leicht verlegen fortfuhr: »Außerdem wollte ich damit nicht sagen, dass ich betörend schön bin. Sondern bloß den Zusammenhang erklären. Ganz alte Sage, wirklich sehr bekannt. Obwohl – in England vielleicht nicht so. Aber vielleicht kennst du ja die Odyssee von Homer. Da kommen Sirenen vor, bei denen lief es so ähnlich ab.«

Thomas nickte. »Ich kenne die griechischen Sagen und bin auch mit der Odyssee vertraut. Und davon abgesehen bist du tatsächlich sehr schön, aber das haben dir sicher schon viele Menschen gesagt.«

»Hm, nein.« In meiner Stufe gab es hübschere Mädchen als mich, und abgesehen von meinen Haaren und meinen Augen fand ich mein Aussehen nicht allzu besonders.

Er betrachtete mich nachdenklich. »Außerdem verfügst du über eine erstaunliche klassische Bildung. Es fiel mir bereits auf, als du mit den Zutaten für deinen Hexenkessel auf ein Shakespeare-Gedicht aus *Macbeth* angespielt hast.«

»Na ja, das Gedicht haben wir tatsächlich in der Schule durchgenommen. Sogar auf Englisch. Egal, erzähl weiter. Was passierte, nachdem du mich durch das Fernrohr gesehen hast?«

»Du sprichst meine Sprache?«, erkundigte sich Thomas sichtlich überrascht.

»Ja, ganz passabel«, gab ich zurück. »Ich hab Englisch als Leistungskurs in der Schule.«

»Du besuchst noch die Schule? Wie ungewöhnlich.«

»Wieso? Sehe ich so alt aus?«

»Wie alt bist du denn?«

»Sechzehn. Nächsten Monat werde ich siebzehn.«

»Bemerkenswert.«

»Du wolltest mir eben erzählen, was mit dem Boot passiert ist«, lenkte ich die Unterhaltung wieder zum Thema zurück.

»Als der Maat anlegen wollte, schleuderte eine Welle das Boot gegen die Uferfelsen. Es brach auseinander und sank. Die ganze Besatzung ertrank jämmerlich. Ich fiel ebenfalls ins Wasser, konnte mich aber mit letzter Kraft an Land retten. Anschließend machte ich mich auf den Weg in den Wald und geriet dort in ein schreckliches Gewitter. Nachdem es aufgehört hatte, traf ich dich.«

Verstört blickte ich ihn an. Von dem Gewitter konnte er unmöglich wissen – es hatte ja nur in meinem Traum stattgefunden!

Aber gleich darauf begriff ich, dass es auch hierfür eine ganz einleuchtende Erklärung gab: Anscheinend hatte es tatsächlich ein Gewitter gegeben (ausnahmsweise eins ohne Regen, so was kam vor), und mein Unterbewusstsein hatte es registriert und irgendwie in meinen Albtraum eingebaut. Seltsam daran war höchstens, dass ich dasselbe auch schon in der Nacht davor geträumt hatte. Doch das war nun *wirklich* ein Zufall, nichts weiter. Albträume, die sich wiederholten, kamen vor. Bestimmt sogar oft. Es gab ja sogar Leute, die zweimal hintereinander einen Sechser im Lotto hatten. Und in meiner Stufe gab es ein Mädchen, das sich zuerst den linken und dann den rechten Arm gebrochen hatte, im Abstand von nur drei Tagen.

»Spannende Story, das mit dem gesunkenen Boot«, sagte ich. »Bis auf ein paar kleine Widersprüche.«

»Welche denn?«

»Du bist nicht nass. Dein Gepäck sieht kein bisschen feucht aus. Und deine Stiefel auch nicht. So schnell kann das alles unmöglich getrocknet sein.«

Thomas zog die Brauen zusammen. »Das hast du gut erkannt. Aber ich hatte ja bereits angemerkt, dass du für ein Mädchen außergewöhnlich scharfsinnig bist.«

Ich verdrehte entnervt die Augen und wollte ihn auffordern, sich doch bitte solche Machosprüche zu sparen, doch er sprach bereits weiter.

»In Wahrheit gibt es jedoch keinen Widerspruch in meiner Geschichte. Ich erreichte zwar durchnässt das Ufer, setzte aber trockenen Fußes meinen Weg fort.«

Ich war nicht sonderlich beeindruckt. »Falls das ein Rätsel sein soll, gibt es dafür zwei mögliche Lösungen. Erstens: Du könntest einen englischen Leutnant überfallen und ihm seine Sachen geklaut haben. Aber das halte ich für unwahrscheinlich. Das, was du da anhast, sieht maßgeschneidert aus.« Damit kannte ich mich aus, denn historische Uniformen gab es nicht von der Stange. Mein Vater ließ sich seine Reenactment-Outfits von Kostümbildnern nach seinen persönlichen Maßen fertigen, und genauso machten es alle anderen auch, die Wert auf eine hochwertige und authentische Aufmachung legten. »Also tippe ich auf die zweite Alternative: Du warst auf dem Boot in Zivilkleidung unterwegs. Als geheimer Späher für die Briten. Deshalb hattest du deine Uniform und den ganzen Soldatenkram auf dieser Seite des Flusses in einem Versteck zurückgelassen. Als das Boot kenterte, bist du einfach zu dem Versteck gegangen und hast deine Uniform wieder angezogen.«

»So war es«, bestätigte er verblüfft. »Ich habe mich umgekleidet und hatte mein Versteck gerade wieder verlassen, als das Gewitter begann.«

»So gesehen hast du echt Glück mit dem Wetter. Sonst hättest du dir in dem nassen Zeug bestimmt den Tod geholt. Denn bekanntlich herrschte tiefster Winter, als Blüchers Truppen den Rhein überquerten.«

Thomas' Körperhaltung wirkte mit einem Mal bis zum Äußersten angespannt.

»Damit bringst du einen wichtigen Punkt zur Sprache«, sagte er. »Die Nacht ist viel zu warm. So warm, wie die Nächte sonst nur im Sommer sind.« Sein Blick bohrte sich in meinen. »Dort, wo ich herkomme, herrscht Winter. Es war eiskalt, als ich heute aufbrach, die Bäume trugen kein Laub. Und nun steht der Wald plötzlich in vollem Grün.« Nach diesen Worten verfiel er in bleiernes Schweigen, ehe er mit tonloser Stimme weitersprach. »Es gibt dafür nur eine Erklärung: Hier wirken Zaubermächte. Gott allein kann sagen, ob du dabei deine Hände im Spiel hast, aber eines weiß ich ganz sicher: Etwas stimmt mit dir nicht. Ich kann dir nicht vertrauen.«

Mit diesen Worten zog er sein Halstuch aus dem Ärmel und packte mich.

»Nein!«, schrie ich. »Hör auf! Lass mich los!«

»Wehr dich besser nicht, wenn dir dein Leben lieb ist!«

»Du kannst mich mal!« Ich versuchte, ihn wegzuschubsen, und trat ihm wie verrückt gegen die Schienbeine, doch er war viel stärker als ich. Mit Gewalt drängte er mich gegen einen Baum und band mir erneut die Hände zusammen. Danach fesselte er mich zusätzlich mit dem Strick an einen dicken Ast. Ich konnte auf dem Boden sitzen und sogar ein Stück weit um den Stamm herumgehen, aber der Ast war zu weit oben, als dass ich ihn hätte erreichen können. Der Knoten, mit dem der Strick dort befestigt war, befand sich etwa eine Armlänge außerhalb meiner Reichweite.

Ich riss mich zusammen und spulte eine innerliche Litanei ab. *Kontrolle behalten, Kontrolle behalten, Kontrolle behalten.*

Thomas hatte es sich wieder auf dem Waldboden bequem gemacht. Er wirkte zutiefst erschöpft. »Ich bin seit zwei Tagen auf den Beinen und muss dringend schlafen«, teilte er mir kurz angebunden mit.

»Tu dir keinen Zwang an«, giftete ich ihn an. »Wundere dich aber nicht, wenn ich dich im Schlaf in einen Regenwurm verwandle.«

Es zuckte kurz um seine Mundwinkel. »Das Risiko gehe ich ein.«

Er streckte sich aus und schob sich die zusammengerollte Uniformjacke unter den Kopf. Wenig später lag er vollkommen reglos da. Ich lauschte auf seine regelmäßigen Atemzüge, und als ich sicher war, dass er tief und fest schlief, versuchte ich, mich zu befreien. Ich riss mit den Zähnen an dem Halstuch, doch der Knoten zwischen meinen Handgelenken war auf irgendeine raffinierte Art geknüpft – je fester ich daran zerrte, desto enger schien er zu werden. Dasselbe galt für das Seil. Unmöglich, es ohne Hilfe loszuwerden.

Ich setzte mich hin und versuchte, mit den Fußspitzen Thomas' Gepäck zu erreichen, in der Hoffnung, dass er außer dem Messer an seinem Gürtel vielleicht noch eins in seinem Tornister verwahrte, doch er hatte seine gesamten Besitztümer vorsorglich außerhalb meiner Reichweite deponiert.

Allem Anschein nach gab es keine Möglichkeit, meiner aussichtslosen Lage zu entkommen. Zu meiner Schande fing ich wieder an zu heulen. Nicht nur aus Zorn oder weil ich mich vor meinem Entführer fürchtete (seltsamerweise war die Angst momentan nicht mehr ganz so akut wie zu Anfang), sondern auch, weil dieser Thomas mir unendlich leidtat. Wie war es möglich, dass ein Mensch auf der einen Seite so nett und normal schien, aber auf der anderen derartig durchgedreht? War er vielleicht schizophren?

Doch offenbar war Thomas nicht der Einzige, der mit zwanghafter Hingabe die Kriegsereignisse des Jahres 1813 nachspielte. Es schien noch mehr solcher Typen in der Nähe zu geben, für die dieses Thema mehr als nur ein Schauspiel war – kaum eine Minute später fiel ein Trupp Franzosen über uns her und nahm uns gefangen.

Jetzt hatte ich wirklich ein Problem.

*

3

Sie waren zu viert. Ihr Angriff kam so überraschend, dass sie sich angeschlichen haben mussten. Mir war jedenfalls vorher nichts Verdächtiges aufgefallen. Zumindest hatte ich nicht sonderlich auf irgendwelche ungewohnten Geräusche geachtet. Im Wald ist es sowieso nie ganz still, auch nicht bei Nacht. Hier ein Knistern, da ein Knacken, dort ein Rascheln – das ist die Kulisse der Natur, verursacht durch den Wind oder auch durch Wildwechsel. In diesem Fall waren es jedoch Menschen, und sie waren offensichtlich nicht nur erfahren in der Kunst des Anpirschens, sondern auch sehr rabiat. Sie warfen sich auf Thomas und überwältigten ihn, bevor er richtig aufgewacht war. Einer der Typen hielt ihm ein Messer an die Kehle, damit er sich nicht rührte. Er hatte keine Chance. Offenbar sah er das ebenso, denn seine Gegenwehr hielt sich in Grenzen. Ich selbst hob sofort meine gefesselten Hände, damit erst gar keine Missverständnisse aufkamen.

»Ich ergebe mich!« Vorsorglich wiederholte ich es auf Englisch und dann auf Französisch, doch sie nahmen anfangs nur wenig Notiz von mir. Abgesehen davon, dass einer der Kerle mich zur Seite schubste, passierte mir nichts. Ihr Hauptaugenmerk galt Thomas. Sie zerrten ihn zu einem Baum und fesselten ihn, indem sie seine Hände hinter dem Stamm zusammenbanden. Stöhnend und mit weit nach hinten gereckten Schultern stand er da. Bestimmt hatte er Schmerzen in dieser unbequemen Position.

Es waren vier Soldaten in französischen Uniformen und mit spärlichem Marschgepäck. Drei von ihnen sahen ziemlich abgerissen und ausgemergelt aus, wie Komparsen aus einem historischen Kriegsfilm. Ihre Gesichter waren wettergegerbt und trugen deutliche Spuren von Entbehrung und Gewalt. Einem der Männer fehlten ein paar Schneidezähne, und der andere hatte eine tiefrote Narbe quer über dem Gesicht. Ein anderer war bleich wie ein Laken und hustete immer wieder unterdrückt vor sich hin.

Der vierte Typ schien der Anführer zu sein – er wirkte etwas zivilisierter und gepflegter. Er war größer, kräftiger und ein paar Jahre jünger als die drei anderen. Ich schätzte ihn auf Mitte zwanzig. Nach den pompösen Abzeichen auf seiner Jacke zu urteilen war er Offizier, allerdings hatte ich keine Ahnung, welchen Rang er innehatte. Er hatte dunkle Augen und sah mit seinem schmalen, akkurat gestutzten schwarzen Schnurrbart auf geschniegelte Weise gut aus.

Mit galanter Geste zog er seinen Hut und verneigte sich vor mir.

»Mademoiselle, sprechen Sie meine Sprache?«

»Ein bisschen«, antwortete ich zurückhaltend. Mein Französisch war ganz passabel, ich hatte es als zweite Fremdsprache in der Schule, sprach es aber nicht so fließend wie Englisch.

»Gestatten Sie mir, dass ich mich Ihnen vorstelle«, fuhr mein Gegenüber fort. Er ergriff meine gefesselten Hände und deutete allen Ernstes einen Handkuss an. Wie war ich bloß in diese Freakshow geraten? »Mein Name ist Charles de Montignac. Ich bin Colonel der französischen Infanterie.«

»Angenehm. Ich heiße Lori«, erwiderte ich höflich, obwohl ich kurz davorstand, irgendwas sehr Hysterisches zu tun. Zum Beispiel in irres Gelächter auszubrechen. Wie viele Bekloppte spielten eigentlich noch bei diesem Reenactment mit? Leicht benommen von den Ereignissen grübelte ich, was dahintersteckte. Vielleicht waren sie allesamt Patienten aus derselben Psychiatrieklinik und gemeinsam ausgebrochen. Oder sie hatten irgendeine bescheuerte Wette laufen, etwa im Zuge eines Junggesellenabschieds. Es *musste* eine logische Erklärung dafür geben, dass sich fünf erwachsene Männer dermaßen verrückt aufführten!

Montignac wies auf meine Fesseln. »Wie ich sehe, wurden Sie von dem englischen Schwein gefangen genommen. Erlauben Sie?« Mit diesen Worten zückte er ein scharfes Messer und säbelte den Strick und das Halstuch entzwei. Die scharfe Schneide glitt durch den Stoff wie durch dünnes Papier.

Ich rieb mir die Knöchel. »Danke.«

»Stets zu Ihren Diensten, Mademoiselle Lori.« Er schob sein Messer wieder in die Scheide. »Was hat Wakefield Ihnen angetan?«

»Oh, äh … nichts. Er hat mich bloß gefesselt. Kennen Sie ihn?«

»Warum hat er Sie gefesselt?«, wollte Montignac wissen, ohne meine Frage zu beantworten.

Ich setzte an, mich als Hexe vorzustellen, aus Jux, weil ich die angespannte Atmosphäre ein bisschen auflockern wollte, doch Thomas schnitt mir das Wort ab. »Sie spioniert für Napoleon Bonaparte.«

»Ist das wahr?« Montignac wandte sich mir abrupt zu. Die Art, wie er mich musterte, ließ es mir aus unerklärlichen Gründen plötzlich ratsam erscheinen, seine Frage zu bejahen. Ich nickte vorsichtig. Was um alles in der Welt lief hier ab?

Montignac stieß einen französischen Fluch aus, dessen Bedeutung ich nicht verstand, dann drehte er sich zu Thomas um und schlug ihm mit voller Wucht ins Gesicht. Thomas ächzte vor Schmerzen. Aus seinem Mundwinkel sickerte Blut.

Nur mit Mühe unterdrückte ich einen entsetzten Aufschrei.

Montignac massierte sich die Fingerknöchel und starrte sein Opfer an. »Ich vergeude wertvolle Kräfte«, sagte er mit einem bösartigen Grinsen. »Du sollst leiden, aber ich werde es effizienter gestalten. Dein Tod wird eine sehr langsame, sehr schmerzhafte Prozedur werden, mein Guter. Nichts für die Augen einer jungen Dame.« Er wandte sich an mich. »Sie sehen besser nicht hin, wenn ich ihn verhöre.« Dann fasste er den zahnlosen Soldaten ins Auge. »Hugo, durchsuch

Wakefields Sachen.« Während Hugo sich ans Werk machte und Thomas' Tornister auskippte, scheuchte Montignac die beiden anderen Männer ebenfalls an die Arbeit. »Jacques, du sammelst Feuerholz«, befahl er seinem hustenden Begleiter. »Und du hilfst ihm dabei, Pierre«, fuhr er in Richtung des Soldaten mit der roten Narbe im Gesicht fort. »Für das, was ich mit dem englischen Schwein vorhabe, brauche ich mehr Licht.« Erneut zog er sein Messer hervor und betrachtete es eingehend. Dann fing er an, sich mit der Spitze die Fingernägel zu säubern. Dabei musterte er Thomas abschätzend von oben bis unten, als überlegte er, wo er anfangen sollte.

Oh mein Gott, der Typ schien das ernst zu meinen! Er würde erst Ruhe geben, wenn er alle Informationen bekommen hatte, die er brauchte. Geschockt betrachtete ich Thomas. Im Licht der am Nachbarbaum hängenden Laterne sah sein Gesicht schmerzverzerrt aus, doch er erwiderte meinen Blick unverwandt. In seinen Augen stand ein beschwörender Ausdruck. War es ein stummes Flehen um Hilfe?

Montignac inspizierte derweil seine frisch gereinigten Fingernägel. »Nebenbei – wer ist eigentlich Ihr Führungsoffizier? Wem übermitteln Sie Ihre Nachrichten, kleine Lori?«

»Ich bin nicht autorisiert, diese Information an Dritte weiterzugeben«, behauptete ich. »Schon gar nicht in Gegenwart feindlicher Offiziere.« Mit dem Kinn deutete ich auf Thomas.

»Er ist in weniger als einer Stunde tot und kann es ohnehin keinem mehr verraten. Also sagen Sie es mir. *Jetzt.*« Montignac betonte das letzte Wort auf unmissverständliche

Weise. Dabei warf er seinen Dolch von einer Hand in die andere und ging dann unvermittelt zum *Du* über. »Auf wessen Order hin bist du in dieser Gegend? Raus mit der Sprache!«

Aus dem Stegreif erfand ich einen Namen. »Ich arbeite für Legrand.« Es kostete mich eine Menge Nervenkraft, beim Anblick des hin- und herfliegenden Messers ruhig zu bleiben. Immer wenn Montignac das Messer fing, klatschte es vernehmlich in seiner Handfläche. Bei diesem fast schon akrobatischen Wurfspiel mit sich selbst griff er kein einziges Mal daneben, obwohl der Abstand zwischen seinen Händen immer größer wurde.

»Wer soll das sein?«, wollte er wissen.

»Legrand?«, fragte ich zurück, um Zeit zu gewinnen. »Kennen Sie den denn nicht?«

»Sonst würde ich nicht fragen.«

»Er ist der persönliche Adjutant von Berthier.«

»*Marschall* Berthier?«

»Wer sonst«, gab ich lässig zurück. Im Stillen war ich sehr froh, dass ich mich im passenden Augenblick an einen echten Namen erinnert hatte. Besagter Berthier war, wie ich dank diverser Vorträge meines Vaters wusste, ein wichtiger Feldherr gewesen. Er hatte Napoleon Bonaparte als Truppenbefehlshaber in allen möglichen Schlachten gedient.

»Ausgerechnet Berthier, dieser unfähige Blender und Versager«, meinte Montignac verächtlich. »Der Himmel weiß, warum er immer noch Chef des Generalstabs ist.« Er taxierte mich schweigend. Ich verspürte auf einmal den dringenden Wunsch, mich vor seinen Blicken zu verstecken.

Meine vorgetäuschte Selbstsicherheit verdampfte wie Wasser im Wüstensand, was er deutlich zu spüren schien. Um seine Lippen spielte ein sardonisches Lächeln.

»Mir scheint, in diesem Metier musst du noch viel lernen, kleines Mädchen. Unter anderem, mit den richtigen Leuten zusammenzuarbeiten.«

»Ich gebe mir Mühe«, sagte ich mit erzwungener Fröhlichkeit. »Aber Sie wissen ja – aller Anfang ist schwer. Keiner hat mir gesagt, dass Berthier unfähig sein soll. Im Gegenteil, ich hörte sogar, er sei ein persönlicher Freund von Napoleon Bonaparte.«

»Das trifft leider zu«, erwiderte Montignac. Er starrte mich an. »Kommen wir zur wichtigsten aller Fragen: Wieso ist es auf einmal so warm in diesem Wald, und warum sind die Bäume plötzlich mitten im Winter grün geworden? Hast du eine Erklärung für dieses Hexenwerk?«

»N-nein«, stammelte ich. »Ich … äh, ich war genauso erschrocken wie Sie und kann es immer noch nicht fassen!«

Ob er mir das glaubte? Durch meine Adern rauschte das Adrenalin. Ich war geliefert, wenn dieser Montignac mich auch für eine Hexe hielt! Irgendwas *musste* ich jetzt tun. Aber was?!

Im nächsten Moment kam mir ein glücklicher Zufall zu Hilfe, der erste dieses Tages: Der narbige Pierre ließ das bereits gesammelte Holz fallen und schrie laut auf.

»Heilige Muttergottes, sehen Sie nur, Colonel! Ein Geist!«, schrie er. Sein Französisch klang in meinen Ohren hart und undeutlich.

»Wo?«, rief Montignac zurück.

Pierre deutete in Richtung Waldweg. »Dort drüben!«

»Ich sehe ihn auch, Colonel!« Hugo, der Typ ohne Schneidezähne, war aufgesprungen und bekreuzigte sich eilig. »Es ist tatsächlich ein Geist!«, stammelte er lispelnd. Seine Augen waren vor Grauen weit aufgerissen.

Der im Laternenlicht kreidebleich aussehende Jacques wollte auch irgendwas dazu sagen, brachte aber nur ein aufgeregtes Husten hervor.

Der Geist lief bergauf und war ein Jogger in weißen Shorts und weißem T-Shirt. Er trug eine leuchtende Stirnlampe, und an seinen Sportschuhen blinkten die Reflektoren im Takt seiner Schritte.

Im ersten Impuls wollte ich ihn um Hilfe anrufen, doch dann fiel mein Blick auf das blitzende Messer in Montignacs Hand. Ich gab keinen Laut von mir.

»Bei den Heiligen!«, stieß Montignac hervor. Er wirkte fassungslos. »Was für ein leuchtendes Nachtwesen war das?« Ein Ausdruck von Begreifen trat in sein Gesicht. »Es muss für den Zauber verantwortlich sein! Rasch, mehr Licht!« Hastig steckte er das Messer weg und zündete einen breiten Holzspan an der Laterne an, der sofort aufflammte und dabei durchdringend nach Teer stank. »Wir verfolgen es!«

»Es könnte uns ebenfalls verhexen, Colonel!«, wandte Hugo mit furchtsam gesenkter Stimme ein.

Das war der Augenblick, in dem ich endgültig daran zu zweifeln begann, ob ich lebend aus dieser ganzen Nummer herauskommen würde. Das Entsetzen der Männer beim

Anblick des vermeintlichen Geistes war derart unverfälscht und echt, dass ich mir absolut sicher war: Keiner dieser Typen zog bloß irgendeine Show ab, die meinten das alles aus tiefstem Herzen ernst. Auf unerklärliche Weise waren sie davon überzeugt, echte Soldaten in einem echten Krieg zu sein. Mit echten Feinden, echten Spionen und echten Zauberwesen.

»Ob es wirklich ein Geist ist, wird sich zeigen, wenn es von meiner Kugel getroffen wird«, kommentierte Montignac und schulterte sein Gewehr. An mich gewandt fügte er hinzu: »Warte hier auf uns und behalte das englische Schwein im Auge!«

Ich nickte bloß stumm.

Zusammen mit seinen Männern nahm Montignac die Verfolgung des Joggers auf. Ich wartete ein paar Sekunden, bis alle vier im Wald verschwunden waren, dann schnappte ich mir Thomas' Messer und schnitt schnell seine Fesseln durch.

»Du hilfst mir?«, fragte er leise. »Warum?«

»Weil es sonst unterlassene Hilfeleistung wäre, und das ist strafbar«, erwiderte ich, während ich mir hastig mit dem Messer das Kleid seitlich bis zur Höhe der Knie aufschlitzte und ringsherum einen breiten Streifen Stoff abriss. Der zarte Musselin gab beim ersten Ruck nach, das Kleid war binnen weniger Augenblicke um eine Armlänge kürzer. Anschließend schnappte ich mir die Laterne und rannte ohne zu zögern los. Ich flitzte im Zickzack zwischen den Bäumen hindurch, bis ich den Wanderweg erreicht hatte. Hinter mir hörte ich Thomas' Schritte und seinen schweren Atem. Die ganze Zeit blickte ich mich nicht um, auch nicht, als ich aus der Ferne hinter mir die wütenden Schreie der Franzosen hörte, nachdem sie mitgekriegt hatten, dass wir abgehauen waren.

Ein Schuss krachte, und keine drei Meter neben mir schlug ein Geschoss in einen Baumstamm ein. Der Schock brachte mich dazu, meine letzten Reserven zu mobilisieren. Thomas blieb dicht hinter mir, wir rannten beide, so schnell wir konnten. Dann ging die Lampe aus. Ich warf sie weg und lief einfach weiter. Der Wald war an dieser Stelle nicht mehr so dicht, im Mondlicht war der Weg besser zu erkennen. Jedenfalls reichte es, um ausreichend Tempo vorzulegen. Mein Fluchtinstinkt hatte sämtliche klaren Gedanken ausgeschaltet, mir ging jedes Gefühl für Raum und Zeit verloren.

Ich hatte keinen zweiten Schuss gehört, was hoffentlich bedeutete, dass der Jogger entkommen war. Die Gewehre, die Thomas und dieser Montignac mit sich herumgeschleppt hatten, waren altertümliche Musketen und mussten vor jedem Schuss mit frischem Schießpulver und neuer Munition befüllt werden. Mein Vater besaß auch so ein Ding und hatte meiner Schwester und mir den Ladevorgang mal vorgeführt – eine ziemlich umständliche Angelegenheit. Natürlich verschoss er bei seinen historischen Schaukämpfen nur Platzpatronen.

Thomas hatte aufgeschlossen und rannte neben mir her. »Du läufst sehr schnell«, stieß er keuchend hervor. »Die

Franzosen sind weit zurückgefallen und können uns nicht mehr einholen.«

»Du kannst ja gern langsamer laufen«, japste ich zurück, doch ich drosselte das Tempo, denn meine Beinmuskeln fingen allmählich an zu protestieren. Einmal stolperte ich und fiel der Länge nach hin. Thomas war sofort da und half mir auf.

»Danke«, sagte ich leise.

»Hast du dir wehgetan?«

»Nein, alles gut.«

Er stand dicht vor mir, und ich musste den Kopf heben, um ihn ansehen zu können. Im Mondlicht wirkte er mitgenommen und besorgt.

Ich klopfte mir den Dreck vom Kleid und schob das Handy in meinem Ausschnitt zurecht. »Kennst du diese Typen eigentlich?«

»Ja«, erwiderte er wortkarg.

»Warum hast du ihnen gesagt, dass ich für die Franzosen spioniere?«

»Sie sollten denken, dass du auf ihrer Seite stehst.«

»Wieso?«

»Ich wollte nicht, dass sie dich für eine Hexe halten. Dann wäre dein Leben nicht mehr viel wert gewesen.«

»Oh«, sagte ich leise. »Das war … nett von dir.«

Er zuckte mit den Schultern. »Montignac kann sehr grausam sein.«

»Ja, das war nicht zu übersehen. Hattest du schon mal mit ihm zu tun? Woher kennst du ihn?«

»Das tut nichts zur Sache.«

»Du willst wohl nicht über ihn sprechen, oder?«

»Nicht, solange nicht klar ist, auf wessen Seite du wirklich stehst.«

Dazu sparte ich mir die Antwort. Wir erreichten den Waldrand, und gleich darauf öffnete sich der Blick über das nächtliche Rheintal. Jetzt wusste ich, dass ich auf dem richtigen Weg war – unter uns lag das beleuchtete Örtchen mitsamt der romantisch illuminierten Burg auf der vorgelagerten kleinen Flussinsel.

Thomas blieb abrupt stehen. »Meine schlimmsten Befürchtungen scheinen sich zu bewahrheiten«, sagte er.

Ich hätte schwören können, dass seine Stimme leicht zitterte. Danach verfiel er in Schweigen und sagte nichts mehr, bis wir den äußeren Rand der Ortschaft erreichten.

Plötzlich hielt er mich bei der Schulter fest. »Was in Gottes Namen ist *das*?« Diesmal klang definitiv Panik aus seiner Stimme. Er deutete auf ein entgegenkommendes Auto.

»Ein Streifenwagen der Polizei«, erwiderte ich so geduldig wie möglich.

Die Polizei kam mir wirklich sehr gelegen. Höchste Zeit, dass ich endlich aus dieser absurden Situation herauskam. Thomas tat mir furchtbar leid, aber ich konnte es kaum noch abwarten, endlich wieder mit normalen Menschen zu kommunizieren. Ich trat auf die Straße und winkte mit beiden Armen. Der Wagen hielt neben mir an. An der Beifahrerseite ging das Fenster runter.

»Gibt's Probleme?«, fragte der Beamte.

»Ja«, erwiderte ich. »Da oben im Wald treiben sich vier historisch kostümierte Franzosen herum und schießen mit scharfer Munition. Die bilden sich allen Ernstes ein, wir wären im Jahr 1813.«

»Das bilden sich aktuell jede Menge Leute hier in der Gegend ein«, sagte der Beamte trocken und mit einem bezeichnenden Blick auf meine und Thomas' Kostümierung.

»Aber diese Typen im Wald waren auf total kranke Art fanatisch! Ich glaube, die sind aus irgendeiner Einrichtung abgehauen.«

»Einrichtung? Sie meinen, aus der Psychiatrie?«

»Ja. Sie sprechen Französisch. Einem fehlen ein paar Vorderzähne, einer hat eine riesige Narbe im Gesicht, und der andere hustet dauernd. Der Anführer hat sich als Colonel Charles de Montignac vorgestellt, das war der Kerl mit dem Gewehr. Eine Muskete, um genau zu sein.«

»Und Sie sind sicher, dass er mit scharfer Munition geschossen hat? Wo genau war das?«

»Keine Ahnung, irgendwo im Wald, die Stelle habe ich mir nicht gemerkt. Aber der Typ ist auf jeden Fall gewalttätig.«

»Inwiefern?«

»Er hat den armen Kerl hier an einen Baum gefesselt und ihn brutal geschlagen.« Ich deutete auf Thomas. Eigentlich wäre jetzt der geeignete Moment gewesen, darauf hinzuweisen, dass der *arme Kerl* ebenfalls nicht ganz dicht war. Doch irgendwie brachte ich es nicht über die Lippen. Wahrscheinlich aus Mitleid. Thomas stand stocksteif da, das Gesicht ganz starr vor Angst. Offensichtlich fürchtete er sich schrecklich davor, eingewiesen zu werden.

»Wollen Sie Anzeige wegen Körperverletzung erstatten?«, fragte der Beamte ihn. Ehe Thomas antworten konnte, beugte der Beamte am Steuer sich über die Mittelkonsole und fasste mich genauer ins Auge. »Heißen Sie zufällig Loreley und wohnen mit Ihren Eltern in der Pension Binsenbrech?«

Ich nickte überrumpelt.

»Wir haben eine Vermisstenmeldung vorliegen. Alles in Ordnung mit Ihnen? Geht es Ihnen gut?«

»Hm – ja.«

»Steigen Sie ein«, forderte der Beamte mich auf. »Wir bringen Sie zurück zur Pension. Haben Sie eine Ahnung, welche Sorgen sich Ihre Eltern machen?« Er zeigte auf einen Punkt hinter mir. »Ihr Freund hat's anscheinend nicht weit nach Hause, oder? Falls er noch Anzeige stellen will, soll er im Laufe des Tages anrufen oder auf die Wache kommen.«

Ich wandte mich zu Thomas um und sah ihn gerade noch um die nächste Ecke verschwinden.

»Was diese Franzosen angeht, liegen uns bisher keine Such- oder sonstigen Meldungen vor«, fuhr der Beamte fort, nachdem ich hinten in den Streifenwagen eingestiegen war. »Aber wir halten Augen und Ohren offen. Wahrscheinlich kommen wir noch mal wegen einer genauen Aussage auf Sie zu.«

»In Ordnung«, sagte ich geistesabwesend, während ich

mich auf der Rückbank anschnallte. »Wir bleiben das ganze Wochenende in der Stadt, einschließlich Montag.«

»Das sagten Ihre Eltern bereits, als sie die Vermisstenanzeige aufgegeben haben. Hatten Sie sich verlaufen?«

Ich nickte schweigend.

Der Beamte am Steuer betrachtete mich eingehend im Innenspiegel. »Kein Handy dabei?

»Doch, aber der Akku ist leer.«

Er startete den Wagen und fuhr los. »Hätten Sie nicht das Handy von Ihrem Freund benutzen können?«

»Der hatte keins dabei.«

»Bei der Vermisstenmeldung war nicht von einem Freund die Rede«, sagte der Beamte am Steuer. Erneut musterte er mich prüfend im Innenspiegel.

»Er ist auch gar nicht mein Freund. Ich bin ihm nur zufällig über den Weg gelaufen.« Spätestens jetzt hätte ich damit herausrücken müssen, dass er mich gefesselt hatte und eindeutig ebenfalls unter einer geistigen Störung litt, aber ich saß einfach bloß stumm auf dem Rücksitz. Was war los mit mir? Fand ich Thomas etwa zu nett und zu gut aussehend, um ihn reinzureißen? Hatte ich mich vielleicht unterbewusst mit ihm solidarisiert, als dieser Franzose ihn misshandelt hatte?

»Ist wirklich alles in Ordnung?«, wollte der Polizist am Steuer wissen.

»Klar«, behauptete ich.

Vor der Pension stiegen die beiden Beamten mit aus. Gemeinsam mit mir warteten sie, bis ich den Inhaber aus dem

Bett geklingelt hatte. Herr Binsenbrech wohnte in einer kleinen Privatwohnung unterm Dach, brauchte aber eine gefühlte Ewigkeit, um die Haustür aufzumachen. Er trug einen Bademantel und Gummischlappen.

»Oh-oh, die verlorene Tochter! Deine Eltern haben schon einen Suchtrupp losgeschickt und das halbe Rheinland nach dir abgesucht.« An die Beamten gewandt, fuhr er in seiner peinlichen Jugendsprache fort: »Ich hatte mir schon gedacht, dass sie bloß Party macht. Kids in dem Alter sind halt so. Wollen Cocktails trinken und rumchillen, statt korrekt zu arbeiten. Ich hatte ihr in dieser Location hier einen Job angeboten. Coole Sache, vielleicht überlegt sie sich's ja noch.«

»Vielen Dank und gute Nacht«, sagte ich hastig zu den Beamten, bevor ich mich an Herrn Binsenbrech vorbeidrängte und zur Treppe lief. Oben im Flur ging die Tür vom Zimmer meiner Eltern auf, und meine Mutter kam herausgestürzt.

»Sie ist wieder da!«, rief sie über die Schulter ins Zimmer, und im nächsten Augenblick erschien auch mein Vater. Beide waren vollständig angezogen und sahen schrecklich aus – meine Mutter hatte total verheulte Augen, und mein Vater wirkte mit der Blässe unter seinem Stoppelbart wie ein Zombie.

Sie umarmten mich beide gleichzeitig, stumm und mindestens zwei Minuten lang. Mama schluchzte und zitterte, und auch Papas Brustkasten zuckte verdächtig. Nur zögernd ließen sie mich los.

»Schatz, wo warst du nur?«, fragte Mama schließlich mit

tränenerstickter Stimme. Sie hielt mich an den Schultern ein Stück von sich weg. »Wie siehst du aus? Was ist passiert?«

Die Tür zu Mias und meinem Zimmer öffnete sich, und meine Schwester kam gähnend heraus. Sie war im Nachthemd und sah sehr verschlafen aus.

»Müsst ihr so einen Krach machen?«

»Lori ist wieder da!«, sagte meine Mutter mit tief bewegter Stimme.

»Super«, sagte Mia. »Wäre echt doof, wenn sie bloß eine Fata Morgana wäre.«

Herr Binsenbrech kam die Treppe hoch. »Family wieder vereint. Freut mich hammermäßig. Wollt ihr zur Feier des Tages Rühreier zum Frühstück? Dann leg ich der Gülcan einen Zettel hin, dass sie nachher welche machen soll.«

»Du hast meine Frage noch nicht beantwortet«, sagte meine Mutter zu mir. »Was war los? Wo hast du gesteckt? Wieso hast du dich nicht gemeldet?«

Für lange Erklärungen war ich einfach zu kaputt. Außerdem stand Herr Binsenbrech mit aufgesperrten Ohren da und hörte genau zu.

Ich gab eine geschönte Kurzfassung zum Besten und ließ dabei alles weg, was meine Eltern nur unnötig in Sorge versetzt hätte. »Zuerst bin ich eingeschlafen, dann war es auf einmal dunkel und mein Akku war leer, und dann hab ich mich im Wald verlaufen«, zählte ich auf. »Es tut mir alles wahnsinnig leid, wirklich.«

»Mach so was nie wieder, Lori!«, sagte mein Vater mit belegter Stimme.

»Keine Sorge. Das nächste Mal lade ich vorher mein Handy auf.«

»Das habe ich nicht gemeint.«

»Ich weiß.« Zerknirscht blickte ich ihn an. »Es tut mir *wirklich* leid. Ich hätte nicht einfach so allein losziehen dürfen. Kommt nicht wieder vor, versprochen.«

Er seufzte, dann umarmte er mich noch einmal fest. »Ab ins Bett mit euch. Wir sehen uns beim Frühstück.«

*

4

In Mias und meinem Zimmer zog ich das zerrissene Kleid aus (zum Glück hatte mich keiner gefragt, wie das passiert war!) und warf es über den Stuhl. Als Nächstes hängte ich mein Handy ans Ladekabel und trank eine halbe Flasche Mineralwasser. Danach fiel ich todmüde ins Bett. Das Zähneputzen schenkte ich mir ausnahmsweise. Mir fielen schon die Augen zu, als Mia mit verschlafener Stimme vom Nachbarbett aus fragte: »Wieso bist du eigentlich einfach so verschwunden? Warst du wegen irgendwas angefressen?«

»Nein, ich wollte einfach nur mal ein bisschen allein sein«, sagte ich leise. Und dann fragte ich mich nicht zum ersten Mal, wieso ich diesen seltsamen Drang verspürt hatte, den Ort zu verlassen und in den Wald zu gehen. Rückblickend betrachtet gab es keine rationale Erklärung dafür. Dennoch war es ein unwiderstehlicher Impuls gewesen. So ähnlich wie der Wunsch, mich auf dem Felsvorsprung in der Sonne auszuruhen. Und warum konnte ich mich eigentlich nicht daran erinnern, dort schläfrig geworden und eingenickt zu sein?

Doch ich war viel zu erschöpft, um länger als zehn Sekunden darüber nachzudenken. Ich hatte mich kaum unter die Decke gekuschelt, als ich auch schon eingeschlafen war.

Mein Schlaf war von Albträumen erfüllt – ich träumte wieder, dass Blitze vom Himmel niederfuhren, mich mit Urgewalt erfassten und sich auf geheimnisvolle Weise mit meinen Fingern verbanden, bis blaues Feuer hervorströmte. Allerdings hatte sich im Gegensatz zu den früheren Versionen etwas verändert. Zum ersten Mal versuchte ich im Traum, die Flammen zu steuern. Ich schüttelte und bewegte meine Hände, und tatsächlich gelang es mir, das Feuer wegzuschleudern. In Gestalt neuer Blitze zuckte es von meinen Fingerspitzen und erleuchtete wie gezackte Lichtschwerter die Dunkelheit. Ich zitterte und schrie vor Angst, aber zugleich war es ein berauschendes Gefühl, voller Wildheit und urtümlicher Macht. Doch ich konnte es nicht lange kontrollieren. Das bläuliche Feuer flackerte und loderte heiß um meine Hände, strich mir die Arme herauf und drohte mein langes Haar in Brand zu setzen. Ich schrie erneut auf und sah mich panisch nach Hilfe um, aber da war niemand.

An dieser Stelle endete der Albtraum, nur um nahtlos in den nächsten überzugehen. Diesmal zum Glück zwar ohne Blitze, aber deshalb nicht weniger schlimm. Ich rannte durch den Wald und wurde von Montignac verfolgt. Er schoss mehrmals auf mich und verfehlte mich nur knapp. Zwischendurch musste ich immer wieder seinen drei Kumpanen ausweichen. Sie hüpften wie Geisterbahnfiguren seitlich vor mir auf den Weg und wollten mich packen. Haken schlagend hetzte ich an ihnen vorbei, aber irgendwie schafften sie es dauernd, an der nächsten Wegbiegung wiederaufzutauchen und erneut nach mir zu greifen. Unterdessen kam Montignac immer näher. »Tötet sie nicht!«, schrie er seinen Männern zu. »Sie soll erst sterben, wenn sie alles gesagt hat, was ich wissen will!«

Dann war auf einmal Thomas da. Er umschloss mich schützend mit beiden Armen und zog mich an sich. »Keine Sorge, ich lasse nicht zu, dass sie dir was tun! Auch wenn du eine französische Spionin und höchstwahrscheinlich eine Hexe bist – ich finde dich unglaublich hübsch! Hat dir schon mal jemand gesagt, dass du wunderschönes Haar und tolle Beine hast?«

Ich blickte hoch in sein markantes, anziehendes Gesicht, und seine Augen erschienen mir so blau wie der Junihimmel. Plötzlich flatterten Schmetterlinge in meinem Inneren herum, und ich schmiegte mich unwillkürlich fester in seine Arme. »Halt mich fest!«

Er fasste nach meiner Schulter. »Du redest im Schlaf. Das ist echt peinlich.«

Verschreckt überlegte ich, was er meinte.

»Komm schon, du hast jetzt lange genug gepennt.« Das war eindeutig meine Schwester, nicht Thomas. Sie rüttelte mich vollends wach. Langsam kam ich zu mir. »Unten im Frühstücksraum ist so ein englischer Typ, der dringend mit dir reden will. Er heißt Thomas und behauptet, ihr kennt euch. Und er sagt, es wäre sehr wichtig, dass er sofort mit dir sprechen kann.«

Ich fuhr hoch. Mia stand fix und fertig angezogen neben

meinem Bett und betrachtete mich neugierig. »Will er was von dir? Ich meine, als Frau? Äh, nein, natürlich als Mann. Von dir als Frau. Du weißt schon.«

»Wa-was?«, stotterte ich verdattert. »Er ist *hier*?«

Mia nickte. »In Uniform. Cooler Style. Und er ist total süß. Wenn du ihn nicht willst, nehme ich ihn.«

Ich ignorierte das nervige Gequatsche meiner Schwester einfach und warf einen Blick auf mein aufgeladenes Handy. Fast elf. Hastig stand ich auf und ging ins Bad. Mia folgte mir auf dem Fuße. »Woher kennst du den Typ? Von Tinder?«

»Wo sind Mama und Papa?«, fragte ich zurück, den Mund voller Zahnpastaschaum. »Noch beim Frühstück?«

»Nein, die sind schon unterwegs. Sie haben gesagt, ich soll dich schlafen lassen. Papa ist bei den Proben für die Gefechtsdarstellungen, und Mama hilft bei den Vorbereitungen für die militärhistorische Modenschau.«

Ich stieg unter die Dusche. Mia baute sich draußen vor dem Vorhang auf und ließ nicht locker. »Wie alt ist der Typ? Ist er ein Austauschstudent oder so was? Warst du gestern mit ihm im Wald? Und wieso hat er blaue Flecken im Gesicht, hatte er eine Schlägerei?«

Ich ignorierte sie weiter und wusch mir in Windeseile die Haare. Nach dem Abtrocknen und Kämmen machte ich den Föhn an, der den Vorteil hatte, dass er Mias Fragen übertönte. Doch kaum war ich im Bad fertig und fing an, mir Sachen zum Anziehen rauszusuchen, nervte sie mich weiter.

»An deiner Stelle würde ich das schwarze T-Shirt lieber nicht anziehen. Damit siehst du aus wie schimmeliger Mozzarella.«

»Ich würde ja das grüne nehmen, aber das hast *du* gerade an.«

»Ich hatte dich heute Morgen gefragt, ob du es mir borgst, aber du hast es nicht gehört. Du hast vorhin ja nicht mal das Böllerschießen mitbekommen, obwohl es echt laut war.«

Anstelle des dunklen Shirts wählte ich ein rosafarbenes. Das ließ mich tatsächlich etwas frischer aussehen. Dann ging ich wieder ins Bad und vervollständigte meinen Look. Ein bisschen Rouge, etwas Concealer gegen die Augenringe und reichlich Wimperntusche, damit ich weniger übernächtigt wirkte. Ich wollte auf keinen Fall als verschimmelter Mozzarella auflaufen, wenn ich Thomas wiedersah. Nicht, nachdem er mir eben erst erklärt hatte, wie hübsch er mich fand.

Daran lässt sich ermessen, wie sehr ich neben der Spur war (schließlich hatte ich seine Komplimente nur *geträumt*!), aber das änderte nichts daran, dass ich einen guten Eindruck auf ihn machen wollte.

»Krass«, sagte Mia, während sie mich über meine Schulter hinweg im Badezimmerspiegel betrachtete. »Ist das der neue Drama-Queen-Mascara, den du dir letztens gekauft hast? Darf ich den auch mal benutzen?«

Ich blinzelte unwillkürlich, denn meine Augen sahen mit den frisch getuschten Wimpern im hellen Tageslicht tatsächlich ungewohnt groß aus. Hexenaugen … Ein schwaches Schaudern überlief mich, als ich an Thomas' Anschuldigungen der vergangenen Nacht dachte. Wieso wollte ich mich für diesen Typ schön machen? Mehr noch – warum konnte ich es kaum erwarten, ihn wiederzusehen? Hatte ich sie eigentlich noch alle?!

»Wieso glotzt du dich die ganze Zeit so komisch im Spiegel an?«, wollte Mia wissen.

Ich stieß mich vom Waschbecken ab und ging zur Tür. »Ich glotze nicht.«

»Tust du wohl. Was ist los mit dir? Hängt es mit diesem Engländer zusammen? War er letzte Nacht mit dir im Wald? Erzähl es mir, sonst verrate ich Mama und Papa, dass du dich heimlich mit ihm triffst.«

»Mach nur. Dann erzähle ich ihnen von den gefälschten Entschuldigungen für den Sportunterricht.«

»Du hast auch schon Entschuldigungen gefälscht!«, hielt meine Schwester mir entrüstet vor.

»Aber nie für Sport.«

Ich ließ Mia stehen und ging runter zum Frühstücksraum. Unten im Erdgeschoss lief mir – wieder mal – Herr Binsenbrech über den Weg.

»Das Rührei ist leider alle«, begrüßte er mich.

»Das macht nichts.«

»Eigentlich ist die Frühstückszeit schon vorbei.«

»Gibt's noch Kaffee?«

»Ich schau mal, ob Gülcan noch welchen hat.« Er machte jedoch keine Anstalten dazu, sondern blieb stehen und rieb sich den Nasenrücken. Anschließend begutachtete er seine

Finger, vielleicht, um zu ergründen, ob sie jetzt genauso fettig aussahen wie die Haut an seiner Nase. Dann deutete er mit dem Daumen über seine Schulter in Richtung Frühstücksraum. »Der Junge da drin – ist das dein Date von letzter Nacht? Habt ihr zusammen abgehangen?«

»Er hat mir bloß den Weg gezeigt.« Das war meilenweit entfernt von dem, was ich eigentlich hatte sagen wollen, nämlich: *Kümmern Sie sich um Ihren eigenen Scheiß*. Doch das brachte ich nicht über die Lippen. Meine Eltern kamen seit vielen Jahren hierher. Sie liebten diese kleine Frühstückspension. Vielleicht nicht mehr ganz so sehr, seit Herr Binsenbrech den Betrieb von seiner wirklich reizenden Tante übernommen hatte, die vor drei Jahren gestorben war. Aber sentimental besetzte Gewohnheiten waren sehr mächtig, das galt besonders für meine Eltern. Wahrscheinlich würden sie auch in dreißig Jahren noch ihre romantischen Kurzurlaube hier am Rhein verbringen. Ich wäre mir mies vorgekommen, wenn ich ihnen das ruiniert hätte.

Herr Binsenbrech lächelte, als teilten wir ein prickelndes Geheimnis. »Mir kannst du's ruhig verraten. Ich erzähle deinen Eltern auch nichts davon.«

»Da gibt es nichts zu verraten.«

»Schon klar.« Er zwinkerte. »Ich geh dann mal nachsehen, ob noch Kaffee da ist. Vielleicht kann ich auch noch ein oder zwei Brötchen auftreiben. Aber wenn dein Freund auch was frühstücken will, kostet das sieben Euro fünfzig.«

»Okay. Setzen Sie es auf unsere Rechnung.«

Endlich zog er in Richtung Küche ab. Ich atmete tief

durch. Dann machte ich die Tür zum Frühstücksraum auf und ging hinein.

*

Der Raum war nicht besonders groß. Es gab sechs Tische für jeweils vier Personen. Das Büfett an der Wand war schon leer geräumt. Auf einigen Tischen stand noch benutztes Geschirr.

Thomas saß an einem Fenstertisch und las versunken in einer zerfledderten Zeitung. Als ich zu ihm trat, schrak er zusammen. Ruckartig schob er seinen Stuhl zurück und stand auf.

»Guten Morgen, Lori«, sagte er in seinem gestelzt klingenden Deutsch und verbeugte sich dabei.

»Guten Morgen«, erwiderte ich unsicher.

Er rückte mir einen Stuhl zurecht. »Nimm doch bitte Platz.«

Ich setzte mich hin und beobachtete ihn, während er sich mir gegenüber niederließ. Unter seinen Blicken wurde mir warm. Mir entging nicht, dass ich ihm gefiel, auch wenn er versuchte, es sich nicht anmerken zu lassen. Umgekehrt galt allerdings dasselbe. Hatte er letzte Nacht auch schon so toll ausgesehen? Falls ja, hatte ich wahrscheinlich nicht genau genug hingeschaut. Oder es war zu dunkel gewesen. Oder es lag daran, dass ich ein paar andere Probleme gehabt hatte. Jetzt schien die Sonne ins Zimmer, sodass mir keine Einzelheit seiner Erscheinung entging. Er hatte sich irgendwo gewaschen und gekämmt. Gesicht und Hände wirkten sauber und gepflegt, abgesehen davon, dass er sich nicht rasiert hatte. Aber dadurch sah er höchstens noch besser aus. Die Bartstoppeln verliehen ihm einen leicht verwegenen Anstrich – und sorgten dafür, dass der blaue Fleck an seinem Unterkiefer nicht ganz so deutlich zu erkennen war. Die Uniform war allerdings ein bisschen angeschmuddelt. Den Hut hatte er vergangene Nacht unterwegs verloren; er war schon auf dem letzten Wegstück nicht mehr da gewesen, ebenso wenig wie sein Gepäck mitsamt Gewehr – er hatte alles bei unserem hektischen Aufbruch zurücklassen müssen.

Und er war eindeutig restlos am Ende. Dunkle Ränder lagen unter seinen Augen. Seine Schultern waren gebeugt, als könnte er sich nur noch mit Mühe aufrecht halten.

Mir wurde bewusst, dass ich ihn die ganze Zeit angestarrt hatte. Verlegen blickte ich zur Seite.

Thomas sprach als Erster. »Zu Beginn möchte ich dich aus tiefstem Herzen für mein Verhalten in der letzten Nacht um Vergebung bitten.« Ein wenig linkisch erhob er sich erneut von seinem Stuhl und verbeugte sich ein weiteres Mal vor mir. »Mein grobes Benehmen und meine Anschuldigungen waren unverzeihlich. Zu meiner Rechtfertigung kann ich nur anführen, dass ich dich in meiner Unwissenheit tatsächlich für eine Zauberin und Spionin hielt. Jetzt weiß ich, wie falsch ich damit lag. Ich hoffe inständig, du kannst mir vergeben, dass ich dich fesselte und mit Verdächtigungen überhäufte.«

»Geschenkt«, sagte ich großmütig. »Ist ja nichts weiter passiert. Wir leben noch, und alles ist im Lack. Wie hast du mich überhaupt gefunden?«

Thomas setzte sich wieder. »Der Polizist erwähnte während eures Gesprächs den Namen dieser Pension. Als mir die Tageszeit für einen Besuch angemessen erschien, fragte ich mich hierher durch und begegnete deiner Schwester. Dass sie deine Schwester sein muss, erkannte ich an eurer frappierenden Ähnlichkeit.«

»Sie heißt Mia und ist zwei Jahre jünger als ich«, erklärte ich.

Thomas nickte. »Das hat sie mir erzählt. Der Grund meines Besuchs ist sehr einfach. Ich fürchte, ich brauche deine Hilfe. Leider kenne ich hier sonst niemanden, an den ich mich wenden könnte. Ich benötige Unterstützung bei meiner Rückkehr.«

Ich war überrascht. Anscheinend war er zur Vernunft gekommen.

»Dass du zurückwillst, finde ich großartig«, sagte ich erleichtert. »Das ist der beste Schritt, den du momentan machen kannst. Bestimmt kommt dann ganz schnell alles wieder in Ordnung!«

»Mir ist klar, worauf du anspielst. Du denkst, ich sei aus einer Anstalt für Geisteskranke entwichen. Aber das bin ich nicht.«

»Nicht?«, fragte ich verunsichert.

Er schüttelte den Kopf. »Nein. Obwohl das, was ich dir nun mitteilen werde, diesen falschen Eindruck, den du von mir gewonnen hast, zweifellos wieder festigen wird.« Er blickte mich ernst an. »Ich stamme aus dem Jahr 1813.«

*

Sein letzter Satz hallte in meinem Kopf nach wie ein überlauter Gong. Mein erster Gedanke war: *Der Typ verarscht dich.*

Doch dann rief ich mir sein Verhalten sowie das der Franzosen ins Gedächtnis. Alles, was sie in der vergangenen Nacht gesagt und getan hatten, hatten sie völlig ernst gemeint. Nicht nur Montignac und seine Männer, sondern auch Thomas. Auch jetzt deutete nichts an seiner Miene oder seinem Blick darauf hin, dass er irgendwelche Spielchen veranstaltete.

Meine Gedanken summten durcheinander wie ein wild gewordener Bienenschwarm.

Thomas betrachtete mich forschend. »Glaubst du mir oder hältst du mich für verrückt, so wie Montignac und seine Männer? Welche übrigens allesamt geistig ebenso normal sind wie ich, sieht man von Montignacs abscheulicher Neigung zum Sadismus einmal ab.«

»Äh … Gib mir eine Sekunde«, stammelte ich. Und stellte mir tatsächlich die passende Was-wäre-wenn-Frage: Was wäre, wenn es stimmte?

Das zog sofort weitere Fragen nach sich. Was war wahrscheinlicher? Dass fünf Typen gleichzeitig unter derselben Wahnvorstellung litten? Oder dass Menschen durch die Zeit reisen konnten?

Eben. Das Ganze war sozusagen selbsterklärend. Es gab keine Zeitreisen. Sie waren reine Fantasy. Wogegen gemeinsame Psychosen sicher schon vorgekommen waren. Vielleicht hatten sie ja auch alle gemeinsam irgendwelche Drogen konsumiert und waren auf dem Trip hängen geblieben. So was gab es, man hörte viel zu oft davon. Die Leute bekamen dann Halluzinationen und drehten durch. Das musste schrecklich sein. Ich hatte mir deshalb schon vor langer Zeit geschworen, so ein Zeug niemals anzurühren.

»Es muss gestern während des Gewitters geschehen sein«, sagte Thomas und unterbrach damit meine Gedanken. »Nach dem Bootsunglück hatte ich mich aus dem Fluss an Land gerettet. Es war Dezember, die Temperaturen waren eisig, und ich fürchtete zu erfrieren. Eilig suchte ich mein Versteck auf und zog mich um.« Er lächelte flüchtig. »Das hattest du übrigens völlig richtig kombiniert. Es war haargenau so, wie du es vermutet hast – ich war als zivil getarnter Kundschafter im Auftrag Wellingtons unterwegs. Zuvor hatte ich einen Teil meiner Habe diesseits des Rheins in einer Höhle zurückgelassen. Nachdem ich die nassen Sachen gegen trockene getauscht hatte, erreichte das Gewitter seinen Höhepunkt. Blitze schlugen dicht um mich herum ein, und ich verlor völlig die Orientierung.«

Ich stand da, wie vom Donner gerührt. Und das quasi im wahrsten Sinne des Wortes: Das Gewitter, das ich in meinen Traum eingebaut hatte. In denselben Albtraum, den ich in der Nacht davor und danach auch gehabt hatte. Ich starrte Thomas an, brachte aber kein Wort heraus.

Mit angespanntem Gesichtsausdruck redete er weiter. »Ich weiß nicht, wie lange es dauerte, aber als es endlich aufhörte, war es auf einmal nicht mehr kalt, sondern sommerlich warm. Die Bäume standen in vollem Grün, die ganze Umgebung wirkte eigentümlich verändert. Zunächst glaubte ich, tot zu sein. Im Rhein ertrunken und auf dem Weg ins Fegefeuer. Ich wusste weder ein noch aus vor Furcht, aber dann wurde ich durch Montignac und seine Männer abgelenkt. Ich musste mich vor ihnen verbergen, denn sie waren hinter mir her. Montignac verfolgt mich bereits seit einer ganzen Weile.« Thomas hielt inne, seine Augen fingen meinen Blick ein. »Dann liefst du mir über den Weg, und ich war davon überzeugt, du seist eine Hexe, die das Wetter und die Umgebung verzaubert hatte.« Er deutete auf mein Handy, das vor mir auf dem Tisch lag. »Dieses Ding bestärkte mich darin, dass du mit bösen Mächten im Bunde sein müssest, zumal ich dich vorher vom Fluss aus auf dem Felsen gesehen hatte. Aber meine Überzeugung geriet nach und nach ins Wanken. Zu viele deiner Bemerkungen deuteten in eine andere Richtung, die sich bald darauf bestätigte: dass es mich in eine Zukunftswelt verschlagen hatte, ebenso wie Montignac und seine Leute. In eine Welt, die für mich ein einziger Albtraum ist.« Er zog finster die Brauen zusammen. »Zweimal wurde ich fast von einer eurer röhrenden, pferdelosen Kutschen überfahren.« Er atmete kurz durch, ehe er fortfuhr. »Ich brauchte Stunden, um mich zurechtzufinden, und es kostete mich schier übermenschliche Beherrschung, dabei nicht über Gebühr aufzufallen oder den Verstand zu verlieren. Schließlich hielt mich nur noch die Hoffnung aufrecht, baldmöglichst wieder in meine angestammte Epoche zurückkehren zu können. Also fasste ich mir ein Herz und erkundigte mich bei mehreren Leuten hier im Ort nach Möglichkeiten, so schnell wie möglich ins Jahr 1813 zurückzureisen. Ein junges Mädchen erklärte, das sei *eine echt abgefahrene Masche*, und wollte mir ihre Handynummer geben. Als ich ihr mitteilte, dass ich kein Handy besitze, ließ sie mich stehen. Ein freundlicher Herr in preußischer Uniform riet mir, an den Gefechtsdarstellungen teilzunehmen, die für heute auf dem Programm stehen, das werde mich flugs ins Jahr 1813 versetzen. Doch ich vermute sehr stark, dass er es nur sinnbildlich meinte. Ein anderer Mann bot mir eine zweifelhafte Substanz an, die ich rauchen sollte. Doch er verlangte Geld dafür, weshalb wir nicht ins Geschäft kamen.«

Um ein Haar wäre mir ein hysterisches Kichern entwichen, doch dann erfasste mich wachsende Beklemmung. Auch wenn Thomas' Bericht erstaunlich nüchtern klang, ja beinahe ironisch in seiner überspitzten Sachlichkeit – der arme Kerl musste völlig durch den Wind sein!

»Du hast dich gewaschen und gekämmt«, stellte ich fest. »Wo bist du dafür hingegangen?«

Thomas druckste herum, verlegene Röte stieg in seine Wangen. »Der freundliche preußische Offizier zeigte mir einen Ort für … menschliche Bedürfnisse. Dort gab es auch ein Waschbecken, wo man sich Gesicht und Hände reinigen konnte.« Mit ehrfürchtigem Staunen fügte er hinzu:

»Das Becken war aus feinstem weißem Porzellan. Das Wasser kam aus silbernen Rohren direkt aus der Wand. Und die Seife konnte man aus einem Ding herausdrücken, das sich Seifenspender nennt. Sie duftete vorzüglich nach Fichtennadeln.«

»Ja, man riecht es noch.«

»Der Offizier führte mir vor, wie man mit dem Wasserhahn und dem Seifenspender umgeht. Er lieh mir auch seinen Taschenkamm.«

»Das war wirklich nett von ihm. Aber in Wahrheit ist er kein Offizier, sondern bloß ein Typ, der sich für das historische Reenactment verkleidet hat.«

Thomas nickte. »Das weiß ich inzwischen. Es steht da drin.« Er deutete auf die vor ihm liegende Zeitung. »Ich las dieses Tageblatt, während ich auf dich wartete, doch es enthält neben den örtlichen Neuigkeiten nur viele verwirrende und teils bestürzende Artikel, von denen sich keiner mit dem Thema Zeitreisen befasst. Das ist auch einer der Gründe, warum ich zu dir komme. Du scheinst dich hier gut auszukennen. Kurzum: Wo finde ich in diesem Ort auf dem schnellsten Wege ein Gerät, das es mir ermöglicht, in meine Zeit zurückzukehren?«

»Du meinst, so was wie eine Zeitmaschine?« Ich räusperte mich. »Die Sache ist die: Es gibt keine Zeitreisen. Außer in Romanen und Filmen.«

Thomas sah mich erschüttert an. Er rang nach Worten. Schließlich riss er sich zusammen und meinte mit schleppender Stimme: »Ich weiß nicht, was *Filme* sind. Doch da du sie im Zusammenhang mit Romanen erwähnst, scheint es sich dabei ebenfalls um reine Fiktion zu handeln.«

Ich nickte schweigend und fühlte mich elend und hilflos.

»Ich sehe dir an, dass du mir nicht glaubst«, sagte er leise. »Du zweifelst an meinem Verstand und hältst es für unmöglich, dass ich aus der Vergangenheit komme.«

Ich wusste nicht, was ich dazu sagen sollte, also hielt ich den Mund.

Mit einem Mal hellte sich seine Miene auf. »Es gäbe noch eine andere Möglichkeit, die du nicht erwogen hast! Vielleicht wird ja irgendwann in nicht allzu ferner Zukunft das Zeitreisen entdeckt! Menschen aus späteren Jahrhunderten könnten demnach dafür verantwortlich sein, dass ich hierher entführt wurde. Diese Menschen könnten mir folglich auch helfen, wieder nach Hause zurückzukehren!«

»Vielleicht eines Tages«, stimmte ich zu, eher aus Höflichkeit als aus Überzeugung. »Aber momentan weiß keiner, ob Zeitreisen je möglich sein werden. Kann sein, dass sie irgendwann funktionieren. Vielleicht in hundert Jahren. Oder in tausend. Aber bestimmt nicht demnächst.«

Thomas' Schultern sanken herab. Dann wechselte er unvermittelt das Thema. »Es gibt noch einen weiteren Grund, warum ich zu dir gekommen bin«, sagte er leise. »Ich sah dich vom Boot aus, bevor es unterging.«

»Ja, das hast du schon erwähnt.«

»Ich weiß. Aber überleg doch – ich befand mich im Jahr 1813, als ich dich dort oben auf dem Felsen erblickte! Zwischen uns muss eine Verbindung bestehen. Eine Brücke zwischen den Zeiten! Man müsste dahinterkommen, wie es möglich war, dass ich dich von der Vergangenheit aus sehen konnte. Vielleicht liegt darin eine Chance für meine Rückkehr.« Beschwörend sah er mir in die Augen. »Es *muss* einen Weg geben!«

Bei seinen Worten bildete sich auf meinen Armen eine Gänsehaut. Das Gewitter, die Blitze … Nein, das war bloß ein blöder Albtraum gewesen. Zu allem Überfluss einer mit Wiederholungseffekt.

Allmählich wurde die ganze Sache wirklich gruselig, vor allem, weil diese geistige Störung ansteckend zu sein schien. Wie ließ es sich sonst erklären, dass ich anfing, Thomas' Blickwinkel einzunehmen und sogar eine Verbindung zu meinen Träumen herzustellen? Ging es eigentlich noch abgefahrener? Die Wirklichkeit ließ sich nicht einfach mithilfe von Fantasy verbiegen! Ich musste auf dem Boden der Tatsachen bleiben, und zwar mit beiden Beinen. Gut möglich, dass Thomas dringend Medikamente benötigte und schon längst seine tägliche Dosis hätte einnehmen müssen.

Trotzdem fühlte ich mich bei dem Gedanken, ihn irgendwo zu melden, wie die letzte Verräterin. Was wiederum bedeutete, dass ich anscheinend jeglichen Realitätssinn verloren hatte. Warum sonst bekam ich in Thomas' Gegenwart Herzklopfen, träumte nachts von ihm und hätte am liebsten bis in alle Ewigkeit hier mit ihm zusammengesessen?

Ich war froh, als im nächsten Moment Gülcan mit einem Tablett hereinkam und so für Ablenkung sorgte. Sie war groß, schlank und dunkelhaarig, Deutschtürkin der dritten

Generation und eine echte rheinische Frohnatur. Ich kannte sie von unseren früheren Besuchen in der Pension. Sie war drei Jahre älter als ich und studierte Kunstgeschichte in Köln.

Thomas erhob sich höflich, als sie zu uns an den Tisch trat.

»Morgen, Gülcan«, sagte ich. »Das ist Thomas.«

»Hi, ihr zwei«, erwiderte sie gut gelaunt, während sie das Tablett vor uns abstellte.

Es war mit allen möglichen Köstlichkeiten beladen: zwei Gläser Orangensaft, ein großer Teller mit Rührei, Brötchen, Butter, Konfitüre, Schinken und Käse. »Alles für euch. Haut rein, aber verratet es nicht dem Brechmittel. Kaffee hole ich auch noch rasch.« Sie verschwand nach nebenan.

»Was für ein Brechmittel meinte sie?«, erkundigte sich Thomas befremdet.

»So nennen wir den Inhaber der Pension, wenn wir unter uns sind. Er heißt Binsenbrech und ist eine schreckliche Nervensäge. Als Arbeitgeber die reinste Katastrophe. Gülcan jobbt hier an den Wochenenden und in den Semesterferien. Sie hasst es, aber es hat den Vorteil, dass sie in der Zeit bei ihrer Familie wohnen kann. Ihre Eltern leben ganz in der Nähe, sie haben hier ein Haus.«

Gülcan kam mit der Kaffeekanne zurück und schenkte zwei Tassen voll. »Braucht ihr noch was?«

»Alles perfekt, danke.«

Sie ließ uns die Thermoskanne da und ging wieder in die Küche. Ich schob Thomas einen Teller und Besteck hin und stellte ein Glas O-Saft daneben. »Bedien dich. Oder hast du heute schon was gegessen?«

Er schüttelte den Kopf und blickte hungrig und zugleich beschämt auf das Essen. »Verzeih, aber ich kann diese Mahlzeit nicht bezahlen.«

Seine altertümliche Redeweise war seltsam anrührend. Auch wenn er sich bloß einbildete, aus dem vorletzten Jahrhundert zu stammen – etwas in mir schmolz jedes Mal dahin, wenn ich ihn so reden hörte. Es klang irgendwie … mir kamen nur englische Beschreibungen dafür in den Sinn: old fashioned. Gentlemanlike.

Versonnen schaufelte ich Thomas Rührei auf den Teller und legte ein Brötchen dazu. »Du bist eingeladen«, sagte ich.

»Danke vielmals.« Sofort begann er zu essen. Wohlerzogen benutzte er Messer und Gabel, sogar zum Zerteilen des Brötchens. Er bemühte sich sichtlich, nicht zu schlingen, obwohl er erkennbar ausgehungert war. Das Glas Orangensaft trank er in einem Zug leer. Ich stellte ihm meines hin. »Da, das kannst du auch noch haben. Mir reicht der Kaffee. Möchtest du Milch und Zucker?«

»Nur Zucker, bitte.«

»Sag stopp, wenn es genug ist.« Ich gab Zucker in seinen Kaffee, und erst nach dem vierten Löffel sagte er *Stopp*.

Mit der Gabel deutete er auf seinen Teller, der sich zusehends leerte. »Es ist köstlich! So gut habe ich zweifelsohne seit Jahren nicht gespeist. Danke für dieses reichhaltige und schmackhafte Mahl!«

»Bedank dich bei Gülcan. Marmeladenbrötchen?«

»Sehr gern, wenn es nicht zu viele Umstände bereitet.«

Ich schmierte eins für ihn und eins für mich. Über unserer Unterhaltung hatte ich fast vergessen, selbst zu frühstücken. Mittlerweile spürte ich meinen leeren Magen. Eine Weile saßen wir beide einfach nur zusammen am Tisch, aßen Marmeladenbrötchen und schwiegen uns an.

Dann ergriff Thomas eine Papierserviette und wischte sich den Mund ab. Er sah mich aus ernsten Augen an.

»Mir scheint, ich konnte dich nicht mit meiner Geschichte überzeugen. Was wirst du jetzt tun?«

»Keine Ahnung«, behauptete ich.

Seine Augen verengten sich. »Du sagst die Unwahrheit.«

Ertappt blickte ich zur Seite. »Woher willst du das wissen?«

»Man sieht es dir an. Du kannst nicht gut lügen.«

Ich merkte, dass ich rot wurde.

»Es steht dir buchstäblich ins Gesicht geschrieben«, stellte er fest. »Du willst dafür sorgen, dass ich in so eine … Einrichtung gebracht werde.«

Ich versuchte gar nicht erst, es abzustreiten. »Man wird dir da helfen!«

Er schüttelte den Kopf. »Ich bin sicher, es geht genauso vonstatten wie in meiner Epoche. Man wird mich wegsperren und mit allen nur erdenklichen Methoden daran hindern, meiner Wege zu gehen.«

»Thomas, du brauchst davor keine Angst zu haben! Wenn du dich behandeln lässt, wird dir schnell klar, dass du … äh … dass du …« Ich stockte, denn was hätte ich sagen sollen? *Dass du einen an der Waffel hast?*

»Und was wäre, wenn ich es beweisen könnte?«

»Du meinst, du kannst *beweisen*, dass du aus der Vergangenheit kommst?«

Er nickte entschlossen. »Ich brauche dafür nur etwas Zeit. Das ist alles, worum ich dich bitte, Lori: Lass mich gehen und nach Beweisen suchen. Dann finde ich vielleicht auch eine Möglichkeit heimzukehren.« Er erhob sich und verneigte sich in stummer Würde vor mir, bevor er mit gesenktem Kopf zur Tür ging. Bestürzt blickte ich ihm nach.

*

5

Ohne weiter nachzudenken, sprang ich auf. »Warte!«

Er blieb stehen und wandte sich zögernd zu mir um.

»Was willst du denn überhaupt suchen?«, fragte ich. »Und vor allem wo?«

»Ich werde mein Versteck finden. Es ist in einer Höhle. Dort verwahre ich einige private Dinge. Sie liegen in einer Schatulle und sind vielleicht noch erhalten. Damit kann ich dir meine Herkunft beweisen.«

»Was sind das für Dinge?«

»Einige Andenken von zu Hause.«

Ich blickte ihn prüfend an, und in dem Moment fiel mir auf, wie erschöpft er aussah. Er war blass und hatte dunkle Ringe unter den Augen. Ich schluckte und merkte, dass er mir irgendwie leidtat. »Du kannst doch kaum noch aufrecht stehen vor lauter Müdigkeit! Wann hast du das letzte Mal geschlafen?«

Ein flüchtiges Lächeln verzog seine Mundwinkel. »Wenn man es recht bedenkt, vor über zweihundert Jahren. Da kommt es wohl auf einen Tag mehr oder weniger auch nicht an.« Noch eine Verbeugung, dann war er weg.

Unwillkürlich ballte ich die Fäuste. Was sollte ich jetzt bloß machen? Ich konnte ihn doch nicht einfach derart übernächtigt mutterseelenallein losmarschieren und im Wald herumirren lassen! Aber die andere Option – ihn von einem Krankenwagen oder der Polizei abholen zu lassen – kam mir mindestens genauso schlimm, wenn nicht noch schrecklicher vor.

Ich lief ihm nach und hielt ihn bei der Rezeption auf. Zum Glück war Herr Binsenbrech gerade nicht in Sicht.

»Ich habe einen Vorschlag«, platzte ich heraus. »Du legst dich jetzt erst mal hin und schläfst eine Runde. Ich verspreche dir, in der Zeit niemanden zu benachrichtigen, und wenn du dich ausgeruht hast, suchen wir zusammen dein Versteck.«

Ich konnte kaum fassen, dass mir auf die Schnelle diese geniale Idee gekommen war! So schlug ich gleich mehrere Fliegen mit einer Klappe: Während er schlief, konnte er keinen Blödsinn anstellen und keine Probleme bekommen. Die Polizei oder irgendwelche psychiatrischen Hilfsorganisationen konnte ich später immer noch benachrichtigen, aufgeschoben war nicht aufgehoben. Und vielleicht würde sich Thomas' Zustand nach einer Mütze voll Schlaf ja auch von ganz allein normalisieren! Dann gäbe es überhaupt keinen Anlass mehr, die Pferde scheu zu machen. Auf diese Möglichkeit setzte ich meine ganze Hoffnung. Voller Zuversicht strahlte ich ihn an.

Er stützte sich an der Empfangstheke ab und stieß dabei fast eines der beiden hässlichen Kunstblumengestecke um, die dort standen. Mit einem Mal erkannte ich, wie müde er wirklich sein musste. Sein Gesicht wirkte ganz grau und eingefallen.

»Ich würde sehr gern etwas schlafen«, murmelte er. »Lass mich einfach in den Wald gehen.«

»Kommt nicht infrage.« Genau das wollte ich ja verhindern. Mit gesenkter Stimme sagte ich: »Du kannst bei mir schlafen.«

»Du meinst, in deinem Zimmer?«

Ich nickte eifrig. »Mein Bett ist super bequem.«

Er schüttelte sofort den Kopf. »Das schickt sich nicht. Du bist eine unverheiratete junge Dame. Du *bist* doch unverheiratet, oder?«, fügte er errötend hinzu.

»Garantiert unverheiratet und unverlobt. Aber keine Sorge, du hast das Zimmer ganz für dich allein. Komm mit.« Ich fasste nach seiner Hand und zog ihn zur Treppe. Oben checkte ich kurz die Lage. Meine Eltern waren nicht da. Doch Mia war dummerweise noch anwesend. Sie lag auf ihrem Bett und hatte das Handy vor der Nase. Als ich Thomas ins Zimmer schob, setzte sie sich perplex auf.

»Das ist Thomas«, sagte ich. »Du hast ihn ja schon kennengelernt. Er pennt ein paar Stunden hier.«

Thomas verneigte sich formvollendet vor Mia. »Sehr erfreut, dich wiederzusehen«, sagte er in seinem antiquierten Deutsch.

Sie machte große Augen und nickte stumm.

Thomas nahm mich zur Seite. Er wirkte zutiefst verlegen. »Du hast nicht erwähnt, dass deine Schwester ebenfalls hier nächtigt«, flüsterte er.

»Im Moment nächtigt sie nicht, denn wir haben schon Mittag. Außerdem wollte sie sowieso gerade gehen.« Ich winkte Mia mit einer Kopfbewegung hinaus. »Wir müssen reden.« Zu Thomas sagte ich: »Mein Bett steht da am Fenster. Leg dich ruhig schon hin. Falls du ins Bad musst – das ist hinter der Tür dort. Du kannst vor dem Schlafen gerne duschen, wenn du willst. Im Regal sind frische Handtücher. Benutz alles, was du möchtest – Shampoo, Seife, Deo, Zahnpasta. Fühl dich wie zu Hause.« Im Gang zog ich die Tür bis auf einen Spalt zu und sprach leise mit meiner Schwester, damit Thomas uns nicht hören konnte.

Bittend blickte ich Mia an. »Kannst du dich vielleicht die nächsten paar Stunden woanders aufhalten?« Eilig fügte ich hinzu: »Es ist aber nicht das, was du denkst.«

Das ging bei Mia zum einen Ohr hinein und zum anderen wieder heraus. Die Augen fielen ihr fast aus dem Kopf vor lauter Sensationsgier.

»Du hättest mir ruhig sagen können, dass du einen Freund hast!«, flüsterte sie aufgeregt.

»Er ist nicht mein Freund«, sagte ich geistesabwesend, in Gedanken bereits mit der Frage befasst, was ich in der Zeit, während Thomas schlief, unternehmen sollte. Ganz klar, ich musste googeln. Zum Beispiel über posttraumatische Belastungsstörungen in Kombination mit kollektiven Wahnvorstellungen. Da gab es sicher eine ganze Menge herauszufinden.

»Wieso darf er dann in deinem Bett schlafen?«

»Weil er total müde ist«, sagte ich zerstreut, während ich

mit halbem Ohr ins Zimmer lauschte. Im Bad rauschte das Wasser. Offenbar stand Thomas unter der Dusche.

»Was ist, wenn Mama und Papa plötzlich auftauchen?«, erkundigte sich Mia flüsternd.

Ein sehr naheliegender Einwand. »Denen schreibe ich, dass ich mich noch mal für ein paar Stündchen hinlege, dann kommen sie gar nicht erst hier rein.« Ich zückte mein Handy und erledigte es direkt. Danach musterte ich meine Schwester streng. »Zwischen ihm und mir läuft nichts, damit das klar ist. Thomas ist einfach nur total kaputt, weil er die ganze Nacht unterwegs war.«

»Mit dir?«

Diese Frage ignorierte ich kurzerhand. »Er hat eine lange Reise hinter sich und will sich bloß ein bisschen ausruhen. Jetlag, du weißt schon.«

»Wo kommt er her? Er ist doch Engländer, oder?«

»Australier«, behauptete ich. Von da aus war es schließlich wirklich eine weite Reise hierher.

»Aber er kann auch ganz gut Deutsch, oder? Klingt nur irgendwie … altmodisch.«

»Er hat's bei seiner Oma gelernt, die stammt aus Hannover.«

»Will er sie besuchen?«

»Nein. Sie ist schon tot.«

»Dann ist er deinetwegen hergekommen?«

»Mehr oder weniger«, meinte ich vage. Unwillkürlich dachte ich daran, was Thomas gesagt hatte. *Eine Brücke zwischen den Zeiten.* Wieder überlief mich dieses seltsame

Schaudern. »Also geht es klar mit dem Zimmer?«, vergewisserte ich mich.

»Und wo soll ich so lange bleiben?«

»Zu Mama und Papa. Oder irgendwo hin in ein Café.«

Mia stellte die typische Schwesternfrage, wie üblich, wenn sie mir einen Gefallen tun sollte. »Was krieg ich dafür?«

»Du kannst das T-Shirt behalten.« Ich zeigte auf das Tommy-Hilfiger-Shirt, das sie immer noch anhatte.

Mia pustete sich empört eine Locke aus dem Gesicht. »Das ist nicht fair. Du leihst es mir doch sowieso dauernd.«

»Eben. Wenn es dir gehört, brauchst du es dir nicht mehr bei mir zu borgen.«

Sie verdrehte die Augen. Der Deal gefiel ihr nicht besonders.

Ich erhöhte das Angebot. »Du darfst meine Wimperntusche mitbenutzen. Und ich gebe dir Geld für eine Bratwurst und eine Cola.«

»Na gut. Aber ich brauche vorher noch ein paar Sachen.«

»Was denn?«

»Meine Kopfhörer. Meine Handtasche. Meine historischen Klamotten. Und meine Schuhe.« Sie zeigte auf ihre nackten Füße.

»Okay. Warte einen Moment.«

Vorsichtig lugte ich durch den Türspalt. Thomas lag bereits im Bett und schlief wie ein Stein.

*

Wahrscheinlich war er schon weggepennt, ehe er sich richtig auf dem Bett ausgestreckt hatte. Nicht mal unser Getuschel auf dem Gang hatte ihn davon abgehalten, nach der kurzen Dusche sofort in Tiefschlaf zu fallen.

Ich hatte nicht vor, ihn anzustarren, wirklich nicht. Aber beim Zusammensuchen von Mias Sachen ergab es sich einfach so, und als ich erst einmal hingeschaut hatte, wurde ich unwiderstehlich von seinem Anblick angezogen. Er lag auf dem Rücken, eine Hand unter dem Kopf, die andere seitlich aus dem Bett hängend. Die Zudecke hatte er nur zum Teil über sich gezogen, sein Oberkörper war frei. Ich kam mir wie eine Spannerin vor, denn er ahnte ja nichts davon, dass ich ihn wie ein Mondkalb anglotzte.

Als Erstes stellte ich fest, dass er bei der Schilderung seiner Kriegserlebnisse nicht übertrieben hatte, auch wenn er seine Verwundungen natürlich nicht im Kampf gegen Napoleon davongetragen hatte, sondern irgendwo an einem zeitgenössischen Kriegsschauplatz.

Ich wurde zweimal verwundet. Beim zweiten Mal hing mein Leben am seidenen Faden – ich erlitt eine ernste Kopfverletzung.

Diese war nicht zu übersehen. Dicht oberhalb seines rechten Ohrs zog sich eine fingerlange, wulstige Narbe entlang. Noch auffälliger war die kraterähnliche, rötliche Narbe unterhalb der linken Schulter.

Ansonsten erschien mir sein Körper makellos. Jedenfalls das, was ich oberhalb der Decke von ihm sehen konnte. Er war gebaut wie ein Zehnkämpfer – ein bisschen zu hager vielleicht, als hätte er sich in der letzten Zeit zwar viel bewegt, aber nicht immer genug gegessen.

Sein Mund stand im Schlaf leicht offen, und unter den geschlossenen Lidern bewegten sich die Augäpfel hin und her.

Sein sandfarbenes Haar war noch feucht von der Dusche und lag glatt gekämmt am Kopf an. Hier und da ringelte sich der Ansatz einer widerspenstigen Locke hervor – wahrscheinlich wellte es sich, wenn es länger war. Momentan war es sehr kurz geschnitten, aber nicht gerade professionell. Es sah eher so aus, als hätte er selbst Hand angelegt.

Die Uniform und das leinene Unterhemd hatte er säuberlich zusammengefaltet neben seinen Stiefeln auf dem Boden deponiert – ihm war nichts anderes übrig geblieben, denn sämtliche Ablageflächen im Zimmer waren von Mias und meinen Habseligkeiten belegt, unser Zeug lag bunt verstreut überall herum.

Ich brachte meiner Schwester die gewünschten Sachen. Sie stand in der offenen Tür und starrte gebannt auf mein Bett. Achtlos nahm sie ihren Kram entgegen, unternahm jedoch nichts, um ihren Beobachtungsposten zu räumen.

Ich wedelte mit einem Fünf-Euro-Schein vor ihrem Gesicht herum und wies auf die Treppe.

Widerstrebend steckte sie das Geld ein und zog ab, aber erst, nachdem sie einen letzten schwärmerischen Blick auf Thomas geworfen hatte. Ihre Lippen formten dabei ein Wort. *Wow*. Mit mindestens drei Ausrufezeichen.

Sie hatte es exakt zusammengefasst.

Ich ging kurz ins Bad, das Thomas erstaunlich sauber

hinterlassen hatte. Die Fliesen und das Waschbecken hatte er nach dem Duschen anscheinend mit dem Frottee-Badvorleger abgewischt, der tropfnass über der Duschstange hing. Unkonventionell, aber wirkungsvoll.

Ich hängte von außen das *Bitte-nicht-stören*-Schild an die Tür, ehe ich auf den Gang hinaustrat. Thomas sollte in Ruhe schlafen können, wenigstens für ein paar Stunden. Bevor ich die Tür zuzog, betrachtete ich unschlüssig sein Zeug vor dem Bett. Eigentlich brauchte er was Neues zum Anziehen, seine Sachen waren verdreckt und durchgeschwitzt. Aber wo sollte ich auf die Schnelle Klamotten herbekommen? Das Städtchen war nicht besonders groß, und viele Geschäfte gab's hier nicht.

Ich ging runter in die Küche und fragte Gülcan um Rat. Meine erfundene Geschichte über Thomas' angeblich geklauten Rucksack kaufte sie mir problemlos ab.

Sie schickte mich zu einem Laden ein paar Straßen weiter. Dort gab es neben Motorradzubehör auch jede Menge Dekowaffen und historisch authentische Outfits für Reenactment-Fans, aber auch ganz normale Outdoor- und Freizeitkleidung. Die meisten Sachen hatten zwar eindeutig einen Trend zu Tarnflecken und Militärfarben, aber dafür waren sie erschwinglich, ich musste dafür nicht mal die Hälfte von meinem letzten Geburtstagsgeld ausgeben. Am Ende meiner Shoppingtour hatte ich ein olivfarbenes T-Shirt und eine schwarze Rangerhose erworben, alles in mittlerer Größe und für kleines Geld. Ich hatte sogar ein Paar Stiefelsocken im Sonderangebot entdeckt.

Anschließend machte ich mich mit meiner Einkaufstüte auf den Rückweg. Um mich herum herrschte bereits Hochstimmung. Zahlreiche Touristen flanierten an den historischen Ständen vorbei. Das Wetter meinte es gut mit den Veranstaltern und Besuchern – auch am zweiten Tag des Festivals schien die Sonne von einem wolkenlos blauen Himmel herab. Auf dem Rhein zogen gemächlich größere und kleinere Schiffe vorbei, und am Ufer hatten sich schon die ersten Teilnehmer der Gefechtsdarstellung eingefunden. Auch auf dem Kirchplatz war einiges los – der Auftritt eines Tanzensembles in historischen Gewändern stand unmittelbar bevor.

Wie schon am Vortag überkam mich beim Betrachten der folkloristischen Szenerie ein eigentümlicher Eindruck drohender Gefahr – eine kaum fassbare, irrationale Furcht davor, dass alles von einer Sekunde auf die andere verschwinden könnte, sobald ich woanders hinschaute oder kurz blinzelte. Ich vermied es, darüber nachzudenken, was der Grund für dieses Gefühl sein könnte, denn ich merkte sofort, dass es davon nicht besser wurde, im Gegenteil. Im Moment hatte ich gravierendere Probleme als meine instabile mentale Verfassung.

Inmitten einer Gruppe von Zuschauern entdeckte ich meine Mutter, die sich angeregt mit ein paar Frauen unterhielt. Ich beeilte mich weiterzukommen, bevor sie mich sah. Offiziell hatte ich mich ja noch mal zum Schlafen hingelegt.

Ich bog um die nächste Ecke in eine weniger belebte Gasse – und wurde unversehens von hinten gepackt und in eine Einfahrt gezogen. Etwas sehr Scharfes wurde mir gegen den Hals gedrückt.

»Ein Wort, und du bist tot«, zischte mir eine Stimme auf Französisch ins Ohr.

*

Montignac! Ich wagte kaum zu atmen und war wie gelähmt vor Entsetzen. Er zerrte mich in einen kleinen Hof und von dort eine Kellertreppe hinunter. »Wenn du dich wehrst oder schreist, schneide ich dir die Kehle durch und hole mir stattdessen deine Schwester! Ich habe sie vorhin in einem Café gesehen, sie ist dir wie aus dem Gesicht geschnitten.«

Ich gab keinen Laut von mir und ließ mich widerstandslos in einen muffig riechenden Kellervorraum drängen. Dort öffnete Montignac eine schwere Eisentür zu einem weiteren Keller mit niedriger Decke.

»Da rein!«, blaffte er mich an.

Ich gehorchte, weil ich keine andere Wahl hatte. Mir war übel vor Angst, denn in diesem Augenblick gab es für mich nur eine Gewissheit: Beim kleinsten Fehler würde ich sterben. Und meine Schwester auch.

Eine trübe Deckenlampe erhellte den vor mir liegenden, fensterlosen Raum. Ein großes Regal voller Konserven und Einmachgläser beherrschte eine Längswand, und gegenüber stand eine Werkbank mit einem umfangreichen Werkzeugsortiment. Außerdem hielten sich Montignacs Kumpane hier auf. Oh Gott! Hugo, Pierre und Jacques hockten auf umgedrehten Holzkisten und aßen mit den Fingern Pfirsiche aus der Dose. Sie hatten ihre Uniformjacken ausgezogen. Es miefte durchdringend nach ungewaschenen Männerkörpern.

»Was wollen Sie von mir?«, fragte ich.

»Ist dir das nicht klar?« Montignacs Gesicht war von Emotionen aufgewühlt. Aus seiner Miene sprachen Hass und Zorn, aber auch Furcht. »Wir wollen wissen, wie wir hierhergekommen sind! Welchen Hexenzauber hast du im Wald über uns verhängt, um uns in diese fremdartige Zukunftswelt zu bringen? Rede, oder ich zerschneide dir das Gesicht!« Er fuchtelte wild mit dem Messer vor meiner Nase herum.

Meine Kehle war vor Panik zugeschnürt, ich stand kurz vorm Hyperventilieren. Meine Stimme klang erstickt und mein Französisch holprig, als ich mich endlich zum Sprechen zwang.

»Damit habe ich nichts zu tun! Gestern Nacht war ich nur zufällig im Wald, ich hatte mich verlaufen! Als Sie aufgetaucht sind, hatte ich Angst! Ich dachte, wenn Sie mich für eine Verbündete halten, tun Sie mir nichts, deshalb habe ich es auch nicht abgestritten, als Th… der Engländer sagte, ich würde für die Franzosen spionieren!«

»Das ist keine Erklärung dafür, dass wir in diese ferne Zukunft geschleudert wurden, mehr als zweihundert Jahre nach unserer eigenen Zeit!«

»Oh, ach das. Dafür gibt es nur einen möglichen Grund.« Verflucht, welcher könnte das sein? Mein Gehirn war gähnend leer. Doch mein Selbsterhaltungstrieb war anscheinend stark genug, um meiner Fantasie Feuer unterm Hintern zu machen. »Ich vermute, das alte Zeitloch ist irgendwie aktiviert worden.«

»Das alte Zeitloch?« Montignac blickte mich durchdringend an, es war unverkennbar, wie verzweifelt er auf eine plausible Erklärung hoffte.

Ich atmete entschlossen durch. »Ja, hier in der Gegend soll es im Wald schon seit langer Zeit eine Stelle geben, wo einschlagende Blitze eine unberechenbare Wirkung entfalten können. Bei einem stärkeren Gewitter kann es dort angeblich dazu kommen, dass sich elektrische Ladungen bündeln, wodurch die Grenze zwischen Vergangenheit und Zukunft durchbrochen wird. Das ist wissenschaftlich erwiesen.«

»Ist diese elektrische Kraft so etwas wie das da?« Montignac deutete auf die Deckenlampe.

»Genau. Das ist Elektrizität. Dieselbe Kraft, die aus Blitzen kommt.« Ich konnte nicht verhindern, dass sich bei diesen Worten winzige Haare in meinem Nacken aufstellten. Es kostete mich Mühe, ruhig weiterzusprechen. »Der Mensch hat gelernt, die Elektrizität zu beherrschen, aber die Naturgewalt von Blitzen konnte noch nicht gebändigt werden. Sie sind von unermesslicher Macht erfüllt.«

»Das stimmt«, sagte Hugo mit zahnlosem Lispeln. Er ließ die Pfirsichbüchse sinken und bekreuzigte sich. »Ein einziger Blitz kann ein ganzes Haus binnen eines Augenblicks in eine lodernde Fackel verwandeln! Werden die pferdelosen

Kutschen auch davon angetrieben?«, wollte er von mir wissen.

»Ja«, behauptete ich der Einfachheit halber.

»Wo genau ist diese Stelle?«, wollte Montignac wissen. »Wirkt das elektrische Loch in beide Richtungen? Und funktioniert es auch ohne Gewitter?«

»Das weiß ich leider nicht.«

»Ich erinnere mich gut an die Stelle, wo die Blitze einschlugen«, sagte Jacques, der Soldat mit der bleichen Gesichtsfarbe. Unter der Kellerlampe sah er noch ausgezehrter aus als vergangene Nacht. Er leckte sich den Pfirsichsaft von den Fingerspitzen und ließ anschließend ein rasselndes Husten hören. Es klang, als müsste er dringend zum Arzt.

»Wir würden nie wieder dorthin zurückfinden«, wehrte Montignac schroff ab. »Vergesst nicht, wir sind mitten in der Nacht dort gelandet, in völlig fremdem Gelände. Alle vorgefundenen Wege sahen im Dunkeln gleich aus.«

»Ich kann diese Stelle wiederfinden«, widersprach Jacques. »Da war ein großer gespaltener Baum, der die Blitze aufzufangen schien.«

Als er den Baum erwähnte, durchfuhr mich abermals ein Schaudern, das ich mir nicht erklären konnte.

»Ich habe keinen gespaltenen Baum gesehen«, sagte Montignac.

»Er stand abseits des Weges, man musste sehr genau hinschauen. Als Fährtenleser bin ich darin geübt, auf solche Wegmarken zu achten, das wissen Sie doch, *mon Colonel*. Der Baum befand sich ganz in der Nähe von dem Versteck im Unterholz, wo wir unsere warme Winterkleidung zurückgelassen haben. Nur einen Steinwurf entfernt von jener Stelle, an der wir Wakefield und das Mädchen gefangen gesetzt haben.«

»Auch diese Stelle würde ich niemals wiederfinden«, erklärte Montignac mit sichtlicher Verdrossenheit.

»Aber ich«, sagte Jacques stolz.

»Jacques ist der beste Fährtenleser beidseits des Rheins!«, stimmte Pierre zu. Ein eifriges Lächeln erhellte sein narbenüberzogenes Gesicht. »Er hat ein überragendes Weggedächtnis! Wenn er sagt, dass er die Stelle wiederfindet, sollten wir gleich dort hingehen, unsere warmen Sachen anziehen und in unsere Zeit zurückkehren.«

Ich fand, dass dies ein guter Zeitpunkt war, die gegen mich erhobenen Vorwürfe zu entkräften. »Jedenfalls war es kein Hexenzauber, der Sie hergebracht hat«, erklärte ich an Montignac gewandt. »Wenn Sie sich hier im Ort ein bisschen umhören, werden Sie rasch herausfinden, dass es überhaupt keine Hexerei gibt. Für alle seltsam erscheinenden Phänomene existiert eine naturwissenschaftliche Begründung. In diesem Fall ist es reine Physik. Ähm, Sie wissen doch, was Physik ist, oder?«

»Begehe nicht den Fehler, mich für einen ungebildeten Banausen zu halten«, entgegnete Montignac kalt. »Ich hatte einen Hauslehrer und lernte Latein und Griechisch ebenso wie höhere Mathematik.« Mit starkem französischem Akzent fügte er auf Deutsch hinzu: »Ich spreche sogar deine Sprache.«

»Dann verstehen wir uns ja«, erwiderte ich höflich und ebenfalls auf Deutsch.

»Gibt es viele Menschen, die durch die Zeiten reisen?«, wollte Pierre wissen. Ein halb ehrfürchtiger, halb angstvoller Ausdruck stand in seinem verunstalteten Gesicht.

»Nur wenige.« Das Lügen fiel mir zusehends leichter. »Die Möglichkeiten sind sehr eingeschränkt. Wie gesagt, der Mensch hat diese Kräfte noch nicht völlig unter Kontrolle. Angeblich gibt es in Schottland spezielle Steinkreise, durch die man in die Vergangenheit reisen kann. Doch man hat keine Garantie, lebendig durchzukommen, geschweige denn wieder zurück, weshalb es kaum einer versucht. In Amerika gab es im letzten Jahrhundert einen Wissenschaftler namens Brown, der ein Zeitreisefahrzeug entwickelt hat, einen DeLorean. Doch es verschwand mit ihm in der Zukunft, und er kehrte nicht zurück.«

Lastendes Schweigen folgte meinen Worten. Montignac war in Grübelei versunken. Ich traute mich nicht, noch mehr Blödsinn zu faseln, aus Sorge, vielleicht zu dick aufzutragen. Sobald er merkte, dass ich bloß Theater spielte, war's das. Und zwar nicht nur für mich – ich musste auch an Mia denken. Dieser Typ würde vor nichts zurückschrecken!

»Ich weiß jetzt, warum wir hier sind«, sagte er plötzlich triumphierend. Ein beinahe entrückter Ausdruck trat auf sein Gesicht. »Vordergründig mag es mit Physik und Elektrizität zu tun haben, aber das, was eigentlich dahintersteckt, ist göttliche Fügung! Wir haben hier eine Aufgabe, und es ist dieselbe wie vor über zweihundert Jahren: Wir müssen

Blüchers Heer daran hindern, über den Rhein nach Frankreich vorzustoßen. Das Gold darf ihm niemals in die Hände fallen!«

»Welches Gold?«, fragte ich perplex.

»Wakefield führt es mit sich, er hat es versteckt. Es soll für einen Feldzug gegen Napoleon verwendet werden. Das müssen wir um jeden Preis vereiteln.«

»Mit Verlaub«, wandte ich höflich ein. »Aber Sie haben es gerade selbst erwähnt – der Krieg gegen Napoleon Bonaparte ist seit über zweihundert Jahren Geschichte. Er wurde in der Schlacht von Waterloo vernichtend geschlagen.«

»Diese teuflische Wendung der Ereignisse blieb mir nicht verborgen!« Montignac spie die Worte förmlich hervor. »Wir sind seit dem Morgengrauen in der Stadt und konnten genügend Informationen darüber sammeln.« Napoleons Niederlage hatte ihn offenbar bis in die Grundfesten erschüttert. Wilder Hass verzerrte sein Gesicht. »Und genau das ist auch der Grund, warum uns das Schicksal hierher verschlagen hat«, fuhr er mit erhobener Stimme fort. »Damit wir es ungeschehen machen und in einen glorreichen Sieg verwandeln können!«

»Wie soll das gehen, Colonel?«, fragte Hugo zweifelnd.

»Ganz einfach. Sobald wir den Standort von Wakefields Versteck kennen, kehren wir in unsere eigene Zeit zurück und nehmen das Gold in Besitz. Für unseren glorreichen Kaiser Napoleon, damit er den Krieg gewinnen kann.« Sein Blick wandte sich nach innen, als würde sich vor seinem geistigen Auge gerade das ultimative Alternativszenario entwickeln. »Napoleon wird in der Schlacht von Waterloo siegen und sich die deutschen Länder bis in den letzten Winkel einverleiben! Die Fahne der großen Nation wird über ganz Europa wehen!« Glühender Fanatismus schwang in seiner Stimme mit.

Dazu sagte ich lieber nichts. Es hätte sowieso nichts gebracht. Er war einfach komplett irre. Unfassbar, dass eine so abgefahrene Wahnvorstellung sich derart im Kopf eines Menschen festsetzen konnte! Und das gleich bei fünf Leuten, die sich alle miteinander dasselbe einredeten! Sogar Thomas, der ansonsten einen völlig normalen Eindruck machte, hatte sein ganzes Leben um dieses eingebildete Konstrukt herum aufgebaut.

Dennoch schlich sich unvermutet dieselbe Was-wäre-wenn-Frage in meine Gedanken ein, die ich mir schon einmal gestellt hatte. Was wäre, wenn es stimmte? Wenn nichts davon eingebildet war, sondern alles wahr?

Sofort verbannte ich diese zaghafte Überlegung ins Reich des Absurden. Wenn ich anfing, diesen Schwachsinn in Betracht zu ziehen, war das der erste Schritt, selbst eine Störung zu entwickeln, und am Ende hätte ich bloß den gleichen Knall wie der Rest des Teams hier im Keller. Nein danke, nicht mit mir.

»Wie sollen wir in unsere eigene Zeit zurückkehren, Colonel?«, fragte Hugo lispelnd. »Suchen wir das elektrische Loch bei dem gespaltenen Baum?«

»Das ist der nächste Schritt. Zuerst brauchen wir mehr Informationen.«

Bei diesen Worten packte Montignac mich und stieß mich in Richtung Werkbank. Er umklammerte brutal meine Hand und schob sie in den Schraubstock.

»Dreh zu«, befahl er Jacques. Der sprang bereitwillig von seiner Kiste auf. Keuchend und vor sich hin hustend kurbelte er so lange an dem Drehhebel, bis mein Handteller unverrückbar zwischen den Schraubzwingen festklemmte. Es tat grausam weh, doch ich unterdrückte die aufsteigenden Schmerzensschreie und versuchte auch nicht, mich zu wehren, denn ich hatte furchtbare Angst davor, was Montignac meiner Schwester antun könnte.

»Darf ich es machen?«, erkundigte Jacques sich bei Montignac, unverkennbare Vorfreude in der Stimme. »Wir könnten hiermit anfangen.« Er ergriff einen Bolzenschneider. »Dieses Werkzeug sieht sehr eindrucksvoll aus.«

»Sie würde sehr laut schreien«, gab der narbige Pierre zu bedenken. »Aber dagegen weiß ich Rat.« Er nahm eine Rolle Klebeband von der Werkbank und riss ein Stück ab. »Seht, was für ein raffiniertes Zeug, es klebt unglaublich fest! Damit können wir die Hexe daran hindern, andere mit ihrem Kreischen auf uns aufmerksam zu machen und uns mit bösen Bannflüchen zu belegen.«

»Hier im Keller wird sie keiner hören«, widersprach Montignac, der mir meinen freien Arm auf den Rücken gebogen hatte. Es tat fast genauso weh wie die eingeklemmte Hand. »Außerdem will ich sie befragen. Das ist nicht möglich, wenn ihr Mund zugeklebt ist.«

»Fragen Sie mich doch einfach, was Sie wissen wollen!«,

stieß ich hervor. Vor Schmerz und Angst liefen mir Tränen übers Gesicht. »Ich sage Ihnen alles freiwillig!«

»Na schön. Fangen wir damit an, wo das englische Schwein sich momentan aufhält.«

Die Todesangst hatte mich in ein schluchzendes, hilfloses Etwas verwandelt. Aber irgendwo tief in mir drin war anscheinend ein Kern aus Stahl. »Keine Ahnung. Unsere Wege haben sich schon im Wald getrennt.«

»Den kleinen Finger«, sagte Montignac zu Jacques.

Der erlitt gerade einen weiteren Hustenanfall und musste hinterher erst ausgiebig nach Luft ringen. Anschließend klappte er den Bolzenschneider auf und umschloss mit der Beißzange meinen kleinen Finger. Der Stahl fühlte sich sehr kalt und sehr scharf auf meiner Haut an. Meine Kehle schnürte sich schlagartig zu. Ich konnte nicht mehr atmen.

»Wo steckt Wakefield?«, herrschte Montignac mich an.

»Hier«, kam es von der Seite.

Thomas stand in der offenen Tür und schleuderte mit voller Kraft einen länglichen, schmalen Gegenstand. Erst als das Ding sich mit der Spitze voran in Jaques' Arm bohrte, erkannte ich es als Wurfspieß. Mein Vater besaß auch so einen und benutzte ihn als soldatisches Accessoire, im Wechsel mit seinem Gewehr und seinem Säbel.

Jacques hatte den Bolzenschneider fallen lassen und versuchte, den Speer aus seinem Oberarm zu ziehen. Der Hustenanfall, der diese Bemühungen begleitete, war wesentlich schlimmer als alle vorherigen.

»Er braucht einen Arzt!«, rief ich.

Jacques sackte zu Boden und blieb auf dem Rücken liegen. Sein Husten ging in ein Röcheln über. Und dann hörte er plötzlich auf zu atmen.

»Sie müssen einen Arzt rufen!«, beschwor ich Montignac.

»Wozu?«, fragte Montignac. »Er ist tot. Das war bei ihm sowieso nur eine Frage der Zeit. Er litt an fortschreitender Schwindsucht und hatte zudem ein schwaches Herz.« Es klang völlig gefühllos.

Doch er hatte recht. Für Jacques kam jede Hilfe zu spät.

Mein Entsetzen kannte keine Grenzen, aber das war noch gar nichts.

In der nächsten Sekunde verwandelte Jacques sich völlig unerwartet in ein Häufchen Staub.

Schieres Grauen überwältigte mich. Ich schrie wie von Sinnen, genauso wie alle anderen, die sich mit mir in diesem Keller aufhielten.

Jetzt hatte ich die unumstößliche Antwort auf meine letzte Was-wäre-wenn-Frage, und mir blieb nichts anderes übrig, als es zu akzeptieren und zu glauben.

Es war alles wahr.

*

6

Pierre und Hugo rannten unter schrillem Geschrei aus dem Kellerraum. Thomas sprang geistesgegenwärtig zur Seite, um sie durchzulassen. Montignac gab nicht so schnell klein bei. Er stürzte sich auf Thomas und versuchte, ihn zu erwürgen. Thomas stieß ihn mit aller Kraft von sich. Montignac wurde gegen das Regal mit den Konservendosen geschleudert. Ein paar Büchsen kippten heraus und fielen ihm auf Kopf und Schultern. Eine davon rollte Thomas vor die Füße. Er hob sie auf und warf damit nach Montignac. Der duckte sich eilig – und zog es dann vor, ebenfalls die Flucht zu ergreifen, denn Thomas hatte den Wurfspeer ergriffen und machte Anstalten, ihn erneut zu schleudern. Montignac verschwand mit einem Satz durch die Kellertür, und ich hörte, wie er mit Riesensätzen die Außentreppe hinaufstürmte.

Vor lauter Entsetzen hatte ich bisher keinen Gedanken darauf verschwenden können, mich aus dem Schraubstock zu befreien. Ich stand immer noch da wie zur Salzsäule erstarrt.

Thomas kam zu mir herübergeeilt, um mich zu befreien. »In welche Richtung muss die Kurbel gedreht werden?«, fragte er, während er den Wurfspieß weglegte. Seine Frage klang sachlich, aber seine aufgewühlte Miene sagte etwas anderes.

»Keine Ahnung«, stammelte ich, am ganzen Körper haltlos zitternd. Tränen liefen mir übers Gesicht. Dann riss ich mich zusammen. »Ich glaube, gegen den Uhrzeigersinn.«

Er machte mich los und nahm mich wortlos in die Arme.

Ich ließ mich gegen ihn sinken, so schwach und durcheinander wie nie zuvor in meinem Leben. Aber ich war nicht die Einzige, die unter Schock stand. Ich spürte, wie Thomas' Herz raste. Auch er zitterte. Doch er brachte es schneller unter Kontrolle als ich. Ein paar Sekunden lang waren wir wie Kinder, die einander in ihrer Angst festhielten und sich gegenseitig Trost spendeten, doch gleich darauf straffte sich Thomas und wurde zu einem Fels in der Brandung. Seine Arme umschlossen mich fest. Ich legte meinen Kopf an seine Schulter und klammerte mich an ihn. Erst nach und nach hörte ich auf zu zittern. Irgendwann, nach einer gefühlten Ewigkeit, ließ er mich los und suchte verlegen meinen Blick.

»Verzeih. Ich wollte dir nicht zu nahe treten.«

»Bist du nicht.« Ich räusperte mich. »Ich muss *dich* um Verzeihung bitten. Weil ich dir nicht geglaubt habe.«

Er lachte, aber es klang eher verzweifelt als heiter. »Ich hätte mir selbst auch nicht geglaubt. *Niemand* würde es glauben. Und das da schon gar nicht.« Schaudernd deutete er auf den Staubhaufen vor der Werkbank.

Ich hatte Jacques' trostlosen Überresten wohlweislich den Rücken zugewandt und schaute gar nicht erst hin, weil sonst das Grauen wieder über mich hereingebrochen wäre. Stattdessen beeilte ich mich, den Kellerraum zu verlassen. Thomas nahm den Speer und folgte mir.

»Wie bist du eigentlich so plötzlich hierhergekommen?«, wollte ich auf dem Weg zur Treppe wissen. »Woher wusstest du, dass du mich hier findest? Du hast doch vorhin tief und fest geschlafen!«

»Deine Schwester hat mich geweckt. Sie sagte, ein Franzose mit schwarzem Schnurrbart habe sie in einem Café angesprochen. Mir war sofort klar, dass es sich nur um Montignac handeln konnte. Offenbar verwechselte er Mia zunächst mit dir, so wie es vermutlich jedem ergeht, der euch nicht kennt. Er hat auch nach mir gefragt – ob sie einen Engländer namens Wakefield kenne und wisse, wo man ihn finden könne. Deiner Schwester war Montignac nicht geheuer, deshalb gab sie sich zum Glück ahnungslos. Sie ging zurück zur Pension, um dir davon zu erzählen. Und da sie dich nicht antraf, weckte sie mich. Ich kleidete mich sofort an, und gemeinsam machten wir uns auf die Suche nach dir. Wir fragten alle möglichen Leute, ob sie dich oder eine Gruppe kostümierter Franzosensoldaten gesehen hätten, und nach einer Weile hatten wir Erfolg – einer Frau war Montignac bereits am Vormittag in der Zufahrt dieses Hauses hier aufgefallen, wo ich dich letztlich fand. Zum Glück gerade noch rechtzeitig.« Thomas holte tief Luft. »Ich hätte keinen Augenblick später eintreffen dürfen!«

Erneut durchlief mich ein Zittern, denn an meinem kleinen Finger glaubte ich immer noch den kalten Stahl des Bolzenschneiders zu fühlen. Das war wirklich gerade noch mal gut gegangen! Soweit man das, was danach passiert war, überhaupt als *gut* bezeichnen konnte.

»Wo ist Mia jetzt?«, fragte ich voller Sorge.

»Ich habe ihr befohlen, sofort zu euren Eltern zu gehen und dort zu bleiben. Sie sind auf dem Kirchplatz, wo gerade eine Tanzdarbietung stattfindet.«

»Woher hast du eigentlich den Speer?«, fragte ich. »Das Ding sieht genauso aus wie der von meinem Vater.«

»Nun, es *ist* seiner. Deine Schwester gab ihn mir. Ich wollte mich bewaffnen, bevor ich mich auf die Suche machte, denn es ist nicht ratsam, Montignac schutzlos gegenüberzutreten.«

Das stimmte eindeutig. Schaudernd rieb ich mir den Handteller. Es bildete sich bereits ein Bluterguss an der Stelle, die von der Schraubzwinge zusammengequetscht worden war. Auf dem Weg nach draußen hob ich geistesabwesend meine Handtasche und die Einkaufstüte auf, die ich vorhin im Kellervorraum fallen gelassen hatte.

Als wir ins Freie traten, sahen wir uns vorsichtig nach allen Seiten um, doch von Montignac und seinen Männern war weit und breit nichts zu sehen. Die Festtagsstimmung im Ort hatte einen Höhepunkt erreicht: Die historische Tanzvorführung war in vollem Gange. Die Zuschauer drängten sich am Rand des Kirchplatzes und klatschten im Takt zur Musik. Inmitten der Menge standen auch meine Eltern und meine Schwester.

»Was machen wir jetzt?«, fragte Thomas.

»Als Erstes gehen wir zur Pension zurück, da kannst du dich umziehen.« Ich hielt die Tüte hoch. »Ich habe dir ein paar Klamotten gekauft. Und dann besprechen wir alles in Ruhe.«

Das klang wesentlich entspannter, als ich mich fühlte. Eigentlich hätte ich mich gern ein paarmal sehr fest gekniffen, in der Hoffnung, dass alles nur ein schräger Traum war und ich gleich aufwachte. Aber das sparte ich mir, denn der zu Staub zerfallene Jacques stand mir noch sehr real vor Augen. Gar nicht zu reden von all den anderen Problemen, vor denen ich auf einmal stand.

Ich dachte laut über diese Probleme nach. »Fakt ist: Wir können es keinem sagen. Nicht mal meinen Eltern. Ich meine, wie krass würde es klingen, wenn ich ihnen erzähle, was da im Keller abgelaufen ist?«

»Äußerst unglaubwürdig«, pflichtete Thomas mir bei.

»Besonders, dass dieser Jacques sich in Staub aufgelöst hat.« Allein es auszusprechen war schon fürchterlich. »Das würde sich für meine Eltern total durchgeknallt anhören.«

»Ich nehme an, das ist ein anderes Wort für verrückt.«

»Genau. Aber in diesem Fall würden sie eher denken, wir hätten irgendwas echt Heftiges eingeworfen. Das wäre mindestens genauso schlimm. Oder sogar noch schlimmer, jedenfalls in den Augen meiner Eltern. Meine Mutter ist Staatsanwältin, mein Vater Richter. Sie haben berufsmäßig mit solchen Sachen zu tun, und ich weiß, wie sie darüber denken. Wenn es um Drogen geht, verstehen sie keinen Spaß. Wenn sie auch nur den *Eindruck* hätten, ich würde irgendwas nehmen – ich möchte gar nicht wissen, was dann los wäre.«

»Meinst du mit *Drogen* verbotene Substanzen, die den Geist verwirren?«

Ich nickte und seufzte unhörbar. Dass er die einfachsten Begriffe nicht kannte, machte alles noch komplizierter. Wobei es für mich im Grunde genommen mindestens genauso kompliziert war, denn ich konnte immer noch nicht richtig begreifen, was da vorhin im Keller passiert war. Es grenzte an ein Wunder, dass ich nicht völlig hysterisch war, sondern stattdessen sogar mehr oder weniger vernünftig die Sachlage mit Thomas bereden konnte. Doch meine äußere Gelassenheit war nur vorgetäuscht.

»Erst recht können wir nicht verraten, dass jemand gestorben ist«, fuhr ich bemüht sachlich fort. »Damit würden wir uns in echte Schwierigkeiten bringen.«

»Ich *musste* den Speer auf ihn werfen. Der Franzose hätte dir sonst den Finger abgeschnitten. Außerdem konnte ich nicht ahnen, dass er nach meinem Treffer auf einmal stirbt, weil er ein schwaches Herz hat.«

»Es ist nicht deine Schuld, ich wollte dir keinen Vorwurf machen. Davon abgesehen würde uns sowieso keiner glauben. Denn es gibt ja keine Leiche. Man würde uns für plemplem halten. Das ist übrigens auch ein Wort für verrückt.«

»Ich hatte es bereits vermutet«, meinte Thomas trocken. »Mit anderen Worten, wir sollten den Vorfall für uns behalten.«

»Exakt. Wir sagen kein Wort. Aber eine Sache können wir noch tun.« Kurz entschlossen holte ich mein Handy aus der Handtasche. Ich suchte im Internet die Nummer der örtlichen Polizei heraus und rief dort an. Es dauerte eine Weile, bis ich einen der Beamten dranbekam, die mich vergangene Nacht aufgelesen hatten, doch dann hatte ich die Lage schnell geschildert – natürlich so, dass es sich deutlich weniger schräg anhörte, als es war.

»Diese Franzosen, die ich Ihnen letzte Nacht beschrieben habe – sie treiben sich jetzt hier im Ort herum, ganz in der Nähe des Kirchplatzes. Sie haben mich schon wieder bedroht.«

Der Beamte wollte sofort eine Streife schicken und forderte mich auf, für eine Anzeige auf die Wache zu kommen. Ich versprach, so bald wie möglich vorbeizuschauen.

Während des restlichen Wegs zur Pension grübelte ich darüber nach, wie es weitergehen sollte. Auf gar keinen Fall konnte ich Thomas einfach wegschicken und seinen Kram allein regeln lassen. Nicht nur, weil er mir das Leben gerettet hatte (hm, eigentlich war ich bloß durch ihn überhaupt erst in diesen Schlamassel geraten), sondern auch, weil ich mich für ihn verantwortlich fühlte. Er hatte recht: Zwischen uns bestand eine rätselhafte Verbundenheit seit dem Augenblick, als er mich das erste Mal gesehen hatte – er dort unten in einem kenternden Boot, ich oben auf den Felsen wie die Loreley aus der alten Sage. Das war irgendwie … mystisch. Irgendwas musste dahinterstecken. Mit einem Mal war ich sicher, dass alles auf eine seltsame Weise mit meinen Albträumen zusammenhing. Das Gewitter in der letzten Nacht – es stand damit in Verbindung, ganz bestimmt. Und auch *ich* hatte was damit zu tun, auch wenn ich keinerlei Vorstellung hatte, auf welche Weise.

In der Pension liefen wir blöderweise schon wieder Herrn Binsenbrech über den Weg. Er musterte Thomas von oben bis unten und setzte dann dazu an, irgendwas garantiert Unhöfliches zu sagen, doch ich kam ihm zuvor.

»Das ist Thomas Wakefield, unser australischer Austauschstudent«, erklärte ich. »Er gehört zur Familie. Wir wollen gern ein Zimmer für ihn buchen.«

»Da müsste ich erst nachsehen, ob noch was frei ist.«

Ich wusste genau, dass er mindestens drei freie Zimmer hatte und froh sein konnte, auf die Schnelle noch eins belegen zu können, doch ich wartete geduldig, bis er an der Rezeption mit gewichtiger Miene an seinem vorsintflutlichen PC herumgeklickt hatte und schließlich mit gnädigem Nicken verkündete, er hätte zufällig noch ein Einzelzimmer auf der von uns bewohnten Etage frei, sechzig Euro die Nacht zuzüglich Frühstück.

Ich wollte widersprechen, denn laut der Preisliste, die in unserem Zimmer lag, wusste ich zufällig, dass ein Einzelzimmer nur vierzig Euro kostete, doch Herr Binsenbrech schien meinen Einwand vorausgeahnt zu haben, denn er fügte in geschäftsmäßigem Ton hinzu: »Die Preisliste ist neulich aktualisiert worden. Für wie viele Übernachtungen soll ich das Zimmer einbuchen?«

»Für eine«, sagte ich. Morgen Nachmittag wollten wir ja schon wieder abreisen. Bis dahin musste irgendeine Lösung gefunden werden.

Herr Binsenbrech schob Thomas ein Meldeformular hin. »Das müssen Sie ausfüllen.«

Ich nahm das Blatt an mich. »Das erledigt er gleich in Ruhe auf dem Zimmer. Er will sich erst mal umziehen. Können wir den Schlüssel haben?«

Den rückte Herr Binsenbrech nur widerwillig heraus und bedachte uns dabei mit vielsagenden Blicken. »Im Zimmer steht ein Doppelbett, aber es ist wirklich nur zur Einzelnutzung gebucht«, stellte er klar. Mit anzüglichem Grinsen fügte er hinzu: »Nicht, dass die Gülcan morgen beim Bettenmachen doppelte Arbeit hat.«

Ich tat einfach so, als hätte ich es nicht gehört, das war bei Herrn Binsenbrech immer noch die beste Methode.

Nicht so für Thomas.

»Was wollen Sie damit zum Ausdruck bringen?«, fragte er scharf. »Unterstellen Sie Lori etwa, ein liederliches, unzüchtiges Frauenzimmer zu sein?«

Konsterniert glotzte Herr Binsenbrech ihn an. »Hä?«

Thomas erwiderte seinen Blick unverwandt. »Sie haben meine Worte sehr wohl vernommen, werter Herr.« In gestraffter Haltung stand er vor der Rezeption, den Wurfspieß in der Hand und einen bedrohlichen Ausdruck im Gesicht.

Ich fasste ihn beim Arm und zog ihn zur Treppe. »Da hast du was missverstanden«, behauptete ich.

Über die Schulter sah ich, dass Herr Binsenbrech uns mit offenem Mund hinterherstarrte. Das würde garantiert noch Schwierigkeiten geben. Spätestens, wenn meine Eltern zurückkamen. Bis dahin musste ich mir eine plausible Erklärung überlegt haben. Und zwar am besten, *bevor* Herr Binsenbrech sie auf den angeblichen Austauschstudenten ansprechen konnte.

Das Zimmer lag direkt gegenüber von dem meiner Eltern und war bis auf ein paar Kleinigkeiten auch genauso eingerichtet – Bett, zwei Nachttische, ein Stuhl, Schreibkonsole mit Telefon. Auf dem Wandbord darüber stand ein billiger Fernseher. Es gab keine Minibar, aber immerhin ein Tablett mit einer Flasche Mineralwasser und zwei Gläsern. Im Bad lagen frische Handtücher, und die Seifenspender in der Dusche und am Waschbecken waren gefüllt.

Ich breitete die neu gekauften Kleidungsstücke auf dem Bett aus. »Ich hoffe, es passt alles«, sagte ich ein wenig befangen. »Ich hätte dir auch Schuhe besorgt, aber ich wusste deine Größe nicht.«

Thomas betastete das Material der Rangerhose. »Ist das aus Seide?« Es klang ehrfürchtig.

»Äh … nein, das ist Polyester. Also Kunstfaser.«

»Du meinst, man kann Seide heutzutage künstlich herstellen?«

Ich zuckte mit den Schultern. »Man kann heutzutage so ziemlich alles künstlich herstellen.«

»Auch Gold?«

Ich unterdrückte ein Kichern. »Nein, so weit sind wir noch nicht. Für echtes Gold muss man immer noch tief in die Tasche greifen.«

»Ich werde dir deine Aufwendungen für das Zimmer und die Kleidung baldmöglichst zurückzahlen«, erklärte Thomas höflich. »Sobald ich die Höhle gefunden habe, kann ich alle Schulden begleichen. Dort habe ich genügend Gold versteckt.«

»Da hast du was in den falschen Hals gekriegt«, wehrte ich ab. »Du musst mir nichts zurückzahlen. So viel Geld war es nicht. Ich komme schon klar.«

»Dennoch werde ich nach der Höhle suchen. Es duldet keinen Aufschub. Ich brauche ein neues Versteck, bevor Montignac sie findet.«

»Ist viel Gold in dieser Höhle?« Neugierig blickte ich Thomas an.

Er nickte zögernd. »Der Ausgang des Krieges hängt davon ab, dass ich es Blücher übergebe.«

»Du meinst wohl eher, er *hing* davon ab«, korrigierte ich ihn. »Dieser Krieg gegen Napoleon ist seit über zweihundert Jahren vorbei, und die Franzosen haben ihn definitiv verloren. Genau das ist auch der ultimative Beweis dafür, dass du es seinerzeit geschafft hast, das Gold dahin zu bringen, wo es gebraucht wurde.«

»Als es mich in diese Zeit hier verschlagen hat, hatte ich das Gold noch *nicht* übergeben. Mit anderen Worten, ich muss dringend ins Jahr 1813 zurückkehren und es erledigen. Napoleon ist ohne dieses Gold nicht zu besiegen.«

»Aber er *wurde* besiegt!«, widersprach ich. »Napoleon Bonaparte hat den Krieg verloren! Dagegen kann auch Montignac nichts ausrichten. Das, was schon passiert ist, lässt sich nicht mehr rückgängig machen.«

»Und wenn doch?«

»Das ist Blödsinn.« Ich lachte, doch es klang leicht verunsichert. Vor weniger als einer halben Stunde hatte ich auch noch felsenfest geglaubt, Zeitreisen seien Blödsinn.

»Angenommen, Montignac erreicht sein Ziel«, beharrte Thomas. »Unterstellen wir einmal, es würde ihm tatsächlich gelingen, das Gold Wellingtons zu stehlen und es für seine eigenen Zwecke zu missbrauchen ...«

»Ach, es ist das Gold von Wellington?«, unterbrach ich ihn interessiert.

»Es ist nicht seines, sondern steht im Besitz der englischen Krone«, stellte Thomas klar. »Aber Wellington vertraute es persönlich einem Stabsoffizier im Geheimdienst Seiner Majestät und mir an, damit wir es nach Frankreich bringen.«

»Wow, englischer Geheimdienst!« Das klang wirklich spannend, fast wie eine historische James-Bond-Version. »Da hast du ja schon früh Karriere gemacht!«

»Die Karriere hat mein Vater gemacht«, wehrte Thomas ab. »*Er* ist besagter Stabsoffizier. Ich trage zwar seinen Namen, doch das bedeutet nicht, dass ich mich mit den von ihm erworbenen militärischen Ehren und staatsmännischen Verdiensten messen kann. Im Gegenteil. Momentan sieht alles danach aus, als hätte ich sämtliche in mich gesetzten Hoffnungen schmählich enttäuscht.«

Sofort schüttelte ich den Kopf. »Ausgeschlossen. Du musst damals auf deiner geheimen Mission alles richtig gemacht haben. Sonst wäre die Schlacht von Waterloo anders ausgegangen. Dann würde keiner dort draußen Blüchers siegreichen Zug nach Frankreich feiern.« Ich öffnete demonstrativ das Fenster, damit Thomas den Festlärm in den Straßen hören konnte.

Thomas' Miene wurde sehr ernst. »Lori, es gibt noch einen weiteren Grund, warum ich zurückkehren muss. Mein Vater ist schwer krank und wartet auf meine Hilfe.«

»Oh mein Gott«, sagte ich betroffen. Krampfhaft suchte ich nach einem tröstenden oder zuversichtlichen Kommentar, doch alles, was mir dazu einfiel, ging in Richtung *Ach, das wird schon wieder!* Das hätte sich ziemlich platt angehört, also hielt ich lieber den Mund.

Jetzt verstand ich noch besser, dass Thomas um jeden Preis in seine Zeit zurückkehren wollte, und natürlich wollte ich alles unternehmen, um ihm dabei behilflich zu sein. Irgendeine Möglichkeit *musste* es geben! Auch wenn der Gedanke, ihn dann vielleicht niemals wiederzusehen, mir auf einmal ziemlich zu schaffen machte.

Thomas ging ins Bad und zog sich um, und als er wieder herauskam, verspürte ich auf einmal ein Kribbeln im Bauch. Der Typ sah einfach viel zu gut aus! Das locker sitzende Shirt und die lässige Rangerhose unterstrichen seinen durchtrainierten Körper, und sogar die abgeschabten Lederstiefel passten zu dem coolen neuen Look.

Er bemerkte meine Blicke und breitete die Hände aus. »Ich besitze zwar kein Handy, aber von diesem Statussymbol abgesehen scheine ich optisch nun dem Bild eines jungen Mannes dieser Zeit zu entsprechen.«

»Ja«, sagte ich mit trockenem Mund. »Definitiv.«

Er strich sich ein wenig ungelenk das T-Shirt glatt. »Dieser Stoff ist ungewöhnlich weich. Auf dem Schild im Inneren habe ich gesehen, dass es sich um Baumwolle handelt. Doch es fühlt sich überaus angenehm auf der Haut an.«

»Die Textilbranche hat in den letzten zweihundert Jahren ziemliche Fortschritte gemacht.« Ich betrachtete ihn forschend. »Bist du gar nicht mehr müde? Du könntest dich noch mal ein bisschen hinlegen.«

»Ich bin hellwach. Meine Müdigkeit hat sich nach den Ereignissen in diesem Keller verflüchtigt.«

»Aber du hast höchstens eine Stunde geschlafen!«

»Das hat mir fürs Erste gereicht. Lass uns jetzt in den Wald gehen, um mein Versteck zu suchen.«

»Ich glaube nicht, dass das eine gute Idee ist. Nicht, solange Montignac und seine Männer noch draußen herumlaufen.«

»Du hast recht. Ich muss mich besser bewaffnen.« Thomas deutete auf den Wurfspieß. »Der hier reicht nicht. Vermutlich gibt es in eurer Zeit Pistolen und Gewehre, die denen meiner Epoche überlegen sind.«

»Haushoch überlegen«, bestätigte ich. »Aber leider können wir uns nicht einfach im nächsten Laden eine Knarre besorgen und damit losziehen. Eine Knarre ist eine Pistole«, fügte ich hinzu, ehe er danach fragen konnte. »Die Dinger sind gesetzlich verboten. Man braucht eine spezielle Erlaubnis, um welche zu kaufen.«

Thomas runzelte die Stirn. »Dieses Gesetz erscheint mir sehr unvernünftig. Denn wie soll man sich ohne richtige

Waffe schützen, wenn man angegriffen wird? Gilt dieses Verbot etwa überall und für jeden?«

»Nein. In Amerika kann man beispielsweise ziemlich leicht Pistolen kaufen. Was aber nicht bedeutet, dass das besser ist. Denn jedes Jahr werden da Zehntausende Menschen erschossen. Bei uns nur ein paar Dutzend, wenn überhaupt. Weniger Pistolen, weniger Schießereien, weniger Tote. *Viel* weniger«, betonte ich.

Thomas wiegte gedankenvoll den Kopf und nickte schließlich zustimmend. »Ich sehe den Nutzen dieser Regelung ein. Nun, dann würde ich mich mit einem Degen begnügen.«

»In dem Laden, wo ich die Klamotten besorgt habe, gibt es welche.« Sofort fügte ich einschränkend hinzu: »Aber die sind nur zur Deko.«

»Deko? Du meinst, man trägt sie lediglich zur Zierde?«

Ich zuckte mit den Schultern. »Wir leben in einer Zeit des Friedens.«

Thomas runzelte die Stirn. »Durch die Lektüre der Zeitung heute Morgen habe ich einen anderen Eindruck von der politischen Weltlage gewonnen. Demnach gibt es in vielen Teilen der Erde bewaffnete Auseinandersetzungen, vor denen die Menschen in Scharen fliehen.«

Das ließ sich schlecht abstreiten. »Sagen wir es mal so«, relativierte ich meine letzte Aussage. »In *Europa* herrscht Frieden. Zumindest momentan. Und jeder legt Wert darauf, dass es so bleibt.«

»Gab es viele Kriege in den letzten zweihundert Jahren?«

»Eine ganze Menge.«

Darüber wollte er mehr erfahren. Leider war Geschichte nie meine Stärke gewesen. Aber wozu gab es Wikipedia? Ich erklärte Thomas also, wie man im Internet surfte. Innerhalb kürzester Zeit überwand er seine anfängliche Scheu und Unbeholfenheit. Seine Begeisterung für die unendliche Vielfalt dieses Kommunikationsmediums kannte keine Grenzen, er kam aus dem Staunen gar nicht mehr heraus. Und er lernte unglaublich schnell. Es dauerte kaum zehn Minuten, bis er die grundlegenden Prinzipien kapiert hatte und sich fasziniert durch den englischen Wikipedia-Eintrag über Napoleon scrollte, den ich für ihn rausgesucht hatte.

Ich nutzte die Zeit, um vom Hotelfestnetz aus noch einmal bei der Polizei anzurufen und mich nach den Franzosen zu erkundigen. Leider Fehlanzeige. Den Streifenpolizisten waren keine verdächtigen Personen aufgefallen.

Also lungerten Montignac, Hugo und Pierre immer noch irgendwo da draußen herum. Bestimmt warteten sie bloß darauf, dass Thomas und ich uns wieder blicken ließen.

Spontan entschied ich mich, mit meinen Eltern zu reden. Natürlich konnte ich ihnen nicht die Wahrheit sagen – zumindest nicht die volle Wahrheit, denn die hätten sie mir schlichtweg nicht abgekauft –, aber auf jeden Fall mussten sie genug erfahren, um auf der Hut zu sein. Ich hatte keine Sekunde lang vergessen, was Montignac mir wegen Mia angedroht hatte.

»Kann ich das Handy bitte kurz wiederhaben? Ich möchte meinen Vater anrufen.«

»Das ist eigenartig«, sagte Thomas, während er stirnrunzelnd den Wikipedia-Eintrag studierte. »Hier steht, dass Napoleon aus der Schlacht von Waterloo siegreich hervorgegangen ist.«

»Echt? Zeig mal.« Ich nahm das Handy und überflog den Abschnitt, auf den er deutete. Nach kurzer Irritation musste ich grinsen. »Da hat sich ein Troll ausgetobt.«

»Ein Troll?«, fragte Thomas zweifelnd. »Du meinst, es gibt solche Wesen?«

»Nein, nicht *so* ein Troll. Ein Internet-Troll. Das sind Spinner, die Spaß daran haben, auf öffentlichen Plattformen falsche Informationen oder Beleidigungen zu verbreiten. Bei Wikipedia kann theoretisch jeder solchen Müll absondern. Aber das wird immer ganz schnell von der Community gesehen und korrigiert. Wir schauen in fünf Minuten noch mal rein, dann steht da bestimmt wieder die richtige Version.«

Ich wählte die Nummer meines Vaters. Doch aus irgendwelchen Gründen teilte mir eine Automatenstimme auf Französisch mit, dass die gewählte Rufnummer nicht vergeben sei. Ich versuchte es drei weitere Male – immer mit demselben Ergebnis. Anscheinend waren beim Anbieter irgendwelche Anschlüsse durcheinandergeraten.

Bei meiner Mutter hatte ich auch kein Glück – ich erwischte nur die Mailbox. Und die sprach seltsamerweise ebenfalls Französisch.

»Irgendwas stimmt hier mit dem Netz nicht«, sagte ich zu Thomas. »Oder der Server der Telefonfirma hat eine Störung. Komm, lass uns zum Kirchplatz gehen, ich möchte mit meinen Eltern und Mia sprechen und sie vor Montignac warnen.«

Auf dem Weg nach draußen probierte ich es noch ein paarmal – vergeblich. Auch die Nummer meiner Schwester war angeblich nicht vergeben. Seltsam. Schließlich versuchte ich es bei Kathy und danach bei zwei anderen Freundinnen. Ebenfalls Fehlanzeige, lauter französische Ansagen, dass die Nummern nicht vergeben seien.

Befremdet tippte ich auf meinem Handy herum und suchte in den Einstellungen nach einem möglichen Systemfehler. Probeweise ging ich auf Flugmodus, aber das nützte auch nicht viel. Im Gegenteil – als ich die Verbindung zum Netz wieder anschaltete, erschien eine französische Betreiberfirma auf dem Display, von der ich noch nie etwas gehört hatte.

»Lori«, sagte Thomas leise.

»Das ist echt seltsam«, sagte ich entnervt, den Blick immer noch auf das Display meines Smartphones geheftet. »Vielleicht sollte ich es ausmachen. Also *ganz* aus. Das hilft manchmal.«

»Lori«, wiederholte Thomas, diesmal lauter. Seine Stimme klang plötzlich anders. Sehr angespannt und mit einem Unterton von Angst.

Alarmiert blickte ich auf. Und begriff erst mit ein paar Sekunden Verzögerung, was los war. Dichter Nebel umgab uns, man konnte kaum zwei Meter weit sehen. Irgendwas stimmte hier nicht! Vorhin hatte noch die Sonne geschienen!

War so ein plötzlicher Wetterumschwung überhaupt möglich? Im ersten Impuls wollte ich die Wettermeldungen auf meinem Handy checken, aber dann merkte ich, dass der Nebel sich auflöste. Er verschwand so schnell, als hätte der Wind ihn fortgeweht, obwohl kein Lüftchen ging.

Die Sonne schien wie zuvor auf uns herab, es war wieder ein ganz normaler, schöner Junitag.

Doch im nächsten Augenblick wurde mir klar, dass *nichts* mehr normal war. Wir standen in einer mir unbekannten Straße.

Die Welt hatte sich verändert.

*

7

Die Gebäude gegenüber hatten andere Fassaden. Die Bäckerei an der Ecke war noch da, hatte aber einen breiteren Eingangsbereich. Und auf dem Schild darüber stand nicht mehr *Bäckerei*, sondern *Boulangerie*.

Die Autos, die am Straßenrand parkten, wiesen hauptsächlich französische Typenbezeichnungen und merkwürdige Nummernschilder auf. Alles hier draußen hatte sich plötzlich verwandelt!

»Gott im Himmel«, flüsterte ich. Mein Mund war mit einem Mal staubtrocken. Ruckartig streckte ich meine Hand in Thomas' Richtung aus, eine instinktive Reaktion auf diesen unfassbaren Anblick. Sofort ergriff er meine Hand und hielt sie fest. Dann zog er mich an seine Seite und legte den Arm um mich. Ich spürte, dass er zitterte. Vielleicht kam dieses Zittern aber auch nur von mir. Ich schlotterte von Kopf bis Fuß, sogar meine Zähne schlugen aufeinander. Vor meinen Augen breiteten sich dunkle Schlieren aus, und ich begann zu schwanken.

Das ist der Schock, dachte ich zusammenhanglos. Gleich würde ich in Ohnmacht fallen.

Zum Glück hielt Thomas mich fest, sonst wäre ich vielleicht wirklich umgekippt.

Die Festbesucher waren noch da und hatten offenbar jede Menge Spaß, es herrschten der gleiche Radau und ein ähnliches Gedränge wie vorher. Viele Leute trugen historische Gewänder. Einige waren als Soldaten kostümiert. Doch ich sah zwischen den auf alt getrimmten Marktständen kaum preußische oder englische Uniformen, sondern fast nur die dunkelblauen napoleonischen Waffenröcke über den einheitlich hellen Hosen.

Thomas löste sich von mir und trat einer Frau in den Weg, die gerade vorbeikam.

»Entschuldigen Sie vielmals, aber was wird hier heute gefeiert?«, erkundigte er sich höflich.

»Qu'est-ce que vous dites?«, fragte sie freundlich zurück.

Er wiederholte die Frage auf Französisch.

»Wir feiern den Sieg über einen deutschen Feldherrn namens Blücher«, antwortete die Frau bereitwillig. »Vor über zweihundert Jahren versuchte er, an dieser Stelle den Rhein zu überqueren und nach Frankreich einzumarschieren. Die tapferen Truppen unseres Kaisers Napoleon Bonaparte haben das verhindert.«

Sie nickte uns grüßend zu und setzte ihren Weg fort. Wie erschlagen stand ich da und starrte regungslos vor mich hin. Es war genau das geschehen, was Thomas befürchtet hatte. Die Geschichte war umgeschrieben worden. Wie hatte ich die ganze Zeit derart besserwisserisch behaupten können, dass das unmöglich war?

Doch dann wurde mir mit einem Schlag klar, dass sich vielleicht nicht nur die Geschichte und der Ort verändert hatten. Was war mit den Menschen?

»Meine Eltern!«, stieß ich voller Panik hervor. »Mia!« Und schon rannte ich in Richtung Kirchplatz davon.

Thomas folgte mir. »Lori, warte!«

Ich war nicht aufzuhalten. Die Angst um meine Familie beschleunigte meine Schritte.

Atemlos erreichte ich wenig später den Kirchplatz. Die Tanzvorführung war zu Ende, doch die Darsteller standen noch in Gruppen beisammen. Hoffnung erfasste mich, denn einige von ihnen erkannte ich wieder. Suchend schob ich mich an den Leuten vorbei. Neben einer Imbissbude stand ein Klappstuhl. Kurzerhand stieg ich darauf und hielt Ausschau nach vertrauten Gesichtern.

Als ich meine Mutter am anderen Ende des Platzes entdeckte, brach ich vor Erleichterung in Tränen aus.

»Mama!«, rief ich, so laut ich konnte.

Sie wandte sich zu mir um und lächelte, als sie mich auf dem Stuhl stehen sah. Winkend hob sie den Arm und gab mir Zeichen, zu ihr zu kommen.

Thomas hatte mich eingeholt.

»Da hinten steht meine Mutter«, sagte ich unter Tränen, während ich zur anderen Seite des Platzes hinüberzeigte.

»Soll ich hier auf dich warten, damit du in Ruhe allein mit ihr reden kannst?«, fragte er, während er mir von dem Stuhl hinunterhalf.

Ich schüttelte den Kopf. »Nein, du kommst besser mit.«

Den Grund für diese Vorsichtsmaßnahme sprach ich nicht aus, doch seinem Gesichtsausdruck nach zu urteilen wusste er auch so, wovor ich mich fürchtete: dass er auf einmal weg wäre, wenn ich ihn aus den Augen ließe. Schließlich wussten wir ja nicht, ob all diese erschreckenden Veränderungen bereits abgeschlossen waren, und da war es auf jeden Fall sicherer zusammenzubleiben.

Anscheinend trieb ihn dieselbe Sorge um, denn er streckte mir wortlos seine Hand entgegen.

Dankbar ergriff ich sie. Gemeinsam drängten wir uns durch die Menge, bis wir meine Mutter erreicht hatten. Sie stand neben einem Mann mit Halbglatze und Hornbrille, der als französischer Gardeoffizier verkleidet war.

Das Kostüm meiner Mutter sah genauso aus wie das, was sie vor der Veränderung getragen hatte – und sie selbst ebenfalls, wie ich zu meiner unendlichen Freude feststellte. Ihre Stimme war dieselbe (sie sprach Deutsch), ihre Augen, ihr Lächeln – alles wie immer.

»Da bist du ja, Lori!«, sagte sie strahlend, als ich zu ihr trat. »Hat Herr Binsenbrech dir freigegeben? Ich habe ihm gesagt, dass du unser Zimmer heute ausnahmsweise mal nicht machen musst. So kannst du wenigstens beim großen Finale zuschauen. Francois freut sich über jeden Fan!« Sie deutete auf den Mann an ihrer Seite. »Er ist schon ganz aufgeregt.« Liebevoll nahm sie seine Hand. »Aber du wirst glänzen wie immer, *mon choux*, darauf wette ich meinen letzten Sou!«

Choux? Sou? Mir blieb schlagartig die Luft weg.

»Wenn du es sagst, mein Schatz«, sagte Francois lächelnd

und mit deutlichem französischem Akzent. Dann küsste er meine Mutter auf den Mund. Und es war nicht etwa bloß ein Schmatzer unter guten Freunden.

Nur mit äußerster Mühe konnte ich einen Entsetzensschrei unterdrücken. Oh. Mein. Gott. Meine Mutter hatte einen anderen Mann!

»Was …«, brachte ich stammelnd hervor. »Wer …«

Thomas drückte warnend meine Hand, und ich holte ein paar Mal tief Luft, um mich zu beruhigen. Doch es wurde eher so eine Art Schnappatmung daraus. Schon wieder wurde mir ganz schwarz vor Augen, und ich konnte von Glück sagen, dass Thomas mich geistesgegenwärtig am Arm festhielt.

Wahrscheinlich hätte ich meine nächste Frage cleverer angehen können. Diplomatischer. Nicht so plump. Aber das schaffte ich in diesem Moment nicht.

»Wo ist Papa?«, platzte ich heraus.

Meine Mutter sah mich irritiert an. »Das müsstest du besser wissen als ich, ihr seht euch doch regelmäßig, oder nicht? Du weißt doch, dass wir seit der Scheidung kaum noch Kontakt haben. Als ich das letzte Mal von ihm hörte, wollte er mit ein paar Freunden einen Achttausender im Himalaya besteigen. Das war … warte mal, letztes Jahr im Sommer.« Ihr Gesicht nahm einen besorgten Ausdruck an. »Alles in Ordnung mit dir, Lori? Du bist so blass.«

Ich konnte sie nur stumm anstarren. Scheidung? Himalaya? Um Himmels willen! Was war mit meinen Eltern passiert?

Doch es sollte noch schlimmer kommen.

»Wo ist Mia?«, stieß ich hervor.

»Wer ist Mia?«, fragte meine Mutter. »Eine Bekannte von dir? Tut mir leid, aber ich kann mir die Namen deiner Freundinnen nicht alle merken.«

Mit einem Aufschluchzen sackte ich in Thomas' Armen zusammen.

»Das musst du doch nicht gleich persönlich nehmen«, meinte Francois tadelnd. »Du hast eine große Clique. Kein Mensch kann so viele Namen im Kopf haben!«

Ich schluchzte ohne Unterlass.

»Lori, was ist denn nur los mit dir?«, fragte meine Mutter besorgt.

»Es geht Lori heute nicht besonders gut«, meinte Thomas mit hölzerner Höflichkeit.

»Ach? Und wer sind Sie, wenn ich fragen darf?«, wollte meine Mutter wissen.

»Ich bin Thomas und komme aus England.«

»Angenehm«, murmelte meine Mutter.

»Mein Name ist Francois und ich komme aus Paris«, teilte ihr neuer Mann Thomas ungefragt mit. »Das heißt, *ursprünglich* komme ich von dort. Seit ich vor drei Jahren Loris Mutter geheiratet habe, leben wir zusammen in Frankfurt. Aber das wissen Sie bestimmt schon alles. Machen Sie auch bei den Historienspielen mit? Ähm, sind Sie schon länger mit Lori befreundet?«

»Falls ja, hat sie es uns jedenfalls nicht erzählt«, sagte meine Mutter. Es klang leicht vorwurfsvoll.

»Wozu denn auch?« Sinnloser Zorn wallte in mir auf. »Du kannst die Namen meiner Freunde ja sowieso nicht behalten.«

»Lori«, mahnte Thomas. Sanft drückte er meine Schulter.

Ich wusste, dass er mich beruhigen wollte. Und natürlich hatte er recht. Meine Mutter konnte nichts dafür, dass meine Schwester plötzlich weg war und dass die Welt sich auf so schreckliche Weise verändert hatte. Trotzdem wollte ich dagegen aufbegehren, dass all das passiert war. Ich wollte Dinge zerschlagen, wütend herumschreien – irgendetwas tun, damit es aufhörte und wieder in Ordnung kam.

»Dir scheint es wirklich nicht gut zu gehen«, meinte meine Mutter besorgt. »Liegt es an der Arbeit? Lässt dieser Binsenbrech dich zu viel schuften? Soll Francois mal ein ernstes Wort mit ihm reden?«

»Das kann ich gern für dich tun«, bot Francois mir an. Eifrig rückte er seine Hornbrille zurecht, hinter der seine Augen unnatürlich groß wirkten, fast wie bei einem Frosch. Er bedachte mich mit einem Lächeln, das er vermutlich für gütig hielt. »Wenn es nach mir gegangen wäre, hättest du diesen Job nicht annehmen müssen. Dass du dein eigenes Leben führen und finanziell unabhängig sein willst, ist gut und schön. Aber einfach Zimmermädchen werden – *mon Dieu*!« Zu Thomas sagte er: »Sie hätte auch in meiner Anwaltskanzlei im Empfangsbereich anfangen können, aber das wollte sie ja nicht.«

Ich kapierte überhaupt nichts mehr. »Mama«, sagte ich verzweifelt. »Kam dir heute vielleicht irgendetwas komisch vor? Ich meine, hattest du den Eindruck, dass sich die Dinge … verändert haben?«

Meine Mutter runzelte die Stirn. »Wenn du mich so fragst – ja. *Du* kommst mir verändert vor. Und zwar sehr. Was um alles in der Welt ist los mit dir?«

»*Ich* finde sie nicht so anders als sonst«, bemerkte Francois. »Ein bisschen melodramatischer vielleicht. Aber diese schnippische Art hatte sie vorher schon.« In einer entschuldigenden Geste hob er beide Hände. »Nur meine bescheidene Meinung.«

»Ich glaube, ich bringe Lori jetzt besser zur Pension zurück, damit sie sich eine Weile ausruhen kann«, sagte Thomas. »Der heutige Tag war ein wenig zu viel für sie.«

»Also willst du doch nicht bei den Gefechtsdarbietungen zuschauen?«, erkundigte Francois sich mit enttäuschter Miene bei mir.

»Vielleicht ein andermal, Monsieur«, antwortete Thomas an meiner Stelle. Dann nahm er meine Hand und führte mich weg.

*

Ich heulte den ganzen Weg zur Pension Rotz und Wasser. Meine Eltern waren geschieden! Mein Vater kletterte im Himalaya herum, meine Schwester hatte nie existiert, und meine Mutter hatte einen französischen Anwalt geheiratet, der aussah wie ein enger Verwandter von Kermit dem Frosch!

Ganz zu schweigen davon, dass ich in dieser Version

meines Lebens nicht mehr zur Schule ging, sondern Zimmermädchen geworden war. Kaum hatten Thomas und ich die Pension betreten, kam auch schon Herr Binsenbrech auf mich zu und musterte mich ärgerlich.

»Da bist du ja endlich! Wo warst du denn die ganze Zeit? Oben sind noch drei Zimmer zu putzen! Soll die Gülcan das vielleicht alles allein machen?« Er betrachtete mich scharf. »Flennst du etwa? Was ist los?«

»Mir ist bloß eine Fliege ins Auge geflogen«, sagte ich mit belegter Stimme.

Im nächsten Moment kam Gülcan aus der Küche. Sie trug einen bodenlangen Kittel, und ihre Hände steckten in Gummihandschuhen, die fast bis zu den Ellbogen reichten. In einer Hand hielt sie so ein Ding, mit dem man verstopfte Abflüsse freibekam. Wie hießen diese Teile noch gleich? Pömpel?

»Der Abfluss funktioniert jetzt wieder, Herr Binsenbrech.« Es klang demütig, sogar eine Spur ängstlich. Kein bisschen wie die Gülcan, die ich kannte. Die hätte sich niemals so einen Kittel angezogen oder Herrn Binsenbrechs verstopfte Abflüsse freigepömpelt.

Er hörte überhaupt nicht hin, sondern bedachte mich weiter mit bösen Blicken.

»An die Arbeit! Worauf wartest du noch!«

Ich war zu verwirrt, um Einwände zu erheben. In meinem Kopf rasten die Gedanken, und sie drehten sich ausschließlich darum, wie und warum das alles hier hatte geschehen können.

»Lord Wakefields Zimmer machst du als Erstes«, bestimmte Herr Binsenbrech. Entschuldigend blickte er Thomas an. »Es tut mir sehr leid, dass Sie heute nicht den gewohnten Komfort unseres Hauses vorfinden, Mylord! Ich hoffe sehr, Loris unverzeihliche Nachlässigkeit verdirbt Ihnen nicht die Freude an den Festspielen, zu denen Sie extra angereist sind!«

»Du bist anscheinend Gast hier«, sagte ich wie betäubt zu Thomas. Mit einer Mischung aus Schock und Ungläubigkeit starrte ich vor mich hin. »Und ich … ich bin eine Putzfrau!«

»Ganz recht«, blaffte Herr Binsenbrech mich an. »Und jetzt schwing endlich die Hufe und geh an die Arbeit!«

»Ich würde es vorziehen, wenn Sie Lori höflicher behandeln, Sir«, teilte Thomas ihm kühl mit.

Herr Binsenbrech zog den Kopf ein. »Gewiss. Nichts für ungut. Aber manche Angestellten muss man ab und zu ein bisschen … äh … ermuntern, damit sie zuverlässig ihre Arbeit erledigen.«

»Schon gut«, sagte ich, immer noch ganz benommen. »Wo ist das Putzzeug?«

»Ich hab's schon raufgebracht«, sagte Gülcan. »Es steht oben in unserem Zimmer.«

In unserem Zimmer?

»Danke«, sagte Thomas, bevor ich mit der naheliegenden Frage herausplatzen konnte, welches Zimmer sie zum Teufel noch mal meinte. »Wir finden es selbst heraus«, flüsterte er mir auf dem Weg zur Treppe ins Ohr.

*

Wir entdeckten die Putzsachen gleich beim ersten Versuch. Sie befanden sich in dem Zimmer, das ich vorher mit Mia bewohnt hatte. Offenbar war das jetzt Gülcans und meine gemeinsame Bleibe, und sie hatte in dieser veränderten Welt keine Eltern mehr. Oder keine Eltern mit Haus in der Nachbarschaft. Jedenfalls bewohnten wir jetzt zusammen dieses Zimmer und jobbten beide als Zimmermädchen in der Pension. Ich konnte es immer noch nicht glauben.

Die Einrichtung war deutlich spartanischer als vorher. Sie bestand aus zwei schmalen Einzelbetten mit wackligen Nachttischchen, einem abgewetzten Schreibtisch und einem zweigeteilten Schrank mit knarrenden Türen. Eine Seite des Schranks gehörte Gülcan, die andere mir. Meine Hälfte erkannte ich daran, dass meine Klamotten drinlagen und dass an der Innenseite der dazugehörigen Tür ein Familienfoto von mir und meinen Eltern klebte. Wir machten darauf den Eindruck einer glücklichen Familie und strahlten mit leuchtenden Augen in die Kamera. Ich war noch klein, vielleicht vier oder fünf Jahre alt. Ich kannte das Bild von früher, aber es war unvollständig. Ich berührte es mit zitternden Fingern und brach wieder in Tränen aus. Mia fehlte. Ein niedlicher, blondlockiger kleiner Sonnenschein, mit Grübchen in den Wangen und großen Augen, mir selbst zum Verwechseln ähnlich, nur etwas jünger. Und jetzt gab es sie nicht mehr. Sie war einfach … weg.

Ich wollte es nicht wahrhaben. Es musste doch noch irgendwo einen Beweis ihrer Existenz geben! Entschlossen kippte ich den gesamten Inhalt meiner Tasche auf einmal aus. Dabei landete auf dem Boden vor mir der gleiche Kram, den ich sonst auch immer dabeihatte: Haarbürste, Schminktäschchen, Notizblock, Kuli, Reserve-Ladekabel fürs Handy, Schokoriegel für Notfälle, ein Päckchen Tempos. Einige Dinge sahen anders aus als vorher, etwa der Schokoriegel, dessen Verpackung auf einmal in Französisch bedruckt war, genauso wie die Papiertaschentücher, die jetzt ebenfalls einer französischen Produktlinie entstammten. Doch das interessierte mich nur am Rande, denn ich suchte etwas Bestimmtes – allerdings vergeblich. Das kleine Foto von Mia, das sonst immer in einem Innenfach meiner Tasche gesteckt hatte, war nicht mehr da.

Schluchzend schlug ich die Hände vors Gesicht.

Thomas zog mich wortlos in seine Arme.

»Es ist so schrecklich«, sagte ich weinend an seiner Schulter.

»Ich weiß«, erwiderte er leise, und in diesem Moment konnte ich überhaupt erst richtig nachvollziehen, was er selbst durchmachen musste. Doch diese mitfühlende Einsicht lenkte mich höchstens für eine Sekunde von meinem eigenen Elend ab. Meine Schwester gab es nicht mehr! Meine Eltern waren geschieden, und meine Mutter hatte einen froschgesichtigen Anwalt geheiratet! Und ich musste für das Brechmittel die Pension putzen!

»Wir sollten einen Plan schmieden, was wir als Nächstes unternehmen«, schlug Thomas vor. »Vielleicht gehen wir erst mal hinüber auf mein Zimmer. Die Putzsachen nehmen wir am besten mit, dann kann dir der unfreundliche

Besitzer dieser Unterkunft vorläufig keine Befehle mehr erteilen.«

Ich nickte schweigend und räumte meine Handtasche hastig wieder ein, dann klemmte ich mir Reinigungsmittel, Lappen und Putzeimer unter den Arm, während Thomas sich Staubsauger und Schrubber schnappte.

Sein Zimmer war praktischerweise immer noch dasselbe, das wir für ihn gebucht hatten. Sogar der Schlüssel passte noch.

»Alles sieht fast genauso aus wie vorher«, stellte Thomas fest. »Abgesehen davon, dass ich plötzlich zeitgenössisches Reisegepäck besitze.«

Er durchsuchte den Koffer, der vorher noch nicht da gewesen war und der jetzt aufgeklappt auf dem Bett lag.

»Du lieber Himmel, was ist das?« Verwundert faltete er ein übergroßes, schreiend buntes Etwas auseinander.

»Ein Hawaiihemd«, antwortete ich geistesabwesend, während ich den Ausweis betrachtete, der auf dem Schreibtisch lag. »Guck mal! Du hast einen englischen Pass und heißt tatsächlich Thomas Wakefield. Mit einem kilometerlangen Adelstitel dahinter! Meine Güte, du bist ein *Earl*!« Ich las es genauer. »Earl of Coldsworth!«

»Das trifft zu, denn der bin ich tatsächlich. Oder genauer: Ich *werde* es sein, aber erst, wenn mein Vater dereinst nicht mehr lebt. Zeig mal her.«

Ich reichte ihm den laminierten Pass, den er nachdenklich in Augenschein nahm. »Erstaunlich. Es ist alles richtig. Sogar der Ort meiner Geburt und die Anschrift! Obwohl es sich um unser Londoner Haus handelt, wo ich mich so gut wie nie aufhalte. Die Unterschrift stimmt jedoch mit der meinigen überein. Nur das Geburtsjahr ist falsch, es liegt in Wahrheit weit über zwei Jahrhunderte zurück.« Trocken fügte er hinzu: »Nun ja, die Differenz zu den realen Gegebenheiten würde wohl zu stark ins Auge stechen, von daher verwundert es mich nicht, dass dieses Detail verändert wurde. Für das farbenfrohe Hemd habe ich allerdings keine Erklärung. Ob Engländer in dieser neuen Variante der Welt dergleichen bevorzugen?«

»Da bin ich überfragt.« Ich öffnete die Geldbörse, die neben dem Ausweis auf dem Schreibtisch lag. Staunend zog ich ein paar fremdartig aussehende Geldscheine heraus und sah sie mir genauer an. »Franc. So hieß die Währung, die es in Frankreich vor dem Euro gab.«

»Ist es viel?«

Ich zählte die Scheine rasch durch. »Über fünfhundert Franc. Wir müssen herausfinden, was man dafür kaufen kann.« Ich spähte erneut in das Portemonnaie. »Oh, und du hast Kreditkarten!«

»Was macht man mit Kreditkarten? Kredite aufnehmen?«

»Man kann damit einkaufen und bezahlen.« Ehrfürchtig nahm ich eine der Karten heraus. »Eine Platinkarte! Wenn es dasselbe bedeutet wie vorher, hast du keine Geldprobleme mehr!«

»Das ist sicher vorteilhaft für uns. Ob du auch solche Kreditkarten besitzt?«

»Dann müsste ich nicht hier putzen. Außerdem hatte ich

noch nie eine, bloß eine Bankkarte zum Abheben von Geld. Ich glaube, für eine richtige Kreditkarte muss man volljährig sein, und bis dahin dauert es bei mir ja noch eine Weile. Aber ich schaue mal vorsorglich nach.« Ich holte mein eigenes Portemonnaie aus meiner Handtasche. Vorher hatte ich nach der Einkaufstour von heute Mittag kaum noch Bargeld drin gehabt, und daran hatte sich nichts geändert, abgesehen von der anderen Währung. Ich besaß zwei schlappe Fünf-Franc-Scheine und eine kleine Handvoll Münzen, die sich *Centime* nannten. Mengenmäßig war es nur ein winziger Bruchteil von dem, was sich in Thomas' Börse befand. Und Kreditkarten gab es erst recht nicht.

»Ich weiß ja nicht, was das Brechmittel mir hier fürs Putzen bezahlt«, sagte ich angesichts der mageren Ausbeute. »Aber es ist hundertprozentig zu wenig.«

Mein Personalausweis steckte im selben Fach wie immer und unterschied sich von meinem bisherigen nur dadurch, dass er auf Französisch ausgestellt war. Und der zuständige Staat hieß logischerweise nicht mehr *Bundesrepublik Deutschland*, sondern *France*.

Damit erklärten sich zugleich auch viele der anderen Abweichungen, über die wir in der Folge mehr herausfanden. Zum Glück gab es auch in dieser seltsamen Parallelwelt Internet, und obwohl der verfügbare Provider jetzt einen französischen Namen trug, hatte sich bei Google und Wikipedia nicht viel geändert, vor allem nicht bei den englischen Seitenversionen. Die nächste Viertelstunde arbeitete ich mich konzentriert durch diverse geschichtliche Informationen.

Schließlich fasste ich meine Recherchen für Thomas zusammen, der ungeduldig im Zimmer auf und ab ging. »Napoleon hat die Schlacht von Waterloo gewonnen. Die englischen Truppen haben sich daraufhin aus Europa zurückgezogen. Anschließend wurde Deutschland Stück für Stück von Napoleon erobert und unter französische Verwaltung gestellt. Es sprechen zwar noch viele Leute Deutsch, aber Französisch ist seit damals zur Amtssprache geworden.«

Thomas unterbrach mich. »Ich muss zurück ins Jahr 1813 und Blücher das Gold bringen. Damit kann er den Winterfeldzug durch Frankreich finanzieren, und Napoleon verliert die Schlacht von Waterloo. Dann wäre hier alles wieder wie zuvor. Ob es in dieser veränderten Welt Zeitreisen gibt?«

Der Gedanke war auf jeden Fall schon mal gut. Ich sah rasch im Internet nach. »Nein«, sagte ich enttäuscht. »Bloß in Filmen und Romanen, so wie vorher auch.« Ein paar der Filme, die ich zu dem Thema fand, kannte ich sogar schon, zum Beispiel *Zurück in die Zukunft*. Auch sonst gab es jede Menge Übereinstimmungen mit der richtigen Welt. Egal, wo ich nachsah – ich fand lauter bekannte Bilder und Begriffe. Lady Gaga, die Tribute von Panem, Game of Thrones.

Es gab Raumfahrtprogramme, Microsoft, Hollywood, McDonald's und Fußball.

Überbevölkerung, Bürgerkriege, Massenmigration, Terrorismus. Penicillin, Chemotherapie, Aidshilfe, UNICEF. Eine Band namens ABBA suchte ich allerdings vergeblich.

Einen Song mit dem Titel *Waterloo*, bei dem es um Napoleons Niederlage ging, hatte es nie gegeben.

»Wir sollten uns wirklich langsam überlegen, was wir als Nächstes unternehmen«, erinnerte Thomas mich.

Ich nickte geistesabwesend. Einen Punkt musste ich unbedingt noch abchecken, bevor wir uns daranmachten, irgendwelche To-do-Listen aufzustellen. Ich googelte nach Thomas' Vater. Und tatsächlich fand ich bei Wikipedia einen Eintrag über Richard Wakefield, den fünften Earl of Coldsworth. In knappen Worten wurde sein Werdegang geschildert – Erziehung auf einer Militärschule, Teilnahme an diversen Schlachten an der Seite von Wellington, mit dem er befreundet war. Sogar Thomas kam in dem Eintrag vor! *Gemeinsam mit seinem Sohn Thomas, der als Leutnant ebenfalls für die englischen Truppen kämpfte, soll er im Auftrag Wellingtons einen Goldschatz aus England an den Rhein geschmuggelt haben, um damit die englischen und preußischen Truppen zu stärken.*

Mehr war über Thomas nicht zu finden, und auch das Gold wurde nicht weiter erwähnt. Ich scrollte mich durch die folgenden Abschnitte des Eintrags über Thomas' Vater durch und erstarrte bei der Überschrift *Tod*.

Gegen Ende des Jahres 1813 geriet Richard Wakefield in französische Gefangenschaft und starb wenig später an einem schweren Fieber.

Thomas hatte über meine Schulter gebeugt mitgelesen. Ich spürte seine unendliche Verzweiflung und legte meine Hand auf seinen Arm. »Wir kriegen das irgendwie wieder hin«, sagte ich beschwörend. »Du darfst das einfach nicht akzeptieren, hörst du? Genauso wenig, wie ich Mias Verschwinden zulassen werde! Wir nehmen uns fest vor, all das ungeschehen zu machen, und wir hören nicht eher auf, bis wir es geschafft haben!«

In diesem Moment klopfte es an der Tür.

»Wir tun einfach so, als wären wir nicht da«, flüsterte ich Thomas ins Ohr.

»Ich habe dich gehört, Lori!«, rief Gülcan von draußen.

Seufzend ging ich aufmachen. »Was ist los?«

Sie hatte die Gummihandschuhe ausgezogen und sah müde aus. »Ich soll dir von Herrn Binsenbrech ausrichten, dass du rausfliegst, wenn du mit Gästen auf dem Zimmer rumhängst. Sofern du nicht schon deshalb rausfliegst, weil du immer noch nicht mit dem Putzen angefangen hast. Mir persönlich ist es ja egal, ob du jetzt sofort oder später loslegst. Aber wenn der Chef gleich nachsehen kommt, übernehme ich keine Verantwortung.« Sie musterte mich genauer. »Alles in Ordnung mit dir? Wieso hast du vorhin geweint? Du siehst immer noch total durcheinander aus.«

Darauf gab ich lieber keine Antwort. »Gülcan, kannst du mir sagen, seit wann genau ich hier arbeite?«, platzte ich stattdessen mit einer Gegenfrage heraus.

Sie sah mich groß an. »Das kannst du nach bloß drei Wochen doch unmöglich schon vergessen haben!«

»Äh … Also drei Wochen, ja? Könntest du auch noch mal kurz erklären, warum ich jetzt hier putze?« Eilig fügte ich hinzu: »Nicht mir, denn ich weiß es ja selber. Sag es Thomas.«

Achselzuckend tat sie mir den Gefallen, obwohl man ihr ansah, wie sehr meine Bitte sie irritierte. »Lori hatte einen Riesenkrach mit ihrer Mutter und deren Mann. Die beiden wollten, dass Lori ihr Orientierungsjahr in der Kanzlei ihres Stiefvaters absolviert.«

»Orientierungsjahr?«, fragte Thomas.

»So nennt sich hier das Praktikumsjahr, das jeder Jugendliche vor dem Schulabschluss absolvieren muss.«

Aha. Bisher kannte ich nur ein zweiwöchiges Betriebspraktikum. In dieser veränderten Welt hatte man offenbar eine Langversion eingeführt.

»Ich hatte wohl keine Lust auf den Job bei dem Frosch«, murmelte ich.

»Nein«, stimmte Gülcan zu. An Thomas gewandt, fügte sie hinzu: »Lori wollte lieber als Hilfs-Sherpa mit ihrem Vater auf den Mount Everest. Aber das hat ihre Mutter verboten.«

»Und daraufhin habe ich meine Sachen gepackt und bin hierhergezogen, um ein Orientierungsjahr als Zimmermädchen zu machen?«, fragte ich. Schnell fügte ich hinzu: »Ich weiß es natürlich, aber Thomas kann es einfach nicht glauben.«

Gülcan runzelte irritiert die Stirn. »Es war wirklich so«, sagte sie zu Thomas. »Was anderes hat Lori auf die Schnelle nicht gefunden. Herr Binsenbrech war der einzige Arbeitgeber weit und breit, der ihr für das Orientierungsjahr einen

Job inklusive Essen und Wohnen angeboten hat. Er hatte sie schon früher mal gefragt, ob sie hier in den Ferien jobben wollte.«

Ich stöhnte in Gedanken. Manche Dinge waren anscheinend überall gleich.

»Loris Mutter und ihr Stiefvater logieren momentan auch in der Pension«, fuhr Gülcan fort. »Diesmal aber nicht bloß wegen der Festspiele, sondern auch, um Lori davon zu überzeugen, morgen wieder mit ihnen nach Hause zu kommen.«

»Nach Frankfurt?«, vergewisserte ich mich.

Gülcan nickte, mittlerweile deutlich befremdet.

»Absolvierst du hier auch ein Orientierungsjahr, Gülcan?«, erkundigte sich Thomas.

Gülcan lachte, aber es klang eher frustriert als erheitert. »Schön wär's. Nein, ich schufte richtig hier. Volle vierzig Stunden die Woche.« Ergeben breitete sie die Hände aus. »Irgendwann hatte ich mal die schöne Vorstellung, Kunstgeschichte zu studieren. Aber dann verlor mein Vater seine Arbeit und musste mit meiner Mutter und meinen jüngeren Geschwistern in die Türkei zurückkehren. Momentan bin ich die Einzige in der Familie, die Geld verdient. Auch wenn es nur ein Hungerlohn ist.« Fragend blickte sie mich an. »Soll ich deinem Freund sonst noch was erzählen oder kannst du das selbst übernehmen? Dann würde ich mich nämlich ein bisschen hinlegen. Ich bin seit fünf Uhr auf den Beinen und echt am Ende.«

»Das tut mir leid.« Ich schluckte schwer und sah sie betroffen an. Die von Montignac verschuldeten Veränderungen hatten Gülcans Leben fast genauso schlimm umgekrempelt wie meins. »Leg dich ruhig hin. Ich bleibe erst mal hier bei Thomas, dann kannst du ganz ungestört schlafen.«

»Danke. Und äh … vielleicht kannst du *wirklich* mal die Zimmer auf dieser Etage putzen. Sonst muss ich es am Ende doch noch selber machen.«

»Klar«, sagte ich mit schlechtem Gewissen. »Ich fang sofort damit an!«

Damit war auch geklärt, was wir als Nächstes tun würden. Manchen Leuten kamen beim Putzen ja angeblich die besten Ideen. Hoffentlich gehörte ich auch zu denen.

*

8

Ich gab mein Bestes, stellte aber schnell fest, dass das Putzen nicht wirklich ideenfördernd wirkte. Der Wischlappen hinterließ überall Schlieren, und ich stolperte ständig über das Staubsaugerkabel. In meinem echten Leben hatte ich höchstens mal ab und zu die Dusche ausgewischt und die Spülmaschine ein- und ausgeräumt. Für alles andere hatten wir Magda gehabt, unsere Putzfrau. Meine Eltern waren beide voll berufstätig und konnten es sich leisten, eine Haushaltshilfe zu beschäftigen. Mia und ich mussten bloß einigermaßen unsere Zimmer in Ordnung halten, damit Magda mit dem Staubsauger durchkam. Dadurch hatten wir beide ein ziemlich privilegiertes Leben. Sofort verbesserte ich mich in Gedanken: Wir beide hatten ein privilegiertes Leben *gehabt*. Hier war ja alles anders. Mia war spurlos verschwunden. Und ich war auf einmal Zimmermädchen.

Während ich den Lappen schwang und das Bett machte, saß Thomas gebannt vor dem Fernseher und sah sich ein Fußballspiel an. Mittlerweile hatte er aufgehört, ständig hinter das Gerät zu schauen, um nachzusehen, ob da wirklich keine Kicker herumliefen.

Als ich den Staubsauger anwarf, fiel er vor Schreck fast vom Stuhl.

»Was ist das für ein lärmendes Ding?«, rief er.

»Ein Staubsauger.«

Sofort war der Fernseher vergessen. Er ließ sich von mir die Technik erklären, soweit meine dürftigen Kenntnisse dafür reichten (»Da drin ist ein Motor, der dafür sorgt, dass der Staub in das Gehäuse gesaugt wird«), und dann wollte er es selbst ausprobieren. Schon nach kurzer Zeit hatte er den Bogen raus, so wie bei den übrigen Elektrogeräten, mit denen er bisher in Kontakt gekommen war.

Der Staubsauger unterschied sich optisch nicht von allen anderen, die ich aus der echten Welt kannte, jedenfalls gab es – bis auf den mir unbekannten Markennamen – keine erkennbaren Abweichungen. Das galt auch für den Föhn im Badezimmer, den Elektrowecker auf dem Nachttisch und den Fernseher auf der Konsole über dem Schreibtisch. Ich hatte mir alles kurz angesehen und nur wenige Unterschiede gefunden.

Thomas hatte sich eine Erklärung dafür überlegt. Er glaubte, dass die Weltordnung im Großen und Ganzen unveränderlich war, da sie einem festgefügten Plan Gottes folge. Daher gebe es unterm Strich auch nur vergleichsweise wenige Veränderungen. An dieser These war sicher einiges dran. Nur waren blöderweise alle Abweichungen, die uns beide persönlich betrafen, so schrecklich, dass wir unbedingt etwas dagegen unternehmen mussten.

Thomas stellte den Staubsauger ab. »Was macht man mit

dieser langen Stromschlange, wenn man mit dem Staubsaugen fertig ist?«, wollte er wissen. »Ich habe vorhin zugesehen, wie du sie aus dem Gerät hervorgezogen und in die Wand gestöpselt hast. Aber wie befördert man sie wieder in den Staubsauger hinein?«

»Die Stromschlange nennt man Kabel. Es geht genauso wieder rein, wie es rausgekommen ist. Man zieht nur kurz dran, dann verschwindet es von allein wieder im Staubsauger. Schau her.« Doch in dem Moment, als ich den Stecker aus der Steckdose zog, um Thomas den Aufrollmechanismus vorzuführen, zuckten plötzlich blaue Blitze über meine Hand und sprühten zwischen meinen Fingerspitzen und der Steckdose hin und her.

Mit einem Aufschrei sprang ich zurück und ließ das Kabel fallen. Aber meine Hand war immer noch von bläulichem Flackern umhüllt. Es fühlte sich brennend heiß an, und es knisterte und summte wie von einer Schar wütender, feuriger Insekten, die auf meiner Haut umherhuschten, als würden sie nach einem Ausweg suchen.

Gleichzeitig knallte und rauchte es um mich herum. Aus den Augenwinkeln sah ich, dass eine Stichflamme aus dem Fernseher schoss. Eine andere kam aus dem Radiowecker.

Es lag eindeutig an mir. Ich stand anscheinend irgendwie unter Strom und erzeugte eine Art … Überspannung. Meine Hände flackerten immer stärker.

Panisch klemmte ich sie mir unter die Achseln, als könnte ich damit das blaue Feuer und die Hitze löschen, doch ich spürte immer noch das Pulsieren und die elektrische Macht, die meine Finger mit eigenem Leben zu erfüllen schienen. Die blauen Blitze schossen unter meinen Achselhöhlen hervor wie spitze kleine Lanzen. Und sie waren *heiß*!

Lieber Himmel, was passierte hier mit mir?

»Um Gottes willen«, rief Thomas. »Ist das elektrisch? Was soll ich tun?«

»Keine Ahnung!«, schrie ich panisch zurück. Ich rannte ins Bad und drehte den Wasserhahn am Waschbecken voll auf. In der nächsten Sekunde hielt ich die Hände unter den Strahl, ohne darüber nachzudenken, dass schlimme Dinge geschehen konnten, wenn man Wasser und Elektrizität zusammenbrachte. Zum Beispiel, wenn man so blöd war, sich in der Wanne die Haare zu föhnen. Wenn dann der Föhn ins Wasser fiel – gute Nacht.

Zum Glück passierte nichts derart Drastisches. Aber es passierte auch sonst nichts. Meine Finger waren immer noch von dem Flackern überzogen, es leuchtete durch das laufende Wasser und hörte einfach nicht auf. Und es fühlte sich immer heißer an!

Ich schüttelte die Hände ruckartig, mit dem Ergebnis, dass eine Ladung Wasser zusammen mit großen blauen Flammentropfen von meinen Fingern wegspritzte und gegen die geflieste Wand flog. Thomas, der hinter mir gestanden hatte, sprang geistesgegenwärtig im letzten Moment zur Seite, sonst hätte er auch was von dem flüssigen Feuer abgekriegt. Gleich darauf schrie ich abermals auf, diesmal jedoch vor Erleichterung. Ich hatte alles von mir weggeschleudert!

Aber dafür begann im selben Moment das an der Wand hängende Handtuch zu brennen.

Mit einem Ruck riss Thomas es von der Halterung, warf es in die Duschwanne und ließ Wasser darüber laufen. Hustend riss er anschließend das Fenster auf und schob mich aus dem Bad zurück ins Zimmer, weg von dem stinkenden Qualm. Er machte die Badezimmertür hinter uns zu und drehte sich fassungslos zu mir um.

»Bei allen Heiligen, was war das gerade, Lori?«

Ich zuckte hilflos mit den Schultern und betrachtete schockiert meine Hände. Sie sahen absolut normal aus. Das Ganze kam mir völlig surreal vor. Fast so, als hätte ich mir alles nur eingebildet.

»War das eine Folge dieser neumodischen Erfindung, die ihr Elektrizität nennt?«

Ich schüttelte stumm den Kopf, immer noch nicht in der Lage, richtig zu kapieren, was sich da gerade abgespielt hatte. Der Fernseher und der Radiowecker stanken nach verbranntem Stromkabel – ich hatte sie irgendwie dazu gebracht durchzuschmoren.

»Ist dir das schon einmal passiert?«

»So was wie eben nicht. Aber die Sache mit den Händen …« Ich holte tief Luft. »Ja, das habe ich schon mal erlebt. Allerdings bloß im Traum. Das heißt, ich *dachte*, es sei ein Traum. Das Gewitter letzte Nacht … Ich hatte da oben auf dem Felsen einen Albtraum. Darin wurde ich vom Blitz getroffen. Er durchfuhr meinen ganzen Körper. Ich war davon wie aufgeladen. Vor allem meine Hände. Dasselbe hatte ich davor und danach auch schon mal geträumt, es hat mir eine Riesenangst gemacht.« Ich schluckte und starrte meine Hände an. »Vielleicht ist das, was da gerade passiert ist, in Wahrheit auch nur ein Traum. *Alles* könnte nur ein Traum sein!«

»Leider nicht. Es sei denn, ich träume dasselbe.«

»Aber es ist *unmöglich*! So was kommt nur in Büchern oder Filmen vor!«

»Dasselbe dachtest du auch über das Reisen durch die Zeit.«

»Aber …« Mir gingen die Argumente aus. Zutiefst verstört blickte ich Thomas an. »Ich glaube, du hattest von Anfang an recht«, fuhr ich fort. Mit wackligen Knien setzte ich mich auf die Bettkante und fing an zu weinen. »Anscheinend bin ich wirklich eine Hexe.«

*

Es wäre mir lieber gewesen, wenn er es sofort als absurd und bescheuert abgetan und irgendwas geantwortet hätte wie: *So ein Unsinn, Zauberei und Hexenkräfte existieren in Wahrheit überhaupt nicht. Mit Magie hat das alles gar nichts zu tun, und für diese komischen Blitze, die du verschleudert hast, gibt es eine ganz einfache Erklärung!*

Aber er sagte nichts in dieser Richtung, sondern blickte mich nur sehr ernst an, als wollte er abwägen, ob er vielleicht gut beraten wäre, wenn er so schnell wie möglich abhaute.

Offenbar irrte ich mich, denn er kam zu mir, setzte sich

neben mich auf die Bettkante und nahm meine Hand. Er rieb sacht mit den Fingerspitzen über die rot unterlaufene Druckstelle, wo Montignac mich mit der Schraubzwinge malträtiert hatte.

»Lori, ich habe keine Angst vor dir, ob mit oder ohne Hexenkräfte. Das Schicksal hat uns beide zusammengeschmiedet. Ich bin davon überzeugt, dass wir dazu ausersehen sind, gemeinsam die Lage zum Besseren zu wenden und alles wieder in Ordnung zu bringen. Nicht der Zufall hat mich durch die Jahrhunderte zu dir geführt, sondern eine höhere Macht.«

Schluchzend schüttelte ich den Kopf. »Und wenn ich diejenige bin, die an all dem schuld ist? Vielleicht liegt es ja allein an mir, dass plötzlich alles so verändert ist!«

»Das ist überhaupt nicht erwiesen. Und selbst wenn es so ist – du trägst jedenfalls keine Verantwortung dafür!«

Falls er mich damit beruhigen wollte, nützte es nicht viel. Ich weinte höchstens etwas leiser. Egal, wer letztlich dafür verantwortlich war – es war einfach nur unheimlich. Ich wollte keine Hexe sein! Und ich wollte nicht länger in dieser seltsamen Welt bleiben, in der meine Familie kaputtgegangen und meine Schwester verschwunden war!

»Du solltest dich beruhigen und aufhören zu weinen«, sagte Thomas. Er legte mir den Arm um die Schultern. »Vielleicht können wir dann gemeinsam herausfinden, was überhaupt los ist und wie es dazu kommen konnte.«

Ich atmete tief durch und war froh, nicht allein zu sein. Es tat gut, so dicht neben ihm zu sitzen und die Wärme seines Körpers zu spüren. Das tröstete mich seltsamerweise viel mehr als alle Worte. Und es half mir tatsächlich, mich zu beruhigen.

»Du hast recht. Ich *muss* herausfinden, was mit mir los ist.« Schniefend entzog ich ihm meine Hand, ballte sie zur Faust und ließ wieder locker, und dann wiederholte ich das Ganze ein paarmal. Faust. Locker lassen. Faust. Locker lassen. Dann dachte ich spontan mit festem Blick auf die Hand: *Fang an zu flackern!* (Ja, ich weiß, das war ungeheuer leichtsinnig, ich hätte theoretisch die ganze Bude abfackeln können.)

Aber es geschah nichts. Anscheinend konnte ich es nicht steuern. Oder brauchte ich dafür die Nähe einer Stromquelle, so wie vorhin? Zögernd stand ich auf und ging zur Steckdose. Vorsichtig und millimeterweise streckte ich die Finger aus, bereit, die Hand beim kleinsten Flackern zurückzuziehen. Doch es tat sich nichts, nicht mal, als ich die Steckdose berührte (natürlich nur außen am Rand, ich war ja nicht lebensmüde).

»Ich kann es nicht wiederholen«, stellte ich mit belegter Stimme fest. »Zumindest nicht absichtlich.«

»Jedenfalls steht fest, dass die Blitze der vergangenen Nacht kein Traum waren«, sagte Thomas. »Denn ich habe sie ebenfalls gesehen. Sie gingen alle über derselben Stelle nieder, ein Stück oberhalb von meiner Höhle.«

Ich nickte. »Montignac und seine Männer haben sie auch gesehen. Dieser Jacques hatte heute Vormittag im Keller sogar die genaue Stelle beschrieben – ein uralter, gespaltener Baum. Der muss ganz in der Nähe von dem Felsen sein, auf dem ich saß.« Beklommen fügte ich hinzu: »Ich hatte denen weisgemacht, dass da bei dem Gewitter ein Zeitloch aufgegangen ist, durch das sie in die Zukunft geschleudert worden sind. Anscheinend stimmt das wirklich.« Zutiefst verstört blickte ich meine Hände an, als könnten sie jederzeit wieder anfangen, auf magische Weise zu flackern. »Vielleicht habe ich dieses ... Zeitloch ja sogar selber aktiviert!«

»Hätte ich dann nicht an derselben Stelle herauskommen müssen wie die Franzosen? Ich war aber nicht dort, sondern mindestens eine halbe Meile weit entfernt.«

»Du hast recht«, sagte ich ratlos. »Aber es hat bestimmt was mit diesem Baum zu tun, da bin ich ganz sicher.«

»Wenn das so ist, sollten wir dorthin gehen.« Thomas war ebenfalls vom Bett aufgestanden. »Wir sollten uns die Stelle genauer anschauen. Wenn sich dort diese ... Kräfte erneut manifestieren, gelingt es mir vielleicht, ins Jahr 1813 zurückzukehren. Dann kann ich nicht nur meinen Vater vor der Gefangennahme bewahren, sondern auch mithilfe des Goldes den Sieg Napoleons verhindern. Damit würde sich letztlich auch diese Welt hier wieder zurückverwandeln, und alles wäre so, wie es sein sollte.«

»Ja, das wäre toll«, stimmte ich leise zu, und dabei versuchte ich, nicht über das seltsame und wehe Gefühl in meiner Herzgegend nachzudenken, das sich auf einmal bemerkbar gemacht hatte, als er von seiner Rückkehr sprach. »Aber um den Baum zu suchen, müssten wir zumindest wissen, wo der Felsen ist. Ich glaube nicht, dass ich den auf Anhieb wiederfinde.«

»Nun, das dürfte kein Problem sein. Erwähnte ich nicht, dass ich jenen Felsen, auf dem du gesessen hast, vom Fluss aus erblickte, bevor das Boot unterging? Es war ein recht prägnanter Uferabschnitt, mit einer kleinen Insel in unmittelbarer Nähe. Es gibt diese Flussinsel noch, wie ich heute sah. Damit haben wir einen ausreichenden Bezugspunkt für eine Bestimmung der Koordinaten. Alles, was wir benötigen, sind ein Feldstecher und ein guter Kompass. Beides können wir uns bestimmt besorgen.«

»Oh, einen Kompass habe ich, glaube ich, schon!« Und tatsächlich, auf dem Desktop meines Handys gab es in den Dienstprogrammen immer noch den Kompass. Und Google Maps fand ich ebenfalls. Besser ging's nicht!

»Das ist ein super praktisches Tool!«, erklärte ich. »Damit können wir das Handy wie ein tragbares Navigationsgerät benutzen, sobald wir die Koordinaten kennen. Sogar im Wald und bei Dunkelheit.«

»Ich weiß zwar nicht, was du meinst, aber es klingt gut. Lass uns gleich aufbrechen.«

Im nächsten Moment erstarrten wir, denn schon wieder klopfte es an der Tür.

»Mylord, sind Sie anwesend?« Es war Herr Binsenbrech.

»Mist«, flüsterte ich. »Wir hätten das *Bitte-nicht-stören*-Schild raushängen sollen!«

»Mylord, ich habe Grund zu der Vermutung, dass sich Lori in Ihrem Zimmer aufhält. Lori, bist du da drin? Ich habe doch gerade eben den Staubsauger gehört!«

Thomas ging kurz entschlossen zur Tür und machte sie

auf. »Sie ist in der Tat hier drin, weil sie das Zimmer reinigt. Worum geht es?«

Herr Binsenbrech hob schnüffelnd die Nase. »Riecht krass verbrannt.«

»Es gab ein Problem mit dem Fernseher«, sagte ich und zeigte auf das durchgeschmorte Gerät. »Kurzschluss.«

»Aha. Leider nicht nur hier. Vorhin ist unten in der Küche der Toaster abgeraucht. Die Mikrowelle und den Gefrierschrank hat es auch erwischt. Tutti kaputti.« Seine peinliche Jugendsprache hatte sich kein bisschen verändert und auch nicht seine Art, andere Leute – vor allem mich – bei jeder Gelegenheit zu nerven. Anklagend sah er mich an. »Hast *du* den Fernseher hier im Zimmer angemacht?« Erneut schnüffelte er, und diesmal fiel ihm offenbar auf, dass der schlimmste Gestank aus dem Badezimmer kam. Er machte die Tür zum Bad auf und prallte zurück. »Das Duschhandtuch ist verbrannt! Wie ist das passiert?«

»Wir haben den Fernseher damit gelöscht«, behauptete Thomas.

»Vielleicht sollten Sie mal die elektrischen Leitungen im Haus durchchecken lassen«, sagte ich. »Wegen Brandschutz und so weiter.«

Herr Binsenbrech starrte mich durchdringend an. »Bitte komm in fünfzehn Minuten zu einer Teambesprechung nach unten, Lori«, sagte er nur knapp, bevor er Thomas freundlich zunickte. »Ich lasse Ihnen sofort ein neues Zimmer herrichten, Mylord.«

Als er endlich draußen war, riss ich die Fenster im Bad

und im Zimmer so weit wie möglich auf. Der Gestank nach durchgeschmorten Leitungen war inzwischen unerträglich geworden.

Thomas nahm das Hawaiihemd aus seinem Koffer. »Sollte ich mich vielleicht noch einmal umkleiden? Meine Sachen riechen verbrannt.«

Ich nickte. »Zieh dich ruhig um, wozu hast du schließlich die ganzen Klamotten da in dem Koffer? Ich ziehe mir auch was anderes über. Wir treffen uns unten vorm Haus. Sagen wir, in zehn Minuten.«

»Damit du rechtzeitig zu der Besprechung gehen kannst?«

»Du liebe Güte, nein. Damit wir rechtzeitig vorher abhauen können.«

*

In Gülcans und meinem gemeinsamen Zimmer wechselte ich schnell meine Kleidung. Jeans, T-Shirt, ein Paar feste Turnschuhe – ich nahm einfach die erstbesten Klamotten, die ich in meiner Schrankhälfte fand. Anschließend schlich ich mich geräuschlos wieder hinaus, weil ich Gülcan nicht stören wollte. Sie lag im Bett und schlief tief und fest. Thomas war schon unten, als ich runterkam. Er hatte tatsächlich das Hawaiihemd angezogen und sah erstaunlich gut in dem grellbunten Teil aus. Aber wahrscheinlich hätte er in *allem* toll ausgesehen. Von der Optik her war er einer dieser Typen, die von Modelagenten auf der Straße angesprochen werden. Und das Hemd lenkte erst recht alle Blicke auf ihn.

Dummerweise auch die von meiner Mutter und Francois, denen ich eigentlich gern aus dem Weg gegangen wäre. Sie kamen gerade zur Pension zurück.

»Gut, dass ich dich treffe«, sagte meine Mutter. »Francois und ich wollen vor dem Finale noch im *Grenouille* essen gehen. Kommst du mit uns?« Zu Thomas sagte sie: »Sie sind natürlich auch eingeladen.« Ihre Brauen zogen sich leicht zusammen, als ihr Blick auf das Hawaiihemd fiel, doch sie war zu höflich, um es zu kommentieren.

»Ich habe gerade keinen Hunger«, sagte ich. Das war glatt gelogen. Ich hätte ganze Berge verdrücken können. Schließlich hatten Thomas und ich seit dem Frühstück keinen Krümel zu futtern bekommen. Aber allein die Vorstellung, mit meinem brandneuen Stiefvater an einem Tisch zu sitzen, verdarb mir jeden Anflug von Appetit. Außerdem hatten wir ja wirklich Wichtigeres zu tun!

»Ich habe auch keinen Hunger«, erklärte Thomas solidarisch. »Aber danke für die Einladung.«

»Hauptsache, ihr seid pünktlich zum Finale da«, sagte Francois. Fragend blickte er Thomas an. »Sie kommen doch auch zum Finale, oder?«

»Was für ein Finale?«, erkundigte sich Thomas.

»Na, der große Schaukampf. Er ist der jährliche Höhepunkt dieser Festtage. Wir feiern damit den Sieg der französischen Truppen über den preußischen Feldmarschall Blücher. Dieser Sieg war letztlich die Basis dafür, dass Napoleon auch die Schlacht von Waterloo gewinnen konnte.« Er zwinkerte Thomas zu. »Ich hoffe, Sie finden es als Engländer nicht allzu deprimierend, dass Ihr Feldherr Wellington gegen unseren Kaiser in der Schlacht von Waterloo so katastrophal verloren hat.«

»Das werden wir noch sehen«, entfuhr es mir.

Meine Mutter blickte mich erstaunt an. »Was redest du denn da, Lori?«

Ich biss mir auf die Unterlippe. »Äh … ich meine, wir werden noch sehen, ob wir zum Finale kommen.«

»Es gibt auch Freibier«, sagte meine Mutter. »Für die Ehrengäste natürlich Champagner. Ihr würdet auch welchen kriegen, wenn ihr wollt.«

Ich heuchelte begeisterte Zustimmung. »Toll.« Dann hakte ich Thomas unter und zog ihn weiter.

»Wir sehen uns«, rief meine Mutter uns nach.

Anstelle einer Antwort hob ich nur mit einem vagen Winken die Hand, ohne mich dabei zu meiner Mutter umzudrehen. Meine Gefühle ihr gegenüber waren seltsam zwiespältig. Es fühlte sich immer noch so an, als wäre sie meine Mutter. Schließlich sah sie genauso aus wie vorher, redete wie vorher und war vermutlich mit mir genetisch auf dieselbe Weise verwandt wie seit meiner Geburt. Aber wir teilten nicht mehr dasselbe Leben. Die tiefe, kompromisslose Zugehörigkeit war nicht mehr da. Es war, als hätte man mir ein lebenswichtiges Organ herausgerissen. Eines, das Liebe, Wärme und Vertrauen produzierte. All das wollte ich wiederhaben. Ich wollte meine *richtige* Mutter wiederhaben.

Thomas schien zu spüren, was ich dachte. »Es wird alles

wieder in Ordnung kommen. Dann wird dir das hier nur noch wie ein böser Traum erscheinen.«

Hoffentlich hatte er recht. Wobei ich ihm in einem Punkt gern widersprochen hätte. Die Sache mit ihm … Das war ganz bestimmt kein böser Traum und würde nie einer sein. Dass er mir begegnet war, dass wir hier zusammen Zeit verbrachten – das würde sich immer echt anfühlen. Echt und von Sehnsucht und Herzklopfen erfüllt. Ich hätte ihm das gern gesagt, doch ich brachte einfach nichts heraus. Was bestimmt auch besser so war, denn wahrscheinlich hätte es bloß peinlich geklungen. Das hinderte mich aber nicht daran, seine Hand festzuhalten und die zaghaften Glücksgefühle zu genießen, die mich dabei überkamen.

»Ich möchte mich möglichst bald aufmachen, um in meine eigene Zeit zurückkehren zu können«, sagte er, ohne meine Hand loszulassen.

»Ja«, stimmte ich zu. »Je eher, desto besser.«

Doch das meinte ich nicht wirklich. Erneut musste ich dieses seltsame wehe Gefühl verdrängen, das sich jedes Mal einstellte, wenn er von seiner Rückkehr sprach. »Aber es wird bald dunkel. Wir sollten unbedingt noch ein paar wichtige Dinge besorgen, meinst du nicht? Zum Beispiel eine leistungsstarke Taschenlampe. Oder lieber zwei. Mit Reservebatterie. Und ich muss mein Handy vorher noch aufladen. Aber vor allem brauchen wir etwas Warmes für dich zum Anziehen, denn wenn du wieder im Winter landest, würdest du sonst schrecklich frieren.«

»Ich weiß nicht, was eine Batterie ist. Warme Kleidung

wäre aber sicher nützlich. Mein Umhang ist in meinem Rucksack, den ich letzte Nacht während unserer Flucht vor Montignac im Wald verlor.«

»Wir kaufen dir eine coole Jacke. Oder besser gesagt eine *warme.*«

Zum ersten Mal versuchte ich mir auszumalen, wie es ablaufen würde. Angenommen, es gab da oben im Wald wirklich eine Art übernatürliches Phänomen, mit dessen Hilfe Thomas ins Jahr 1813 zurückkehren konnte – wie lange würde es danach wohl dauern, bis mein Vater und meine Schwester wieder da waren und die komplette Umgebung so aussah wie vorher? Würde es sofort geschehen oder würde es noch ein paar Stunden dauern? Oder womöglich Tage oder gar Wochen? Und würde es überhaupt geschehen?

Inzwischen hatte Thomas meine Hand losgelassen, weil uns auf unserem Weg durch den Ort ständig Leute entgegenkamen, denen wir ausweichen mussten. Es herrschte immer noch ziemliches Gedränge. Die Passanten, denen wir begegneten, sahen nicht viel anders aus als vor der Veränderung. Manche trugen historische Gewänder, andere waren ganz normal angezogen. Etliche von ihnen waren mir auch am Vortag bereits über den Weg gelaufen, aber die Unterhaltungen, die ich im Vorbeigehen aufschnappte, wurden überwiegend in Französisch geführt.

Beim näheren Betrachten der Umgebung fiel mir auf, dass auch die Anordnung der Straßen fast genauso aussah wie vorher. Sie hießen jedoch alle anders – ich sah eine Rue de la Concorde, einen Place de la République und einen Boulevard St. Germain. An einer Ecke stand eine Bronzestatue von Napoleon Bonaparte. Das früher weithin sichtbare Denkmal von Generalfeldmarschall Blücher war verschwunden.

Auf unserem Weg zum Fluss kamen wir an dem Restaurant vorbei, in das meine Mutter und Francois uns zum Essen eingeladen hatten. Über der Tür hing ein emailliertes Schild mit einem glubschäugigen grünen Frosch, der große Ähnlichkeit mit Francois hatte. Bei dem Anblick konnte ich mir ein kurzes Kichern nicht verkneifen. Allerdings klang es eine Spur hysterisch, fast schon verzweifelt.

Thomas warf mir einen fragenden Blick zu, dann bemerkte er den Frosch und lächelte mitfühlend.

Ich seufzte abgrundtief. »Ehrlich, ich kann nicht verstehen, was meine Mutter an ihm findet! Im Vergleich zu Francois sieht mein Vater wie ein Hollywoodstar aus! Willst du mal sehen?« Spontan holte ich das Familienbild aus meiner Handtasche. Ich hatte es vorhin aus einem Impuls heraus von der Innentür meiner Schrankhälfte abgemacht und mitgenommen.

Thomas betrachtete das Foto. »*Das* ist dein Vater?«, fragte er überrascht. »Er war der freundliche Herr, der mir heute Morgen in jener öffentlichen Bedürfnisanstalt die Benutzung des Seifenspenders erklärte und mir seinen Kamm lieh!«

»Sag bloß.« Ich war gerührt. »Ja, so ist Papa. Immer hilfsbereit und jederzeit für andere da.« Bedrückt schüttelte ich den Kopf. »Wie konnte meine Mutter ihn bloß verlassen?«

»Vielleicht war es ja auch umgekehrt«, meinte Thomas.

Ich runzelte die Stirn. Er hatte recht. Woher wollte ich wissen, was zwischen den beiden vorgefallen war? Womöglich hatten sie sich in dieser Version der Welt einfach nicht genug geliebt. Aber das wollte ich gar nicht genauer erfahren. Wenn es nach mir ging, würde ich ohnehin nicht lange genug hier sein, um es herauszufinden. Also konnte es mir eigentlich völlig egal sein. Leider war es das aber nicht. Am liebsten hätte ich vor diesem Frosch-Restaurant auf meine Mutter gewartet und sie gefragt, wieso sie einen so katastrophalen Männergeschmack entwickelt hatte. Bei der Gelegenheit hätte ich mich auch bei ihr erkundigen können, warum ich ein Einzelkind war und ob sie nie überlegt hatte, wie schön es gewesen wäre, noch eine zweite Tochter zu haben. Aber vermutlich hätte sie überhaupt nicht kapiert, was ich von ihr wollte.

Von einem Imbissstand in der Nähe wehte der verlockende Duft nach Spießbraten zu uns herüber. Schlagartig fing mein Magen an zu knurren, und zwar so laut, dass sogar Thomas es hörte.

»Wir holen uns etwas zu essen«, entschied er. »Ich habe ebenfalls großen Hunger.« Er zückte seine Geldbörse und kaufte zwei große Portionen Grillfleisch und dazu für jeden von uns ein Brötchen. Wir aßen im Weitergehen. Müßig betrachtete ich dabei die Umgebung und stellte fest, dass es hier deutlich mehr Geschäfte gab als in der richtigen Welt, und sie hatten alle geöffnet, obwohl es Sonntag war. Auch das hatte sich verändert. Mir fiel ein, dass Napoleon kein großer Freund der Kirche gewesen war. Anscheinend hatte er die Sonntagsruhe abgeschafft.

Wir kamen an einer Apotheke vorbei.

»Wir könnten Medikamente für deinen Vater besorgen, ehe du zurückkehrst!«, sagte ich voller Eifer. »Ein richtig gutes Fiebermittel zum Beispiel! Es gibt auch noch viele andere nützliche Mittel, zum Beispiel gegen Kopfschmerzen. Oh, und gegen Durchfall und alle möglichen Arten von Entzündungen. Kann bestimmt nicht schaden, wenn du so was mitnimmst.«

Thomas wirkte beeindruckt. »Und das alles kann man in dieser Apotheke erwerben?«

Ich nickte. »Kann sein, dass die Medikamente hier anders heißen als die, die ich so kenne, aber sicher wirken sie genauso. Wir lassen uns einfach beraten. Sie nehmen sogar Kreditkarten!«

Wir aßen rasch auf und gingen dann hinein. Als wir wenig später wieder herauskamen, schleppten wir mehrere Tüten mit uns. Dem Apotheker hatte ich erzählt, dass wir eine längere Reise in den Himalaya planten und uns deswegen umfassend für alle möglichen medizinischen Notfälle ausrüsten wollten. Und zwar *sehr* umfassend. Der Typ hatte zuerst ein bisschen skeptisch dreingeschaut, aber als Thomas wie unabsichtlich seine Platinkarte hervorgezogen hatte, waren sofort alle Zweifel ausgeräumt gewesen. Und nachdem das Gespräch über etwaige Notfälle im Himalaya erst einmal richtig in Gang gekommen war, gerieten der Apotheker und ich in einen gemeinsamen Kauf- bzw. Verkaufsrausch. Am

Ende waren nicht nur Mittel gegen Fieber und grippale Infekte in unseren Besitz übergegangen, sondern auch Pflaster in diversen Größen sowie Mullbinden und Kompressen, unterschiedliche Salben gegen Prellungen, Mückenstiche, Verbrennungen, Mitesser, Hautabschürfungen, Fußpilz. Ferner Tabletten gegen Übelkeit, Blähungen, Sodbrennen, Schwindelgefühle und Menstruationsbeschwerden. Eine besonders große Tüte enthielt wichtige Vitaminpräparate (»Vielleicht müssen Sie ja längere Zeit von Konserven leben!«), Sonnenschutzcreme (»Im Hochgebirge ist die Sonneneinstrahlung nicht zu unterschätzen!«) sowie besonders empfehlenswerte Tinkturen gegen Warzen und Würmer. Irgendwann hatte ich den Überblick verloren, aber am Ende hatten sowohl der Apotheker als auch ich das Gefühl, den Deal unseres Lebens gemacht zu haben. Nur Thomas runzelte die Stirn, als wir nach diesem Powerkauf wieder im Freien standen.

»Ich weiß ehrlich gesagt nicht, wie ich all das tragen soll. Der Koffer, der auf meinem Zimmer liegt, eignet sich nur sehr bedingt für einen Marsch durch unwegsames Gelände.«

»Kein Problem. Wir kaufen dir einfach einen neuen Rucksack. Du brauchst sowieso einen, weil du deinen alten im Wald verloren hast.«

Folglich war die nächste Station auf unserem Einkaufsbummel ein Laden, in dem es Taschen in allen Größen sowie Koffer und Rucksäcke gab. Thomas suchte sich einen teuren, aber dafür sehr geräumigen Lederrucksack aus, der groß genug war, um die ganzen Medikamente darin zu verstauen, und danach immer noch reichlich Platz für weitere Neuerwerbungen bot.

In einem kleinen Supermarkt besorgten wir uns ein paar Dutzend Müsliriegel. Anschließend kauften wir in einem Outdoorladen, der demjenigen ähnelte, wo ich nach dem Frühstück Thomas' neue Klamotten besorgt hatte, einige weitere sehr nützliche Reiseartikel – einen gefütterten Fleecepulli und einen erstklassigen Windbreaker, eine Art Trappermütze mit Ohrenklappen, ein Fernglas, zwei große Taschenlampen mitsamt Batterien, zwei ziemlich gefährlich aussehende Fahrtenmesser (ich fand, dass eines gereicht hätte, aber Thomas meinte, bei Waffen würde doppelt auf alle Fälle besser halten), eine Feldflasche aus glänzendem Messing sowie einen breiten Ledergurt mit diversen Schlaufen, an denen man all diese Gegenstände befestigen konnte. Auf dem Weg zur Kasse entdeckte ich noch weitere nützliche Accessoires für einen Ausflug in die Wildnis: ein Sturmfeuerzeug nebst Gas zum Nachfüllen, einen Mini-Campingkocher mit integriertem Topf (konnte auch mit dem Feuerzeuggas betrieben werden), eine Isomatte zum halben Preis und einen Schlafsack, der sogar Minusgraden standhielt.

»Das reicht jetzt aber wirklich«, sagte Thomas nach dem Bezahlen leicht entnervt, während er die Neuerwerbungen zu den übrigen Einkäufen in den mittlerweile prall gefüllten Rucksack stopfte. Der Schlafsack passte gerade noch knapp hinein. Die Isomatte und den Campingkocher musste er außen festbinden. »Wir sollten uns nun unverzüglich zum

Flussufer begeben und die Peilung vornehmen, damit ich so rasch wie möglich aufbrechen kann.«

»Sekunde mal«, sagte ich irritiert. »Wir suchen doch *zusammen* den Baum, oder?«

Sein Schweigen sprach Bände.

»Du willst ohne mich losziehen!« Erschrocken blickte ich ihn an.

»Lori, ich möchte dich nicht unnötig in Gefahr bringen. Montignac wird nichts unversucht lassen, mir zu folgen. Womöglich hat er bereits einen Hinterhalt vorbereitet.«

»Umso besser, wenn du nicht allein losmarschierst. Vier Augen sehen mehr als zwei.«

Thomas schüttelte den Kopf. »Den Weg in die Vergangenheit muss ich ohnehin allein antreten. Für dich gibt es nur eine einzige Möglichkeit, wieder in deine eigene Welt zurückzugelangen: Du musst hierbleiben und warten, bis alles wieder wie vorher ist.«

»Darauf kann ich auch im Wald warten.«

»Nicht, wenn Montignac und seine Männer dort herumstreunen. Ich kann nicht verantworten, dass du ihnen in die Hände fällst.«

»Die kriegen mich nie. Ich bin viel schneller als sie.«

Thomas seufzte. »Lori, mach es mir nicht unnötig schwer! Ich lasse nicht zu, dass du dich auf diese Weise in Gefahr begibst! Hast du denn schon vergessen, wie übel die Kerle dir heute in dem Keller mitgespielt haben?«

War das wirklich erst heute gewesen? Vage Verwunderung erfüllte mich, als ich mir klarmachte, dass nicht mal ein voller Tag verstrichen war, seit ich Thomas zum ersten Mal begegnet war. Warum kam es mir dann so vor, als würde ich ihn schon mein halbes Leben lang kennen?

»Lass es mich mal so sagen«, meinte ich. »Wenn du dir nicht eine sehr gute Methode ausdenkst, um mich davon abzuhalten, kannst du mich nicht daran hindern, mit dir zu dem gespaltenen Baum zu gehen.« Plötzlich fiel mir ein hervorragendes Argument ein, mit dem ich seine Meinung ändern konnte. »Was wäre, wenn ohne mich dieses Zeitl…« Ich blickte mich nach allen Seiten um und senkte meine Stimme. »Wenn ohne mich dieses Zeitloch gar nicht erscheint? Ich halte es für sehr wahrscheinlich, dass es nur funktioniert, wenn ich in der Nähe bin. Ich glaube nämlich, dass ich eine Art … ähm, Medium bin. Für das Gewitter und die Blitze und so weiter.« Schaudernd betrachtete ich meine Finger, die im Moment ganz harmlos aussahen. Am liebsten hätte ich diese Sache verdrängt und so getan, als wäre nichts passiert. Aber ich erinnerte mich noch sehr genau daran, wie sich das Blitz-Phänomen angefühlt hatte – in meinen Träumen und vorhin in der Pension.

Das stand *garantiert* im Zusammenhang damit, dass Thomas und die Franzosen auf einmal aus der Vergangenheit in die Gegenwart geschleudert worden waren! Und diese innere Gewissheit beruhte keineswegs bloß auf Einbildung.

Unbeirrt schloss ich: »Ich wette, du brauchst mich, damit es klappt.«

Thomas blickte mich schweigend und mit undurchdringlicher Miene an. Schließlich meinte er widerstrebend: »Du hast recht. Es ist gut möglich, dass es ohne dich nicht funktioniert. Aber ebenso wahrscheinlich ist es, dass Montignac dich in seine Gewalt bringt, sobald ich nicht mehr da bin, um dich zu beschützen. Spätestens auf dem Rückweg würdest du ihm in die Hände fallen.« Grübelnd schloss er: »Ein unlösbares Dilemma.«

Mir kam eine zündende Idee. »Es *gibt* eine Lösung! Ich helfe dir, das Zeitloch zu finden und es zu … aktivieren. Sobald es geklappt hat mit deinem … ähm, Durchtritt oder Übergang oder was auch immer, komme ich gar nicht erst hierher zurück, sondern gehe vorsichtshalber auf direktem Wege weiter in den nächsten Ort. Da kann Montignac mir nichts anhaben, weil er gar nicht weiß, wo ich bin. Ich rufe von dort meine Mutter an und lasse mich von ihr abholen. Dann fahre ich morgen mit ihr und Francois zurück nach Frankfurt. Irgendwie schlage ich mich schon durch. Und vielleicht ist bis dahin ja auch Francois bereits wieder verschwunden und dafür mein Vater zurück.« Abermals musste ich schlucken. »Und Mia.«

Thomas zögerte, aber ich merkte, dass sein Entschluss ins Wanken geriet und er meinem Vorschlag nicht mehr ganz so ablehnend gegenüberstand. Sofort leistete ich zusätzliche Überzeugungsarbeit. »Du musst mich sowieso mit in den Wald nehmen, weil ich besser mit dem Handy umgehen kann als du. Oder hast du schon mal eine Kompass-App benutzt? Oder Google Maps?«

Er gab seinen Widerstand endgültig auf. »Du hast gewonnen. Aber nur unter der Bedingung, dass wir uns schnellstmöglich auf den Weg machen. Ohne unnütze Umwege und erneute Aufenthalte in Geschäften wie diesem hier.« Mit diesen Worten wandte er sich ab und steuerte den Ausgang an.

Ich folgte ihm eilig nach draußen. Doch gleich beim nächsten Geschäft, einem Buchladen, blieb ich abrupt stehen, denn im Schaufenster bemerkte ich zwischen diversen französischen Büchern auch eines, dessen Titel mir sofort ins Auge sprang, weil mein eigener Name darin vorkam. Übersetzt lautete er:

Die Loreley – Mythos oder Wirklichkeit?

Ich wusste sofort, dass ich dieses Buch besitzen musste. Alles in mir drängte danach, es sofort zu kaufen. Ich stellte diesen intensiven Wunsch gar nicht erst infrage, obwohl Thomas gerade noch so nachdrücklich darauf bestanden hatte, dass wir uns beeilten.

»Warte mal«, sagte ich entschuldigend. »Dauert nur einen klitzekleinen Augenblick.«

Und schon ging ich in den Laden, um mir das Buch zu besorgen. Das Geld in meinem Portemonnaie reichte gerade noch dafür, mehr als ein paar Sous waren hinterher allerdings nicht mehr übrig. Ich klemmte mir meinen Neuerwerb unter den Arm und beeilte mich, zu Thomas zurückzukehren, der draußen voller Ungeduld auf mich wartete.

Dabei hatte ich das eigenartige und leicht schaurige Gefühl, ein Stück meines eigenen Schicksals unterm Arm zu tragen.

*

9

Im Weitergehen warf ich einen kurzen Blick auf die Rückseite des Buchs. Den dort abgebildeten Autor kannte ich nicht, aber das wollte nichts heißen, denn Sachbücher gehörten sonst nicht gerade zu meiner Lieblingslektüre, vor allem keine französischen.

»Da drüben müsste die Stelle sein, die wir suchen«, meldete sich Thomas. »Hier hatte ich Schiffbruch erlitten, auf Höhe der Flussinsel.« Er deutete auf einen Abschnitt am Ufer des Rheins, der genau vor uns lag. Zahlreiche Leute tummelten sich dort. Das große Reenactment-Finale war in vollem Gange und neigte sich allem Anschein nach bereits dem Ende zu.

Die meisten der Laiendarsteller trugen französische Uniformen. In militärischer Formation aufgereiht, legten sie mit ihren langen Vorderladern auf die zurückweichenden Feinde an, in diesem Fall hauptsächlich Engländer und Preußen, wie an deren Waffenröcken zu erkennen war. Sie waren kläglich in der Unterzahl und würden sich bestimmt bald ergeben.

Unter ihnen befand sich ein mit zahlreichen Orden behängter preußischer Offizier, der offenbar Generalfeldmarschall Blücher persönlich verkörperte. Er wurde schützend von seinen Soldaten umringt und ließ ab und zu einen aufmunternden Schlachtruf hören, doch niemand konnte übersehen, dass er auf verlorenem Posten kämpfte.

Hier und da knallten Platzpatronen, und irgendwer mit Hang zur Perfektion hatte sogar dafür gesorgt, dass an der jeweils passenden Stelle Pulverdampf aufstieg. Auf einem Podest hatte man eine große Kanone aufgebaut, aus der ebenfalls gefeuert wurde, begleitet von stinkenden Rauchwolken. Entlang der Uferpromenade klatschten die Leute Beifall und jubelten den Truppen begeistert zu. Irgendwo unter ihnen musste auch meine Mutter stehen, doch ich sah sie nirgends – es war einfach zu voll.

Auf dem Rhein trieben im Bereich der dort befindlichen Flussinsel ein paar traurige Reste der Pontonbrücke, über die Generalfeldmarschall Blücher ursprünglich mit seinen Soldaten nach Frankreich hätte vorstoßen sollen. Die Bedeutung dieser nachgestellten Kulisse war klar: Die siegreichen Franzosen hatten die von Blüchers Soldaten errichtete Behelfsbrücke zerstört. Jedenfalls in der hier gültigen Vergangenheit.

»Bei diesem Rummel können wir nicht zum Ufer hinuntergehen, um die Peilung vorzunehmen«, sagte Thomas frustriert. Er hatte sich das Fernglas bereits um den Hals gehängt.

»Es dauert bestimmt nicht mehr lange«, meinte ich.

Im nächsten Moment zuckte ich zusammen, denn von

der Kanone tönte ein ohrenbetäubendes Krachen herüber. Ich hatte richtig vermutet – die Schaukämpfe am Ufer des Flusses erreichten gerade ihren dramatischen Höhepunkt. Die preußischen und englischen Soldaten konnten der französischen Übermacht nicht länger standhalten und ergaben sich. Sie warfen die Waffen weg und hoben geschlagen die Arme. Einer von ihnen schwenkte zum Zeichen der Kapitulation ein weißes Tuch. Der Blücher-Darsteller überreichte dem Befehlshaber der Franzosen unterwürfig die preußische Standarte. Die Vorführung war zu Ende. Der Schlussapplaus war rasch verklungen, die Zuschauer begannen sich zu zerstreuen. Andere mischten sich unter die uniformierten Darsteller. Im Nu entstanden gesellige Grüppchen, in denen die Leute sich gegenseitig die Hände schüttelten und auf die Schultern klopften. Und einander, wie es bei den Franzosen üblich war, rechts und links Wangenküsse verpassten.

Dabei drehte sich einer der französischen Soldaten um, sodass wir ihn im Profil sehen konnten. Es war Charles de Montignac.

*

Montignac hatte uns ebenfalls erspäht. Seine Augen verengten sich zu Schlitzen, und er starrte uns mit dem Blick einer bösartigen Schlange an. Unter dem schwarzen Schnurrbart verzog sich sein Mund zu einem widerlichen Grinsen. Und dann kam er mit weit ausholenden Schritten geradewegs auf uns zu.

Thomas stand da wie angewurzelt. Er machte keine Anstalten, vor Montignac davonzulaufen.

»Noch ist Zeit zum Abhauen«, sagte ich hastig. »Ich kann mindestens so schnell laufen wie du. Du musst dir also keine Sorgen machen, dass ich zurückbleibe und er mich schnappt.«

Aber schon in der nächsten Sekunde hatte Montignac uns erreicht. Thomas schob mich wortlos hinter sich und baute sich schützend vor mir auf.

Doch Montignac schien uns gar nicht angreifen zu wollen, im Gegenteil. Irgendwas schien ihn sehr zu belustigen. Vorsichtig lugte ich über Thomas' Schulter. Montignac hatte die Arme verschränkt und lachte leise in sich hinein. »Ihr versteht es nicht, stimmt's?«, fragte er uns kichernd.

»Was verstehen wir nicht?«, wollte Thomas wissen.

»Dass du längst verloren hast, Wakefield. Unser Kampf ist beendet. Es ist vorbei. Mein sehnlichster Wunsch hat sich erfüllt, und zwar von ganz allein. Die Geschichte, wie man sie hier bisher kannte, hat sich unwiderruflich verändert. Napoleon Bonaparte hat gesiegt. Ich weiß zwar nicht, wie es dazu kam, aber es ist geschehen. Und nicht nur das – ich bin ein geachtetes Mitglied dieser Gesellschaft! Ich durfte bei den Schaukämpfen mitspielen! Frauen wollen meine Handynummer haben! Und jawohl, ich weiß, was damit gemeint ist, denn seit der plötzlichen Veränderung von heute Mittag besitze auch ich so ein Ding.« Lässig zog er ein Smartphone aus der Hosentasche, hielt es kurz hoch und steckte es wieder ein.

»Ich wette, Sie wissen nicht mal, wie man es anmacht«, sagte ich.

Montignac überging die Stichelei. »Ich logiere im besten Hotel des Orts, in einem Zimmer mit Federbetten und Teppichen. Zu den Mahlzeiten werden dort köstlichste Speisen gereicht. Im Schrank meines Gemachs hängen Anzüge aus feinstem Tuch und Krawatten aus reiner Seide. Meine Geldbörse ist zum Platzen voll. In Paris besitze ich eine Villa, die ihresgleichen sucht!« Er nahm einen zusammengefalteten Zeitungsartikel aus seiner Brusttasche, klappte ihn auf und hielt ihn uns vor die Nase. Tatsächlich war darauf ein ziemlich feudal aussehendes Domizil abgebildet. Montignac selbst stand in Zivilkleidung und mit stolzgeschwellter Brust davor. Darunter prangte die Schlagzeile: *Der begehrte Junggeselle und Millionenerbe vor seinem Haus in der Rue de Napoleon.*

»Somit ist nun alles so, wie es besser nicht sein könnte, ich bin ein gemachter Mann und steinreich«, teilte Montignac uns gut gelaunt mit. »Mich zieht es folglich nicht wieder zurück in die Vergangenheit. Das Leben hier in dieser Zeit ist viel komfortabler. Vor allem die medizinische Versorgung. Überall gibt es Ärzte, für jegliche Beschwerden stehen Spezialisten bereit!«

Ich trat hinter Thomas' Rücken hervor. »Als Erstes sollten Sie zu einem Psychiater gehen und sich was gegen Größenwahn verschreiben lassen.«

Damit hatte ich es wohl übertrieben. Hass verzerrte Montignacs Gesicht. »Du Hexe!«, zischte er mich an. Seine Hand legte sich auf den Knauf seines Messers, das er immer noch am Gürtel seiner Offiziersuniform trug. Doch gleich darauf erneuerte sich sein Grinsen. »Wozu soll ich mir die Mühe machen, dich aus dem Weg zu räumen? Mich an deinem Verlust zu ergötzen, erfreut mein Herz weitaus mehr, als dein Tod es je könnte.« Ein boshaftes Funkeln war in seine Augen getreten. »Mir blieb nicht verborgen, dass deine Schwester nicht mehr existiert. Oh, und Wakefield – wie schmeckt es dir, dass dein Vater in französischer Gefangenschaft starb?«

Thomas nahm meine Hand und hielt sie fest, zeigte aber ansonsten keine Reaktion. Ich selbst konnte nicht verhindern, dass ich vor Wut überkochte.

»Wir werden das alles wieder rückgängig machen!«, rief ich. »Freuen Sie sich bloß nicht zu früh!«

Montignac betrachtete mich amüsiert. »Sollte mich das etwa ängstigen?«

»Sie werden schon sehen! Sobald wir erst …«

Thomas drückte warnend meine Hand, und ich hielt gerade noch rechtzeitig den Mund. Im nächsten Moment bemerkte ich das Lauern in Montignacs Blick und begriff die Wahrheit – nämlich, dass er uns aufs Glatteis führen wollte. Er hatte überhaupt nicht vor, in dieser Welt zu bleiben! Stattdessen war er genau wie Thomas nur darauf aus, ins Jahr 1813 zurückzukehren. Sein öliges Grinsen und das ganze Geschwafel, wie toll er es angeblich hier fand – das war alles nur Show gewesen, um herauszufinden, welchen Plan wir verfolgten!

Montignac schien zu merken, dass ich ihn durchschaut hatte. Mit einem Ruck zog er sein Messer.

Erneut packte Thomas mich und schob mich hinter sich. Plötzlich hielt er ebenfalls ein Messer in der Hand – eins der Fahrtenmesser, die wir vorhin gekauft hatten.

»Nur zu«, zischte Montignac. Er warf seinen Dolch lässig von einer Hand in die andere, so wie er es schon im Wald getan hatte. »Lass es uns endlich von Mann zu Mann austragen, Wakefield!«

Mein Herz raste zum Zerspringen. Lieber Himmel, gleich würde Blut fließen! Thomas trug immer noch das Ungetüm von Rucksack, er konnte sich gar nicht rasch genug bewegen, um sich gegen diesen tückischen Widerling zu behaupten! Er war so gut wie tot!

Ich wollte gerade laut um Hilfe schreien, als hinter mir eine Männerstimme sagte: »Da seid ihr ja, Lori! Wie schön, dass ihr doch noch gekommen seid!«

Verdattert sah ich den neuen Mann meiner Mutter näher treten. Francois war allein und trug immer noch seine mit Orden beladene Offiziersuniform. Sein Gesicht wies Spuren von Pulverdampf auf. Auch seine Brille war schwärzlich beschlagen. Er nahm sie ab und reinigte sie sorgfältig mit einem Taschentuch, während er uns kurzsichtig anglubschte.

Ich atmete tief durch vor Erleichterung. Montignac hatte – genau wie Thomas – blitzartig sein Messer weggesteckt. »Und wer sind Sie, wenn ich fragen darf?«, wollte er barsch von Francois wissen.

»Ich bin Loris Stiefvater.« Francois nickte ihm zur Begrüßung höflich zu. Lächelnd fragte er mich: »Hat euch die

Vorführung gefallen? Ich habe die große Kanone bedient. Wie fandet ihr den Geräuscheffekt?«

»Laut«, sagte ich.

»Und sehr realistisch«, fügte Thomas höflich hinzu.

»Wo ist Mama?«, fragte ich.

»Sie ist schon zur Pension gegangen, um für die Rückfahrt zu packen. Wir wollen morgen früh sehr zeitig aufbrechen.« Bittend blickte Francois mich an. »Du kannst es dir immer noch überlegen, Lori. Deine Mutter wäre überglücklich, wenn du mitkommst.«

Ich hob nur stumm die Schultern.

»Stiefvater, soso«, sagte Montignac hämisch. »Demnach ist dein Vater auch von der Bildfläche verschwunden!«

»Ich wüsste nicht, was Sie das anginge«, sagte Francois in verärgertem Tonfall.

Montignac kicherte. »Haha, das *können* Sie ja auch gar nicht wissen, Sie ahnungsloses Froschgesicht!«

»Warum hauen Sie nicht einfach ab?!«, rief ich wütend.

»Ja, verziehen Sie sich, Montignac«, stimmte Thomas mit kalter Stimme zu.

Montignacs Grinsen wurde breiter. »Das hier ist ein freies Land.«

»Hat dieser Mann dich belästigt, Lori?«, fragte Francois mich unvermittelt.

»Ja!«, entfuhr es mir. »Mich und Thomas. Und *belästigt* ist gar kein Ausdruck! Der Typ ist ein ganz schrecklicher … Stalker.«

Eigentlich hatte ich *Psychopath* sagen wollen, aber Stalker fielen ja im Grunde in dieselbe Kategorie. Außerdem war Stalking etwas Handfestes, weil sich jeder sofort etwas darunter vorstellen konnte.

Francois straffte sich und setzte die Brille wieder auf. Sein Blick hinter den dicken Gläsern wurde geschäftsmäßig scharf. »Monsieur, Ihre Person ist mir sehr wohl aus der Presse bekannt«, erklärte er mit fester Stimme. »Als skrupelloser Schürzenjäger und notorischer Verschwender Ihres väterlichen Erbes haben Sie sich bereits mehrfach unrühmlich hervorgetan! Von daher verwundert mich Ihr schlechtes Benehmen nicht. Aber zum Glück gibt es gegen Männer Ihres Schlages sehr gute Gesetze. Die ich als Anwalt zufällig hervorragend kenne.« Er winkte einem Mann in der Nähe zu. »Claude, kannst du bitte mal herkommen? Ich glaube, hier gibt es Arbeit für dich!«

Der Mann näherte sich, und jetzt erkannte ich ihn wieder: Er war einer der beiden Beamten, die mich im Morgengrauen mit dem Streifenwagen zur Pension zurückgebracht hatten. Offenbar war er auch in dieser Welt bei der Polizei – und gleichzeitig Laiendarsteller beim großen Finale, denn wie Francois trug er eine historische Uniform. »Wie kann ich dir behilflich sein, alter Freund?«

»Dieser Mann hat die jungen Leute hier belästigt und bedroht. Man sollte ihm von Seiten der Polizei aus klarmachen, dass das strafbar ist.«

Montignac hob beide Hände. »Nichts für ungut, ich will keinen Ärger«, sagte er mit scheinheiligem Lächeln. »Ich bin schon weg.«

Und dann schlenderte er einfach davon, ohne sich umzudrehen.

»Danke«, sagte ich leise zu Francois, während ich Montignac voller Sorge hinterherblickte. Aus unerfindlichen Gründen wusste ich genau, dass wir ihn gerade eben nicht das letzte Mal gesehen hatten.

*

Francois verabschiedete sich von uns und kehrte zur Pension zurück. Die restliche Menge hatte sich mittlerweile fast völlig verlaufen, und von Montignac war zum Glück weit und breit nichts mehr zu sehen.

Thomas und ich waren zum Ufer des Rheins hinuntergegangen, um endlich die Peilung vorzunehmen. Hier war sein Boot untergegangen. Die Flussinsel mit der darauf befindlichen Burg war immer noch dieselbe, also musste dies laut Thomas die richtige Stelle sein. Er suchte mit dem Fernglas aufmerksam den Hang ab und fand den Felsen beinahe sofort.

»Das ist er«, sagte er. »Der große, der aussieht wie eine steinerne Nase. Dort oben hast du gesessen.«

Ich blickte ebenfalls durch das Glas. Da oben gab es mehrere Felsvorsprünge. War der, den Thomas meinte, wirklich der richtige? Ich versuchte mich daran zu erinnern, was ich am Vorabend von dort oben betrachtet hatte – die Burgen, die Kirche, die Flussinsel. Winkel, Höhe, Entfernungen – es schien alles zu passen.

»Ja«, sagte ich schließlich. »Du hast recht. Das muss er sein.«

Wir führten die Peilung mehrmals durch, um sicherzugehen. Ich speicherte die Koordinaten auf dem Smartphone ab.

»Ich hätte nicht gedacht, dass es so leicht sein würde«, sagte ich ein wenig erstaunt.

Thomas hob die Schultern. »Bei Licht betrachtet ist dies heute die erste Sache, die uns auf Anhieb gelungen ist. Abgesehen von unseren Einkäufen, auch wenn mir scheint, dass sie das Maß des Nötigen deutlich gesprengt haben.« Er hatte den Rucksack abgenommen und neben sich gestellt. Traurig betrachtete er den Fluss.

»Woran denkst du?«, fragte ich ihn zaghaft.

»Drei unserer Männer verloren ihr Leben, als das Boot zerschellte und unterging. Es waren gute Kameraden, und sie starben im Dienst einer wichtigen Mission.«

Beklommenheit erfüllte mich. Zum wiederholten Mal starrte ich auf meine Hände, als würden sie im nächsten Moment wieder flammende Blitze versprühen.

»Es ist genau wie in der Sage«, sagte ich leise. »Ich bin die Loreley auf dem Felsen, die alle ins Verderben gerissen hat. Wenn ihr versucht hättet, an einer anderen Stelle des Ufers anzulegen, wärst du wahrscheinlich nicht aus deiner Zeit herausgeschleudert worden, und die Männer wären nicht ertrunken.«

Thomas schüttelte den Kopf. »Ich glaube mittlerweile fest daran, dass es umgekehrt war. Hätte ich dich nicht erblickt, wäre ich mit den anderen den sicheren Tod gestorben.« Er schwieg kurz. »Eine höhere Macht hat mich aus meiner Zeit hierhergeführt, damit ich mit deiner Hilfe den Weg zurückfinde und die Ereignisse noch ändern kann.« Er hob den Rucksack auf und schnallte ihn wieder um. »Zeit zu gehen.«

»Ja, natürlich. Wobei ...« Ich warf einen kurzen Blick auf mein Smartphone. »Ich sag's ja nur ungern, aber mein Akkustand ist schon wieder ziemlich niedrig. Ich habe zum Glück ein Ladekabel dabei. Lass uns irgendwo was trinken gehen und nachsehen, ob es da eine Steckdose gibt. Es geht auch ganz schnell.«

Es war nicht zu übersehen, wie sehr diese erneute Verzögerung Thomas gegen den Strich ging. Doch nach außen hin zeigte er höfliches Entgegenkommen und rückte mir sogar den Stuhl zurecht, als wir in einem Restaurant passende Plätze in der Nähe einer Steckdose gefunden hatten. Sinnigerweise handelte es sich bei dem Lokal, in dem wir auf die Schnelle eingekehrt waren, um das *La Grenouille*.

Automatisch musste ich an Francois denken. Mein erster Eindruck von ihm war vielleicht zu negativ gewesen, denn so widerwärtig, wie ich zunächst gedacht hatte, war er anscheinend doch nicht. Genau genommen war er sogar ziemlich hilfsbereit und loyal. Ohne zu zögern, hatte er in einer brenzligen Situation Partei für mich ergriffen und mich beschützt. Möglicherweise hatte meine Mutter genau das in ihm gesehen, als sie ihn sich ausgesucht hatte. So betrachtet war Francois als Ehemann wohl doch nicht der totale Reinfall.

Gleich darauf machte ich mir bewusst, in welche Richtung ich gerade dachte. Es fehlte gerade noch, dass ich anfing, ihn als Stiefvater zu akzeptieren! Ohne meinen Vater lief *gar* nichts! Nichts und niemand konnte ihn ersetzen! Ich wollte meine Familie wiederhaben. Punkt.

Aber ich wollte auch … Ja, ich wollte gern noch länger mit Thomas zusammen sein. Die Vorstellung, dass er bald für immer aus meinem Leben verschwinden würde, machte mich unglaublich traurig. Konnte man sich wirklich innerhalb eines Tages so sehr an einen Menschen gewöhnen, dass eine Trennung einem derartig ans Herz ging? Anscheinend ja.

Verstohlen und unter gesenkten Lidern sah ich ihn an. Er saß mir gegenüber, direkt neben einem Fenster. Die einfallende Abendsonne überzog sein kurzes Haar mit einem goldenen Glanz. Die blonden Bartstoppeln auf seinen Wangen schimmerten wie Kupfer. Er sah müde aus, was mir wieder vor Augen führte, wie groß sein Schlafdefizit sein musste. Doch wenn ich ihm jetzt vorgeschlagen hätte, sich vor unserem Aufbruch einfach noch mal für ein paar Stunden aufs Ohr zu legen, hätte er das sofort entschieden zurückgewiesen. Also versuchte ich es gar nicht erst.

»Hast du schon darüber nachgedacht, wie dein neues Leben hier in dieser veränderten Welt jetzt wohl aussieht?«, fragte ich ihn unvermittelt. »Irgendwo wartet sicher gerade jemand auf dich, unter der Adresse, die in deinem Pass steht. Eltern, Geschwister, Freunde … Bist du gar nicht neugierig, was das für Menschen sind?«

Thomas faltete konzentriert die Hände und dachte nach. Ich betrachtete sie – er hatte schöne Hände! – und verspürte ein leises Flattern in der Magengrube. Schon als wir vor unserer Einkaufstour Hand in Hand durch die Straßen geschlendert waren, hatte es mir fast den Boden unter den Füßen weggezogen vor innerer Aufregung. Wie es sich dann wohl erst anfühlte, von ihm gestreichelt zu werden? Schon beim bloßen Gedanken daran fing mein Herz an zu rasen.

»Ich habe tatsächlich überlegt, wie mein Leben in dieser Welt aussehen könnte«, räumte Thomas ein. »Ich habe mich gefragt, ob es hier wohl auch meinen Vater gibt. Oder womöglich sogar meine Mutter, die schon vor zehn Jahren starb. Vielleicht existiert unser Haus ja sogar noch. Meine Familie besitzt ein großes Anwesen inmitten ausgedehnter Ländereien. Die Versuchung, nach England zu reisen und mir selbst ein Bild zu machen, besteht durchaus. Aber letztlich ist das nicht mein wirkliches Leben. Für mich gilt dasselbe wie für dich. Deshalb gibt es für mich nur einen Weg: die Rückkehr.«

»Ja«, sagte ich leise. »Klar.« Hastig nahm ich einen Schluck aus meinem Glas.

Ich hatte für jeden von uns eine große Cola bestellt. Thomas trank mit andächtigen Schlucken, mir entging nicht, wie gut es ihm schmeckte.

»Dieses Getränk ist fürwahr ein Hochgenuss«, sagte er lobend. »Eiskalt und prickelnd und dabei voller Säure und Süße gleichzeitig.«

»Eigentlich ist es der pure Zucker und absolut schädlich

für die Zähne. Aber ich dachte, du solltest wenigstens einmal in deinem Leben eine Cola trinken. Die allererste Cola – das ist echt was Besonderes, oder?«

Ich hätte gern noch ein paar andere besondere erste Erfahrungen mit ihm geteilt, die er nun nie mehr machen würde, weil die Zeit dafür nicht reichte. Ein Actionfilm in einem 3-D-Kino und dazu eine Familienpackung frisches Popcorn. Eine Fahrt auf der Achterbahn. Mit dem Flieger abheben und über dem Wolkenmeer schweben.

Ich warf einen Blick auf den Ladestand des Handys. Schon sechzig Prozent. Mehr als zwei oder drei Minuten würden wir nicht mehr hier sitzen bleiben. Bezahlt hatten wir schon beim Servieren, um hinterher nicht warten zu müssen.

Gedankenverloren blätterte ich in dem Loreley-Buch. Es hätte eigentlich ganz gut in meine Tasche gepasst, aber aus unerklärlichen Gründen hatte ich es lieber in der Hand getragen. Oder unterm Arm. Immer abwechselnd, fast so, als wollte ich den Körperkontakt nicht abreißen lassen.

Wie von allein klappte das Buch an einer Stelle im vorderen Drittel auf, und mein Blick wurde von einem bestimmten Absatz angezogen. Der französische Text verlangte mir einiges an Konzentration ab. Ein paar Wörter musste ich erst googeln, aber mit jedem Satz fiel mir die Übersetzung leichter.

Aus jenen Tagen sind in den historischen Archiven auch vereinzelte Berichte von Bauern und Dörflern erhalten, die erstaunliche Übereinstimmungen aufweisen. So soll die Loreley in der fraglichen Gegend nicht nur mildtätig in Erschei-

nung getreten sein, sondern auch Furcht einflößende Magie praktiziert haben. In diesem letzten Punkt widersprechen sich die Überlieferungen allerdings teilweise. Einige Augenzeugen wollen gesehen haben, dass sie mit der Kraft ihrer Gedanken eine Feuersbrunst entfachen konnte, während andere darauf beharrten, dass sie Blitze verschleuderte. Dem Aberglauben der damaligen Zeit entsprechend, wurde die Loreley vereinzelt auch als Gewitterhexe bezeichnet. Eine weitere Deutung des Mythos bezieht sich auf eine Version, nach welcher die Loreley ihr Zauberwerk nur in Anwesenheit eines Mannes vollführen konnte, den sie mithilfe eines mächtigen Gewitters zu sich geholt und der ihr Herz betört hatte.

Ich hielt entgeistert die Luft an. Das war ja … Das war vollkommen absurd! Irgendwie schien ein Teil dieser Ausführungen genau auf mich zu passen!

»Steht etwas Interessantes in dem Buch?«, fragte Thomas. »Stimmt es mit den Loreley-Sagen überein, die du bereits kennst?«

»Nicht wirklich«, sagte ich mich kratziger Stimme. Ich schob ihm das Buch über den Tisch hinweg zu.

Thomas überflog den fraglichen Abschnitt und sah mich dann verblüfft an. »Wie ist das möglich?«

»Frag mich was Leichteres.«

»Hast du je zuvor von diesen Details gehört?«

Ich schüttelte den Kopf. »Nie.«

»Bestimmt nicht?«

»Hundertprozentig. Es ist so abgefahren, dass es mir ganz sicher nicht entgangen wäre.«

»Abgefahren?«

»Eine Redensart.« Ich dachte über zutreffende Synonyme nach, doch Thomas winkte ab. »Schon gut, ich habe eine Vorstellung, was damit gemeint ist.«

»Okay. Jedenfalls ist mir das, was da in dem Buch steht, völlig neu.« Mir entfuhr ein verzweifeltes Lachen. »Gewitterhexe! Haha!«

Thomas verzog keine Miene. »Wenn du noch nie davon gehört hast, muss diese Schilderung eine Abweichung sein. Eine andere Sage, die nur in dieser Welt existiert.«

»Das ist die einzige Erklärung.« Mit leicht zittrigen Fingern schnappte ich mir mein Handy und suchte im Internet nach Einträgen, die sich mit der Sage in dieser falschen Welt beschäftigten. Demnach hatte die Loreley zur Zeit der Napoleonischen Kriege als Heilerin und Wahrsagerin praktiziert und auf der Seite der Preußen und Engländer gestanden.

Ich las Thomas die entsprechenden Passagen vor und schloss mit dem Satz: »Mit ihrem Feuerzauber soll sie für abergläubische Ehrfurcht in dieser Gegend am Ufer des Rheins gesorgt haben, bevor sie genauso wieder verschwand, wie sie aufgetaucht war – im Dunkel des Waldes.«

»Sehr seltsam, in der Tat.« Thomas hatte unterdessen eine andere Stelle in dem Buch aufgeschlagen. »Hier steht aber auch, dass die Loreley sich gern auf einem Felsen hoch über dem Rhein ausruhte und ihr langes goldenes Haar im Wind wehen ließ.«

»Immerhin *eine* Übereinstimmung zu der Sage in der

echten Welt«, sagte ich geistesabwesend, während ich mich im Internet durch weitere Artikel klickte. Eine eher wissenschaftliche Abhandlung ging der Frage nach, ob der vermeintliche Feuerzauber der Loreley vielleicht realen Ursprungs war. So wurde unter anderem spekuliert, dass sich hinter jenem Zauber womöglich der Einsatz von Schwarzpulver verberge. Denn anders lasse sich dieser Punkt der Legende kaum erklären.

Thomas hatte eine weitere Stelle in dem Buch entdeckt. »Sieh mal! Hier ist sogar ein Bild von dem Felsen!«

Ich betrachtete es genauer. »Das ist nicht der richtige Loreley-Felsen«, sagte ich mit schwacher Stimme. »Sondern der Felsen, auf dem ich gestern gesessen habe.«

»Ganz recht«, sagte Thomas. »Es ist der Felsen, dessen Koordinaten wir vorhin ermittelt haben.« Er blätterte weiter. »Schau dir das an!«

Ich konnte es nicht fassen. In dem Buch war sogar der Ausschnitt einer Wanderkarte abgebildet, auf der die Wege verzeichnet waren, die zu dem Felsen führten!

»Das ist unglaublich!«, sagte Thomas. »Wir werden die Stelle auch ohne Kompass problemlos finden!«

Anscheinend war der Felsen hier eine Art Touristenattraktion, genau wie der andere – richtige – Loreley-Felsen in der echten Welt, der sich ein Stück weit flussabwärts befand.

»Hier steht sogar, dass die Sage auch von einem alten, gespaltenen Baum unweit des Felsens berichtet«, sagte Thomas. Vor Aufregung sprach er schneller. »Dieser Baum scheint jedoch ein reiner Mythos zu sein, da er nur sporadisch zu sehen sein soll. Man erzählt sich von ihm, dass er von einer Aura uralter Magie umgeben sei.« Er hielt inne, dann fuhr er mit rauer Stimme fort: »Angeblich lösen sich dort die Grenzen der Zeit auf, wenn die Loreley auf dem Felsen ihre Zauberkraft entspinnt.« Ungläubig schüttelte er den Kopf. »Diese Sage scheint genau auf dich zu passen! Wie kann das sein?«

Ja, wie? Das war wirklich die Millionen-Francs-Frage. In meinem Kopf hüpften die Gedanken wild durcheinander. Meine Hände fühlten sich plötzlich heiß an. *Zu* heiß. Und im nächsten Moment passierte es – um meine Fingerspitzen begann es bläulich zu flimmern. Voller Panik versteckte ich meine Hände zwischen meinen Knien. Doch es nützte nicht viel. Jetzt konnten die Leute zwar nicht mehr sehen, was mit mir los war, aber die Auswirkungen zeigten sich auf andere, sehr drastische Weise.

Das Ladekabel von meinem Handy fing an zu qualmen.

Oh nein! Bitte nicht! Ich riss es aus dem Gerät, aber es war zu spät. Das Smartphone hatte sich bereits in ein geschwärztes, totes Etwas mit geborstenem Display verwandelt.

Und das war noch längst nicht alles!

In der Hängelampe über mir zersprangen die Glühbirnen. Glassplitter flogen durch die Gegend. Die Nachbartische waren ebenfalls betroffen. Überall zerplatzten Lampen. Aus der Registrierkasse vorn an der Theke schlugen Flammen. Jemand kam mit einem Feuerlöscher angerannt und hüllte die Umgebung in weißen Sprühnebel.

Die Leute waren schreiend von ihren Plätzen aufgesprungen, alle liefen durcheinander.

Thomas ergriff mit einer raschen Bewegung unsere halb vollen Colagläser und schob sie vor mich hin. Verständnislos starrte ich darauf. Er konnte nicht ernsthaft glauben, dass ich in dieser Situation etwas trinken wollte!

»Steck deine Hände da rein!«

Ich gehorchte umgehend und tunkte jede Hand in ein Glas. Die bräunliche Flüssigkeit fing an zu brodeln, und im nächsten Moment explodierte sie zusammen mit den Gläsern in einem Regen aus Scherben und Kohlensäure. Aber meine Finger flackerten immer noch.

Ich handelte rein instinktiv. Abrupt sprang ich vom Tisch auf. Wie beim letzten Mal schleuderte ich das elektrische Flackern, das meine Hände überzog, einfach von mir weg und wurde es auf diese Art los. Die Flammenzungen, die dabei entstanden, zerplatzten auf dem Fußboden und hinterließen eine schwarz verkohlte Stelle von der Größe eines Duschvorlegers. Vereinzelt züngelten Flammen hoch, doch Thomas trampelte sie sofort aus.

Rückblickend hatte ich Glück im Unglück: Niemand bekam mit, dass ich der Urheber dieser Beinahe-Katastrophe war. Meine panischen Schreie waren im allgemeinen Kreischen untergegangen. Die meisten Leute befanden sich inzwischen auf dem Weg nach draußen, und diejenigen, die sich noch im Raum aufhielten, liefen kopflos umher und hatten alle Hände voll damit zu tun, in dem Chaos nicht umgerannt zu werden.

Deshalb schafften Thomas und ich es auch, mehr oder weniger unbeachtet zu verschwinden. Ich schnappte mir meine Handtasche (vorher stopfte ich noch rasch das Buch und das kaputte Handy hinein) und folgte Thomas, der sich den Rucksack über die Schulter geworfen hatte, so schnell ich konnte nach draußen. Dort fiel mir als Erstes ein Elektroauto an einer Ladesäule auf. Es hatte sich in einen rauchenden Schrotthaufen verwandelt. Zum Glück schien niemand dabei verletzt worden zu sein. Die aufgeregten Menschen, die es umringten, diskutierten lediglich über die mögliche Ursache des Geschehens.

Ohne innezuhalten, liefen wir ein paar Straßen weiter, bevor wir schwer atmend stehen blieben.

»Es tut mir leid«, sagte ich mit zittriger Stimme. Und weil mir das so unzureichend vorkam, wiederholte ich es gleich noch einmal in verstärkter Form. »Es tut mir wahnsinnig leid!«

Thomas sagte kein Wort. Mit einem Mal sah er wieder so erschöpft aus wie heute Morgen, bevor er sich zum Schlafen in mein Bett gelegt hatte. Dunkle Ringe standen unter seinen Augen. Der Kontrast zwischen dem schreiend bunten Farbton des Hawaiihemdes und seinem bleichen Gesicht war erschreckend.

»Wir sollten jetzt unverzüglich aufbrechen«, meinte er schließlich leise. »Uns läuft die Zeit davon. Die Sonne wird bald untergehen.«

»Mein Handy ist kaputt«, erklärte ich niedergeschmettert. Ich nahm es aus der Handtasche und versuchte, es anzumachen. Wie erwartet tat sich nichts. »Es ist durchgeschmort.«

»Wir brauchen es nicht. Wir haben die Karte aus dem Buch.«

»*Ich* brauche das Handy, um meine Mutter anzurufen, sobald du in deine Zeit zurückgekehrt bist. Damit sie mich im Nachbarort abholt. Schon vergessen, dass das der Plan war?«

Wie vom Donner gerührt starrte Thomas mich an.

»Es tut mir leid!«, wiederholte ich verzweifelt.

Anstelle einer Antwort drehte er sich auf dem Absatz um und marschierte los.

»Wo gehst du hin?«, fragte ich bestürzt.

»Nach einer Lösung suchen.« An der nächsten Straßenecke wechselte er die Richtung. Obwohl er mit dem schweren Rucksack beladen war, ging er so schnell, dass ich fast rennen musste, um mit ihm Schritt zu halten. Vor einem Handyladen blieb er stehen. Ungeduldig rüttelte er an der Tür, doch das Geschäft hatte bereits geschlossen. Mit unbewegter Miene starrte Thomas auf das Schild mit den Öffnungszeiten. Ich konnte mir lebhaft vorstellen, was er dachte. Hätten wir nicht so viel Zeit mit sinnlosem Shoppen vergeudet, hätten wir hier noch rasch ein neues Handy besorgen können. Aber dafür war es jetzt zu spät. Unser ganzer Plan war in Gefahr, und ich war daran schuld.

*

10

Inmitten meiner tiefen Niedergeschlagenheit kam mir eine zündende Idee.

»Ich frage meine Mutter, ob sie mir ihr Handy leiht!«, rief ich mit neu erwachtem Eifer. »Sie benutzt das Ding sowieso kaum. Bestimmt borgt sie es mir bis morgen! Dann kann ich Francois damit anrufen, wenn alles vorbei ist. Oder meinen Vater, falls ich dann schon wieder in der echten Welt bin. Warte einfach hier auf mich und ruh dich ein bisschen aus, ich bin sofort zurück! Dauert höchstens zehn Minuten!« Und schon flitzte ich los. Sobald wir wieder ein Handy hatten, konnten wir uns auf den Weg machen. Inzwischen dämmerte es zwar bereits, es würde also mehr oder weniger eine Nachtwanderung werden, aber das spielte keine Rolle. Wir hatten ja die Taschenlampen. Und bei Nacht zu wandern war sowieso viel romantischer. Wir konnten uns unterhalten und uns gegenseitig mehr von unserem Leben erzählen. Denn wann bekam man schon mal die Chance, ausführlich mit einem Menschen aus einer früheren Zeit zu sprechen? Vor allem, wenn man bedachte, dass es vielleicht unsere letzte Unterhaltung sein würde, bevor wir uns für immer trennen mussten.

Doch diesen bedrückenden Gedanken verdrängte ich hastig. Alles würde ganz einfach sein. Wir würden den geheimnisumwobenen, gespaltenen Baum entdecken, ich würde mich auf den Felsen stellen und mit meinen magischen Fähigkeiten dafür sorgen, dass ein Zeitloch aufploppte, und dann musste Thomas sich bloß noch seinen Rucksack umhängen und …

Nein. Das war ausgemachter Blödsinn. Kein Mensch konnte wissen, ob die Sache funktionierte. Die Sage in dem Buch wies zwar eindeutig einen wahren Kern auf und schien auf unerklärliche Weise tatsächlich mit mir persönlich zu tun zu haben. Aber bisher hatte sich die gruselige Hexenkraft, die ich in dieser alternativen Welt besaß, völlig meiner Kontrolle entzogen. Meine Hände luden sich immer bloß dann mit furchterregender Blitz-Magie auf, wenn ich gerade nicht damit rechnete. Es konnte gut sein, dass ich da oben auf dem Felsen herumzaubern wollte, und am Ende geschah … nichts.

Meine Zuversicht verflüchtigte sich immer mehr, während ich im Laufschritt zur Pension Binsenbrech eilte. Ich passierte die Napoleon-Statue, überquerte den Place de la République und bog in den Boulevard Saint Germain ab. Der Ort war definitiv urbaner als in der echten Welt, es gab deutlich mehr Geschäfte, Hotels und Lokale.

Nur die Pension Binsenbrech hatte sich nicht verändert. Auch Herr Binsenbrech war ganz der Alte geblieben. Er saß hinter dem Empfangstresen, wo ich ihn beim Betreten der Lobby glatt übersehen hatte. Aber leider er mich nicht.

»Da bist du ja, Lori. Du warst gar nicht bei unserer Teambesprechung. Ich weiß nicht, was ich davon halten soll.«

»Das ist ganz einfach«, sagte ich. »Ich hatte keine Lust und keine Zeit.«

»Die Gülcan und ich haben uns schon gefragt, wo du bleibst«, fuhr Herr Binsenbrech fort, als hätte ich überhaupt nichts gesagt. »Die Tische im Frühstücksraum müssen noch für morgen eingedeckt werden. Und du hast vergessen, oben in der zweiten Etage den Gang zu saugen.«

»Ich kündige«, erklärte ich. »Mit sofortiger Wirkung.«

»Das geht nicht. Eine Kündigung ist nur schriftlich möglich.«

Ich ging zum Tresen, griff mir einen Hotel-Schreibblock und schrieb auf das obere Blatt *Hiermit kündige ich fristlos.* Ich setzte meine Unterschrift darunter und schob Herrn Binsenbrech den Block hin. »Bitte sehr.«

Er starrte meine Kündigung an. »Das ist ungültig. Du musst gesetzliche Fristen einhalten. Genau zwei Wochen. So lange musst du hier noch arbeiten.«

»Ach, wirklich? Da will ich doch gleich mal meinen Anwalt fragen, ob das stimmt.« Und schon eilte ich die Treppe hinauf.

Ich hatte keine Ahnung, wo das Zimmer von meiner Mutter und Francois war, also versuchte ich es einfach dort, wo vorher meine Eltern übernachtet hatten. Es war tatsächlich derselbe Raum. Auf mein Klopfen hin rief meine Mutter: »Herein!«

Vorsichtig öffnete ich die Tür und kam mir sofort wie

ein peinlicher Voyeur vor. Oder schlimmer noch: wie eine Verräterin. Ich musste so tun, als sei es völlig in Ordnung, dass ein fremder französischer Anwalt mit meiner Mutter in einem Bett schlief. Ich durfte mir nicht anmerken lassen, wie sehr ich mir meinen Vater zurückwünschte. Und Mia, von deren Existenz diese beiden Menschen hier überhaupt nichts ahnten.

Die gepackten Koffer standen schon neben dem Doppelbett. Auf der zurückgeschlagenen Tagesdecke lagen nur noch ein Nachthemd und ein Pyjama für die kommende Nacht. Hastig wandte ich den Blick ab und verbot mir, genauer darüber nachzudenken.

Meine Mutter und Francois blickten mich erfreut an, als ich so unverhofft in ihr Zimmer trat.

»Ich möchte mir gern dein Handy borgen, Mama«, platzte ich ohne Umschweife heraus. Bittend blickte ich meine Mutter an. »Nur bis morgen früh.«

»Was ist mit deinem eigenen passiert?«, fragte sie.

Ich nahm es aus der Handtasche und zeigte es ihr. »Kurzschluss.«

»Oje, da warst du wohl nicht die Einzige! Hier im Haus sind allerhand Elektrogeräte kaputtgegangen. Der Himmel weiß, was die Ursache dafür war!«

»Ja, sehr seltsam«, meinte ich lahm.

Meine Mutter reichte mir ihr Handy. »Hier. Ich benutze es sowieso meist nur, um Francois oder dich anzurufen, und da ihr beide momentan hier seid, brauche ich es nicht.«

Ich nahm es in die Hand und warf einen kurzen Blick

auf den Ladestand. Fast voll. Besser ging's nicht. Und in der Telefonliste stand Francois' Nummer, was wollte ich mehr.

»Danke schön.«

»Hauptsache, du bringst es zurück, bevor wir morgen früh abreisen.«

Ich räusperte mich. »Ich habe den Job hier gekündigt.«

Ein Leuchten erschien auf dem Gesicht meiner Mutter. »Oh! Dann fährst du mit uns zurück! Ach, Liebes, du ahnst nicht, wie glücklich mich das macht!« Sie kam auf mich zu und drückte mich an sich, und es fühlte sich so vertraut und wunderbar an, dass ich die Umarmung spontan erwiderte. Sie war und blieb meine Mutter, auch wenn sich die gesamten Umstände komplett verändert hatten.

»Ich weiß nur nicht, ob ich so einfach hier wegkann«, sagte ich vorsichtig. »Herr Binsenbrech meinte, ich müsse eine zweiwöchige Kündigungsfrist einhalten.«

»Das regle ich sofort«, sagte Francois selbstbewusst. »Mach dir keine Gedanken.«

»Danke«, sagte ich. »Und … ähm, ich bin dann nachher für den Rest des Abends mit Thomas unterwegs. Wir wollen noch was unternehmen.«

»Natürlich«, sagte meine Mutter. Sie strahlte übers ganze Gesicht, ihre gute Laune konnte nichts mehr trüben. Ich bekam ein schlechtes Gewissen und hätte sie gern noch mal umarmt, denn wenn alles planmäßig ablief, würde ich sie nie wiedersehen. Jedenfalls nicht *diese* Version von ihr.

»Kennst du den jungen Engländer schon lange?«, fragte sie mit aufrichtigem Interesse.

»Nein, erst seit Kurzem.« Ich ließ lieber unerwähnt, dass es erst seit vergangener Nacht war. »Aber er ist total nett.«

»Daran habe ich keinen Zweifel. Mein erster Eindruck von ihm war sehr positiv. Was macht er beruflich?«

»Er studiert.«

»Was denn?«

»Jura«, sagte ich spontan. »In Oxford.«

»Oh!« Meinte Mutter strahlte womöglich noch mehr als vorher. Auch auf Francois' Gesicht ging die Sonne auf.

»Gute Juristen werden immer gebraucht«, sagte er.

»Da sagst du was Wahres, *mon Choux*!« Meine Mutter lächelte ihn zustimmend an.

»Jetzt muss ich aber los«, sagte ich, schon auf dem Weg zur Tür. Um das Bett schlug ich einen möglichst weiten Bogen.

»Viel Spaß«, sagte meine Mutter. »Und sei morgen früh um sechs Uhr dreißig fertig, wenn's geht.«

»Das krieg ich hin«, behauptete ich.

Francois lächelte mir väterlich zu. »Ich erledige das mit Herrn Binsenbrech. Auf ihn musst du keine Rücksicht mehr nehmen.«

»Das klingt toll. Vielen Dank euch beiden. Bis dann!« Ich winkte meiner Mutter und Francois kurz zu und verließ das Zimmer mit einem Gefühl von innerer Zerrissenheit. Einerseits wünschte ich mir nichts sehnlicher, als so schnell wie möglich aus dieser falschen Welt in meine eigene zurückkehren zu können. Andererseits setzte mir die Frage zu, was meine Mutter wohl morgen früh denken würde, wenn ich nicht mehr da war. Bestimmt würde sie sich schreckliche Sorgen machen, ebenso wie Gülcan. Und mein Vater, wo auch immer der gerade steckte, wäre bestimmt auch entsetzt, wenn er hörte, dass ich spurlos verschwunden war.

Oder würde sich kein Mensch an mich erinnern, so ähnlich wie bei Mia? Diese Variante fand ich ebenfalls ziemlich verstörend.

Doch gleich darauf machte ich mir klar, dass es weder zu dem einen noch dem anderen kommen würde. Denn sobald Thomas die Ereignisse im Jahr 1813 wieder geradegerückt hatte, würde sich diese Welt hier automatisch wieder in die richtige zurückverwandeln. Hoffentlich!

Die ganze Umgebung würde, wenn alles klappte, schlagartig ausgetauscht werden. Straßen, Häuser, Menschen – alles. Ein paar Dinge würden dabei notwendigerweise für immer ausgelöscht bleiben, beispielsweise die Straßennamen und die Napoleon-Statue hier im Ort, ebenso wie die meisten Läden und Lokale. Was mit den einzelnen Leuten geschehen würde, war nicht so einfach vorauszusagen. Viele würden bestimmt nur durch die alternative Version ihrer selbst ersetzt, so wie es heute Vormittag auch abgelaufen war, nur umgekehrt. Aber was würde beispielsweise mit Francois passieren? Wäre er dann nur woanders oder komplett verschwunden? Ich wünschte ihm wirklich nichts Böses, schon gar nicht jetzt, nachdem er sich so für mich eingesetzt hatte. Allerdings legte ich auch keinen gesteigerten Wert darauf, dass *mon Choux* meiner Mutter jemals wieder über den Weg lief.

Bevor ich die Pension verließ, ging ich noch in das Zimmer, das ich mir mit Gülcan teilte. Ich wollte mir eine Jacke holen, für den Fall, dass es heute Nacht im Wald kühl werden würde. Gülcan saß im Schneidersitz auf ihrem Bett und las die *Vogue*. Soweit ich es beurteilen konnte, sah die Zeitschrift genauso aus wie immer, nur dass es sich eben um die französische Ausgabe handelte.

»Da bist du ja«, sagte sie. »Das Brechmittel hat sich schon wieder aufgeregt, weil du nicht fertiggeputzt hast und auch nicht zu der Besprechung aufgetaucht bist.«

»Ich habe gekündigt.«

»Oh, echt?« Sie sah neidisch aus. »Ich wünschte, das könnte ich auch! Was würde ich drum geben, wenn alles so wäre wie früher! Wenn bloß meine Eltern und Geschwister wieder da wären und ich studieren könnte!«

»Vielleicht ergibt sich ja bald eine Gelegenheit«, meinte ich. »Man muss nur dran glauben.« Ich nahm einen Cardigan aus dem Schrank und stopfte ihn zusammengerollt in meine Handtasche. Noch brauchte ich ihn nicht. Draußen war es immer noch ziemlich warm.

»Wo willst du hin?«, fragte Gülcan. »Ziehst du noch mal mit dem englischen Lord los? Toller Typ übrigens. Sieht super aus.«

»Ja«, sagte ich. »Wir wollen noch was unternehmen. Ich weiß noch nicht, wann ich zurückkomme.« *Und ob ich überhaupt zurückkomme*, fügte ich in Gedanken hinzu.

»Ach, bevor ich es vergesse«, sagte Gülcan. »Unten an der Rezeption hat jemand nach dir gefragt. Er wollte wissen, ob du hier wohnst.«

Ich fuhr zu ihr herum. »Wer?«

»So ein komischer zahnloser Typ in einer verdreckten französischen Uniform. Hat furchtbar gelispelt. Seinen Namen hat er nicht gesagt.«

Den kannte ich auch so. Hugo!

»Was hast du ihm gesagt?«, fragte ich bestürzt.

»Nichts. Oder genauer: Ich habe gesagt, dass hier ganz bestimmt kein Mädchen wohnt, das Loreley heißt.«

Ich war erleichtert. »Danke.«

Sie nickte. »Ich dachte mir schon, dass mit diesem Typen irgendwas nicht stimmt – was ist das denn für ein seltsamer Kerl, und was will er von dir?«

»Ach, bloß so ein nerviger Stalker, der mir schon ein paarmal auf die Pelle rücken wollte«, meinte ich ausweichend, denn für nähere Erklärungen blieb mir keine Zeit.

»Bei diesen Reenactments machen teilweise echt komische Typen mit«, sagte Gülcan besorgt. »Wenn du mich fragst, hat die Hälfte von denen einen an der Waffel. Falls der Kerl noch mal auftaucht, rufe ich am besten gleich die Polizei.«

»Tu das«, antwortete ich. »Ich bin dann mal weg!«

»Bis dann«, sagte Gülcan.

Ich beeilte mich, aus dem Haus zu kommen. Unten an der Rezeption lieferten sich Francois und Herr Binsenbrech gerade eine Debatte über die Feinheiten des Kündigungsrechts. Herr Binsenbrech war fachlich natürlich nicht annähernd so beschlagen wie Francois und wirkte ziemlich kleinlaut. Das hinderte ihn allerdings nicht daran, mir einen tief gekränkten Blick zuzuwerfen, als ich an den beiden vorbeiging. Francois nickte mir nur kurz zu, bevor er Herrn Binsenbrech erbarmungslos mitteilte, dass mir selbstverständlich auch die Bezahlung für nicht genommene Urlaubstage zustehe.

Draußen verfiel ich sofort in Laufschritt, damit Thomas nicht noch länger auf mich warten musste. Einige Leute, die noch durch die Straßen spazierten, warfen mir erstaunte Blicke zu. Meine Handtasche schlenkerte bei jedem Schritt wild hin und her. Durch das Buch, das ich immer noch bei mir trug, war sie deutlich schwerer als sonst. Einen Teil des ganzen Krams, den ich mit mir herumschleppte, hätte ich sicher auch auf dem Zimmer lassen können. Das Problem war nur – wenn ich das nächste Mal dorthin kam, wäre vielleicht nichts mehr davon da. Unser Plan bestand ja darin, diese Welt zum Verschwinden zu bringen, damit die echte wieder zum Vorschein kam. Allerdings waren meine Zweifel am Gelingen dieses Plans nach wie vor gewaltig. Davon abgesehen konnte noch alles Mögliche dazwischenkommen. Hugos Auftauchen in der Pension war der Beweis dafür, dass Montignac immer noch irgendwo lauerte wie eine böse Spinne in ihrem Netz. Thomas und ich mussten auf der Hut bleiben und jeden Augenblick damit rechnen, dass er uns in die Quere kam.

Gerade als mir das in den Sinn kam, schlug er zu.

*

Er kam aus der Einfahrt eines Geschäfts herausgesprungen und packte mich mit unnachgiebiger Gewalt. Mein Aufschrei wurde unter seiner Hand erstickt, als er mir grob den Mund zuhielt. Mit dem anderen Arm umschlang er meinen Oberkörper so fest, dass ich meine Arme nicht mehr bewegen konnte und kaum noch Luft bekam.

»Wenn du dich wehrst, töte ich deine Mutter!«, zischte er mir auf Französisch ins Ohr, während er mich in ein Gebüsch zerrte. »Wir wissen, in welchem Hotel sie wohnt!«

Anscheinend war es Montignacs bevorzugte Erpressungsmethode, mir den Tod eines Familienmitglieds anzudrohen. Erst den von Mia, jetzt den meiner Mutter. Auch diesmal wäre es bestimmt ein schwerer Fehler, ihn nicht für voll zu nehmen.

»Wirst du schreien, wenn ich meine Hand wegnehme?«

Ich schüttelte den Kopf, so gut es mir möglich war.

Montignac zog langsam die Hand weg, hielt mich aber weiterhin fest umklammert. Meine Handtasche war bei dem Gerangel runtergefallen und lag in der Einfahrt. Von der Seite trat ein zweiter Mann an uns heran. Ich erkannte das vernarbte Gesicht von Pierre. Fehlte nur noch der lispelnde Hugo. Aber auch der hielt sich ganz in der Nähe auf – als ich den Kopf wandte, sah ich, dass er vorn an der Grundstückseinfahrt Schmiere stand.

Montignac band mir hinterm Rücken die Hände zusammen. »Du wirst jetzt ganz unauffällig mit uns kommen«, sagte er.

»Wohin?«

»Das weißt du genau.«

»Nein, ehrlich nicht.«

»Zu dem Felsen oben im Wald natürlich.«

Ich schluckte. Wie konnte er von dem Felsen wissen?

Er sah meinen erschrockenen Gesichtsausdruck und grinste diabolisch. »Meine Männer haben euch im Auge behalten. Pierre hat dich beim Kauf eines Buchs beobachtet und mir umgehend das gleiche besorgt.« Wie zum Beweis zog er das Buch aus seiner Gürteltasche und zeigte es mir. »Wirklich erstaunlich, was es darin zu lesen gibt, kleine Loreley! Es ist tatsächlich alles wahr, was du uns heute Vormittag in jenem Keller erzählt hast. Nur hast du dabei eine winzige Information weggelassen: dass du deinem Namen alle Ehre machst und eigenhändig diese elektrischen Zauberkräfte entfesselst! Du selbst bist die Hexe, über die das Buch berichtet!«

»Das stimmt nicht!«

»Du solltest aufhören zu lügen. Sonst könnte ich sehr zornig werden.«

»Wenn ich diese Hexe wäre, würde ich Sie doch hier an Ort und Stelle mit einem Blitzstrahl erledigen, oder?«

Montignac runzelte die Stirn, mein Einwand klang offenbar logisch. Doch sofort schüttelte er den Kopf. »Du hast deine Kräfte nicht unter Kontrolle. Dieser plötzliche … Zwischenfall in diesem Restaurant ist der Beweis.«

Auch das hatte er also mitbekommen. Verdammt! Und seitdem hatte er es darauf angelegt, mich zu schnappen!

»Doch ich bin sicher, dass deine Kräfte sich zeigen werden, sobald ich dich auf dem Felsen vor die Wahl stelle«, fuhr er in aufgeräumtem Tonfall fort.

»Vor welche Wahl?«

»Entweder zu sterben oder mit deiner elektrischen Magie das Zeitloch zu öffnen.«

»Und wenn es nicht funktioniert?«

Anstelle einer Antwort zog Montignac sein Messer und fing an, sich mit der Spitze die Fingernägel zu säubern. Dabei sah er mich mit einem Blick an, der keine Zweifel offenließ. Gleich darauf schubste er mich vorwärts. »Los jetzt.«

Ich stolperte hinter Hugo und Pierre her, die sich an die Spitze unseres kleinen Zuges setzten. Hugo hatte einen Stadtplan in der Hand und glich unsere Route mit der Karte ab. Mir fiel auf, dass er eine Taschenlampe an seinem Gürtel befestigt hatte, wir würden also auch im Dunkeln ans Ziel gelangen. Außerdem trug er – genau wie Pierre – einen nagelneuen, prall gefüllten Rucksack.

Montignac ging dicht neben mir und hatte den Arm so um mich gelegt, dass niemand meine Fesseln bemerkte. Für Außenstehende musste es aussehen, als seien wir eng befreundet. Wobei uns sowieso kaum noch jemand begegnete. Inzwischen waren die Straßen wie leer gefegt. Die Besucher der Festspiele hatten sich in ihre Unterkünfte oder die umliegenden Lokale zurückgezogen; viele waren sicher auch schon abgereist – die Festspiele waren schließlich vorüber. Einmal kam eine alte Frau vorbei, ein anderes Mal ein Mann, der seinen Hund Gassi führte. Sie schenkten uns keine Beachtung.

»Wir waren ebenfalls in der Apotheke, um uns mit Medizin einzudecken«, erzählte mir Montignac ungefragt, während wir uns dem Ortsrand näherten. »Außerdem haben wir diverse andere Geschäfte aufgesucht, wo wir viele nützliche Dinge erworben haben. Ich habe alles mit den Banknoten aus meiner neuen Geldbörse bezahlt.« Er schnalzte mit der Zunge. »Welch ein Luxus! Ich kam vorübergehend wirklich in Versuchung, hierzubleiben und als reicher Erbe in meiner Pariser Villa zu leben. Weißt du, warum ich stattdessen lieber in meine eigene Zeit zurückkehre?«

»Dass Sie zurückkehren, ist noch nicht gesagt. Vielleicht bin ich heute nicht in der richtigen Stimmung, um Zeitlöcher herbeizuzaubern.«

Er packte meine rechte Hand und quetschte sie genau an der Stelle, die schon von dem Schraubstock in Mitleidenschaft gezogen worden war. Ich schrie unterdrückt auf und versuchte, Montignac einen Tritt zu verpassen, aber er wich mir mühelos aus.

»Stell meine Geduld nicht auf die Probe, Hexe! Du solltest kooperieren, sonst nehme ich Rache an deiner Mutter!«

»Schon gut, ich hab's kapiert.« Danach hielt ich den Mund, denn es brachte mir bestimmt keine Vorteile, Montignac mit frechen Bemerkungen zu reizen.

Er zog und stieß mich unaufhörlich vorwärts, bis wir den Waldrand erreicht hatten.

»An dieser Stelle können wir eine Abkürzung nehmen, *mon Colonel*«, sagte Hugo, nachdem wir eine Weile dem Wanderweg gefolgt waren. Er hatte einen Kompass in der

Hand und führte uns querfeldein durchs Gelände. Es ging stetig bergauf. Ich rutschte mehrmals aus und fiel hin. Das erste Mal, weil ich wegen meiner auf dem Rücken gefesselten Hände das Gleichgewicht verlor. Das nächste und alle weiteren Male aus Absicht, weil ich Zeit schinden wollte, in der Hoffnung, dass Thomas inzwischen mein Verschwinden bemerkt und sich auf die Suche nach mir gemacht hatte.

Montignac fluchte jedes Mal und versuchte, mich durch rasches Zupacken vorm Hinfallen zu bewahren, und ein paarmal gelang es ihm auch. Doch auf Dauer wurde es ihm zu anstrengend. Er geriet zusehends ins Schwitzen und erkannte irgendwann, dass wir Zeit verloren. Die Sonne war untergegangen, und im Wald wurden die Schatten rasch tiefer. Hugo knipste seine Taschenlampe an, und Montignac löste meine Fesseln, doch ehe ich überlegen konnte, ob jetzt der Zeitpunkt zum Abhauen gekommen sei, schlang er einen festen Knoten um meine rechte Hand und band das andere Ende des Seils an seinem Gürtel fest, fast so, wie Thomas es in der vergangenen Nacht getan hatte. Als wir uns anschließend weiter den Hang hinaufkämpften, versuchte ich mehrmals verstohlen, den Knoten aufzubekommen, aber je mehr ich daran zog, desto fester schien er sich zusammenzuziehen. Anscheinend kannte Montignac ähnlich fiese Knotentechniken wie Thomas.

Um uns herum wirkten die Bäume im Schein der Taschenlampe wie dunkle Geister, unbewegt und stumm bis auf die sacht im Wind raschelnden Zweige. Die Männer vor mir schnauften, weil Geröll und Wurzelwerk jeden Schritt behinderten. Streckenweise mussten wir uns durch Dickicht kämpfen, um vorwärtszukommen. Zwischendurch blieben wir stehen, damit Pierre mit Kompass und Karte die genaue Richtung prüfen konnte. Nach meinem Eindruck hatten wir abseits der regulären Wanderwege schon etliche Höhenmeter auf dem Weg zu unserem Ziel überwunden. Eine undefinierbare, bedrohliche Empfindung sagte mir, dass es nicht mehr weit war.

Montignac hielt sich die ganze Zeit dicht hinter mir und schubste mich ab und zu, wenn es ihm nicht schnell genug ging. Er hatte ebenfalls eine Taschenlampe angeknipst und leuchtete den Wald vor uns aus. Als ich einmal kurz über die Schulter zurückschaute, hielt er meinen Blick fest und nahm die Unterhaltung an derselben Stelle wieder auf, wo sie zuvor ins Hässliche abgedriftet war. »Weißt du denn inzwischen, warum ich auf den Luxus dieser Welt verzichten und lieber in meine eigene Zeit zurückkehren will?«

»Weil Sie müssen«, erwiderte ich, während ich wieder stur geradeaus schaute. »Wenn nämlich Thomas die Rückkehr schafft und er Blücher das Gold übergibt, wird sich diese falsche Gegenwart hier in Nichts auflösen, mitsamt Ihrer tollen Villa in Paris und Ihrem Bankkonto. Und das wollen Sie verhindern.« Mein Tonfall klang halbwegs sachlich, weil ich mir vorgenommen hatte, Montignac nicht sinnlos gegen mich aufzubringen.

»Du täuschst dich«, versetzte er. »An dieser Welt hier liegt mir nichts. Meine einzige Motivation besteht darin, meinem Kaiser zu dienen. Dem überragenden Feldherrn Napoleon

Bonaparte, dem ich Treue bis in den Tod geschworen habe. Der Sieg, zu dem ich ihm verhelfen werde, soll noch glorreicher werden. Ich will ihm das Gold zu Füßen legen und ihm dadurch ermöglichen, seinen Siegeszug rund um die Welt anzutreten. Seine unsterbliche Größe soll die Völker aller Kontinente in Ehrfurcht erstarren lassen, auch noch viele Generationen nach ihm.« Seine Stimme zitterte vor verhaltener Emotion. Für ihn schien es nichts Wichtigeres zu geben, als seine Vision in die Tat umzusetzen.

»Ich glaube, Ihr Hauptgrund besteht darin, dass Sie unbedingt ein Stück vom Ruhm für sich selber einheimsen wollen.« Meine Bemerkung war ein Schuss ins Blaue, aber trotzdem hatte ich das Gefühl, damit richtigzuliegen. »Bestimmt haben Sie herausgefunden, dass Sie hier als historische Persönlichkeit völlig unbekannt sind. Alle anderen sind berühmt und stehen in den Geschichtsbüchern, sogar Thomas und sein Vater. Aber Sie nicht. Sie waren ein Niemand. Eine Null.« Das hörte sich diesmal definitiv *nicht* sachlich an.

Ich hätte besser den Mund gehalten. Montignac riss an dem Seil, und ich fiel wieder hin – diesmal, weil es *seine* Absicht war. Er hielt mir das Messer vor die Nase.

»Höchste Zeit, dir zu zeigen, wie scharf diese Klinge ist, du Hexe!«

»Verletzen Sie sie nicht zu schwer, Colonel!«, meldete Hugo sich mit erschrockenem Lispeln. »Ohne das Mädchen öffnet sich vielleicht das Zeitloch nicht!«

»Keine Sorge, ich habe nicht vor, ihr lebenswichtige Teile

abzuschneiden. Aber vielleicht das eine oder andere Stück hiervon.«

Bei dem Wort *hiervon* griff er in meine langen Locken und säbelte daran herum. Eine dicke Strähne segelte zu Boden.

»Nein!«, rief ich und duckte mich entsetzt. »Hören Sie auf!« Ich war drauf und dran, ihm zu beteuern, dass er keine Null war, sondern ein Superheld, aber ich wurde unterbrochen.

»Da war ein Geräusch, Colonel!«, rief Hugo unterdrückt. Er leuchtete mit der Taschenlampe den Hang hinunter. Im Lichtkegel wurde eine schattenhafte Gestalt sichtbar, die jedoch im selben Augenblick hinter einem Baum verschwand.

»Das ist Wakefield«, sagte Montignac. »Er ist uns gefolgt.« Zu meinem Erstaunen klang er nicht wütend, sondern eher auf unbestimmte Weise zufrieden. Er steckte das Messer weg und zerrte mich wieder auf die Beine. Während ich versuchte, die Dunkelheit unterhalb unseres Standortes mit Blicken zu durchdringen, betastete ich meine misshandelte Frisur und konnte nur mühsam ein Aufschluchzen unterdrücken, als ich die Borsten oberhalb des Nackens spürte. Auf einer Fläche, die fast so groß war wie der Durchmesser einer Kaffeetasse! Klar, es würde alles nachwachsen, aber das dauerte bestimmt ewig! Mit einem Mal konnte ich nachfühlen, wieso die Mädchen bei GNTM immer so rumheulten, wenn sie beim Umstyling ihre lange Mähne opfern mussten. Ab der nächsten Staffel würde ich mich nie wieder über sie lustig machen! Vorausgesetzt natürlich, dass ich überhaupt jemals wieder in die Nähe eines Fernsehers käme.

»Wakefield!«, brüllte Montignac. »Bleib zurück! Sollte ich dich auch nur ein einziges Mal zu Gesicht bekommen, verliert das Mädchen als Nächstes einen Finger!« Er hielt inne und lauschte, aber es war nichts zu hören. »Weiter!«, befahl er mir dann und zerrte mich am Strick den Hang hinauf. Im Wald hinter uns blieb es still. Ich schaute ab und zu zurück, sah aber niemanden. Falls Thomas uns wirklich folgte, hoffte ich inständig, dass er sich gut verbarg. Nicht nur, weil ich an jedem einzelnen meiner Finger deutlich mehr hing als an meinen Haaren, sondern auch um seiner selbst willen. Montignac würde bestimmt nicht zögern, sich messerschwingend auf Thomas zu stürzen, womöglich unterstützt von Hugo und Pierre. Bei drei gegen eins standen Thomas' Chancen miserabel. Mich selbst konnte man bei einem möglichen Kampf nicht mitzählen. Ich war nur in einer Sache gut: im Weglaufen.

»Wir hätten Wakefield vorhin unten im Ort töten sollen«, sagte Pierre griesgrämig. »Als er dort in seinem lächerlich bunten Hemd schlafend vor diesem Laden hockte, wäre es uns ein Leichtes gewesen, ihn zu erledigen.«

Es lief mir eisig den Rücken hinunter, als ich das hörte. Thomas war anscheinend tatsächlich vor lauter Erschöpfung eingenickt, während er vor dem Handyshop auf mich gewartet hatte! Kein Wunder, die Natur hatte nach all den schlaflosen Stunden einfach ihr Recht gefordert. Armer Thomas! Bei der Vorstellung, dass er wehrlos dort vor Montignac auf der Treppe gesessen hatte, drehte sich mir der Magen um.

»Du redest Unsinn, Pierre!«, meldete sich Hugo lispelnd. »Wir brauchen Wakefield lebendig in unserer eigenen Zeit, um das Gold an uns bringen zu können! Hast du nicht zugehört, als der Colonel es uns erklärt hat? Der Engländer *muss* uns folgen und mit uns in unsere Zeit zurückkehren, und das geht nicht, wenn er tot ist! Wir würden sein Goldversteck niemals finden!«

»Tot wäre er mir dennoch lieber«, sagte Pierre in grimmigem Eigensinn. »Wakefield ist unser Feind! Seht doch, wie schlimm er mich entstellt hat!« Er wandte uns sein vernarbtes Gesicht zu.

»Du hattest schon vor der Schlacht von Leipzig sehr viele hässliche Narben im Gesicht, Pierre«, wandte Hugo ein. »Es war ein Kampf Mann gegen Mann, und du hast nun mal gegen sein Bajonett den Kürzeren gezogen. Zudem hat der Colonel es ihm heimgezahlt. Er hat Wakefield niedergeschossen, schon vergessen? Der Engländer lag wochenlang im Lazarett.«

»Ja, aber er hat sich gut erholt, und *seine* Narben sieht man im Gegensatz zu meinen nicht.«

Schaudernd hatte ich der Unterhaltung zugehört. Montignac persönlich hatte Thomas diese schweren Verletzungen zugefügt! Die Geschichte ihrer Feindschaft reichte anscheinend schon eine Weile zurück. Doch mein Grauen sollte sich beim weiteren Verlauf dieser Unterhaltung noch steigern.

»Wakefield muss fürs Erste weiterleben«, sagte Montignac kurz angebunden zu Pierre. »Denn ohne ihn kommen wir nicht an das Gold.«

»Wir könnten seinen Vater aufspüren und ihn in unsere Gewalt bringen. Vielleicht kennt auch er das Versteck.«

»Oh, wir werden seinen Vater *ganz sicher* in unsere Gewalt bringen. Denn der wird das Druckmittel sein, mit dem wir Wakefield zwingen werden, uns nicht nur das Gold zu überlassen, sondern es auch für uns dorthin zu schaffen, wo wir es haben wollen.« Montignac lachte leise. »Und dann werden sie beide sterben. Ganz langsam und unter großen Schmerzen.«

Wir hatten die Abkürzung hinter uns gelassen und wieder den Wanderweg erreicht. An einem Baum vor uns war ein Wegweiser befestigt. Im Licht von Pierres Taschenlampe war dort in mehreren Sprachen zu lesen: *Loreley-Felsen – 100 Meter.*

Den Wegweiser hatte es in der echten Welt an dieser Stelle definitiv nicht gegeben. Kein Wunder, denn da war der richtige Loreley-Felsen ganz woanders.

»Wir sind fast da, *mon Colonel*«, sagte Pierre. »Nur noch ein kurzes Stück.«

»Ich kann selber lesen«, erwiderte Montignac. »Vorwärts.« Er zerrte an dem Strick. Wieder blickte ich zurück, doch Thomas war nirgends zu sehen. Außerhalb des Lichtkegels der Taschenlampe war der Wald in tiefe Dunkelheit getaucht.

Und dann lag der Felsen vor uns. Der zerklüftete Vorsprung schälte sich im Schein der Taschenlampe hell schimmernd aus der nächtlichen Schwärze. Ganz in der Nähe stand eine Schautafel, und daneben befand sich eine Sitzbank zum Ausruhen. Beides war letzte Nacht noch nicht hier gewesen.

»Los, geh auf den Felsen und vollführe denselben Zauber wie in der letzten Nacht!«, befahl Montignac. Er löste den Strick von seinem Gürtel und deutete mit dem Messer auf den Felsvorsprung. »Und komm ja nicht auf den Gedanken zu fliehen. Denk an deine Mutter.«

Ich sparte mir eine Erwiderung. Zögernd stellte ich mich auf den Felsen und wartete, was als Nächstes geschehen würde.

Die drei Männer starrten mich an, doch ich hob nur bedauernd die Hände. »Tut mir leid. Bis jetzt spüre ich rein gar nichts.«

Aber das änderte sich bereits im nächsten Augenblick. Ein Blitz zuckte vom Himmel und ging nicht weit entfernt nieder. In derselben Sekunde zerriss ein hallender Donnerschlag die Nacht. Mit angehaltenem Atem blickte ich auf meine Hände, die ohne mein Zutun zu flimmern begonnen hatten.

Montignac wich einen Schritt zurück.

»Macht euch bereit!«, schrie er Pierre und Hugo an.

Und dann nahm die Urgewalt des über mich hereinbrechenden Gewitters ihren Lauf.

*

11

Bläuliche Blitze zuckten über meine Unterarme und sammelten sich rund um meine Fingerspitzen wie Elmsfeuer, doch die Hitze verbrannte meine Haut nicht. Weitere Blitze durchstießen die Dunkelheit und schlugen dicht um mich herum ein, begleitet von ohrenbetäubendem Donner. Die fremdartige Magie durchströmte mich mit solcher Intensität, dass ich laut aufschrie und die Hände unwillkürlich zum Himmel ausstreckte.

Brausender Wind erhob sich und wehte mir das Haar um den Kopf. Der nächste Blitz traf mich voll. Umgeben von sprühenden, zischenden Funken und blendenden Lichtzungen stand ich da, beide Arme weit hinaufgereckt und das Gesicht zum Himmel gewandt. Ich konnte nichts denken in diesem Augenblick, denn eine alles umschließende Macht erfüllte mich ganz und gar mit magischem, wildem Feuer. Die Luft, die ich einatmete, loderte in meinen Lungen, aber es tat nicht weh. Im Gegenteil, es war wie ein verrücktes Aufputschmittel, das mich mit einer nie gekannten Energie durchflutete. Meine Haare wirbelten im Wind, mein Körper erzitterte unter der archaischen Urgewalt der Blitze, doch mir geschah kein Leid dabei. Unbezähmbare Emotionen durchströmten mich, ein Gemisch aus Furcht, Verzückung und dem berauschenden Gefühl von Unbesiegbarkeit. Diese Kraft war mein, sie gehörte mir! Ich konnte sie beherrschen!

Genauso spürte ich die Gegenwart der mächtigen Ulme mit dem gespaltenen Stamm. Das verwitterte Holz des Baums bildete das Gegenstück zum unvergänglichen Stein des Felsens. Der Baum hatte über die Jahrhunderte hinweg seine Wurzeln bis zum Felsen ausgestreckt, bis beide durch Raum und Zeit miteinander verbunden waren.

Es war ein uralter, sagenumwobener Baum, der nur dann sichtbar wurde, wenn die Macht des Himmelsfeuers groß genug war, um den Schleier der Normalität zu zerreißen. Manchmal, in Gewitternächten, zeigte er sich den Menschen. Und ganz selten, wenn magische Kräfte zwischen Baum und Felsen einen Bogen aus dem Himmelsfeuer bildeten, lösten sich dort die Grenzen der Zeit auf.

Ich hatte keine Ahnung, woher mein plötzliches Wissen über den Baum und den Felsen stammte. Es war auf einmal da, genau wie die nicht enden wollenden Blitze, die mich einhüllten wie ein Umhang aus tanzendem weißem Feuer.

Der Wind wurde zum Sturm. Das Heulen der Böen wurde nur noch vom Krachen des Donners übertönt. Der Moment war gekommen.

Ein Bild von Thomas entstand vor meinem inneren Auge, er war nicht weit weg, sondern ganz nah bei dem gespaltenen Baum. Er hatte ihn gefunden, jedoch ohne es zu wissen, denn er hatte nur Augen für mich und wartete auf den passenden Moment, um aus der Deckung hervorzutreten und mich zu retten. Ich konnte seine Anwesenheit dort spüren, obwohl ich ihn nicht sah. Wie aus weiter Ferne hörte ich Montignac und seine Männer aufschreien, doch das spielte keine Rolle mehr. Was immer zu geschehen hatte, um Thomas in seine Zeit zurückzubringen – es musste jetzt sein. Dies war der entscheidende Augenblick. Ich wusste intuitiv, was zu tun war, und ebenso wusste ich, dass ich nicht zögern durfte, weil es sonst zu spät wäre.

Ich richtete beide Hände auf den Baum. Auf Thomas, der im Begriff war, loszustürmen und mich vor Montignac zu beschützen. Doch es gab jetzt bloß noch eine Sache, die wichtig war: seine Heimkehr, die nur ich ihm ermöglichen konnte. Er musste das Gold seiner Bestimmung zuführen und seinen Vater retten, dann würde alles wieder gut werden.

Die Blitze, die aus meinen Händen schlugen, verbanden sich mit denen, die vom Himmel niederfuhren, und sie bildeten einen sprühenden Lichtbogen zwischen Felsen und Baum. Krachende Donnerschläge schufen eine furiose Geräuschkulisse für die unheimliche elektrische Erscheinung. Der Sturm tobte mit voller Macht und entfaltete einen Sog, der mich fast vom Felsen gerissen hätte.

Für den Bruchteil eines Augenblicks sah ich Thomas in seinem grellbunten Hawaiihemd dort inmitten des zuckenden Blitzgewitters stehen. Er hatte den Rucksack umgeschnallt und blickte mich verzweifelt und voller Angst an.

Dann war er urplötzlich verschwunden, als hätte der Wind ihn mitgenommen.

Im nächsten Moment wurde es totenstill. Der Sturm legte sich schlagartig, die Blitze waren von einer Sekunde auf die nächste erloschen.

Kälte erfasste mich, und zitternd schlang ich beide Arme um mich. Es war vorbei. Mein Inneres verwandelte sich in einen Abgrund aus Sehnsucht und Schmerz, denn ich hatte mich nicht von Thomas verabschieden können. Er war fort, und ich würde ihn niemals wiedersehen.

Auch Montignac und seine Männer waren verschwunden. Die alte Ulme war nicht mehr zu sehen. Auch der Schaukasten und die Sitzbank waren weg. Es war nicht mehr ganz so finster wie zuvor, um mich herum herrschte mattgraue Dämmerung. Schwer zu sagen, ob es frühmorgens oder spätabends war, aber auf jeden Fall hatte sich die Umgebung abermals verwandelt. War ich jetzt wieder in meiner ursprünglichen Welt? Hatte Thomas seine Pläne im Jahr 1813 verwirklichen können und damit alles in Ordnung gebracht?

Doch dann erkannte ich, dass die Kälte, die mich vorhin erfasst hatte, nicht die Folge von Trennungsschmerz war. Es war *wirklich* kalt. Eiskalt. Die Bäume im näheren Umkreis trugen kein Laub. Ihre Äste waren von Raureif überzogen. An vereinzelten Stellen war der Waldboden mit Schnee bedeckt. Wir hatten Winter.

Ich hatte all diese Details direkt vor Augen. Sie waren real, aber mein Verstand weigerte sich, sie richtig einzuordnen. Das besorgten dann Montignac und seine Männer. Keine Ahnung, wie lange ich in Schockstarre auf dem Felsen gestanden hatte, als ihre Stimmen an mein Ohr drangen.

»Ich habe gerade unser Marschgepäck wiedergefunden, *mon Colonel*!«, hörte ich Pierre frohlockend von irgendwoher rufen. »Genau an der Stelle, wo es uns zuvor in die Zukunft verschlagen hatte! Bei allen Heiligen, wir sind wirklich zurück! Dem Himmel sei Dank!«

»Aber ich sehe das Mädchen noch!«, kam es aus derselben Richtung von Hugo. »Sie steht immer noch dort drüben auf dem Felsen! Ist es eine Sinnestäuschung, oder ist sie mit uns in unsere Zeit gekommen?«

»Die Hexe ist mitgekommen!«, brüllte Montignac. »Lasst sie nicht entwischen! Jagt sie! Tötet sie, bevor sie fliehen und sich zu Wakefield durchschlagen kann!« Er befand sich in deutlich näherer Entfernung zu mir als die beiden anderen. Im nächsten Moment zwängte er sich auch schon aus dem Gebüsch hervor und stürzte auf mich los, das grässliche, allgegenwärtige Messer in der erhobenen Hand.

Meine Überlebensinstinkte rissen die Befehlsgewalt über meinen Körper an sich. Die schockbedingte Erstarrung verflog augenblicklich, und ich rannte um mein Leben. Ich lief bergab, weil das die einzige infrage kommende Richtung war. Wenn Thomas ebenfalls wieder an der Stelle gelandet war, wo der Zauber ihn in meine Zeit verschlagen hatte, musste ich genauso wie letzte Nacht bald auf ihn stoßen. Vorsorglich schrie ich laut um Hilfe, denn offensichtlich konnte ich dringend welche brauchen. Montignac war viel zu dicht hinter mir, und der Weg, dem ich folgte, war kein Wanderweg mehr, sondern höchstens ein Trampelpfad, wenn überhaupt. Ein falscher Schritt, ein Straucheln – sobald er mich einholte, war ich tot.

Ohne innezuhalten, rannte ich durch den nahezu dunklen Wald und kam mir dabei vor wie Rotkäppchen, dem der böse Wolf auf den Fersen ist. Überall standen Bäume, ich musste ständig aufpassen, nicht gegen Stämme zu laufen oder über Wurzeln zu stolpern. Eisige Kälte umfing mich, meine Hände und Arme fühlten sich bereits taub an. Ich war nicht richtig angezogen für diese Witterung. Aber ich hatte ja auch nie vorgehabt, in eine andere Zeit zu reisen und dort mitten im tiefsten Winter zu landen.

Trotz der starken Dämmerung um mich herum waren meine Sinne auf seltsame Weise geschärft. Ich hörte alle Geräusche glasklar. Das Knirschen von Schnee unter meinen Füßen. Das Knacken der Zweige, als ich mir meinen Weg durchs Gebüsch bahnte. Das leise Heulen des Windes.

Auch meine Nase unterschied alle möglichen Nuancen des nächtlichen Waldes – den modrigen Geruch alten Laubs, das Harz der Fichtenstämme, den Gestank eines Wildschweins, das vor nicht allzu langer Zeit hier durchs Unterholz gestreift sein musste. Der Weg, der schon vorher kaum diesen Namen verdient hatte, war mittlerweile komplett unter gefrorenem Laub und Schnee verborgen. Ich raste zwischen den Bäumen hindurch, schlitterte einen Abhang hinunter und preschte anschließend in vollem Lauf über eine Lichtung.

Aber mein Vorsprung verringerte sich. Montignac war schnell, und er wollte mich um jeden Preis töten. Während ich rannte, hörte ich seine Schritte hinter mir, und sie kamen beständig näher. Meine Ohren hatten sich auf das Geräusch fokussiert wie Antennen. Sein Keuchen, das Splittern von Ästen, als er durchs Gehölz brach und immer weiter aufholte. Es würde nur noch Sekunden dauern, und er hatte mich.

Mir blieb nur noch eine einzige Möglichkeit, wenn ich weiterleben wollte. Über den Waldboden schlitternd kam ich zum Stehen und wandte mich zu ihm um.

»Halt, oder ich schleudere einen Blitz!«, schrie ich Montignac an. Ich hatte keine Ahnung, ob ich es konnte. Ich wusste bloß, dass meine Hände gerade eben wieder begonnen hatten zu flackern. Es sah aus, als würde ich Handschuhe aus flimmerndem bläulichem Licht tragen.

Montignac kam auf mich zugerast wie eine Dampflok. Weiße Atemwolken standen ihm vorm Gesicht.

Ich streckte beide Hände in seine Richtung aus. Blitz!, dachte ich beschwörend, aber es tat sich nichts.

»Kommt schon, *Blitz*!«, wiederholte ich, diesmal lauter.

Montignac hatte beim Anblick meiner flackernden Hände ebenso abrupt wie ich seinen Lauf abgebremst und war in etwa zehn Metern Entfernung stehen geblieben, um hinter einem Baum Schutz zu suchen. Lauernd streckte er seinen Kopf hervor und beobachtete mich.

Das Flackern um meine Hände wurde ein bisschen stärker, und probeweise versuchte ich, einen Blitz zu schleudern, indem ich meine Hände schlenkerte und schüttelte. Aber es flogen nur ein paar schlappe Feuertropfen von meinen Fingerspitzen auf den Waldboden, viel weniger als im *La Grenouille*. Sie trafen zischend auf die verharschte Schneedecke und brachten sie zum Dampfen. Einige landeten auf einem morschen Baumstumpf, woraufhin dort kleine Flammen emporzüngelten, die jedoch gleich wieder verloschen und lediglich dünne Rauchfäden hinterließen. Die Rinde war anscheinend zu feucht, um zu brennen. Und meine Kraft war nicht stark genug, um einen richtigen Blitz zu produzieren. Jedenfalls reichte es nicht, um mir Montignac vom Hals zu halten. Er trat hinter dem Baum hervor und näherte sich mir, zuerst zögernd, dann mit raschen Schritten.

»Blitz!«, schrie ich, während ich es in höchster Not noch einmal versuchte. Diesmal klappte es besser. Ein dünner weißer Blitz schoss aus meiner rechten Hand in Montignacs Richtung. Er verfehlte ihn nur knapp. Montignac erschrak darüber mindestens ebenso sehr wie ich. Er sprang mit einem Aufschrei zur Seite, dann ergriff er die Flucht.

»Wenn ich dich das nächste Mal sehe, wirst du sterben!«, brüllte ich ihm hinterher. Natürlich war das maßlos übertrieben, denn erstens hatte ich keine Ahnung, ob ich beim nächsten Mal überhaupt wieder einen Blitz hinbekam, und zweitens würde ich es ganz sicher nicht fertigbringen, jemanden zu töten. Dass ich Montignac gerade eben fast erwischt hatte, war mehr oder weniger das zufällige Ergebnis meiner Panik gewesen.

Mein Herz schlug wie ein Presslufthammer, doch ich

blieb keine Sekunde stehen, sondern rannte weiter. Ich musste Thomas finden!

Aber dann geschah genau das, wovor ich mich gefürchtet hatte – ich rutschte auf dem abschüssigen Untergrund aus und schlug der Länge nach hin. Bäuchlings und mit ausgestreckten Armen landete ich auf dem mit Kiefernnadeln übersäten Waldboden. Während ich noch verzweifelt darum kämpfte, so schnell wie möglich wieder auf die Beine zu kommen, wurde ich von hinten gepackt. Eine harte Hand legte sich auf meinen Mund und erstickte meinen entsetzten Aufschrei. Montignac hatte mich doch noch geschnappt!

»Pst, ich bin's!«, zischte Thomas mir ins Ohr.

Tränen der Erleichterung schossen mir in die Augen. »Oh Gott, ich dachte …«

Ich klammerte mich an ihn wie eine Ertrinkende, als er mich auf die Beine zog.

»Kein Laut!«, flüsterte er. »Die Kerle könnten noch in der Nähe sein! Komm mit!«

Er zog mich weiter durch den Wald, tief zwischen die Bäume, die hier so dicht beieinanderstanden, dass kein Schnee den Boden bedeckte. Flüchtig kam mir in den Sinn, dass das wahrscheinlich ein Vorteil für uns war, weil wir auf die Weise keine Fußspuren hinterließen.

Das Gelände wurde schroffer. Wir erreichten einen Abhang und mussten beim Hinunterklettern äußerst vorsichtig sein, um nicht den Halt zu verlieren. Thomas stieg als Erster hinab und reichte mir an besonders gefährlichen Stellen die Hand, um mir zu helfen. Ich war froh, dass ich robuste Turnschuhe angezogen hatte. Auch meine Jeans hielt was aus. Doch abgesehen davon war ich viel zu dünn gekleidet. Der Cardigan, den ich mir eingepackt hatte, steckte immer noch in meiner Handtasche. Die wiederum exakt an der Stelle lag, wo Montignac mich gekidnappt hatte. Oder vielmehr – sie *würde* dort liegen. In über zweihundert Jahren.

Bei diesem eher beiläufigen Gedanken machte ich mir zum ersten Mal seit meiner Ankunft in diesem winterlichen Wald richtig bewusst, wo ich gerade war, und der Schock darüber verschlug mir den Atem. Kapiert hatte ich es zwar schon vorhin oben auf dem Felsen, aber seither keine Sekunde Zeit gehabt, es auch nur ansatzweise zu verdauen. Genau das holte ich jetzt notgedrungen nach. Das Ergebnis war blankes Entsetzen.

Oh. Mein. Gott. Das hier war das Jahr 1813! Japsend holte ich Luft.

Ich hatte mit meiner seltsamen, furchterregenden Hexenmacht die Grenzen der Zeit außer Kraft gesetzt und mich in die Vergangenheit befördert!

Ich begann haltlos zu zittern. Meine Zähne schlugen klappernd aufeinander, wobei schwer zu sagen war, wie viel davon durch den Schock und wie viel durch die eisige Kälte verursacht war. Ich zitterte so stark, dass ich um ein Haar abgestürzt wäre.

Thomas hielt mich im letzten Moment fest. »Wir sind fast da.«

Ich riss mich zusammen und kletterte auf sein Geheiß

hin noch ein Stück tiefer, wo das Gelände wieder etwas abflachte. Dort bildeten eine dichte Baumgruppe und jede Menge Gestrüpp eine Barriere, hinter der sich eine zerklüftete Gesteinsformation verbarg. Erst, als wir direkt davorstanden und Thomas mich aufforderte, mich zu bücken, begriff ich, dass es sich um den gut versteckten Eingang einer Höhle handelte. Die Öffnung war schmal und kaum hüfthoch, doch nachdem wir hineingekrabbelt waren, konnten wir uns wieder aufrichten. Durch einen Tunnel ging es noch ein Stück weit in den Berg hinein. Da drin war es so dunkel, dass ich mehrmals stolperte, und wenn Thomas mich nicht festgehalten hätte, wäre ich unweigerlich hingefallen. Ich fragte mich, wie er in dieser Finsternis überhaupt erkennen konnte, wo es langging.

Hinter der nächsten Biegung war es jedoch nicht mehr ganz so dunkel wie zuvor. Der felsige Gang verbreiterte sich hier zu einer geräumigen Höhle. Ein schwaches, fluoreszierendes Licht umgab uns. Wie hießen noch gleich diese Mineralien, die im Dunkeln von allein leuchteten? Im ersten Reflex wollte ich es googeln und musste ein verzweifeltes Kichern unterdrücken, als ich realisierte, dass das Internet hier so weit weg war wie die Erde vom Mond.

Im nächsten Moment stieß mein Fuß gegen ein weiches Hindernis, das im schwachen Licht der Umgebung aussah wie ein an der Wand lehnender, lebloser Körper. Um ein Haar hätte ich einen Schrei ausgestoßen, aber dann sah ich, dass es sich um den großen Lederrucksack handelte, den wir zusammen gekauft hatten.

»Das ist mein Höhlenversteck«, sagte Thomas. »Hier drin sind wir fürs Erste sicher.« Er holte eine der beiden Taschenlampen aus dem Rucksack und knipste sie an. Geblendet von der plötzlichen Helligkeit schloss ich die Augen.

Obwohl es hier drin nicht ganz so kalt war wie draußen, zitterte ich immer noch wie Espenlaub.

»Du bist ganz blaugefroren!«, sagte Thomas. Er zog mir den Fleecepulli an, den wir für ihn gekauft hatten. Schlotternd steckte ich die Arme in die Ärmel und hielt anschließend still, als Thomas mir die Mütze mit den Ohrenklappen auf den Kopf stülpte und den Thermoschlafsack um mich wickelte. Er selbst zog den Windbreaker an und streifte zusätzlich einen dicken Umhang über, der über einen Felsen in der Ecke gebreitet war und nach feuchter Wolle roch – wahrscheinlich hatte er den getragen, als sein Boot gesunken war.

Unwillkürlich wurde mein Blick von zwei massiven Holzkisten angezogen, die inmitten von anderem Kram an der Höhlenwand standen.

»Ist da drin das Gold?«, fragte ich.

Statt zu antworten, blickte Thomas mich eindringlich an. »Warum hast du das getan, Lori?«

»Was denn?«

»Wieso bist du in meine Zeit mitgekommen? Das war ein schwerer Fehler! Es bringt mich in eine sehr schwierige Situation!«

Wie bitte? Als hätte ich es mir freiwillig ausgesucht, hier zu landen! Empört funkelte ich ihn an. »Tut mir leid, falls ich mich dir aufdränge. Aber ich hab's ganz bestimmt nicht drauf angelegt!«

Seine Schultern sanken herab. Er sah unendlich müde aus. »Ich wollte dir keine Vorwürfe machen. Es tut mir leid, wenn es sich so angehört hat. Die Sache ist nur die ... Hier tobt ein Krieg. Überall lauern Gefahren. Und ich ... ich habe eine Aufgabe, von der alles abhängt. Aber jetzt bist du hier, und ...« Kopfschüttelnd schloss er: »Dir könnte alles Mögliche zustoßen. Ich trage die Verantwortung für dich und muss auf dich achtgeben.«

»Ich kann sehr gut auf mich allein aufpassen. Du bist in meiner Zeit ja auch klargekommen, ohne dass dir groß was passiert ist.«

»Lori, du weißt nicht, wovon du redest. Eine junge Frau ohne männlichen Beistand ist in dieser Zeit Freiwild. Der Krieg zeigt überall seine hässliche Fratze. Gewalt ist an der Tagesordnung. Du könntest keine Woche überleben, ohne dass dir schlimme Dinge zustoßen.«

»Das muss ja nicht deine Sorge sein.« Meine Stimme klang ziemlich trotzig, doch in Wahrheit war mir erbärmlich zumute. »Ich kann gleich bei Tagesanbruch verschwinden, wenn ich dich hier störe. Ich gehe einfach zurück zum Felsen und versuche, wieder nach Hause zurückzukommen.«

»Ohne mich gehst du nirgendwohin«, erklärte Thomas mit Bestimmtheit.

In diesem Moment gingen meine Gefühle mit mir durch. Mit dem Rücken an der felsigen Höhlenwand sackte ich in die Knie. Der Schlafsack rutschte mir von den Schultern, und ich fing wieder an zu frieren. Doch das war mir egal. Die ganze Anspannung brach mit einem nicht enden wollenden Tränenstrom aus mir heraus. Thomas zog mich hoch, legte den Schlafsack wie eine große Decke um uns beide und umarmte mich. Stumm hielt er mich umschlungen und drückte meinen Kopf an seine Schulter, während ich von Schluchzern geschüttelt wurde.

»T-tut mir l-leid, dass ich so rumflenne«, stieß ich hervor.

»Das macht doch nichts.«

Die körperliche Nähe war tröstlich und half mir, mich zu beruhigen. Und außerdem rief sie ein leises, aber deutliches Flattern in meinem Inneren hervor, das ich schon häufiger in seiner Nähe verspürt hatte.

»Schon gut, es geht wieder.« Verlegen löste ich mich aus der Umarmung, blieb aber dicht vor ihm stehen.

Ich hatte mich so weit gefangen, dass ich wieder zu einer Unterhaltung fähig war. Thomas wollte wissen, was genau seit dem Gewitter beim Felsen geschehen war, und ich erzählte es ihm. Er staunte nicht schlecht, als ich berichtete, wie ich Montignac mit einem Blitz in die Flucht geschlagen hatte.

»Das hätte ich gern gesehen!«

»Ich glaube, wenn ich es ein bisschen übe, könnte ich es noch besser.«

Thomas berichtete, wie er selbst seine Rückkehr erlebt hatte. »Ich stand inmitten der Blitze und sah dich dort auf dem Felsen, und dann befand ich mich plötzlich wieder genau an der Stelle, wo ich mich gestern aufhielt, als es mich in deine Zeit verschlug: ganz in der Nähe dieses Verstecks, in winterlicher Umgebung. Ich begab mich unverzüglich in die Höhle, um mich davon zu überzeugen, dass ich in der richtigen Zeit gelandet war. Zu meiner Erleichterung fand ich hier drin alles noch genauso vor, wie ich es gestern zurückgelassen hatte. In diesem Moment hörte ich dich aus der Ferne schreien und ließ sofort alles stehen und liegen, um dir zu Hilfe zu eilen. Als ich dich endlich erblickte, warst du gerade hingefallen, und ich lief zu dir, um dir aufzuhelfen.«

»Ich dachte zuerst, Montignac hätte mich geschnappt«, murmelte ich.

»Das ist mir nicht entgangen, deshalb musste ich dir zur Sicherheit den Mund zuhalten. Tut mir leid, falls ich dir einen Schreck eingejagt habe.«

»Du kannst ja nichts dafür. Was machen wir jetzt?«

»Momentan – nichts. Ich bin übermüdet und würde zu viele Fehler begehen. Erst einmal muss ich einige Stunden schlafen, denn ich kann mich kaum noch aufrecht halten.«

»Das hätte ich auch vorgeschlagen«, stimmte ich zu. »Und was sind deine Pläne für morgen?«

»Zunächst werde ich mich vergewissern, dass Montignac nicht mehr in der Nähe herumlungert. Und danach bringe ich dich umgehend zu dem Felsen, wo es dir hoffentlich sofort gelingt, in deine Zeit zurückzukehren.«

Darauf hoffte ich ebenfalls, aber eine merkwürdige Ahnung – eigentlich war es eher eine Gewissheit – sagte mir, dass es nicht klappen würde. Doch das behielt ich lieber für mich. Es nützte niemandem, wenn ich schon im Voraus

Schwarzmalerei betrieb. Außerdem wollte ich mir deswegen gerade nicht den Kopf zerbrechen, auch nicht darüber, woher diese seltsame Gewissheit stammte. Dafür blieb immer noch Zeit, wenn es so weit war.

»Und was steht danach an?«, fragte ich. »Willst du nach deinem Vater sehen? Weißt du, wo er sich aufhält?«

»Bei der Familie eines Köhlers in einem nahe gelegenen Gehöft. Wir wollten das Gold verstecken und danach die Wartezeit bis zum Eintreffen von Blüchers Leuten ausnutzen, indem wir mit unserem Spähtrupp die andere Seite des Flusses auskundschafteten, um sicherzustellen, dass dort kein Hinterhalt vorbereitet wird. Doch dann wurde mein Vater plötzlich krank. Ein schlimmes Fieber hat ihn befallen. Ich habe ihn zu dem Gehöft gebracht und der dort lebenden Köhlerfamilie Geld für seine Beherbergung und Pflege gegeben. Anschließend habe ich gemeinsam mit den Männern unseres Trupps das Gold versteckt und danach die Mission in eigener Verantwortung fortgesetzt.«

»Und dabei ging das Boot unter, und die Männer sind ertrunken«, ergänzte ich voller Mitgefühl. Es schnitt mir ins Herz, Thomas so niedergeschlagen und hoffnungslos zu sehen. »Das tut mir alles so leid!«

Er hob erschöpft die Schultern, rollte die Isomatte aus und ließ sich darauf nieder, aber nur mit dem Oberkörper – eine Hälfte der Matte ließ er frei, offenbar, damit ich auch was davon hatte.

»Denkst du, Blücher braucht noch lange, bis er in der Gegend ankommt?«

»Er ist bereits da. Er lagert mit seinen Truppen in einem Dorf jenseits des Hügels und wollte morgen zum Fluss marschieren. Jedenfalls war das der gestrige Stand.« Seine Stimme klang schlaftrunken, er war schon kurz vorm Wegdämmern. »Sofern es tatsächlich gestern war. Genau weiß ich das erst, wenn ich herausgefunden habe, wie viel Zeit während meiner … Abwesenheit verstrichen ist.« Die letzten Worte waren kaum noch zu verstehen, so schläfrig klangen sie.

»Es war *bestimmt* gestern, wenn man danach geht, dass dein Umhang noch ziemlich feucht ist.« Ich nahm den Schlafsack von meinen Schultern. »Hier, deck dich besser damit zu. Der hält dich richtig warm.«

»Nein, den behältst du«, murmelte er. »Ich bin daran gewöhnt, bei Kälte zu nächtigen. Mein Umhang reicht mir.«

Nach diesen bereits sehr undeutlich klingenden Worten verstummte er, und gleich darauf hörte ich an seinen tiefen, regelmäßigen Atemzügen, dass er eingeschlafen war.

*

12

Ich hatte mich wieder in den Schlafsack gewickelt und hockte hellwach neben Thomas auf meinem Teil der Isomatte. Dabei überlegte ich, dass ich eigentlich die Taschenlampe ausschalten müsste, um die Batterie zu schonen. Wir hatten zwar noch eine zweite Lampe, aber auch die würde bestimmt nur einige Stunden halten, und wir hatten bloß einen Satz Reservebatterien dabei. Schließlich knipste ich die Lampe kurz entschlossen aus. Und bereute es umgehend, denn schlagartig wurde es stockfinster um mich herum. Es dauerte eine ganze Weile, bis meine Augen sich erneut so weit an die Dunkelheit anpasst hatten, dass ich die schwache Fluoreszenz wieder wahrnahm und die Umgebung erkennen konnte.

Ich befürchtete immer noch, dass Thomas sich in dem feuchten Umhang eine Erkältung holte, wenn nicht Schlimmeres. Er hatte zwar noch den Windbreaker an, aber richtig warm hielt das Teil sicher auch nicht. Ohne lange zu zögern, deckte ich ihn zusätzlich mit dem Schlafsack zu.

Prompt fing ich wahnsinnig an zu frieren. Der Fleecepulli, den ich über meinem T-Shirt trug, war nämlich auch nicht gerade das geeignete Kleidungsstück, um damit länger als ein paar Minuten in der Kälte herumzusitzen.

Schnell kam ich auf die naheliegende Lösung des Problems. Schwierige Situationen erforderten entschlossene Maßnahmen. Ich kuschelte mich dicht an Thomas und zog den offenen Schlafsack als Decke über uns beide. Die eine Seite steckte ich unter seiner Schulter fest, die andere unter meiner. Es war ein ziemliches Geraschel und Geschiebe nötig, bis alles zu meiner Zufriedenheit hielt, aber Thomas befand sich im Tiefschlaf und regte sich nicht.

Sein Atem kitzelte meinen Nacken (was vermutlich daran lag, dass nach dem brachialen Haarschnitt von Montignac meine Haare an der Stelle jetzt so kurz waren) – ein seltsames und aufregendes Gefühl. So eng an Thomas geschmiegt unter einer Decke zu liegen war eine aufwühlende Erfahrung. Ich kostete jeden einzelnen Moment davon aus.

Zwischendurch drifteten meine Gedanken jedoch immer wieder ab. Unter anderem fragte ich mich, wie spät es jetzt wohl sein mochte. Mittlerweile hatte ich jegliches Zeitgefühl verloren, und hier in der dunklen Höhle gab es keinerlei Anhaltspunkte über die Tageszeit. Allerdings tippte ich darauf, dass es Nacht war, denn bei meiner Landung in der Vergangenheit hatte es gerade gedämmert, und während meiner anschließenden Flucht vor Montignac war es dunkler geworden statt heller.

Meine nächste Überlegung führte mich zu der Frage, wieso ich diese eigentümlichen Ahnungen hatte. Zuerst die über den gespaltenen Baum (woher um alles in der Welt wusste ich, dass der Baum eine Ulme war und eine uralte Verbindung zu dem Felsen besaß?) und dann auch noch die ebenso seltsame Gewissheit, dass ein Versuch, auf demselben Weg nach Hause zurückzukehren, zwecklos sein würde. Ich wusste einfach irgendwoher, dass es nicht funktionieren würde. Zumindest jetzt noch nicht.

Ob diese prophetischen Anwandlungen mit den Zauberkräften zu tun hatten?

Unwillkürlich wanderten meine Gedanken zu dem Buch. Einiges von dem Inhalt klang immer noch sehr rätselhaft für mich, aber es ließ sich nicht leugnen, dass diese Sage enge Parallelen zu mir selbst aufwies. Jedenfalls die Version der Sage, wie man sie in der Fake-Welt kannte. Deshalb richtete sich ja auch meine ganze Hoffnung darauf, dass ich diese schrecklichen, angsteinflößenden Zauberkräfte für immer los sein würde, sobald ich in die echte Welt zurückkehrte. Auch wenn es bis dahin noch ein paar Tage dauern würde.

Noch ein paar Tage … Schon wieder war mir ohne mein Zutun so ein ahnungsvoller Gedanke in den Sinn gekommen. Meine Zauberkräfte schienen auch eine Art intuitive Voraussicht mit einzuschließen. Es hätte nur ein bisschen besser funktionieren müssen. Beispielsweise wäre es sehr hilfreich gewesen, wenn ich gewusst hätte, wo und wann Montignac uns das nächste Mal auflauern würde. Doch das lag für mich völlig im Dunkeln. Momentan blieb uns wohl nichts anderes übrig, als stetig auf der Hut zu bleiben. Wir mussten einfach gut aufeinander aufpassen!

Unwillkürlich rückte ich noch ein bisschen näher an Thomas heran. Er seufzte im Schlaf und kuschelte sich an mich. Ich hielt die Luft an, als er einen Arm um mich schlang und mich fest an sich drückte.

»Lori«, murmelte er. »Geh nicht weg.«

Mein Herzschlag geriet außer Kontrolle. »Ich bin doch hier«, flüsterte ich zurück.

Darauf reagierte er nicht, sondern atmete weiterhin tief und regelmäßig. Ich begriff, dass er gar nicht aufgewacht war, sondern immer noch fest schlief. Anscheinend träumte er von mir.

Während mein viel zu schneller Puls sich allmählich beruhigte, schloss ich die Augen. Ich hatte einen langen, anstrengenden und sehr aufregenden Tag hinter mir, von der Nacht davor gar nicht zu reden. Anders als Thomas hatte ich zwar bis in den späten Vormittag hinein ausschlafen können, aber all das, was seit meinem Aufstehen passiert war, reichte völlig, um sogar den ausgeruhtesten Menschen in einen Zustand absoluter Erschöpfung zu versetzen. Mittlerweile war ich längst nicht mehr so wach, wie es mir vorhin noch vorgekommen war. Vielleicht sollte ich einfach ebenfalls ein bisschen schlafen.

Das hatte ich kaum gedacht, als ich auch schon wegdämmerte.

Als ich das nächste Mal die Augen aufschlug, war Thomas verschwunden.

*

Ich brauchte ein paar Sekunden, um mich zu orientieren. In der Höhle war es nicht mehr ganz so dunkel wie zu dem Zeitpunkt, als ich eingeschlafen war, und auch meine innere Uhr sagte mir, dass es mittlerweile Tag sein musste.

»Thomas?«, rief ich halblaut. Keine Antwort. Wo steckte er? Nur die Gewissheit, dass er mich garantiert nicht einfach mutterseelenallein in dieser Wildnis zurücklassen würde, hinderte mich daran, in Panik zu verfallen.

Mühsam kämpfte ich mich unter dem Schlafsack hervor und stöhnte, weil sich mein Rücken und einige andere Körperteile ziemlich mitgenommen anfühlten. Ich legte mir den Schlafsack um die Schultern, setzte die Mütze mit den Ohrenklappen wieder auf (im Schlaf war sie mir vom Kopf gerutscht) und stolperte bis zum Eingang der Höhle. Draußen war es diesig und stark bewölkt, aber halbwegs hell. Nach wie vor war es eiskalt. Der Wind pfiff mir um die Nase. Fröstelnd zog ich den Schlafsack fester um mich.

»Thomas?«

Diesmal kam eine Antwort. »Ich bin hier!«

Er trat zwischen den dicht stehenden Bäumen hervor und umrundete das Gestrüpp, das den Höhleneingang abschirmte. Mit großen Augen sah ich, dass er zwei tote Hasen an einer Schlinge über der Schulter hängen hatte. Unter dem dicken Wollumhang trug er nicht mehr die Cargojeans vom Vortag, sondern eine derbe, dicht gewebte Hose und auf dem Kopf einen abgewetzten Dreispitz aus Filz. Ein graues Halstuch aus dickem Leinen vervollständigte den antiquiert anmutenden Look.

»Guten Morgen«, sagte er und nahm den Hut ab. Sein Gesicht war gerötet von der Kälte, seine blonden Bartstoppeln um einiges dichter als am Vortag. Sein helles Haar bildete über der Stirn einen Wirbel, und als er mir zulächelte, wurde ein Grübchen in seiner rechten Wange sichtbar. Er sah so unwiderstehlich gut aus, dass mir kurz der Atem stockte.

»Guten Morgen.« Ich versuchte, nicht auf die steif gefrorenen Hasenleichen zu starren. »Wo hast du die denn her?«

»Ich hatte vor Kurzem hier im Umkreis einige Fallen aufgestellt.«

»Ist das … äh, unser Frühstück?«

»Wohl eher Lunch«, sagte Thomas mit flüchtigem Grinsen, während er sich den Hut wieder auf den Kopf stülpte. »Bis sie gehäutet, ausgenommen und gebraten sind, dauert es eine Weile.«

Ich schluckte. »Bis dahin können wir ja ein paar von den Müsliriegeln essen.«

»Warum nicht«, sagte Thomas. »Für dich ist das auf die Schnelle sicher die bessere Wegzehrung.«

Wegzehrung? Ich brauchte einen Moment, um zu kapieren, dass er meinen Rückweg ins 21. Jahrhundert meinte. Den ich allein antreten musste, ohne ihn. Wieso schnürte es mir schon wieder die Kehle zu, auch nur daran zu denken? Diesmal beantwortete ich mir die Frage sofort selbst, denn inzwischen hätte es sogar die dämlichste Person an meiner Stelle begriffen: Es war für mich so schwer zu ertragen, weil es bedeutete, dass ich Thomas nie wiedersehen würde. Vielleicht sollte ich endlich anfangen, der Wahrheit ins Auge zu blicken. Die Schmetterlinge, die in meiner Magengrube herumflatterten, wenn ich ihm näher kam. Das Herzklopfen, wenn er mich berührte. Die erwartungsvolle Aufregung, wenn er mich auf eine bestimmte Art ansah.

Es ließ sich nicht länger leugnen. Ich hatte mich in Thomas verliebt!

Ich war beinahe erleichtert, dass ich es mir endlich eingestanden hatte. Zugleich war ich unglaublich traurig. Das mit uns konnte nichts werden. Ich musste zurück, und er musste hierbleiben. So einfach war das. Und so schrecklich schwer.

»Bist du schon aufbruchbereit?«, fragte Thomas mich. »Dann können wir uns auf den Weg zum Felsen machen. Es wird Zeit, denn ich habe heute noch viel vor.« Seine Stimme klang gelassen, fast unbeteiligt, doch ich spürte, dass es ihm keineswegs egal war, sich von mir trennen zu müssen.

»Es wäre völlig sinnlos«, teilte ich ihm mit. »Heute würde es nicht funktionieren.«

Er hob verblüfft die Brauen. »Wie kannst du das wissen?«

»Ich weiß es eben.«

»Woher?«

»Hm, frag mich was Leichteres.«

»Hat es mit deinen Zauberkräften zu tun?«

»Ich denke schon. Ja, ganz sicher sogar, denn vorher hatte ich solche Vorahnungen noch nie.«

»Also ist es eher eine Ahnung als wirkliche Gewissheit?«

Darüber musste ich kurz nachdenken. »Irgendwas dazwischen, würde ich sagen. Aber ich wette sämtliche Müsliriegel aus unserem Vorrat, dass es heute nicht klappt.«

»Wann denn dann?«

Ich zuckte mit den Schultern.

»Du weißt es also nicht?«, fragte er.

Eigentlich wusste ich es schon, wenn auch nicht ganz genau. Wenn ich in mich hineinhorchte, sagte mir mein Inneres wie schon zuvor, dass es sich um *ein paar Tage* handelte. Zwei, höchstens drei, mehr auf keinen Fall. Das spürte ich einfach. Aber aus unerfindlichen Gründen behielt ich es lieber für mich. Vielleicht, weil ich uns die gemeinsame Zeit, die uns noch blieb, nicht jetzt schon mit Abschiedsgefühlen verderben wollte. »Ich bin zwar seit Neuestem eine Hexe«, meinte ich leichthin. »Aber ich bin nicht allwissend und auch keine Hellseherin. Na ja«, fügte ich einschränkend hinzu. »Vielleicht kann ich ein *bisschen* hellsehen. Aber nur ganz wenig.«

Um seine Lippen zuckte es. »Was siehst du denn gerade?«

»Ich sehe, dass ich momentan noch nicht zurückkann, sondern mit dir gehen muss.« Es klang auf unbestimmte Art trotzig, aber es war die Wahrheit.

Er ließ mich nicht aus den Augen. »Falls dies zutrifft, wäre es wirklich sinnlose Zeitverschwendung, den Felsen aufzusuchen. Was aber nicht heißt, dass wir es nicht zu einem späteren Zeitpunkt nachholen.«

»Ja, schon klar.« Insgeheim frohlockte ich. Wir konnten

vorerst zusammenbleiben! Und irgendwie hatte ich den Eindruck, dass Thomas ebenfalls nicht gerade unglücklich darüber war, mich noch eine Weile bei sich behalten zu müssen.

Er legte die Hasen vor dem Höhleneingang ab und suchte mit dem Fernglas, das er um den Hals hängen hatte, das Tal ab.

»Unten im Dorf gibt es Truppenbewegungen«, stellte er fest.

Es war zu weit weg, um mit bloßem Auge genauere Einzelheiten erkennen zu können. Thomas reichte mir das Fernglas, und ich schaute hindurch. Die Ortschaft war größer, als ich erwartet hatte. Sie bestand aus zahlreichen rustikal wirkenden Wohngebäuden und Stallungen. Aus den Schornsteinen stieg Rauch auf. Die Menschen, die auf den Gassen zwischen den Fachwerkhäusern zu sehen waren, trugen altertümliche Kleidung. Unten am Fluss hatte man tatsächlich eine Art Armeelager eingerichtet, bestehend aus einer Reihe schmutziger Zelte in unterschiedlichen Größen. Dazwischen waren Pferde angepflockt. Außerdem gab es mehrere Feuerstellen, an denen Soldaten saßen. Andere Uniformierte patrouillierten durch den Ort.

Aus der Ferne wirkte die Szenerie malerisch, fast wie bei einem besonders authentischen historischen Reenactment. Ich musste mir erst ins Bewusstsein rufen, dass es sich um echte Soldaten in einem echten Krieg handelte und dass ich das, was in meiner Zeit nur ein Schauspiel gewesen war, hier in der Originalversion vor Augen hatte.

»Sind die Männer da unten Preußen?«, fragte ich.

»Nein, sie gehören zu einem russischen Bataillon.«

Ich erinnerte mich an ein Detail aus dem Reenactment. »Die russischen Soldaten bauen in der Neujahrsnacht die Pontonbrücke über den Rhein!«

Thomas nickte. »So habe ich es in deiner Zeit vernommen. Hier vor Ort waren mir jedoch noch keine Informationen darüber zugetragen worden.«

»Weil es bis zum letzten Moment geheim war! Denn es war eine Nacht-und-Nebel-Aktion.« Ich verbesserte mich. »Es wird eine sein, denn hier ist es ja noch nicht passiert. Welches Datum haben wir eigentlich?«

»Wenn hier tatsächlich nur ein Tag verstrichen ist, ist heute der 30. Dezember 1813.«

»Dann passiert es morgen Nacht. Mit anderen Worten, bis dahin musst du das Gold zu Blücher geschafft haben.« Ich holte tief Luft. »Montignac versucht garantiert noch, es dir wegzunehmen.«

»Damit rechne ich. Mit dem Gold kann er Söldner anheuern und den heimlichen Vorstoß über den Rhein vereiteln. Das ist seine Chance, ein berühmter Kriegsheld zu werden. Er ist von wahnhaftem Geltungsdrang besessen.«

Dem stimmte ich sofort zu, denn es entsprach eins zu eins meiner eigenen Vermutung.

»Von dem Gold hängt alles ab«, sagte Thomas. »Und von mir. Wenn ich nicht ...« Er stockte, aber ich wusste auch so, was er sagen wollte: Wenn er versagte und sich von Montignac das Gold abjagen ließ, würde sich der Lauf der Geschichte genau an dieser Stelle ändern. Die Welt der Zukunft würde eine andere sein – nämlich die, aus der wir letzte Nacht hierhergekommen waren. Eine Welt, in der meine Eltern geschieden waren und meine Schwester nicht mehr existierte.

»Was glaubst du, wo Montignac jetzt ist?«, fragte ich.

»Er wird ohne Frage versuchen, meinen Vater zu finden und ihn in seine Gewalt zu bringen, um mich wegen des Goldes erpressen zu können.«

»Ja, genau das ist sein Plan«, bestätigte ich. »Das hat er zu Hugo und Pierre gesagt.«

Thomas nickte. »Aus diesem Grund muss ich schnellstmöglich zu dem Gehöft aufbrechen.«

»Von mir aus können wir uns gleich auf die Socken machen. Ach, hättest du vielleicht einen Schluck Wasser für mich?« Jetzt erst merkte ich, wie durstig ich war.

Thomas reichte mir seine Feldflasche, und ich trank in langen Zügen daraus. Danach sah ich mich verlegen um. »Wo kann ich …« Ich räusperte mich. »Ich müsste mal sehr dringend für kleine Mädchen.«

Er wurde rot. »Such dir einen Platz in der Umgebung, aber bleib in Sichtweite. Ich gehe derweil in die Höhle und packe meine Sachen.«

Thomas verschwand in der Höhle, während ich mir eine geschützte Stelle hinter ein paar Sträuchern suchte. Es pfiff mir eiskalt um die nackten Beine, als ich mir die Jeans runterzog, aber ich musste so dringend, dass ich es mit zusammengebissenen Zähnen ertrug. Anschließend wartete ich fröstelnd darauf, dass Thomas wieder aus der Höhle kam.

Hier draußen war es wirklich eisig. Der Schlafsack hielt zwar die gröbste Kälte ab, aber meine Turnschuhe und die Jeans waren alles andere als winterfest. Meine Zehen und Beine waren schon ganz taub vor Kälte.

Neben dem Höhleneingang lag ein Stapel Holz – keine sauberen Scheite, sondern vorwiegend zerbrochene Äste, gebündelte Zweige und dürres Reisig. Aus der Art, wie das ganze Holz dort aufgeschichtet war, schloss ich, dass es zum Feuermachen dienen sollte. Klar, sonst konnte es ja keinen Hasenbraten geben!

Ich dachte gar nicht groß nach, sondern streckte die rechte Hand aus und konzentrierte mich auf meine Zauberkräfte, so ähnlich wie in der vergangenen Nacht, als ich Montignac vertrieben hatte. In einer Mischung aus Erstaunen und Entsetzen registrierte ich, dass binnen weniger Augenblicke das mir schon bekannte bläuliche Flackern meine Hand umhüllte. Kühner geworden, zielte ich mit dem Zeigefinger auf den Holzstoß.

»Blitz!«, flüsterte ich eindringlich. Und sicherheitshalber fügte ich als langjähriger, treuer Fan von Bibi Blocksberg noch hinzu: »Hex-hex!«

Irgendwas davon wirkte augenblicklich. Ein greller, dünner Blitz schoss von meinem Finger und traf auf den Holzstapel. Diesmal klappte es deutlich besser als beim letzten Mal: Das Feuer griff auf die gestapelten Äste über. Innerhalb von Sekunden brannte alles lichterloh. Es war wunderbar warm – nein, sogar richtig heiß! Ein echtes Lagerfeuer, genau das, was wir jetzt brauchten! Begeistert trat ich näher heran, um meinen durchgefrorenen Körperpartien etwas Gutes zu tun und mich endlich richtig aufzuwärmen.

In diesem Moment kam Thomas aus der Höhle geschossen und schleuderte eine fadenscheinige alte Decke auf das Feuer, um die Flammen zu ersticken. Als es nicht auf Anhieb klappte, half er nach, indem er die verbleibenden Reste des Feuers mit den Sohlen seiner Stiefel austrat. Zwischendurch warf er den hinderlichen Rucksack ab und trampelte weiter auf den Glutnestern herum, bis alles erloschen war.

»Wie kannst du nur so bodenlos leichtsinnig sein?«, fuhr er mich an. »Der Rauch ist weithin sichtbar! Jeder, der ihn aus der Ferne sieht, könnte dieses Versteck aufspüren! Vor allem jemand, der nach entsprechenden Anzeichen Ausschau hält!«

»Tut mir leid«, sagte ich betreten. »Darüber habe ich nicht nachgedacht.«

»Mir scheint, du handelst häufiger, ohne vorher nachzudenken.«

In mein schlechtes Gewissen mischte sich Empörung. »Geht's noch? Mir war *kalt*!«

Anstelle einer Antwort zerrte Thomas den Windbreaker und die Cargohose aus dem Rucksack und drückte mir beides kommentarlos in die Hände. Immer noch schweigend begann er anschließend, die geschwärzte Feuerstelle mit Geröll aus der Umgebung abzudecken. Anschließend streute er totes Laub und Kiefernnadeln darüber, bis nichts mehr darauf hindeutete, dass es hier gerade eben noch gebrannt hatte. Niedergeschlagen streifte ich unterdessen die Cargohose und den Windbreaker über meine Sachen. Von der Weite her passte die Cargohose, weil ich noch meine Jeans drunter anhatte, doch sie war viel zu lang. Ich krempelte sie um und hüllte mich wieder in den Schlafsack. Dabei fragte ich mich zutiefst beklommen, was ich eigentlich genau hier wollte. Meine Verliebtheit hatte mir anscheinend das Hirn vernebelt. Für Thomas war ich nichts weiter als eine lästige Klette, die ihn bei seiner lebenswichtigen Mission behinderte. Ohne mich wäre er deutlich besser dran.

Tränen stiegen mir in die Augen und behinderten meine Sicht. Trotzdem sah ich die beiden Müsliriegel auf dem Boden liegen, die vorhin bei Thomas' überstürzter Löschaktion aus dem Rucksack gefallen waren. Mein Magen meldete sich mit heftigem Knurren. Der plötzliche Hunger schlug meinen Kummer um Längen.

Mechanisch hob ich die Riegel auf. Einen steckte ich als Vorrat in die Hosentasche. Vom dem anderen riss ich die Verpackung ab. Stumm und tränenblind futterte ich drauflos und wartete darauf, dass Thomas irgendetwas sagte. Doch es kam nichts. Er schwieg weiter beharrlich vor sich hin, auch noch, als er alle Spuren des Feuers beseitigt hatte und danach mit dem Fernglas noch einmal ausgiebig die Umgebung abcheckte.

Als er damit fertig war, setzte er den Rucksack wieder auf und marschierte einfach los. Ich blickte ihm entgeistert nach, aber nur ein paar Sekunden lang, dann rannte ich ihm mit wehendem Schlafsack hinterher, um ihn zur Rede zu stellen.

»Was wird das? Wo gehst du hin?«

»Das weißt du, denn ich teilte es dir bereits vor einer Weile mit«, erwiderte er kurz angebunden. »Und deine Antwort lautete, dass wir uns sofort auf den Weg machen können.«

Ich lief neben ihm her und starrte ihn zornig von der Seite an. Die Tränen hatte ich mit Nachdruck weggeblinzelt. »Echt jetzt? Du spinnst wohl!«

Es kam keine Reaktion. Meine Wut explodierte, und dann ging es mit mir durch.

»Als hätte ich mir den ganzen Mist ausgesucht! Ich hatte definitiv nicht vor, in diese doofe Zeit mitzukommen, und ich würde sonst was drum geben, jetzt zu Hause im Warmen zu sitzen statt hier in der Kälte mit dir! Da ist mir ja sogar die Fake-Welt von gestern lieber!« Ich hielt inne, dann platzte ich aufgewühlt heraus: »Vergiss meine Idee, dass wir die Sache mit dem Gold zusammen in Angriff nehmen. Du kannst dein Ding ab sofort allein durchziehen. Ich gehe jetzt einfach zu dem Felsen und versuche, nach Hause durchzukommen. Wenn es heute nicht klappt, dann sicher morgen. Mich bist du jedenfalls los. Viel Glück bei allem und ein schönes Leben noch.« Ruckartig wandte ich mich ab und machte mich daran, den Hang zu erklimmen.

Jetzt liefen mir doch die Tränen über das Gesicht. Mein Zorn verwandelte sich schon nach zwanzig (nein, bereits nach zehn) Schritten in zähneklapperndes Elend. Der

Schlafsack rutschte mir ständig von den Schultern, weil ich mich dauernd irgendwo abstützen musste, um in dem ansteigenden Gelände nicht den Halt zu verlieren. Aber das war nicht der Hauptgrund für meinen Seelenschmerz. Der kam daher, dass das gerade eben mein Abschied von Thomas gewesen war – wir waren im Streit auseinandergegangen! Wütend und ohne ein einziges nettes Wort. So würde er mich für immer in Erinnerung behalten – als die zickige, unberechenbare Gewitterhexe, die für den ganzen Stress der letzten Tage verantwortlich war und die ihn außerdem im entscheidenden Moment im Stich gelassen hatte. Nur weil er zufällig ausnahmsweise einmal miese Laune gehabt hatte. Absolut berechtigterweise übrigens, denn was für ein Idiot musste man eigentlich sein, mit einem qualmenden Lagerfeuer auf unseren Standort aufmerksam zu machen? Genauso gut hätte ich eine Signalrakete abschießen können, nach dem Motto: Huhu, Montignac, hier drüben sind wir! Da, wo der Rauch herkommt!

Ich hörte auf zu klettern und lehnte mich an einen windschiefen Baum, um meinen Tränen freien Lauf zu lassen. Dabei blickte ich über die Schulter zurück – und sah überrascht, dass Thomas seinen Weg nicht fortgesetzt hatte, sondern mir mit Riesenschritten nachgelaufen kam. Das Hangstück, das ihn noch von mir trennte, bewältigte er trotz des schweren Rucksacks mühelos.

»Lori! Bleib!« Ein verzweifelter Ausdruck stand auf seinem Gesicht.

Ein tiefer, langer Seufzer entwich mir, zusammen mit einem letzten kleinen Aufschluchzen. Halb rutschend, halb hinabkletternd kam ich Thomas entgegen – und fiel ihm auf halbem Weg in die Arme. Er streifte sich den Rucksack ab, dann hielt er mich fest umschlungen und stammelte mehrmals meinen Namen. Im nächsten Augenblick fanden seine Lippen meinen Mund zu einem zaghaften, sanften Kuss, der rasch stürmischer wurde.

Ich spürte Thomas' rasenden Herzschlag an meinem Brustkorb ebenso wie meinen eigenen, und ich erwiderte den Kuss beinahe selig vor Glück. Endlich!, konnte ich nur noch denken, dann verlor sich mein Bewusstsein in einem Chaos von überwältigenden Gefühlen.

Ich weiß nicht, wie lange wir dastanden und uns küssten, als würde es kein Morgen geben, aber als es aufhörte, war es nicht wirklich vorbei – es folgten endlose Momente atemlosen Schweigens, begleitet von Herzklopfen und tiefen Blicken, die wir einander zuwarfen. Wir hielten uns bei den Händen und sahen uns unentwegt an.

Thomas sprach als Erster. »Es tut mir leid«, sagte er leise. »Ich war vorhin sehr ruppig zu dir. Das war nicht angebracht.«

»Doch«, erwiderte ich sofort. Ich lachte verlegen. »Weil ich mich total bescheuert benommen habe. In dem Augenblick habe ich bloß an mich gedacht. Dass mir kalt war und dass ich doch vielleicht mal eben meine neuen Hexenkräfte ausprobieren könnte, um ein Feuerchen zu machen.«

»*Jetzt* muss dir erst recht kalt sein!« Thomas bückte sich und hob den Schlafsack auf, der mir während der Knutscherei von den Schultern gerutscht war. Er legte ihn fest um mich und zog mich abermals dicht an sich heran.

»Mir war aber gerade gar nicht kalt«, flüsterte ich. Und mit einem Mal wusste ich: In seiner Umarmung würde ich niemals frieren.

*

13

Mein Eindruck hatte mich nicht getrogen – das zwischen uns beruhte *doch* auf Gegenseitigkeit. Die Schwingungen dieser Emotionen spürte ich nicht nur körperlich, sondern auch auf einer viel subtileren Ebene. Es war, als würden unsere beiden Seelen sich im Gleichklang befinden. Wir gehörten zusammen, über alle Zeiten hinweg, so einfach war das. Ich liebte ihn, und er fühlte dasselbe wie ich. Eine Welle von Glückseligkeit schwappte über mich hinweg, und am liebsten hätte ich einen Jubelschrei ausgestoßen, weil es so ein unbeschreiblich intensives, wundervolles Gefühl war.

Thomas lehnte seine Stirn gegen meine. »Vergib mir, Lori. Ich kann nicht fassen, dass ich mich so vergessen konnte! Mein Verhalten dir gegenüber war schlichtweg abscheulich!« Er ließ mich los und trat mit zutiefst betroffener Miene zurück. »Bitte verzeih mir diese Entgleisung!«

»Kein Ding«, sagte ich strahlend. »Jeder hat mal einen schlechten Tag. Vor allem morgens vor dem Frühstück.« Ich zog den zweiten Müsliriegel aus der Hosentasche und reichte ihn Thomas. »Hier, das bringt den Blutzuckerspiegel auf Touren.«

Er nahm den Riegel und bedankte sich, machte aber keine Anstalten, ihn zu essen. Stattdessen steckte er ihn ein und verneigte sich formvollendet vor mir. »Es gibt nur eine Reaktion, die eines Ehrenmannes würdig ist«, erklärte er mit ernstem Gesichtsausdruck. Dann sank er auf ein Knie nieder. Dabei musste er sich an dem schiefen kleinen Baum neben uns festhalten, weil das Gelände an dieser Stelle so stark abfiel.

»Was ist los, hast du dir wehgetan?«, fragte ich erschrocken.

»Loreley, ich möchte hiermit um deine Hand anhalten«, erklärte Thomas förmlich. »Leider kann ich dir keinen Ring geben, denn ich besitze keinen mehr. Mein Wappenring wurde mir im Lazarett gestohlen. Und zu meinem größten Bedauern kann ich auch nicht, wie es sich schicken würde, zuvor bei deinem Vater um dich freien. Aber mein Antrag kommt aus tiefstem Herzen. Lori, du würdest mich froh und glücklich machen, wenn du damit einverstanden wärst, mein Weib zu werden.«

»Dein … *Weib*?« Mir war die Kinnlade herabgesunken. »Hast du … äh … – war das gerade ein *Heiratsantrag*?«, stotterte ich. »Bloß, weil du mich *geküsst* hast?«

Thomas wirkte verwundert. »Selbstverständlich. Hatte ich das nicht klar zum Ausdruck gebracht?«

Ich starrte ihn entgeistert an und brauchte eine Weile, um diese unerwartete Wendung zu verdauen. Hatte er sie noch alle?

Aber dann wurde mir bewusst, dass es für ihn absolut

logisch war, denn er stammte aus einer Zeit, in der es sich nicht gehörte, ein Mädchen einfach so zu küssen. Außer man hatte ernsthafte Absichten und möglichst schon einen Ring für den Heiratsantrag in der Tasche. Alles andere war ein absolutes No-Go. Mädchen, die sich in dieser Epoche von Typen abknutschen ließen, ohne wenigstens verlobt zu sein, waren gesellschaftlich erledigt. Ich hatte genug Filme im Stil von *Sinn und Sinnlichkeit* gesehen, um das richtig einordnen zu können. Von daher erklärte sich auch Thomas' Antrag. Sein Verhalten entsprach lediglich seinem Weltbild, und das wiederum wurde von den Sitten und Moralvorstellungen dieser Zeit bestimmt.

Thomas war wieder aufgestanden. Sein Gesicht war auf einmal sehr blass.

»Du sagst Nein«, stellte er mit tonloser Stimme fest.

»Nein! Ähm, damit meinte ich nicht Nein im Sinne von Nein, sondern ich … äh …« Ich unterbrach mein sinnfreies Gestammel und fing von vorn an. Diesmal platzte ich direkt mit der entscheidenden Wahrheit heraus, obwohl ich es ziemlich peinlich fand. »Ich bin in dich verliebt«, gestand ich mit heißen Wangen. »Aber nur wegen dem Kuss müssen wir echt nicht heiraten, weißt du!«

»Es wäre nicht nur deshalb.« In sein gerade noch so bleiches Gesicht stieg ein Hauch von Röte. »Ich habe mich ebenfalls in dich verliebt. Solche Gefühle hatte ich noch nie.«

»Ich auch nicht«, flüsterte ich. Mein Herz fing wieder an zu rasen, und ich wünschte mir nichts sehnlicher, als dass er mich erneut küsste.

Unsere Blicke versanken ineinander, als er weitersprach. »Ich verstehe deine Vorbehalte. Denn du musst irgendwann zurück, und ich muss hierbleiben. Das sind nicht die idealen Voraussetzungen für ein gemeinsames Leben, nicht wahr?«

»Es wäre die krasseste Fernbeziehung aller Zeiten«, stimmte ich zu.

Schon wieder verneigte er sich vor mir. »Unter dieser Prämisse bleibt mir nichts weiter, als meinen Antrag zurückzuziehen und mich erneut bei dir zu entschuldigen. Bitte verzeih, dass ich dir zu nahe getreten bin.«

»Es gibt nichts zu entschuldigen, und du bist mir nicht zu nahe getreten«, widersprach ich. »Hey, ich wollte den Kuss auch! Es war toll!« In meinem Kopf rotierten die Gedanken. Wie sollte ich es ihm am besten erklären? »Es ist so: In meiner Zeit laufen diese Dinge ein bisschen anders ab. Man muss nicht gleich heiraten oder sich verloben, wenn man rumknutscht. Man ist einfach … man ist zusammen und hat Spaß.«

»Mir ist am gestrigen Tag durchaus aufgefallen, dass die Bräuche in deiner Zeit sich sehr von den hiesigen unterscheiden«, gab er ein wenig steif zurück. »Aber jetzt sind wir in *meiner* Zeit. Und da kann die Ehre eines unbescholtenen jungen Mädchens leicht Schaden nehmen, wenn es …« Er brach ab. Jetzt war sein Gesicht feuerrot. Mühsam fuhr er fort: »Wenn es sich Küsse rauben lässt.«

Mein Herz wurde ganz weit vor Zuneigung, weil das, was er sagte, so süß und ritterlich klang. Und gleichzeitig ein bisschen komisch, weshalb ich ein nervöses kleines Kichern unterdrücken musste.

»Du darfst mir jederzeit Küsse rauben«, erklärte ich im Brustton der Überzeugung. »So viele du willst. Ehrlich, das geht völlig in Ordnung!«

Er schüttelte entschieden den Kopf. »Auf keinen Fall!«

»Es wäre ja überhaupt kein Raub«, argumentierte ich. »Sondern komplett freiwillig.«

»Dennoch würde es deinen guten Ruf ruinieren.«

»Wir müssen es ja keinem sagen.«

»Mein Gefühl für Moral und Anstand lässt es aber nicht zu.«

»Ist das dein Ernst?« Ich machte große Augen. Die überschäumende Freude, die ich vorhin noch verspürt hatte, war schlagartig verflogen. »Also küssen wir uns ab sofort nicht mehr und sind nur noch gute Freunde?«

Thomas nickte stumm.

»Oookay«, meinte ich mit gedehnter Stimme, während ich versuchte, meine Enttäuschung zu verbergen. Ich fragte mich, ob es vielleicht cleverer gewesen wäre, auf seinen Antrag hin einfach *Ja* zu sagen, denn dann wären wir ab sofort verlobt gewesen, und ich hätte mehr von diesen süchtig machenden Küssen bekommen. Aber das war Quatsch. Auf keinen Fall durfte ich so tief sinken, einen ehrlich gemeinten Heiratsantrag anzunehmen, wenn von vornherein klar war, dass es die kürzeste Verlobung aller Zeiten werden würde. »Schade, dass wir nicht in meiner Zeit sind«, sagte ich leise. »Da könnten wir Freunde sein *und* uns küssen.«

Thomas schluckte, erwiderte aber nichts.

»Wollen wir?«, fragte ich mit aufgesetzter Fröhlichkeit.

»Was denn?«, fragte er mit rauer Stimme zurück.

»Zu deinem Vater gehen.«

»Du willst nun doch nicht zu dem Felsen?«

»Nein. Nicht heute. Ich will bei dir bleiben, solange es geht.«

»Warum?«

»Weil wir Freunde sind und weil Freunde zusammenhalten.«

*

Unser Weg führte über einen Trampelpfad bergab. Thomas ging voraus, und ich stapfte hinterdrein.

Zu Beginn unseres Fußmarschs konnte ich nicht aufhören, an den Kuss zu denken. Ich rief ihn mir in allen erdenklichen Einzelheiten ins Gedächtnis zurück, was allerdings nicht weiter schwierig war – er brannte wie Feuer in meiner Erinnerung, und mein Herz fing an zu stolpern, wenn ich nur daran dachte.

Verzweiflung machte sich in mir breit, als ich mir vor Augen führte, wie verfahren die ganze Situation zwischen uns beiden war. Letzte Nacht hatte mich eine magische Macht mit Thomas gemeinsam in seine Zeit geschleudert, obwohl das überhaupt nicht der Plan gewesen war. Wobei – streng genommen hatte ich ja gar keinen richtigen Plan gehabt, es war einfach passiert. War dabei neben meinen Hexenkräften etwa auch mein Unterbewusstsein zum Zuge gekommen, weil ich mir insgeheim mehr als alles andere auf der Welt gewünscht hatte, mit Thomas zusammenbleiben zu können? Das wäre auf jeden Fall möglich. Aber mein Bauchgefühl sagte mir, dass auch ein tieferer Sinn dahintersteckte. Thomas brauchte mich. Oder genauer: Er *würde* mich noch brauchen, und zwar dringend, auch wenn ich nicht genau wusste, wann und vor allem wofür. Ich war mir aber sicher, dass es in den nächsten beiden Tagen passieren würde. Danach – auch das wusste ich aus unerfindlichen Gründen – musste ich aufbrechen und in meine Zeit zurückkehren. Und Thomas würde hierbleiben. Der Gedanke daran brach mir das Herz.

Unter unseren Füßen knirschte das gefrorene Gras. Es hatte angefangen zu schneien – zuerst in dünnen Flocken, die jedoch rasch dichter und schwerer wurden. Binnen kurzer Zeit war der vor uns liegende Weg von Schnee bedeckt. Der Pfad führte in langgezogenen Windungen weiter bergab.

Wir kamen an einer einsam gelegenen Behausung vorbei – ein niedriges, windschiefes Häuschen mit angebautem Holzschuppen und einem grob gemauerten Kamin, aus dem Rauch quoll. Die Fenster waren mit Holzläden verrammelt. Hinter einem Gatter neben dem Haus hatte sich eine kleine Schafherde zusammengedrängt, die wolligen Rücken dicht an dicht gegen die Kälte aneinandergeschmiegt. Als wir dort vorbeikamen, schlug ein Hund an. Ich zuckte zusammen, weil das Gebell ohrenbetäubend laut war.

Die Tür des Hauses ging auf, und ein Mann trat heraus. Er hatte sich in ein Schaffell gehüllt und hielt eine gigantische Axt in der Hand. Sein stechender Blick verhieß nichts Gutes. Mein Herz fing an zu rasen vor Furcht, und ich merkte, dass auch Thomas unter Anspannung stand. Seine Hand lag wie zufällig am Griff des Messers, das er unter dem Umhang am Gürtel trug.

Doch der Mann schien zu merken, dass wir nichts Böses im Schilde führten. Wortlos zog er sich wieder ins Haus zurück und schlug die Tür zu.

»Der war aber nicht sehr freundlich«, stellte ich atemlos fest, während ich zu Thomas aufschloss. An dieser Stelle war der Weg breiter, man konnte zu zweit nebeneinander gehen. »Dachte er, dass wir ihn beklauen wollen?«

»Die Leute hier in der Gegend sind Kummer gewohnt«, meinte Thomas. »Sie sind sowieso schon arm, und der Krieg macht sie noch ärmer. Wo viele Soldaten vorbeiziehen, wird auch viel Nahrung benötigt. Es wird längst nicht immer alles bezahlt, was requiriert werden muss. Und oft wird vorher gar nicht erst groß gefragt. Wenn Hunger herrscht, werden die Sitten rauer.«

»Werden die Soldaten denn nicht von der Armee mit Essen versorgt?«

»Im Prinzip schon. Aber wo soll es herkommen, wenn nicht von dort, wo die Soldaten gerade durchziehen oder lagern? In dieser Zeit gibt es keine Autos, die Vorräte zu den Truppen befördern können. Gerade im Winter ist die Versorgung eines der Hauptprobleme beim Militär. Häufig ist nicht genug Geld für ausreichenden Nachschub da. Nicht mal für den Sold.«

»Du hattest auch nicht immer genug zu essen, oder?«, fragte ich. Mir stand noch genau vor Augen, wie er ausgesehen hatte, als er am Vortag nach dem Duschen in meinem Bett eingeschlafen war. Sehnig und stark, aber auch hager, als hätte er sich in den vergangenen Monaten nur selten richtig satt essen können.

Thomas zuckte die Achseln. »So ist das Leben im Krieg.«

»Hättest du nicht einfach zu Hause bleiben können, statt in den Krieg zu ziehen? Ich meine – du bist der Sohn eines Earls. Du musstest doch bestimmt nicht zur Armee gehen, oder?«

»Nein, natürlich nicht. Aber was wäre ich für ein jämmerlicher Feigling, wenn ich andere für mich kämpfen lasse? Was würde mein Vater von mir halten?«

»Ich kann mir gut vorstellen, dass es ihm lieber wäre, wenn du *nicht* in Schlachten ziehst und dich dort totschießen lässt. Was hat er denn zum Beispiel gesagt, als du in der Schlacht von Leipzig verwundet wurdest?«

Thomas zögerte mit der Antwort. »Er wollte, dass ich nach Hause zurückkehre«, gab er schließlich zu.

»Aber *du* wolltest das nicht«, stellte ich fest.

Er hob die Schultern. »Wie kann ich tatenlos zu Hause in England sitzen, während mein Vater weiterhin allen Gefahren trotzt und im Dienst unseres Landes sein Leben aufs Spiel setzt? Also habe ich mich nach meiner Genesung wieder meinem Korps angeschlossen. Allerdings hat mein Vater danach dafür gesorgt, dass ich von der kämpfenden Truppe abgezogen und zu einem Sondereinsatz abkommandiert wurde.«

»Also wollte er dich aus der Schusslinie holen.« Es erfüllte mich mit Genugtuung, mit der Einschätzung seines Vaters richtigzuliegen. »Der Sondereinsatz – das ist wohl der Transport des Goldes, oder?«

Thomas bejahte und deutete gleich darauf auf ein weiteres bäuerliches Anwesen, das vor uns in einer Talsenke lag. Es wirkte ähnlich primitiv und ärmlich wie das, an dem wir vorhin vorbeigekommen waren.

»Das ist das Haus des Köhlers.« Er ging schneller. Der Rucksack auf seinem Rücken bewegte sich im Takt seiner Schritte auf und nieder.

Wir kamen an einer qualmenden Erhebung neben einem kleinen Teich vorbei.

»Da brennt was!«, sagte ich besorgt.

Thomas warf lediglich einen flüchtigen Blick darauf. »Das ist nur der Meiler für die Holzkohle.«

»Ach so«, sagte ich, ohne den Hauch einer Ahnung, was damit gemeint war. Hauptsache, es war nichts Gefährliches.

Thomas klopfte an die Haustür und trat einen Schritt zurück, als sie geöffnet wurde. Vor uns stand eine magere Frau in einem schlichten, knöchellangen Gewand, über dem sie eine schmuddelige Schürze trug. Ihr Haar war im Nacken zu einem festen Knoten zusammengerollt. Bei Thomas' Anblick brach sie in Tränen aus. »Herr Wakefield! Sie sind zurück! Gott sei Dank!« Sie war sichtlich fertig mit den Nerven. Trotzdem lüpfte sie ihre Schürze und knickste – ein

Höflichkeitsbeweis, den ich bisher nur in Filmen gesehen hatte. »Es ist so schrecklich!«

»Was ist geschehen?«, fragte Thomas. Er war blass geworden, seine Stimme klang rau vor Sorge.

»Ihr Vater ist fort! Von grässlichen Franzosen verschleppt!«

Thomas erstarrte. »Wie lange ist das her?«

Die Frau dachte nach, während sie sich mit einem Zipfel ihrer Schürze die Tränen aus dem Gesicht tupfte. »Zwei Stunden? Oder drei? Es war noch nicht richtig hell.« Dann hielt sie uns die Tür auf. »Kommen Sie doch erst mal herein, es ist lausig kalt!« Ihr Blick fiel auf mich, und sie runzelte die Stirn. »Was ist das für ein Knabe?«

»Gar keiner. Ich bin ein Mädchen und heiße Loreley. Hi.« Ich nahm die Trappermütze ab, sodass meine langen Haare zum Vorschein kamen. Die kurz geschorene Stelle im Nacken sah man ja von vorn nicht.

Die Frau musterte mich befremdet. Falls sie sich über mein zusammengewürfeltes und sicher sehr seltsam aussehendes Outfit wunderte, behielt sie es für sich.

Ich folgte Thomas ins Innere des Hauses, das aus einer einzigen großen Wohnstube bestand, von der ein kleinerer Bereich durch eine Trennwand aus wurmstichigen Brettern abgeteilt war. Die von rußgeschwärzten Balken getragene Decke war so niedrig, dass ich sie leicht mit ausgestrecktem Arm hätte erreichen können. Eine Wand des Raums wurde von einem großen, gemauerten Kamin beherrscht, in dem ein Feuer brannte. Ein großer Kochkessel hing über den Flammen. Darin köchelte ein Gericht vor sich hin, das ziemlich streng nach Kohl roch. Aber die glühenden Holzscheite im Kamin verströmten eine einladende Wärme. Am liebsten hätte ich mich sofort davorgestellt.

Das spärlich vorhandene Mobiliar bestand aus einer Art Schrankbett, einem grob gezimmerten Tisch in der Mitte des Raums, ein paar einfachen Stühlen und einer großen Holztruhe. Auf dem einzigen bequemeren Stuhl saß ein Mann, der mit offenem Mund vor sich hin schnarchte.

»Wach auf! Der Sohn vom Engländer ist zurück!«, rief die Frau. Ihr Mann schreckte aus dem Schlaf hoch und sprang auf, als er uns in der Stube stehen sah.

»Gott zum Gruße, Herr Wakefield!«, sagte er mit einer ehrfurchtsvollen Verneigung, die er sogar mit einem Kratzfuß kombinierte. Ich kam mir fast vor wie in einem historischen Theaterstück, nur dass alles hier bitterer Ernst war. »Es tut mir sehr leid, dass die Franzosen Ihren Vater mitgenommen haben. Aber wir konnten nichts ausrichten.« Er erschauerte. »Der Anführer hat uns mit einem Messer bedroht!«

Thomas setzte den Rucksack ab und begann, unruhig in der niedrigen Wohnstube auf und ab zu gehen. »Bitte berichten Sie mir genau, was sich ereignet hat.«

»Drei Franzosen waren es«, erzählte der Mann. »Ihr armer Herr Vater musste sich anziehen und mitgehen, obwohl er sich kaum aufrechthalten konnte vor Husten und Fieber. Und die Gretel haben sie auch verschleppt.«

»Gretel? Sie meinen Ihre Magd?«

»Ja, sie musste mitgehen«, erklärte die Frau des Köhlers.

»Der Anführer der Franzosen sagte, sie sei ein Faustpfand, damit wir den Mund halten und nichts unternehmen.«

»Und wir sollen Ihnen was ausrichten«, fügte ihr Mann hinzu. »Sie müssen pünktlich um zwölf Uhr im Gasthaus *Zum Goldenen Hirsch* sein, wenn Sie Ihren Vater lebend wiedersehen wollen.«

Verstört hatte ich der Unterhaltung zugehört. »Was tun wir jetzt?«

»Ich begebe mich umgehend dorthin«, sagte Thomas grimmig. »Du bleibst hier.«

Die Frau mischte sich mit ängstlicher Miene ein. »Eure junge Begleitung ist hier nicht sicher, mein Herr. Der Anführer der Franzosen sagte, er werde uns im Auge behalten. Er versicherte uns, er könne uns jederzeit die Gurgel durchschneiden, wenn wir weiterhin mit seinen Feinden kolla… kollabo…«

»Kollaborieren«, ergänzte Thomas mechanisch.

»Er hat uns erklärt, was das bedeutet, weil wir es nicht wussten, mein Herr«, erklärte der Köhler in gedrückter Stimmung. »Es ist ein anderes Wort für *zusammenarbeiten.*«

Thomas nickte geistesabwesend. »Mir bleibt offenbar nichts anderes übrig, als dich zu diesem Treffpunkt mitzunehmen«, sagte er leise zu mir.

Ich nickte nur stumm. Seltsamerweise hatte ich schon vorher gewusst, dass ich mit ihm in den Ort zurückkehren würde – wieder eine dieser unerklärlichen Vorausahnungen.

»Du kannst dort aber nicht in dieser Aufmachung auftauchen«, sagte Thomas. Er wandte sich an die Frau. »Haben Sie Frauenkleidung im Haus, die Sie entbehren können?«

»Es wäre nur geliehen«, warf ich ein.

»Und umsonst soll es auch nicht sein«, ergänzte Thomas. Er holte ein glänzendes Goldstück hervor und warf es auf den Tisch.

Die Frau des Köhlers schnappte es sich und biss darauf herum. Die Prüfung schien zu ihrer Zufriedenheit auszufallen. »Wir haben den Sonntagsstaat von Gretel«, erklärte sie mir. »Unsere Magd hat ungefähr Ihre Größe.«

Die Frau führte mich hinter die Trennwand. Dort befand sich ein armseliges kleines Schlafgemach. Gretels Klamotten, die die Frau des Köhlers aus einer schäbigen Truhe hervorkramte, bestanden aus einem weißen, steifleinenen Unterhemd, das fast bis zu den Fußknöcheln ging, und einer beutelartigen, locker fallenden Unterhose, die man mit angenähten Bändern festbinden musste, weil sie sonst nicht gehalten hätte. Das eigentliche Kleid war aus festem, dunkelblauem Stoff. Vervollständigt wurde das Outfit durch eine Art Janker mit geschnitzten Hornknöpfen, einen kratzigen Wollschal, Strickstrümpfe, die bis über die Knie reichten, eine Filzmütze und ein Paar lederner Schnürstiefel, die ziemlich abgetragen aussahen, aber sorgfältig blank geputzt waren. Der zur Ausstattung gehörende Umhang war aus dicker Wolle, ebenso wie die farblich dazu passenden Fäustlinge. Die Sachen waren sauber und passten mir tatsächlich, nur die Stiefel waren eine Idee zu klein. Doch für eine Weile würde es schon gehen.

»Wir müssen los«, sagte Thomas ungeduldig hinter der Trennwand.

»Bin so gut wie fertig.« Ich setzte die Mütze auf, schlang mir den Schal um den Hals und zog mir auch gleich die Handschuhe über.

Anschließend bedankte ich mich höflich für die Kleidung und versicherte der Frau des Köhlers, dass ich alles so bald wie möglich wieder zurückbringen würde.

»Aber den Goldtaler dürfen wir behalten, oder?«, erkundigte sie sich stirnrunzelnd bei Thomas.

Der nickte geistesabwesend und betrachtete mich, während ich ziemlich verlegen vor ihm stand und mich fragte, wie ich wohl in diesen Sonntagsklamotten aus dem Jahr 1813 aussah. Einen Spiegel gab es in dieser ärmlichen Bleibe nicht.

»Du siehst hübsch aus«, sagte er leise.

»Sehr hübsch«, bestätigte die Frau des Köhlers. »Diese Augen … So grüne sah ich noch nie.«

»Grün wie zwei Teiche in der Sonne«, pflichtete ihr Mann ihr bei. Dann hielt er sich unvermittelt den Bauch mit beiden Händen und verzog jammernd das Gesicht. »Es geht schon wieder los!« Er rannte aus dem Haus und knallte die Tür hinter sich zu.

»Die Steckrübensuppe bekommt ihm nicht«, erklärte seine Frau. »Oben hinein, unten heraus. So geht es andauernd. Ständig muss er aufs Häuschen. Seine Gedärme halten nichts aus. Ach, verzeiht, ich vergaß völlig, was sich gehört.« Sie deutete auf den Topf, der über dem Kochfeuer im Kamin hing. »Kann ich Ihnen von unserer Suppe anbieten, Herr Wakefield und Fräulein Loreley? Wir haben nicht viel zu essen, aber wir teilen es gern mit Ihnen.«

»Danke, aber ich habe gerade keinen Hunger«, sagte ich höflich.

»Außerdem müssen wir los«, fügte Thomas hinzu.

»Sekunde noch.« Eilig schnürte ich den Rucksack auf, kramte darin herum und holte eine Packung mit Tabletten gegen Durchfall heraus. Der Apotheker hatte mir versichert, dass sie absolut bekömmlich seien und außerdem garantiert sofort wirkten. Genau das, was der arme Köhler jetzt brauchte! Ich nahm einen der Blister heraus und reichte ihn der Frau. »Da, bitte sehr, für Ihren Mann. Aber nur eine Tablette am Tag.«

»Was ist das?« Mit großen Augen drehte sie die Metallfolie mit den eingeschweißten Tabletten hin und her.

»Ein Medikament gegen Durchfall.«

Ungläubig starrte die Frau mich an. »Woher kommt das?«

»Aus England«, behauptete ich. »Die haben da in der Heilkunst ein ganz neues Kapitel aufgeschlagen. Kann Herr Wakefield Ihnen bestätigen.«

Thomas' Miene hatte sich verfinstert, aber ich tat so, als hätte ich es nicht bemerkt.

»Sind Sie eine Heilerin?«, wollte die Frau wissen. Ratlos wendete sie die Metallfolie hin und her. »Was tut man damit?«

»Man schluckt sie mit etwas Wasser. Aber wirklich nur eine pro Tag, mehr wäre schädlich. Und so holt man sie aus der Verpackung.« Ich nahm ihr den Blister weg und drückte eine der Tabletten heraus. Vorsichtig ließ ich sie auf den Tisch fallen. »Da, geht ganz einfach.«

Die Frau des Köhlers schien sich viel mehr für die Alu-Verpackung zu interessieren. Ehrfürchtig rieb sie mit dem Finger darüber. »Das sieht sehr wertvoll aus! Wie dünn gehämmertes Silber!« Vorsichtig betastete sie die Folie und biss dann unvermittelt hinein.

Diesmal war es Thomas, der ihr den Blister aus der Hand nahm. »Das brauchen wir noch. Es reicht, wenn wir Ihrem Mann die Pillen hierlassen.« Er drückte kurzerhand alle Tabletten heraus und ließ sie neben die erste auf die Tischplatte fallen. Dann ließ er den leeren Blister im Rucksack verschwinden, den er sich anschließend wieder auf die Schultern hievte. Entschlossen ergriff er meinen Ellbogen und zog mich zur Tür. »Die Zeit drängt.«

»Eine pro Tag«, rief ich über die Schulter zurück. »Und gute Besserung!«

*

Draußen stapfte Thomas eiligst drauflos, sodass ich laufen musste, um mit ihm Schritt zu halten.

»Bist du sauer wegen der Tabletten?«, fragte ich nach einer Weile. Und beantwortete mir meine Frage gleich darauf selbst. »Ja, okay, ich sehe es ein. Es war blöd von mir, ihr den kompletten Blister zu geben. Sie hat so … abergläubisch ausgesehen. Das nächste Mal passe ich besser auf. Obwohl es unhygienisch ist, Tabletten mit ungewaschenen Händen anzufassen. Aber das weiß man ja in dieser Zeit noch nicht, stimmt's? Warte mal, wann wurde die Sache mit den Bazillen noch gleich entdeckt? Ich glaube, in zwanzig Jahren oder so. In meiner Stufe hat jemand mal ein Referat darüber gehalten. Auf jeden Fall wird's noch eine Weile dauern. Und das mit der Handhygiene kommt sogar noch später, erst in ungefähr dreißig Jahren, das wurde in dem Referat auch erwähnt. Hey, wieso rennst du eigentlich so?«

Thomas hatte eine Taschenuhr hervorgezogen und klappte sie auf. »Weil wir wirklich nicht mehr viel Zeit haben. Wir müssen uns beeilen, wenn wir uns um zwölf Uhr in dem Gasthaus einfinden wollen. Uns bleibt weniger als eine halbe Stunde.«

Ich erschrak. »Oh, ist es schon so spät?« Spontan legte ich einen Zahn zu. Wenn ich irgendwas konnte, dann schnell laufen. Außerdem hatte ich im Gegensatz zu Thomas ja keinen schweren Rucksack zu schleppen.

»Wo hast du eigentlich die Taschenuhr her?«, fragte ich zwischendurch atemlos.

»Ein Geschenk meiner Mutter.«

»Nein, ich meine, wo hast du sie *jetzt* her? Ich kann mich gar nicht erinnern, dass du eine dabeihattest.«

»Ich hatte sie zusammen mit meinen übrigen persönlichen Sachen in der Höhle gelassen, bevor ich mit dem Erkundungstrupp zu der Flussüberquerung aufbrach.«

Aus seiner Stimme klang Schmerz. Mitgefühl erfüllte mich, denn ich ahnte, dass er wieder an die ertrunkenen Männer dachte. Vielleicht aber auch an seine Mutter, von der er die Uhr bekommen hatte und die schon so lange tot war. Ob er sie noch sehr vermisste? In dem Versuch, mich in ihn hineinzuversetzen, stellte ich mir vor, meine eigene Mutter nie mehr wiederzusehen, und es drückte mir förmlich die Luft ab vor Kummer und Angst.

Eine Weile liefen wir schweigend hintereinander her, manchmal auch nebeneinander, je nachdem, wie breit der Weg war. Schneller, als ich erwartet hatte, erreichten wir den Ort – eine Ansammlung von Fachwerkhäusern in unterschiedlichen Größen, die meisten mit tief gezogenen Dächern und winzigen Butzenscheiben. Dazwischen gab es brachliegende Beete und Ställe mit dampfenden Misthaufen vor den Toren. Hier und da hörte man das dumpfe Muhen von Kühen, untermalt von Hühnergackern. In der nächsten Gasse begegneten wir einem einfach gekleideten Mann mit einem Korb voller Kartoffeln unterm Arm.

»Wo finden wir das Gasthaus *Zum Goldenen Hirsch*?«, erkundigte sich Thomas.

Der Mann verlagerte das Gewicht des Korbs auf seiner Hüfte und setzte zu einer langatmigen Erklärung an, doch Thomas schnitt ihm das Wort ab. Er reichte dem Mann eine kleine Silbermünze. »Führ uns bitte hin.«

Der Mann biss in die Münze (anscheinend taten die Leute das hier öfters, vielleicht war einfach zu viel Falschgeld in Umlauf), nickte beifällig und marschierte dann mit klappernden Holzpantinen los. Dabei erhaschte ich einen Blick auf die Kartoffeln in dem Korb, die allesamt weißliche Triebe aufwiesen und auch sonst keinen sonderlich frischen Eindruck mehr machten. Bei uns hätte man so was bestimmt längst in den Biomüll entsorgt, doch hier waren solche Kartoffeln mit Sicherheit viel zu wertvoll, um auch nur ein Fitzelchen davon zu vergeuden. Ich hatte immer noch im Ohr, was Thomas mir über die in dieser Zeit herrschende Nahrungsmittelknappheit erzählt hatte, und ebenso die Worte der Köhlersfrau. *Wir haben nicht viel zu essen …*

Unwillkürlich erinnerte ich mich an die beiden toten Hasen. Bestimmt dauerte es Stunden, um sie in eine richtige Mahlzeit zu verwandeln, und vorher waren dafür sicher jede Menge Arbeitsschritte nötig, über die ich lieber nicht genauer nachdenken wollte. Dann schon besser ein paar runzlige Kartoffeln, die musste man bloß schälen und kochen. Oder braten, vielleicht mit ein bisschen Schinken, das war sehr lecker. Bei dem Gedanken an Bratkartoffeln lief mir das Wasser im Mund zusammen, und ich stellte fest, dass ich mittlerweile ziemlichen Hunger hatte. Spontan wollte ich Thomas fragen, ob ich vielleicht noch einen Müsliriegel haben könne, doch in diesem Moment meldete sich der Mann, der uns durch die Gassen geführt hatte, zu Wort.

»Mein Herr, wir sind da.« Er deutete auf ein Haus, das deutlich größer und neuer war als die anderen, an denen wir bisher vorbeigekommen waren. Die Fenster besaßen richtige Glasscheiben, und das Dach war mit frischen Schindeln gedeckt. Über der Pforte hing ein Schild, auf dem ein in Goldfarbe aufgemalter Hirsch zu sehen war. Vor dem Haus waren Pferde angepflockt, und während wir stehen blieben, kam eine Gruppe Soldaten heraus, die sich mit einer anderen, die gerade hineinwollte, quasi die Klinke in die Hand gab. Durch die offene Tür drang Lärm ins Freie, drinnen schien es ziemlich voll zu sein.

»Danke für deine Hilfe«, sagte Thomas zu dem Mann, der uns hergeführt hatte.

»Stets zu Diensten, werter Herr«, erwiderte unser Führer mit einer kurzen Verbeugung, ehe er weiterging.

»Schaffst du es, Montignac gegenüberzutreten?«, fragte Thomas mich.

»Du meinst, ohne schreiend wegzurennen oder Blitze auf ihn zu schleudern?«, gab ich zurück. »Ich verspreche, dass ich's versuche.«

Thomas grinste verhalten. »Dann wollen wir es gemeinsam wagen.« Er hielt mir den Arm hin, damit ich mich einhaken konnte, und zusammen betraten wir das Gasthaus, genau in dem Moment, als die Glocken des nahen Kirchturms zur Mittagsstunde läuteten.

*

14

Mein Herz klopfte schneller, als wir die Schänke betraten. Denn während wir hineingingen, zog Thomas mich dicht an sich. So nah, dass kein Blatt Papier zwischen uns gepasst hätte. Klar, er wollte mich nur vor einer möglichen Attacke Montignacs beschützen; der würde sich dreimal überlegen, sich aus dem Hinterhalt auf mich zu stürzen, solange ich so gut abgeschirmt wurde. Doch ich hatte auch das Gefühl, dass es Thomas dabei nicht nur um meine Sicherheit ging, sondern auch um … Ja, um was eigentlich? Darum, mich wenigstens noch einmal fest an sich zu drücken und mir körperlich näher zu kommen? Vielleicht überlegte er es sich mit dem Küssen ja noch mal!

Doch im nächsten Augenblick hatte ich ganz andere Sorgen als meine Hoffnung auf weitere Küsse. Vor uns erhob sich wütendes Frauengeschrei.

»Nein, ich will dich nicht heiraten, du dämlicher Kerl! Lass deine Hände von mir!«

Das junge Mädchen, das diese Beschimpfung hervorgestoßen hatte, war ungefähr in meinem Alter. Braune Locken umrahmten ihr hübsches Gesicht, das sehr wütend wirkte.

Sie versuchte gerade, sich dem Zugriff eines Mannes zu entwinden, der neben ihr am Tisch saß. Er war halb durch andere Gäste verdeckt, die mir den freien Blick auf den Tisch versperrten, doch im nächsten Moment konnte ich ihn sehen. Es war Hugo.

Das Mädchen riss sich endgültig los. Sie ergriff einen Trinkbecher und schüttete Hugo den Inhalt ins Gesicht. Der fuhr mit einem Aufschrei zurück. »Aber *mon amoureuse*, ich meine es doch ehrlich mit dir!«, rief er in schlechtem Deutsch.

Aus dem Gedränge an der Theke tauchte ein vierschrötiger Mann mit einer fleckigen Lederschürze auf, anscheinend der Wirt. »Wirst du von dem Franzosen belästigt, Gretel? Soll ich es dem preußischen Kommandanten melden?«

Statt die Frage zu bejahen, zog das Mädchen den Kopf zwischen die Schultern und wurde kleinlaut. »Nein, es ist alles in Ordnung. Der Franzose ist ein Freund und steht aufseiten der Preußen. Das sagte ich ja schon.«

Das war eindeutig gelogen. Klar war aber auch, dass Gretel nicht freiwillig für Hugo flunkerte, sondern weil sie in einer Notlage steckte. Bestimmt wurde sie erpresst.

Als hätte sie gespürt, dass sie von mir beobachtet wurde, wandte sie den Blick in meine Richtung. Befremden zeigte sich in ihrer Miene, während sie mich genauer in Augenschein nahm. Nachdrücklich stieß sie Hugos Hand weg, die sich wie zufällig in Richtung ihrer Hüfte bewegte, dann kam sie mit energischen Schritten durch den von Tabakwolken und Essensdünsten erfüllten Schankraum auf mich zu.

»Du hast meine guten Sonntagssachen an!« Es klang eher ungläubig als wütend. »Hat meine Herrschaft mich nach meiner Verschleppung schon für tot ausgegeben und meine Habe verschachert?«

»Es ist nur geliehen«, versicherte ich eilig. »Leider ging es nicht anders, weil ich … Ich hatte nichts zum Anziehen«, schloss ich, während ich über ihre Schulter hinweg Hugo beobachtete. Er hatte uns ebenfalls gesehen und war vom Tisch aufgestanden.

»Ich will die Sachen sofort wiederhaben«, teilte Gretel mir mit. Jetzt war sie *eindeutig* wütend. »Und zwar jedes einzelne Teil!«

Ich räusperte mich. »Das geht nicht. Dann wäre ich ja nackt.« Während ich das sagte, behielt ich Hugo im Auge, der noch mit sich zu ringen schien, was er als Nächstes unternehmen sollte. Er starrte mich an und bekreuzigte sich verstohlen. Logisch, ich war ja eine echte Gewitterhexe, er hatte es selbst erlebt. Sicher hätte er nur zu gern mit dem Finger auf mich gezeigt und mich öffentlich der Zauberei bezichtigt – in dieser Epoche waren die Leute für solche Anschuldigungen bestimmt sehr empfänglich. Doch er musste seine Angst bezwingen und den Mund halten, um keine unerwünschte Aufmerksamkeit auf sich zu lenken. Franzosen waren momentan in dieser Gegend ziemlich unbeliebt, auch wenn sie bloß als Zivilisten auftauchten, so wie Hugo. Er hatte den Waffenrock abgelegt und ihn gegen ein unauffälliges braunes Wams getauscht. In einer französischen Uniform hätte er hier wohl kaum länger als eine Minute überlebt.

Suchend sah ich mich in der Schänke um. Der Gastraum war brechend voll von Soldaten unterschiedlicher Nationalitäten. Sie saßen an den Tischen oder standen zwanglos herum, essend, trinkend, manche auch Pfeife rauchend, aber weit und breit gab es keine Spur von Montignac.

»Er ist nicht hier«, raunte Thomas mir zu, der sich ebenfalls nach allen Seiten umgesehen hatte. »Das Narbengesicht Pierre auch nicht. Nur Hugo. Anscheinend soll er mir eine Botschaft überbringen.«

Gretel machte weiter ihrem Unmut Luft. »Du stolzierst in meinem Festtagsstaat herum, und ich darf derweil in meinem ältesten Zeug durch die Gegend laufen? Steht mir etwa kein Recht auf ordentliche Kleidung zu, nur weil ich eine arme Magd bin? Sollen die Leute mich am Tag des Herrn für eine Bettlerin halten?« Erbost deutete sie auf ihre schäbige Aufmachung, die aus einem fadenscheinigen Kleid, derben Holzpantinen, groben Strümpfen und einem schmutzigen, zerlöcherten Umhang bestand.

Hilfe suchend wandte ich mich an Thomas. Der hatte allerdings seine Blicke fest auf Hugo geheftet. Konzentriert behielt er den Franzosen im Auge. Dabei hatte er die rechte Hand am Heft seines Dolchs liegen. Doch gleich darauf zeigte sich, dass er meiner Unterhaltung mit Gretel sehr wohl zugehört hatte. Zu meiner Überraschung griff er unversehens mit der Linken in die Tasche und reichte Gretel eine Silbermünze, die sie verdattert entgegennahm.

»Da hast du«, sagte er. »Als Ausgleich und Schmerzensgeld bis zur Rückgabe deiner Sachen.«

Ich selbst war ebenfalls verblüfft – nicht von der Geste als solcher, denn genau darauf hatte ich gehofft –, sondern von der Souveränität, mit der Thomas seine Wachsamkeit Hugo gegenüber mit der Lösung von Gretels Problem in Einklang brachte. Das war Multitasking pur. Wenn ich nicht sowieso schon dermaßen in ihn verliebt gewesen wäre, hätte es mich jetzt vollends dahinschmelzen lassen. Ich musste mich beherrschen, nicht beide Arme um ihn zu werfen und ihn abzuküssen, weil ich ihn so toll fand und weil er derart lässig die Lage beherrschte.

Gretel biss auf dem Silberstück herum (es musste *wirklich* viel Falschgeld im Umlauf sein!) und murmelte anschließend irgendwas vor sich hin. Wegen des Stimmengewirrs um mich herum konnte ich es nicht verstehen, aber es klang deutlich weniger aufgebracht als ihre vorherigen Äußerungen.

Hugo hatte sich dazu durchgerungen, den Stier bei den Hörnern zu packen. Mit anderen Worten: Er kam auf uns zu. Tief durchatmend blieb er vor uns stehen. Erneut bekreuzigte er sich bei meinem Anblick, sagte aber kein Wort.

»Wo ist mein Vater?«, wollte Thomas wissen.

»Er ist nicht in der Nähe«, gab Hugo in seinem stark akzentgefärbten Deutsch zurück. Seine Stimme zitterte vor Aufregung. Es war nicht zu übersehen, dass er eine Heidenangst vor mir und meinen Hexenkräften hatte.

»Das habe ich bereits festgestellt, und das war auch nicht meine Frage«, versetzte Thomas mit scharfer Stimme. »Wo ist er?«

»Mein Colonel hat ihn mitgenommen.« Hugos Lispeln

wurde stärker, als er hinzusetzte: »An einen geheimen Ort auf der anderen Seite des Flusses. Dorthin sollen Sie das Gold bringen. Dann bekommen Sie Ihren Vater zurück.«

»Es stimmt, dass dieser Montignac Ihren Vater auf die andere Seite des Rheins mitgenommen hat«, bestätigte Gretel. »Ich habe mit eigenen Augen gesehen, wie sie übergesetzt haben. Zuerst hat Montignac für sich und seine Männer unauffällige Kleidung besorgt und sich dabei als friedliebender Händler ausgegeben. Dann hat er einen Fischer für die Fahrt über den Fluss bezahlt.«

»Hat mein Vater irgendetwas gesagt?«

Gretel schüttelte den Kopf. »Nur wirres Zeug. Er hatte Fieber und konnte kaum aufrecht gehen.« Grimmig fügte sie hinzu: »Er hätte auch bei klarem Kopf sicher nichts gesagt, denn Montignac hat ihm gedroht, mir einen Finger abzuschneiden, wenn er um Hilfe ruft.«

Aha. Das kam mir sehr bekannt vor. Anscheinend fiel dem Kerl nichts Neues ein, um seinen Willen durchzusetzen.

»Wo hat Montignac meinen Vater hingebracht?«, wollte Thomas von Hugo wissen. »Und wann soll die Übergabe des Goldes stattfinden?«

»Morgen Vormittag um zehn Uhr. Den genauen Ort darf ich Ihnen erst nennen, wenn wir das Gold über den Fluss befördert haben.«

»Und wenn ich es bereits *jetzt* wissen will?« Thomas zog seinen Dolch ein Stück weit aus der Scheide, und er machte es so, dass Hugo es nicht übersehen konnte.

Hugo zuckte zusammen, blieb aber standhaft. »Ich darf es Ihnen nicht sagen, Monsieur Wakefield, sonst ist mein Leben keinen Sou mehr wert. Colonel Montignac wird mich ganz sicher unter schlimmsten Folterqualen töten, wenn ich es vorher ausplaudere. Ihnen hingegen traue ich so viel Skrupellosigkeit nicht zu. Sie sind nicht so grausam wie er.«

»Aber dafür könnte *ich* Ihnen vielleicht etwas wirklich Schlimmes antun«, warf ich beiläufig ein. »Sie wissen, was ich meine.«

Hugo wich meinen Blicken aus und kratzte nervös an seinem Handknöchel herum. Mir fiel auf, dass er dort eine üble Entzündung hatte. Die Stelle war stark vereitert und musste ziemlich wehtun, denn Hugo verzog schmerzvoll das Gesicht. Schaudernd bemerkte ich den breiten rötlichen Strich, der sich von der Wunde aus über den Arm nach oben zog. Irgendwer hatte mir mal erzählt, dass solche streifenförmigen Verfärbungen Anzeichen für eine Blutvergiftung waren.

Thomas war meinem Blick gefolgt.

»Dein Leben ist ohnehin nicht mehr viel wert, Hugo«, konstatierte er. »Wenn du diese Entzündung nicht schleunigst aufschneiden lässt, bist du in drei Tagen tot.«

»Ich weiß.« Hugo schluckte. Ich sah die Angst in seinen Augen. »Ich habe mich bereits bei einem Barbier angemeldet und werde die Entzündung gleich nachher behandeln lassen. Ich hatte nur auf Sie gewartet, um Ihnen die Anweisungen meines Colonels zu übermitteln.«

»Sie sollten die Stelle nicht mehr mit schmutzigen Händen anfassen«, regte ich an, nicht ganz sicher, ihn richtig verstanden zu haben. Hatte er wirklich *Barbier* gesagt? Waren die nicht eher fürs Frisieren und Rasieren zuständig? Konnte er sich keinen Arzt leisten? Das war gut möglich. So was wie eine Krankenkasse kannte man vermutlich in dieser Epoche noch nicht. Plötzlich tat es mir leid, dass ich Hugo Angst eingejagt hatte. Er würde sowieso nicht damit herausrücken, wo Thomas' Vater gefangen gehalten wurde. Vor Montignac fürchtete er sich viel mehr als vor mir. Und damit lag er vollkommen richtig. Niemals wäre ich dazu imstande gewesen, meine Blitzkräfte gegen einen Menschen einzusetzen, um an Informationen zu gelangen, egal wie wichtig diese waren.

»Vor allem sollte er *mich* nicht mehr mit diesen schmutzigen Händen anfassen«, sagte Gretel in bissigem Tonfall.

»Meine Absichten dir gegenüber sind absolut ehrenvoll«, protestierte Hugo.

»Das sagst du andauernd, aber trotzdem hast du mich als Geisel aus meinem Zuhause verschleppt.«

»Das war mein Colonel!«, widersprach Hugo.

»Und du hast tatenlos zugesehen!«

»Seine Entschlüsse sind Gesetz. Wer sich gegen ihn wendet, ist des Todes. Was sollte ich tun?« Voller Pathos legte er sich die Hand auf die Brust. Er lächelte Gretel werbend an, bemüht, seine Zahnlücken nicht zu deutlich zu zeigen. »Ich bleibe dabei: Du sollst mein Eheweib werden! Ich werde dich auf Händen tragen und dir die Welt zu Füßen legen!«

»Unfug!«, rief Gretel, doch ich hatte den Eindruck, dass sie ein klein wenig geschmeichelt war. »Was kannst du mir schon bieten, außer einem Leben voller Schlachtengetöse? Soll ich etwa als Marketenderin einem Tross französischer Soldaten hinterherziehen? Dir dein Armeezelt sauber halten und als allzeit williges Liebchen dein Nachtlager wärmen?«

»Der Krieg wird nicht ewig dauern. Ich besitze einen kleinen Hof in der Normandie. Dorthin kehre ich im Frühjahr zurück, dann läuft mein Kontrakt beim Militär aus. Ich könnte dich mitnehmen. Als meine mir angetraute Frau. Du wirst nie wieder das elende Los einer Magd ertragen müssen.«

»Woher soll ich wissen, dass ein Dasein als deine Frau nicht viel elender sein wird?«

Thomas ignorierte den verbalen Schlagabtausch und zog mich ein paar Schritte zur Seite. »Ich muss das Gold holen, Lori«, flüsterte er mir zu. »Heute noch.«

»Du willst es ernsthaft diesem Verbrecher geben?«, vergewisserte ich mich erschrocken. »Aber Blücher ... Der Vorstoß über den Rhein ...«

»Ich habe keine andere Wahl, wenn ich meinen Vater vor dem sicheren Tod retten will.« Thomas nahm meine Hände und sah mir in die Augen. »Lori, wenn ich es nicht tue, stirbt er.«

Und wenn du Montignac das Gold gibst, gewinnt Napoleon die Schlacht von Waterloo, und meine Schwester wird nie geboren.

Aufgewühlt blickte ich zu Boden. Sein Vater oder meine Schwester ...

Thomas schien meinen inneren Aufruhr zu spüren. »Ich

finde einen Weg, um alles in Ordnung zu bringen«, sagte er sanft. »Das verspreche ich dir.« Er drückte meine Hände, dann nahm er den Rucksack ab und reichte ihn mir. »Pass gut darauf auf, denn mein Vater wird die Medizin, die wir besorgt haben, sicher noch benötigen.« Anschließend steckte er mir ein Ledersäckchen mit klimperndem Inhalt zu. »Etwas Geld, bis ich wieder da bin. Bestell dir eine ordentliche Mahlzeit und miete hier im Gasthof zwei Kammern für unsere Übernachtung. Ich kehre so schnell wie möglich zurück, hoffentlich noch vor Einbruch der Dunkelheit.«

»Aber du kannst die schweren Kisten doch gar nicht allein schleppen!«

»Ich besorge mir Hilfe. Alles wird gut. Vertrau mir.«

Wenn das nur so einfach gewesen wäre! Sobald Montignac sich das Gold erst einmal unter den Nagel gerissen hatte, war es für eine Änderung der Geschichte vielleicht bereits zu spät! Außerdem konnte man ihm nicht über den Weg trauen. Nie und nimmer würde er Thomas' Vater einfach so im fairen Austausch gegen die Kisten mit dem Gold freilassen! Er hatte garantiert schon längst die nächste Gemeinheit ausgeheckt, das spürte ich mit all meinen seltsamen neuen Sinnen. Wie konnte Thomas bloß darauf bauen, dass Montignac plötzlich ehrlich spielte?!

Er drückte ein letztes Mal meine Hände, dann ging er mit mir zusammen zu Hugo und Gretel zurück.

»Ich stimme Montignacs Bedingungen zu und hole das Gold her«, informierte er Hugo.

Hugo ließ einen zutiefst erleichterten Seufzer hören. »Eine sehr kluge Entscheidung, Monsieur Wakefield!«

Gretel schüttelte empört den Kopf. »Diesem Colonel Montignac kann man nicht trauen! Er ist durch und durch böse und wird Sie ganz sicher hereinlegen, Herr Wakefield!«

Darauf ging Thomas nicht ein. Stattdessen fixierte er Hugo mit scharfem Blick. »Ich lasse mich notgedrungen auf Montignacs Handel ein und schaffe das Gold herbei, aber du trägst während meiner Abwesenheit die Verantwortung dafür, dass hier alles friedlich bleibt. Sollte Lori auch nur ein einziges Haar gekrümmt werden, wirst du persönlich dafür bezahlen. Und zwar auf eine Weise, die dich wünschen lässt, niemals meinen Weg gekreuzt zu haben.« Ein Ausdruck kompromissloser Härte zeigte sich in seinem Gesicht, und einen Moment lang glaubte sogar ich daran, dass er zu grausamen Vergeltungsmaßnahmen fähig sein konnte.

Hugo schien es ganz ähnlich zu ergehen, denn er nickte nur verschreckt.

Thomas wandte sich an Gretel. »Du kannst nach Hause zurückkehren. Hugo hat mir Montignacs Botschaft und seine Bedingungen übermittelt, es gibt also keinen Grund mehr für deine Geiselhaft.«

»Nein, Gretel muss hierbleiben«, widersprach Hugo sofort. »Welche Gewähr hätte ich sonst, dass Sie wirklich mit dem Gold zurückkommen?«

»Ich stelle mich als Ersatzgeisel zur Verfügung«, sagte ich sofort.

Hugo reagierte entsetzt. »Der Himmel möge mich davor bewahren!«

»Solange Sie mir nichts tun, geschieht Ihnen auch nichts«, beruhigte ich ihn.

Das schien ihn nicht zu überzeugen. Er setzte zu einem weiteren Kreuzzeichen an, hielt aber inne, als Gretel sich zu Wort meldete.

»Ich gehe ganz gewiss nicht ohne meine gute Kleidung nach Hause. Du musst dich also nicht sorgen, mich als Geisel zu verlieren.«

Damit schien Hugo vorläufig zufrieden zu sein.

»Bis bald, Lori«, verabschiedete sich Thomas von mir. Unser Blickwechsel, bevor er das Gasthaus verließ, war fast so intensiv wie der nach unserem Kuss. Mir wurde warm, und ich hielt unwillkürlich die Luft an, als er noch einmal meine Hand ergriff und sie an sein Herz führte. Die Geste sagte mir mehr als tausend Worte. Ich spürte, dass er sich beherrschen musste, um mich nicht in den Arm zu nehmen. Meine Hand zitterte in seiner, und ich fühlte mich ganz verloren, als er mich losließ und dem Ausgang zustrebte. Gleich darauf fiel die Tür hinter ihm zu. Er war fort.

»Hoffentlich kommt er wirklich wieder«, sagte Hugo mit einer Spur von Besorgnis in der Stimme.

»Das wird er ganz sicher«, erklärte Gretel. »Denn er liebt seinen Vater über alles.«

»Sein Land liebt er aber ebenfalls. Vielleicht sogar noch mehr.«

»Niemals«, sagte Gretel. »Ich war dabei, als er seinen Vater zu uns aufs Gehöft brachte. Er würde ohne zu zögern sein Leben für ihn hingeben.«

»Er soll nur das Gold herausrücken. Das reicht völlig.«

»Glaubst du das wirklich, Franzose?« Missfällig schüttelte Gretel den Kopf. »Nimmst du ernsthaft an, dass dein verrückter Colonel sich damit zufriedengibt? Er will das Gold, aber er will auch den Tod seiner Feinde. Das ist so sicher wie das Amen in der Kirche.« Unvermittelt wandte sie sich wieder an mich. »Mädchen, wer bist du?«

»Ich heiße Lori«, sagte ich überrumpelt. »Richtig eigentlich Loreley, aber so nennt mich niemand.«

»Deinen Namen erfuhr ich bereits von dem Franzosen, darum ging es mir nicht bei meiner Frage.«

»*Der Franzose* steht hier neben dir und heißt Hugo«, meinte Hugo leicht angefressen.

Gretel überhörte sein Genörgel. »Warum bist du mit Herrn Wakefield unterwegs?«, wollte sie von mir wissen. »Stimmt es, was der Franzose mir erzählt hat? Bist du wirklich eine Hexe?«

Ich lächelte sie leicht gezwungen an. »Es wird viel erzählt, wenn der Tag lang ist. Danke übrigens, dass ich deine Sachen tragen darf. Sie sind sehr schön!«

Gretel ließ sich nicht durch Schmeicheleien beeindrucken. »Ich will sie zurück.«

Hugo mischte sich ein. »Ich kaufe dir die schönsten Kleider, die du dir vorstellen kannst«, versprach er. »Modische Gewänder mit Spitzen an den Ärmeln und Perlenstickerei am Ausschnitt, so wie man sie in Paris trägt!«

Das Wort *Paris* schien bei Gretel angenehme Assoziationen hervorzurufen. Ich hatte den deutlichen Eindruck, dass sie Hugo auf einmal etwas sympathischer fand. »Was verstehst *du* denn schon von der Pariser Mode?«, fragte sie ihn, doch es klang nicht mehr ganz so abweisend wie vorher.

»Sehr viel!«, beantwortete Hugo ihre Frage. »Meine Schwester ist Modistin am Montmartre. Sie macht die schönsten Hüte! Ihre Kreationen werden sogar bei Hofe getragen!«

Damit hatte er erkennbar weiteren Boden bei Gretel gutgemacht. »Über einen neuen Hut können wir später reden. Vielleicht kaufst du mir erst mal was zum Essen. Ich habe sehr großen Hunger.«

Den hatte ich auch schon die ganze Zeit. Ich sichtete den Inhalt der Lederbörse, die Thomas mir dagelassen hatte. Eigentlich sah es nicht nach viel aus, es waren nur wenige Münzen, aber mittlerweile wusste ich, dass man sich mit dem Gegenwert eines einzigen Goldstücks in dieser Epoche sehr lange durchs Leben schlagen konnte, wenn man nicht allzu anspruchsvoll war. Der Köhler und seine Frau hatten nicht von ungefähr so ehrfürchtig dreingeschaut, als Thomas ihnen die Leihgebühr für Gretels Klamotten überreicht hatte, und mir war vorhin auch das Glitzern in Gretels Augen beim Anblick des Silberstücks nicht entgangen. In der kleinen Lederbörse war auf jeden Fall genug Geld für ein paar sorgenfreie Wochen.

»Ich glaube, ich kann euch beide zum Essen einladen«,

teilte ich Gretel und Hugo mit. »Sollen wir uns einen Platz suchen?«

*

Wir bestellten Erbseneintopf mit Brot. Dabei schien es sich um das exklusive Tagesmenü zu handeln, denn eine andere warme Mahlzeit wurde nicht angeboten. Der Eintopf war lecker, nur das Brot war altbacken und ziemlich hart. Aber wenn man es in die Suppe tunkte, ließ es sich gut essen. Zum Trinken gab es Apfelmost.

Der stämmige Mann mit der Lederschürze kassierte die Bezahlung für das Mittagessen gleich im Voraus. Dabei biss er auf die Silbermünze, die ich ihm reichte (inzwischen hätte mich alles andere auch sehr gewundert), und erklärte auf meine Frage nach dem Wirt, dass er das höchstpersönlich sei. Als ich mich bei ihm nach einer Übernachtungsmöglichkeit erkundigte, teilte er mir mit, dass es leider nur noch ein einziges freies Zimmer gebe, und das sei für einen hohen Gast reserviert, dessen Eintreffen noch im Laufe des Tages erwartet wurde. Ich holte eine weitere Münze hervor und erkundigte mich, ob nicht vielleicht ein paar Gäste früher abreisen würden als ursprünglich geplant, woraufhin der Wirt die Münze entgegennahm und mir nach kurzem Hineinbeißen versprach, sich mal eben umzuhören. Kurz darauf kam er an unseren Tisch zurück und teilte mir mit, dass zufällig gerade eben noch ein kleines Zimmer frei geworden sei. Er legte einen grob geschmiedeten Schlüssel vor mich auf den Tisch. »Die Treppe hoch, letzte Kammer rechts.«

»Mehr freie Zimmer gibt es wirklich nicht?«

»Nein, beim besten Willen nicht.«

»Ich zahle sehr gut.« Demonstrativ holte ich eines der drei Goldstücke heraus, die sich in der kleinen Lederbörse befanden. Der Wirt betrachtete es mit begehrlichem Gesichtsausdruck, schüttelte jedoch bedauernd den Kopf.

»Sämtliche Übernachtungsplätze sind belegt«, sagte er. »Lauter Offiziere. Und sie haben alle schon bezahlt.«

Die Quartiere in der Stadt seien voll, berichtete der Wirt weiter, und verständlicherweise wolle bei dem kalten Winterwetter niemand im Freien schlafen. Die einfachen Soldaten, die in Zelten am Fluss biwakierten, seien fast alle krank.

»Arme Kerle, die haben schon vom letzten Feldzug erfrorene Finger und Zehen mitgebracht«, fügte er schicksalsergeben hinzu. Mit einem strafenden Blick auf Hugo sagte er: »Der Teufel soll die Franzosen holen!«

Hugo griff zu der bereits zuvor von Gretel verkündeten Lüge. »Ich bin kein Anhänger Napoleons, sondern nur ein friedlicher Händler!«, verlautbarte er in seinem gebrochenen Deutsch.

»So? Ich habe deine Waren noch nicht gesehen. Womit handelst du denn?«

»Mit äh … modischen Hüten für Damen«, improvisierte Hugo, während er sich nervös an der Hand kratzte.

Der Wirt warf einen angewiderten Blick auf die vereiterte Stelle. »Das solltest du dringend aufschneiden lassen, Franzose. Sonst bist du in ein paar Tagen tot.« Er deutete auf den Rucksack, der zwischen meinem Schemel und dem von Hugo auf dem Holzfußboden stand. »Sind die Hüte da drin? Meine Frau könnte vielleicht einen neuen brauchen.«

Ich legte meine Hand auf den Rucksack. »Das sind meine Sachen.«

»Ganz sicher kein Hut?«

»Nein, bloß ein paar Sachen für die Reise und ein bisschen Medizin.«

»Medizin?«

»Ja, Tinkturen gegen Warzen und solcher Kram.«

Der Wirt zuckte mit den Schultern, dann verschwand er wieder hinter die Theke zum Bierzapfen.

»Was ist eigentlich aus den beiden Rucksäcken geworden, die du und Pierre im Wald noch dabeihattet?«, fragte ich Hugo. »Montignac hatte doch ebenfalls Medikamente in der Apotheke besorgt, oder nicht?«

»Die haben Pierre und der Colonel mitgenommen.« Trübselig betrachtete Hugo seine vereiterte Hand. »Ich hatte Colonel Montignac gebeten, mir ein Mittel herauszusuchen, das vielleicht gegen meine Entzündung helfen könnte. Aber er meinte, andere würden die Medizin dringender brauchen als ich. Er wollte nichts davon verschwenden, sondern es für höherstehende Personen aufbewahren.«

»Wo habt ihr die Medizin gekauft?«, erkundigte sich Gretel neugierig. »Etwa in der Apotheke vom alten Hennes Muck?«

»Nein, das war ganz woanders«, sagte Hugo vage.

»Da könnt ihr froh sein. Der Hennes Muck panscht nur irgendwelche Öle und stinkende Kräuter zusammen, und nichts davon hilft. Es ist allgemein bekannt, dass sein eigentliches Gewerbe ein ganz anderes ist – die Falschmünzerei.« Gretel lächelte verschmitzt. »Immer, wenn in der Gegend eine falsche Münze auftaucht, heißt es, die stamme vom Hennes Muck.«

Das erklärte vermutlich auch, wieso die Leute ständig auf den Münzen herumbissen – sie wollten sichergehen, nicht auf ein Produkt von diesem ominösen Hennes Muck hereinzufallen.

»Kommt hier wohl öfters vor, oder?«, fragte ich.

»Ziemlich oft. Aber keiner kann's ihm beweisen.«

Hugo stand auf. »Ich will jetzt meine Wunde behandeln lassen.« Linkisch trat er von einem Fuß auf den anderen. »Gretel, du musst mitkommen.«

»Warum?«

»Weil du meine Gefangene bist.«

Sie hob die Brauen. »Kannst du das ein wenig lauter sagen? Ich habe dich ganz schlecht verstanden.«

»Du bist meine Gefangene«, wiederholte er, diesmal etwas lauter.

Sie hielt die Hand hinters Ohr. »Was hast du gesagt? Es herrscht so ein Lärm hier bei all diesen preußischen und russischen Trinksprüchen!«

Er setzte tatsächlich an, es nochmals zu wiederholen, aber dann kapierte er, dass sie sich über ihn lustig machte. Er konnte Gretel nicht einfach lauthals befehlen, ihn als seine Geisel zu begleiten, und noch weniger konnte er sie mit Gewalt aus der Gaststätte zerren. Ein Wort von ihr, und von allen Seiten hätten sich Soldaten auf ihn gestürzt. Gehemmt sah er sich um. Sichtlich mit sich ringend, meinte er schließlich resigniert: »Dann bleibe ich eben hier. Der Colonel hat mir befohlen, dich als Faustpfand zu behalten.«

»Du Trottel«, entfuhr es Gretel. Ungläubig schüttelte sie den Kopf. »Du würdest lieber an einer Blutvergiftung sterben, als dich deinem grausamen und verrückten Colonel zu widersetzen?«

»Ich bin ein aufrechter Soldat«, versetzte Hugo, erkennbar um Haltung bemüht. »Befehlsverweigerung wäre Verrat.«

»Das meinen Sie wirklich ernst, oder?«, vergewisserte ich mich. »Ganz egal, was Montignac gerade befiehlt – Sie gehorchen. Fingerabschneiden inklusive.«

»Der Krieg kann grausam sein«, sagte er schlicht.

Zornig blickte ich ihn an. »Und da heiligt der Zweck die Mittel, was?« Unwillkürlich betastete ich meine Handfläche, die in dem Schraubstock gesteckt hatte und immer noch wehtat.

Hugo blickte ängstlich auf meine Hände und machte einen Schritt rückwärts. »Dass Montignac dich misshandelt hat, tut mir leid. Ich hoffe, du lässt deinen Zorn darüber nicht an mir aus.«

»Warum fürchtest du dich so vor Lori?«, wollte Gretel neugierig von ihm wissen.

»Ich sagte dir doch, dass sie eine Hexe ist«, murmelte Hugo.

»Ja, aber du erwähntest nicht, womit sie dir Angst einjagt.« Sie wandte sich an mich. »Was meint er genau?«, fragte sie unverblümt.

Ich hob die Schultern. »Das willst du nicht wirklich wissen.«

»Doch, das will ich.« Gretel musterte mich unverwandt. »Wir können Hugo zu seiner Behandlung begleiten, und auf dem Weg dorthin erzählst du es mir.«

»Heißt das, du würdest freiwillig mitgehen?«, erkundigte sich Hugo hoffnungsvoll bei Gretel.

»Wenn du mich freundlich darum bittest, täte ich es vielleicht.«

Hugo holte tief Luft. »Würdest du *bitte* mitkommen?«

Gretel erhob sich. »Meinetwegen.« Sie setzte sich ihre Mütze auf und legte den löchrigen Umhang an, dann wandte sie sich an mich. »Worauf wartest du? Willst du etwa allein am Tisch hocken bleiben? Würde ich dir bei dieser Kundschaft hier nicht empfehlen.«

Zögernd sah ich mich um. Dutzende von Soldaten bevölkerten die Schänke, und die meisten von ihnen sahen alles andere als vertrauenerweckend aus. Es war völlig egal, für welches Land sie kämpften – im Krieg hatten sie gelernt, dass man nur mit brutaler Gewalt ans Ziel kam. Manche von ihnen waren noch sehr jung, aber nicht wenige der Gesichter, in die ich blickte, wirkten roh und abgestumpft. Auch von den Ausdrücken, die lautstark hin und her gingen, hatte ich genug aufgeschnappt, um lieber nicht allein hier am Tisch sitzen zu bleiben. Unter den übrigen Gästen gab es zwar die eine oder andere Frau, aber keine einzige war ohne männliche Begleitung da.

Ich hätte mich in das Zimmer im Obergeschoss zurückziehen können, das ich vorhin angemietet hatte, aber mein fremdartiges neues Bauchgefühl flüsterte mir zu, dass ich in Gretels und Hugos Gesellschaft besser aufgehoben sei und sie folglich begleiten sollte. Es war beinahe so, als müsste ich einer festgelegten Bestimmung folgen. Oder einem vorausbestimmten Pfad, den ich nicht verlassen durfte, weil ich sonst riskierte, auf einen Schlag alles zu ruinieren. Alles in mir drängte danach, diesem Impuls zu gehorchen, also tat ich es und verließ gemeinsam mit den beiden den Gasthof.

*

15

Zu dritt machten wir uns auf den Weg zu einem Haus, das sich gleich um die Ecke befand. Über der Tür hing ein gemaltes Schild, auf dem eine Schere und ein aufgeklapptes Rasiermesser abgebildet waren. Anscheinend praktizierte in dem Haus tatsächlich ein Barbier.

»Bist du sicher, dass du das hier machen lassen willst?«, fragte ich Hugo zweifelnd, unversehens zum *Du* übergehend. Da er mich ebenfalls die ganze Zeit duzte, fand ich es allmählich angebracht, dasselbe zu tun. Nichtsdestotrotz blieb ich weiterhin vor ihm auf der Hut, schließlich war er ein treuer Untergebener eines wirklich gruseligen Psychopathen. Aber auf seine Art war er auch hilfsbereit und zuvorkommend. Er hatte sich sogar bereit erklärt, den Rucksack für mich zu tragen, damit ich mich nicht damit abschleppen musste.

Beim Anblick des Schildes über der Tür rang ich mich zu einer Entscheidung durch. »Du musst das nicht tun, weißt du. Ich würde dir das nötige Geld für einen Arzt geben. Ich meine, für einen *richtigen* Arzt.«

Hugo musterte mich verdutzt. »Das ist sehr freundlich

von dir. Aber der Barbier gilt als der beste Chirurg weit und breit.«

»Damit hat Hugo recht«, bekräftigte Gretel. »Ich selber habe ihm den Barbier empfohlen. Es gibt noch einen richtigen Arzt in der Stadt, aber der taugt nichts. Er versteht sich nur auf den Aderlass und aufs Schröpfen. Der hat noch nie eine Wunde behandelt.«

Hugo klopfte an die Tür, und ein mageres kleines Männlein in einem schmuddeligen, blutbefleckten Kittel erschien. »Da bist du ja.« Er zwinkerte Gretel und mir zu. »Hast dir wohl weibliche Verstärkung mitgebracht, wie? Da wird es aber ziemlich eng im Behandlungszimmer!«

»Ich warte gerne draußen«, sagte ich. »Ich kann sowieso kein Blut sehen.«

Ganz zu schweigen davon, dass es aus dem Haus so durchdringend nach Fisch und ranzigem Fett stank, dass einem übel davon werden konnte. Gretel schien es ähnlich zu empfinden. Angewidert krauste sie die Nase. Sie blickte unschlüssig zwischen Hugo und mir hin und her, dann meinte sie achselzuckend: »Ich warte ebenfalls lieber draußen.«

»Aber …«, hob Hugo bestürzt an.

Gretel hob die Hand und unterbrach seinen Protest. »Ich verspreche dir, dass ich hierbleibe.« Sie zeigte auf mich. »Schon deshalb, weil sie meine Sachen anhat.«

Hugo zauderte, entschied sich dann aber, ihr zu glauben. Der Barbier – anscheinend ein Friseur mit einer Art Zusatzausbildung – sah sich Hugos Wunde genauer an. »Zeig mal her, bei Tageslicht lässt es sich am besten untersuchen. Ah, da steckt aber viel Eiter drin!« Gedankenverloren bohrte er in der Nase, während er die schwärende Stelle von allen Seiten begutachtete. »*Ubi pus, ibi evacua*«, sagte er mit Kennerblick. »Das ist Latein und heißt: Wo Eiter ist, muss aufgeschnitten werden.« Nachdem er auf diese Art seine chirurgische Kompetenz bekräftigt hatte, forderte er seinen Patienten zum Eintreten auf.

Hugo nahm den Rucksack ab und reichte ihn mir, dann trottete er mit mutlos herabgesunkenen Schultern hinter dem Barbier ins Haus.

Gretel schaute ihm nach. »Wenn er nicht diesem grässlichen Kommandeur die Treue geschworen hätte, wäre er ein anständiger Kerl.«

»Er hat vielleicht verborgene gute Seiten«, stimmte ich zu.

»Du liebst den jungen Wakefield, oder?«, fragte sie mich unvermittelt.

Ich spürte, dass ich rot wurde. Hatte man mir meine Gefühle so deutlich angemerkt? »Das ist Privatsache«, meinte ich zurückhaltend.

»Will er dich zur Frau nehmen?«

Ich räusperte mich. »Tut mir leid, aber auch diese Frage ist mir zu privat.«

»So wie auch alle Fragen über deine Hexenkünste, was?«

Aha, damit waren wir offenbar bei dem Thema, das sie mindestens so sehr interessierte wie ihre unfreiwillig ausgeborgte Kleidung. Sie wollte unbedingt mehr über mich erfahren. Wahrscheinlich war das auch der einzige Grund, wieso sie lieber gemeinsam mit mir draußen warten wollte.

Ich gab mich zugeknöpft. »Keine Ahnung, was Hugo dir über irgendwelche Zaubereien erzählt hat, aber du solltest ihm nicht alles glauben.«

»Keine Sorge, das mache ich nicht. Aber ich habe gesehen, welche Angst er vor dir hat. Irgendetwas musst du getan haben, was diese Furcht in ihm weckte.«

Die Frauenstimme, die in diesem Moment hinter mir ertönte, kam mir als Unterbrechung des Gesprächs sehr gelegen.

»Ich bin die Frau des Gastwirts vom *Goldenen Hirsch*. Sind Sie das junge Mädchen mit der Warzenmedizin?«

Die Frau, die mir diese Frage gestellt hatte, war ungefähr vierzig und trug einen dicken grauen Umhang. Ihr Haar hatte sie unter einer hellen Haube versteckt, so wie fast alle Frauen der Gegend. Sie streckte mir die Hand entgegen. Im ersten Moment wollte ich sie ergreifen, zuckte dann aber gerade noch rechtzeitig zurück, denn sie wollte mir gar nicht die Hand schütteln, sondern mir nur ihre Warzen zeigen. Davon hatte sie jede Menge. Ihre Finger waren übersät davon. »Ich krieg sie einfach nicht weg«, sagte sie. »In jeder Vollmondnacht streiche ich mit angeschnittenen Zwiebeln darüber, aber es hilft nichts.«

»Man muss die Zwiebel hinterher vergraben«, sagte Gretel. »So hat es mir meine Mutter beigebracht.« Sie bekreuzigte sich. »Gott hab sie selig.«

»Habe ich auch schon versucht. Ebenso Löwenzahnsaft

bei Mitternacht. Hat alles nichts gebracht. Auch nicht die Tinkturen aus der Apotheke von dem alten Hennes Muck.«

»Dieser Falschmünzer betrügt doch sowieso nur, wo er kann«, meinte Gretel abfällig.

Ich wandte mich ab, öffnete den Rucksack und kramte die Warzentinktur heraus. Die Pappschachtel ließ ich vorsorglich in den Tiefen des Rucksacks verschwinden. Nachdem ich einen Blick auf die Packungsbeilage geworfen hatte, überreichte ich der Frau das Fläschchen mit der Lösung. »Bitte sehr. Die Warzen einmal täglich dünn mit der Flüssigkeit betupfen. Aber wirklich nur einmal pro Tag und nur die Warzen, auf keinen Fall die gesunde Haut.«

Die Frau nahm das Fläschchen entgegen und blickte mich erwartungsvoll an. »Mehr muss ich nicht tun? Nur die Warzen betupfen? Soll das wirklich schon alles sein?«

Ich wollte es schon bejahen, aber dann fiel mir wieder ein, dass ich im Internet mal einen interessanten Artikel über den Placeboeffekt bei Warzen gelesen hatte. Demnach war die Erfolgsquote deutlich höher, wenn neben der herkömmlichen Behandlung auch irgendein Beschwörungsritual durchgeführt wurde. Kein Mensch wusste wieso, aber anscheinend funktionierte es – sogar bei Leuten, die eigentlich nicht an diesen Humbug glaubten. »Eine Sache müssen Sie zusätzlich noch machen«, erklärte ich. »Wenn Sie alle Warzen mit der Lösung bestrichen haben, sagen Sie dreimal laut: Warzen, Warzen, macht euch fort, geht an einen anderen Ort!« Spontan setzte ich noch einen drauf. »Und dann müssen Sie kurz das Fenster aufmachen und sich vorstellen, wohin die Warzen verschwinden sollen.«

»Ich könnte sie dem Hennes Muck an den Hals wünschen«, überlegte die Frau.

»Vielleicht klappt das ja, wenn Sie sich stark darauf konzentrieren«, pflichtete ich ihr bei, um einen ernsten Gesichtsausdruck bemüht. »Aber eigentlich soll man ja anderen nichts Schlechtes wünschen«, fügte ich schnell noch hinzu.

Ehrfürchtig drückte die Frau des Gastwirts das Fläschchen an die Brust. »Was bin ich Ihnen schuldig, junge Dame?«

»Nichts«, sagte ich. »Oh … Sekunde! Sie könnten mir einen Gefallen tun. Falls bei Ihnen im Gasthof im Laufe des Tages doch noch ein zusätzliches Zimmer frei wird, könnten Sie es für mich reservieren.«

»Gemacht«, versprach die Frau, dann eilte sie zufrieden davon.

»Du hättest dir die Tinktur bezahlen lassen können«, stellte Gretel fest.

Ich hob die Schultern. »Wozu? Ich brauche das Geld nicht.«

»Geld kann man immer brauchen. Geld bedeutet Freiheit.« Bitter fügte Gretel hinzu: »Ich wäre gern frei. Doch ich werde zeitlebens eine Magd bleiben, weil ich nichts besitze und deshalb zu arm zum Heiraten bin. Meine Eltern und meine beiden Brüder starben an den Pocken, als ich acht war. Danach lebte ich in einem Waisenhaus, wo ich mir mit fünfzehn anderen Mädchen einen Schlafraum teilen musste.

Tagsüber mussten wir bei einem Bauern auf dem Feld arbeiten. Ab und zu kam eine Nonne, die uns aus der Bibel vorlas, das waren die besten Stunden der Woche. Die meiste Zeit war ich hungrig oder habe gefroren. Oder beides. Mit zwölf war ich alt genug, um in Dienst zu gehen, seitdem bin ich auf dem Gehöft des Köhlers.«

Von Mitleid übermannt hatte ich ihrer Schilderung zugehört. Was für ein schreckliches Leben! Mit einem Mal begriff ich, wieso sie so empfindlich darauf reagiert hatte, dass ich ihre Sachen trug. In ihrem Alltag gab es offenbar tatsächlich nichts anderes, woran sie sich erfreuen konnte. Wahrscheinlich hatte sie jahrelang für die Kleidungsstücke gespart. Sofern sie als Magd überhaupt richtig bezahlt wurde – womöglich schuftete sie hauptsächlich für Essen und ein Dach überm Kopf und bekam höchstens ab und zu ein paar Anziehsachen als Dreingabe.

Jetzt fielen mir auch die Schrunden und rissigen Stellen an ihren Fingern auf, und ich schämte mich, dass ich immer noch ihre Fäustlinge trug, während sie selbst keine hatte. Sofort zog ich sie aus und reichte sie ihr schweigend. Gretel nahm sie ebenso stumm entgegen und streifte sie sich über. Als Nächstes gab ich ihr ihre Mütze und danach den Schal, den sie sich – immer noch wortlos – um den Hals wand und feststeckte.

»Lass uns auch die Umhänge tauschen«, sagte ich spontan. Warum kam ich eigentlich erst jetzt darauf? Es war doch die einfachste und fairste Lösung, um diesen Konflikt aus der Welt zu schaffen!

Gretel erhob keine Einwände gegen meinen Vorschlag. Ich merkte sofort den Unterschied – der fadenscheinige Umhang, den ich mir im Austausch gegen Gretels Sonntagsversion umlegte, wärmte mich kaum. Aber mein Gewissen fühlte sich deutlich leichter an.

»Das Kleid behalte ich wohl lieber erst mal an«, sagte ich. »Jedenfalls so lange, bis wir uns irgendwo ungestört umziehen können. Aber deine Stiefel kann ich dir gern jetzt schon zurückgeben. Sie sind mir sowieso zu klein.«

Damit war Gretel sofort einverstanden, und wir stützten uns gegenseitig ab, während wir die Schuhe tauschten. Ihre Holzpantinen waren gar nicht so übel, jedenfalls passten sie mir besser und engten die Füße nicht ein.

Scheu hielt sie mir das Silberstück hin, das Thomas ihr gegeben hatte. »Hier, da hast du es zurück.«

»Behalt es. Ich habe doch gesagt, dass ich kein Geld brauche.«

»Danke.«

»Ich danke *dir*, dass du mir deine Sachen geborgt hast.«

Danach standen wir einfach nur schweigend da.

»Du übst jedenfalls keine schwarze Magie aus«, platzte Gretel auf einmal heraus. »Wenn überhaupt, dann höchstens weiße.«

Verblüfft nahm ich ihre Einschätzung zur Kenntnis. »Mir war nicht klar, dass es beim Zaubern farbliche Abstufungen gibt«, konterte ich scherzhaft.

In Wahrheit war es mir durchaus klar – schließlich war ich nicht nur langjähriger Bibi-Blocksberg-Fan, sondern hatte auch (sogar mehrmals) alle Harry-Potter-Bände verschlungen und wusste ganz genau, worin sich bei der Hexerei die Guten von den Bösen unterschieden. Doch natürlich war ich seinerzeit beim Lesen davon ausgegangen, dass alles bloß reine Fantasy war. Davon abgesehen hoffte ich nach wie vor aus tiefstem Herzen, dass sich meine unerwünschte Zauberkraft sofort verflüchtigte, sobald ich wieder in die richtige Welt zurückkehrte. Bis dahin würde ich das Ganze einfach als zufällige und vorübergehende Erscheinung betrachten. Als eine Art seltene und total abgefahrene … Infektion. Wenn ich erst wieder daheim bei meinen Eltern war (meinen *miteinander* verheirateten Eltern!) und Mia wiederhatte, würde ich nie mehr auch nur einen einzigen Blitz verschleudern.

»Woran denkst du?«, wollte Gretel wissen.

»Dass einem im Leben ziemlich verrückte Sachen passieren können, mit denen man vorher nie gerechnet hat.«

»Da hast du völlig recht«, erwiderte Gretel, in einem Tonfall, der tief empfundene Zustimmung ausdrückte.

In diesem Moment drang ein markerschütternder Schrei aus dem Haus des Barbiers.

*

Ich war vor Schreck zusammengezuckt. »Mein Gott, war das …« Ich verstummte und schluckte. Es war tatsächlich Hugo, der diesen Schrei ausgestoßen hatte.

»Jetzt hat er das Schlimmste hinter sich«, sagte Gretel. Es

klang erleichtert. »Der Moment des Aufschneidens ist der grausamste, so sagt man immer.«

Ich musste mir erst vergegenwärtigen, dass es in dieser Epoche noch keine richtige Betäubung für derartige Eingriffe gab, sondern dass es wahrscheinlich eher ablief wie in den alten Western, die mein Vater so gern sah. Wenn sich in diesen Filmen irgendwer eine Kugel einfing, die anschließend herausgeschnitten werden musste, wurde dem Cowboy (oder dem Bankräuber, je nachdem) der Inhalt einer Schnapsflasche eingetrichtert und ein Stück Holz zwischen die Zähne geklemmt. Sobald es dann richtig wehtat, musste er draufbeißen. Das war's, frei nach dem Motto: Was einen nicht umbringt, macht einen nur härter.

Kurz darauf kam Hugo mit einer Schnapsfahne ins Freie gewankt. Er war kreidebleich, und seine Hand war mit Leinenstreifen umwickelt, die jedoch nicht besonders hygienisch aussahen. Eher erweckten sie den Eindruck, schon mehrmals für diesen Zweck benutzt worden zu sein, allerdings ohne dass man sie zwischendurch mal gewaschen hätte.

Der Barbier trat gemeinsam mit Hugo vors Haus. »Er braucht jetzt Ruhe«, erklärte er uns, während er mir eine halb volle Schnapsflasche übergab. »Den restlichen Fusel kann er im Laufe des Tages noch austrinken, ist gut gegen die Schmerzen. Wenn die Hand schwarz wird, muss er schleunigst wiederkommen, dann schneide ich sie ihm ab. Einen schönen Tag noch allerseits.« Er wischte sich die blutverschmierten Hände an seinem ohnehin schon fleckigen Kittel ab und verschwand wieder im Inneren des Hauses.

Ich war schockiert. Nicht so sehr über die in Aussicht gestellte Amputation als vielmehr über den verdreckten Verband. Eilig hob ich den Rucksack auf und dirigierte Hugo zum Fluss. Dort gab es mehrere flache, vom Wasser glatt geschliffene Felsen. Auf einem davon deponierte ich den Rucksack und forderte Hugo auf, Platz zu nehmen.

»W- warum?«, lallte er.

»Weil du sturzbetrunken bist und in den Dreck fällst, wenn du dich nicht hinsetzt«, antwortete Gretel an meiner Stelle.

»Und weil ich mir deine Wunde ansehen will«, fügte ich hinzu. Eigentlich wollte ich es *nicht*, denn als ich vorhin gesagt hatte, dass ich kein Blut sehen konnte, hatte ich nicht gelogen. Sogar das Kunstblut in dem Erste-Hilfe-Kurs für meinen Führerschein hatte mir flaue Gefühle bereitet. Aber ich wusste ziemlich genau, dass es um Hugos Überlebenschancen nicht besonders gut stand, wenn dieser schmutzige Verband auf der Wunde blieb. Die der Barbier vermutlich zu allem Überfluss mit seinen genauso schmutzigen Händen angefasst hatte.

Hugo setzte sich schwankend auf den Felsen, und ich holte Verbandsmaterial und eine Lösung zur Desinfektion von Wunden aus dem Rucksack. Eigentlich hätte Hugo auch ein Schmerzmittel gebraucht, aber in Kombination mit all dem Schnaps, den er getrunken hatte, war das sicher keine gute Idee. Damit sollten wir besser noch warten.

Doch für eine Desinfektion der Wunde war es hoffentlich noch nicht zu spät. Zuerst wusch ich mir im Wasser des Flusses lange und sorgfältig die Hände. Zusätzlich goss ich etwas von dem Schnaps über meine Finger und rieb sie damit ein. Dann überwand ich meinen Widerwillen und meine Furcht und wickelte langsam den Verband von Hugos Hand ab. Schaudernd und mit angehaltenem Atem betrachtete ich die Wunde. Der Barbier hatte sie fast bis auf den Knochen aufgeschnitten, um den Eiter zu entfernen. Ich holte tief Luft, riss mich zusammen und beträufelte die blutige Grube ausgiebig mit der bräunlichen Desinfektionslösung. Zum Glück schien es nicht zu brennen. Oder Hugo war noch zu sehr von dem Schnaps betäubt. Jedenfalls gab er keinen Mucks von sich, auch nicht, als ich hinterher vorsichtig eine Lage Gaze auf die Verletzung legte und alles anschließend mit einem ordentlichen Mullverband versah. Die Wickeltechnik hatte ich noch einigermaßen drauf, der Erste-Hilfe-Kurs lag nicht lange zurück. Zu guter Letzt bastelte ich aus einem weiteren Mullstreifen eine Armschlinge, in die Hugo die verletzte Hand legen konnte.

»Die Wunde darf nicht mit schmutzigen Fingern angefasst werden«, sagte ich. »Wenn man den Verband wechselt, muss man sich unbedingt vorher gründlich die Hände waschen, so wie ich es vorhin gemacht habe. Hast du das verstanden?«

Hugo murmelte etwas Unverständliches auf Französisch vor sich hin. Er war eindeutig zu betrunken, um es richtig zu kapieren.

»*Ich* habe es verstanden«, sagte Gretel, die jeden meiner Handgriffe beobachtet hatte. Aufmerksam sah sie zu, wie ich die verwendeten Utensilien wieder im Rucksack verstaute. »Und ich werde den Verband wechseln, so wie du es gemacht hast.«

»Dafür musst du frisches Material nehmen. Ich lasse dir welches da, bevor ich …« *Bevor ich in meine eigene Zeit zurückkehre.* Um ein Haar wäre es mir herausgerutscht, ich hatte gerade noch rechtzeitig innegehalten.

Gretel blickte mich auf eine merkwürdige und unergründliche Art an, als würde sie spüren, welches Geheimnis ich vor ihr verbergen wollte.

»Mir wird kalt.« Fröstelnd schlang ich beide Arme um mich. »Lass uns zum Gasthof zurückgehen.«

*

Immer mehr Soldaten waren zwischenzeitlich in der Stadt eingetroffen, man sah es an der wachsenden Anzahl von Zelten am winterlichen Flussufer und den zahlreichen Uniformierten in den Gassen. Auch der *Goldene Hirsch* füllte sich im Laufe des Nachmittags immer weiter. Bier und Schnaps flossen in Strömen und sorgten bei den Männern für Stimmung – mit nicht immer angenehmen Folgen für Gretel und mich. Ständig kamen kontaktfreudige Soldaten zu uns an den Tisch und wollten uns angraben. Hugo, der sich inzwischen den Rest der Schnapsflasche einverleibt hatte, saß sturzbetrunken daneben und wurde nicht beachtet.

Nach einer Weile hörte ich auf, die Annäherungsversuche zu zählen. Am Ende hatten Gretel und ich zusammen mehrere Heiratsanträge eingeheimst, aber daneben auch eine Menge Offerten, die deutlich weniger seriös klangen.

Irgendwann wurde es mir zu viel. Ich ging hoch in das von mir gemietete Zimmer. Gretel und Hugo blieben unten in der Gaststube sitzen. Ich hatte Gretel angeboten, mich aufs Zimmer zu begleiten, doch sie war nur kurz mitgekommen, damit wir die Kleider und die Unterwäsche tauschen konnten, und hinterher hatte ich mir von ihr den Weg zum Örtchen zeigen lassen – einem angebauten Bretterverschlag hinterm Haus, wo ich von dem Gestank fast ohnmächtig wurde, weil ich die ganze Zeit versuchte, die Luft anzuhalten.

Anschließend leistete Gretel lieber Hugo Gesellschaft, auch wenn der durch den Schnaps völlig außer Gefecht gesetzt war. Ihre kratzbürstige Haltung ihm gegenüber hatte sie mittlerweile völlig aufgegeben und behandelte ihn wie eine Glucke ihr verletztes Küken.

Ich saß auf dem schmalen Bett in der Kammer am Ende des Flurs und wartete darauf, dass Thomas zurückkehrte. Die Einrichtung des kleinen Zimmers war denkbar spartanisch – ein knarzendes Bett aus schief zusammengenagelten Holzlatten, darauf eine Matratze, aus der die Strohfüllung herauspiekste, und ein Überwurf, der Ähnlichkeit mit einem kaputten Segel hatte – möglicherweise war es tatsächlich eins, denn an einer Ecke wies der Stoff ein paar eingerissene Metallösen auf.

Anscheinend war vorgesehen, dass man in seinen Klamotten schlief und sich mit seinem Mantel oder Umhang zudeckte, denn es gab weder Kissen noch ein Deckbett. Allerdings hätte ich meine Kleidung sowieso nicht ausgezogen, denn in Ermangelung eines Ofens war es lausig kalt in dem Zimmer. Als weitere Einrichtung gab es nur noch einen Stuhl, bei dem ein Bein so wacklig war, dass es knirschend durchbrach, als ich den Rucksack auf dem Stuhl abstellen wollte. Immerhin konnte man die Tür von innen verriegeln und zusätzlich mit dem Schlüssel absperren, den der Wirt mir ausgehändigt hatte – eine sehr sinnvolle und nötige Vorsichtsmaßnahme, zu der ich sofort griff, nachdem, ohne anzuklopfen, einer der Soldaten hereingeplatzt war. Er hatte an seinen erfolglosen Flirtversuch von vorhin anknüpfen wollen und war erst wieder abgezogen, als ich ihm damit drohte, um Hilfe zu schreien.

Draußen senkte sich allmählich die Dämmerung herab. Ich machte mir Sorgen um Thomas. Hoffentlich gab es bei dem Goldtransport keine schlimmen Zwischenfälle! In dieser Epoche waren nächtliche Raubüberfälle weit verbreitet. Bevor ich mich auf mein Zimmer zurückgezogen hatte, war ich mit Gretel darüber ins Gespräch gekommen. Ihr zufolge lauerten an allen möglichen Ecken Wegelagerer, deren Freizeitbeschäftigung darin bestand, Leute zu bestehlen und abzumurksen.

Gern wäre ich wenigstens noch mal kurz rausgegangen, um ein bisschen frische Luft zu tanken, aber ich traute mich nicht. Nicht nur wegen möglicher Wegelagerer, sondern auch wegen der nervenden Erfahrungen mit den angetrunkenen Soldaten. Ich erinnerte mich an Thomas' Warnung, die ich anfangs nicht richtig ernst genommen hatte. Mittlerweile hatte ich eine ziemlich genaue Vorstellung davon, was er gemeint hatte. *Eine junge Frau ohne männlichen Beistand ist in dieser Zeit Freiwild. Der Krieg zeigt überall seine hässliche Fratze. Gewalt ist an der Tagesordnung. Du könntest keine Woche überleben, ohne dass dir schlimme Dinge zustoßen.*

Es klopfte an der Tür. »Lori?«

Das war Thomas! Überglücklich sprang ich vom Bett hoch und schloss die Tür auf. Da stand er vor mir, hochgewachsen und breitschultrig, mit von der Kälte geröteten Wangen und vereinzelten Schneeflocken auf seinem Umhang. Ohne groß nachzudenken, warf ich mich in seine Arme, und er schien ebenso wenig nachzudenken, denn sein eiserner Vorsatz, mich nicht mehr zu küssen, hatte sich ganz plötzlich erledigt.

Wenn irgend möglich, war der Kuss noch intensiver als der erste. Auf jeden Fall dauerte er deutlich länger. Thomas hielt mich fest umschlungen, wir waren einander so nah, dass sein Herzschlag sich mit meinem eigenen rasenden Puls zu einem wilden, unaufhörlichen Stakkato verband.

Thomas drängte mich ins Zimmer und schob mit dem Fuß die Tür hinter sich zu. Dabei hörte er nicht auf, mich zu küssen. Er strich mir durchs Haar und streichelte meinen Hals und meine Schultern, und ich erwiderte seine Zärtlichkeiten, ohne nachzudenken.

Als er mich schließlich losließ, geschah es nur zögernd.

Eine Zeit lang waren nur unsere schweren Atemzüge zu hören. Es war fast dunkel in dem kleinen Zimmer, aber ich sah trotzdem das Strahlen in Thomas' Augen. Er lächelte mich an und legte sanft seine Hand an meine Wange.

»Wie sehr habe ich mich danach gesehnt, dich wieder zu küssen!«, murmelte er.

»Frag *mich* mal.« Ich bekam immer noch nicht richtig Luft.

»Vermutlich muss ich mich damit abfinden, ein prinzipienloser Schurke zu sein.«

»Vermutlich«, stimmte ich mit zittrigem Lachen zu. »Aber manche Prinzipien sind sowieso total überbewertet.«

Wir küssten uns noch einmal, und ich hatte das Gefühl, auf einer großen goldenen Wolke davonzuschweben.

Irgendwann landeten wir dann leider doch wieder in der Realität und setzten uns nebeneinander auf das knarrende Bett. Thomas hielt meine Hand und berichtete mir, wie es bei ihm in der Zwischenzeit gelaufen war. Alles hatte planmäßig geklappt. Mithilfe von zwei Trägern und zwei Eseln hatte er das Gold aus der Höhle geholt und es an einem sicheren Platz hier im Ort versteckt. Er hatte sogar bereits einen Schiffer angeheuert, in dessen Boot er die Kisten über den Fluss befördern wollte.

Sein Entschluss, Montignac das Gold zu überlassen, schien sich im Laufe der vergangenen Stunden noch verfestigt zu haben. Für Thomas stand an erster Stelle, seinen Vater zu retten, und ich musste es wohl oder übel akzeptieren, auch wenn die Chance, dass Montignac sich selbst an die von ihm aufgestellten Bedingungen hielt, meiner Meinung nach verschwindend gering war. Natürlich war Thomas gleichzeitig auch wild entschlossen, Montignac das Gold hinterher wieder abzunehmen, aber ich befürchtete sehr stark, dass das nicht funktionierte. Dann würde die falsche Welt, wie wir sie gestern erlebt hatten, für immer Realität bleiben, und nach meiner Rückkehr würde ich meine Schwester nie wiedersehen.

Ich hatte einen dicken Kloß im Hals, weil der Gedanke daran so qualvoll war. Aber ebenso grausam musste es für Thomas sein zu wissen, dass sein Vater sterben würde, wenn er Montignacs Forderung nicht erfüllte. Und dieses Szenario war sogar noch wahrscheinlicher als das, vor dem ich mich so fürchtete. Denn wir hatten es in der Wikipedia der Fake-Welt gelesen. Es würde exakt so passieren, wenn Thomas nichts unternahm.

»Und womit hast du dir in den vergangenen Stunden die Zeit vertrieben?«, erkundigte sich Thomas.

Ich schilderte ihm kurz, was ich alles gemacht hatte, und erklärte anschließend, wieso ich auf einmal Gretels alte Klamotten trug. Meine Bekleidung interessierte Thomas allerdings nicht sonderlich, ganz im Gegensatz zu meinen Einsätzen als Amateur-Krankenschwester – die schienen ihn ziemlich zu beunruhigen.

»Es wird sich in Windeseile herumsprechen«, sagte er. »Die Leute werden es maßlos aufbauschen und Wunderdinge über deine Heilkünste verbreiten. Und irgendwann wird es in dem Buch stehen, das du gestern gekauft hast. Genauso wie deine Fähigkeit, Blitze zu schleudern und Brände zu entfachen.«

»Das mit den Blitzen habe ich hier doch noch gar nicht getan!« Ich besann mich. »Außer letzte Nacht im Wald und heute früh vor der Höhle. Doch das hat garantiert keiner mitgekriegt. Natürlich abgesehen von Montignac, weil ich ihn ja damit in die Flucht geschlagen habe. Aber das wird er ganz bestimmt nicht rumerzählen.«

»Mag sein. Dennoch – meiner Vermutung nach wirst du es wiederholen, womöglich dann vor größerem Publikum. Auf eine Art, die zur Entstehung der Sage beitragen wird.«

Fassungslos nahm ich seine Schlussfolgerung zur Kenntnis. »Du meinst, ich bin selber daran schuld, dass diese verrückte neue Loreley-Sage entstanden ist?«

»Ich spreche nicht von Schuld.«

»Aber du *denkst* es«, hielt ich ihm vor.

»Du kannst nicht wissen, was ich denke.«

»Doch. Du denkst, es war ein Fehler von mir, der Frau vom Gastwirt die Warzentinktur zu geben und Hugos Hand zu verbinden und dem Köhler gegen seinen Durchfall zu helfen. Weil ich damit die Änderung der Geschichte verstärke, statt sie rückgängig zu machen.« Unwillkürlich rückte ich ein Stück von ihm ab. »Glaubst du dann vielleicht auch, dass es meine Schuld ist, wenn Blücher und Wellington den Krieg gegen Napoleon verlieren, weil ihnen das Gold für den Frankreich-Feldzug fehlt?« Ich konnte nicht verhindern, dass meine Stimme einen gekränkten und zornigen Unterton annahm.

»Du wirfst die Dinge durcheinander«, erklärte Thomas. Es klang zwar nicht direkt nach einem Vorwurf, war aber nach meinem Empfinden ziemlich dicht dran.

»Was hätte ich denn deiner Meinung nach machen sollen?« Herausfordernd blickte ich ihn an. »Hätte ich etwa Hugo mit dem dreckigen Verband herumlaufen lassen sollen? Er könnte *sterben*! Und du hättest mal die Warzen von dieser armen Frau sehen sollen!«

»Zumindest an Warzen ist noch keiner gestorben.«

Mir lag schon eine empörte Erwiderung auf der Zunge (ich wusste zwar noch nicht genau, welche, aber mir wäre sicher eine passende eingefallen), als es an der Tür klopfte und unsere Diskussion – die eigentlich schon fast ein Streit war – an dieser Stelle unterbrochen wurde.

»Herr Wakefield? Lori?« Es war Gretel. Thomas stand vom Bett auf und ging zur Tür. Obwohl ich ihn bei dieser Gelegenheit nur von hinten sah, erkannte ich an jeder seiner Bewegungen, wie ungeheuer peinlich es ihm war, dass er mit mir allein in einem kleinen Zimmer erwischt worden war. Das steigerte noch meinen Groll, denn damit gab er mir das Gefühl, dass er nicht zu mir stehen wollte. Mein Unmut legte sich erst, als ich mir klarmachte, dass er sich bloß um meinen guten Ruf sorgte. Ein unverheiratetes junges Mädchen hatte nicht mit einem ebenfalls unverheirateten jungen Mann allein in einem Zimmer herumzusitzen. Schon gar nicht Seite an Seite auf einem Bett. Ganz zu schweigen von unserer Knutscherei.

»Was gibt es, Gretel?«, erkundigte sich Thomas.

Sie stand mit einer kleinen Öllaterne in der Hand im Türrahmen und blickte ihn ernst an. »Da unten in der Gaststube ist jemand, der Sie sprechen will, Herr Wakefield.«

»Etwa Montignac?«

Ich hielt erschrocken die Luft an, als Thomas diesen Namen erwähnte.

»Nein, der zum Glück nicht«, sagte Gretel. »Es ist Generalfeldmarschall Blücher. Er ist soeben eingetroffen und möchte Sie sehen.«

*

16

Zusammen mit Gretel gingen Thomas und ich nach unten. Der Geräuschpegel in der Gaststube war deutlich gesunken, offenbar wurde auf den hohen Gast Rücksicht genommen.

Ich erkannte Blücher sofort. Er saß im Kreis einiger Offiziere an einem der Tische, ein imposanter älterer Herr, der genauso aussah wie auf dem berühmten Gemälde bei Wikipedia, mit zurückgekämmten weißen Haaren, einer breiten Stirn und einem mächtigen Schnurrbart unter der kühn hervorspringenden Nase.

Mein Vater hatte Mia und mir alles Mögliche über ihn erzählt. Das meiste hatte ich sofort wieder vergessen (welches Mädchen interessierte sich schon für einen Kriegsveteran, der seit zweihundert Jahren tot war?), aber ein paar Dinge hatte ich behalten. Beispielsweise, dass Blücher »Marschall Vorwärts« genannt wurde und dass er nach seinen militärischen Erfolgen in der Völkerschlacht von Leipzig – dieselbe Schlacht, in der Thomas verwundet worden war – zum Generalfeldmarschall befördert worden war. Oder dass er vor den Befreiungskriegen eigentlich schon im Ruhestand gewesen war. Und natürlich, dass er mit seinen Truppen gerade noch rechtzeitig eingetroffen war, als die Schlacht von Waterloo in die entscheidende Phase eintrat. Gemeinsam mit Wellington hatte er dort jenen legendären Sieg über Napoleon errungen, der ihn als großen Kriegshelden in die Geschichtsbücher eingehen ließ.

Genauer gesagt: Er *würde* als solcher darin eingehen. Sofern es ihm glückte, morgen Nacht mit seinen Truppen über den Rhein und dann weiter nach Frankreich vorzustoßen, von wo aus er – im Jahr darauf und ein paar Schlachten später – nach Waterloo ziehen würde.

Während Thomas zu Blücher an den Tisch trat und ihn mit einer ehrerbietigen Verbeugung begrüßte, nahm Gretel mich zur Seite. »Hugo geht es nicht gut«, flüsterte sie mir zu. »Ich glaube, er hat Fieber.« Sie deutete auf Hugo, der zusammengesunken dasaß und den Kopf auf die verschränkten Arme gelegt hatte. »Bist du damit einverstanden, wenn wir ihn für eine Weile in dein Bett legen? Er braucht ein bisschen Ruhe.« Sie räusperte sich. »Er wird das Bett nicht die ganze Nacht brauchen. Ich habe die Frau des Gastwirts gefragt, ob er später in der Küche auf dem Boden schlafen darf. Sie hat nichts dagegen. Er wird sogar einen Strohsack erhalten und ich ebenfalls. Aber bis dahin dauert es Stunden. In der Küche herrscht immer noch Hochbetrieb.«

Ich hatte nichts dagegen, zumal ich sowieso nicht vorhatte, in den nächsten Stunden zu schlafen. Vermutlich würde ich ohnehin die ganze Nacht kein Auge zubekommen. Gemeinsam hievten wir Hugo vom Stuhl hoch und bugsierten ihn über die Treppe nach oben in meine Kammer, wo er röchelnd auf dem Bett niedersank und unverständliche Sätze auf Französisch vor sich hin stammelte. Er hatte tatsächlich Fieber, das merkte man auch ohne Thermometer. Sein Körper fühlte sich an wie ein Ofen. Ich kämpfte mit Selbstvorwürfen, als ich ihn so elend dort liegen sah. Vielleicht hätte ich mehr von dem Desinfektionsmittel verwenden müssen! Oder meine Hände noch gründlicher waschen sollen!

»Wenn er die Nacht übersteht und das Fieber ihn nicht umbringt, kommt er vielleicht durch«, sagte Gretel. »Die Hand ist nicht schwarz geworden, folglich besteht noch Hoffnung.« Ihre Stimme klang gelassen, aber ich hörte die Sorge heraus. Im Licht der Öllampe sah ihr Gesicht sehr blass aus.

Ich wühlte in dem Rucksack herum und checkte den Bestand an Fieber- und Schmerzmitteln. Einige davon waren doppelt oder sogar dreifach vorhanden, denn der Apotheker in der falschen Welt hatte betont, dass man davon nie genug dabeihaben könne, vor allem in unterentwickelten Ländern, wo man sich praktisch jederzeit irgendwelche Infektionen einfangen konnte. Die Beipackzettel waren wie in der echten Welt in unterschiedlichen Sprachen gedruckt, sodass ich sie ohne Herumzurätseln auch auf Deutsch durchlesen konnte. Eines der Medikamente entfaltete laut der Beschreibung eine entzündungshemmende Wirkung. Unter anderem wurde als Anwendungsgebiet sogar ausdrücklich Fieber infolge septischer Wunden genannt. Dieses Zeug musste eine

Art Antibiotikum sein, das in der Fake-Welt anscheinend rezeptfrei war.

Trotzdem scheute ich davor zurück, es Hugo zu geben, aus Sorge, damit vielleicht einen katastrophalen Fehler zu begehen. Nicht wegen der blöden Sage in dem Buch, die war mir in dem Moment völlig egal. Sondern weil ich von Pharmazie und Medizin ungefähr so viel Ahnung hatte wie ein Kalb vom Schlittschuhlaufen und weil die Liste aller möglichen Nebenwirkungen einen gefühlten Kilometer lang war.

Gretel hatte mir die ganze Zeit über die Schulter geschaut.

»Was hast du da?«

»Ein Medikament gegen Fieber und Entzündungen«, sagte ich geistesabwesend.

»Warum gibst du es ihm dann nicht?« Auf ihrem hübschen Gesicht spiegelte sich Empörung wider. »Ich weiß nicht, woher du dieses fremdartig aussehende Heilmittel hast, aber mir scheint, dass du dich gerade fragst, ob Hugo es verdient.«

»Nein, so ist es nicht!«, widersprach ich vehement. »Ich frage mich höchstens, ob er es *verträgt*! Es ist ein Medikament, bei dem schlimme Nebenwirkungen auftreten können!«

»Welche?«

Ich las sie ihr vor. »Kopfschmerzen, Übelkeit, Durchfall, Hautausschlag … In seltenen Fällen sogar Sehstörungen und Halluzinationen!«

Entschlossen strich Gretel sich eine Haarsträhne aus der Stirn. »Wenn mich nicht alles täuscht, hat Hugo wegen des

Fiebers sowieso schon Halluzinationen. Und auch den ärgsten Durchfall wird er mit Freuden ertragen, wenn ihm dafür nicht die Hand abgeschnitten wird.«

Hugo schien einen Teil unserer Unterhaltung mitbekommen zu haben. »Nicht die Hand abschneiden«, stöhnte er. »Hilf mir, kleine Hexe!«

»Lass ihn nicht sterben, Lori«, bat mich Gretel leise.

Ich rang mich zu einer Entscheidung durch und hoffte, dass ich es später nicht bereuen würde. Gretel holte einen Becher Wasser aus der Küche, und mit ihrer Hilfe richtete ich Hugo im Bett auf und verabreichte ihm die vorschriftsmäßige Anfangsdosis des Medikaments. Die restliche Packung drückte ich Gretel in die Hand und schärfte ihr ein, was ich vorhin über die Einnahme gelesen hatte. »Er muss morgens, mittags und abends jeweils eine Tablette mit etwas Wasser schlucken, bis sie alle sind. Die Abstände müssen eingehalten werden, und es müssen alle Tabletten aufgebraucht werden, auch wenn's ihm schon besser geht.« Anschließend übergab ich ihr wie versprochen auch noch einen Vorrat an Verbandsmaterial. Als ich ansetzte, ihr noch einmal zu erklären, wie die Sachen zu verwenden waren, unterbrach sie mich.

»Nie mit schmutzigen Händen«, sagte sie. »Ich werde alles beherzigen.« Dann blickte sie mich forschend an. »Wohin wirst du gehen, wenn das hier vorbei ist?«

»Weit weg«, antwortete ich.

»Wirst du jemals zurückkommen?«

»Nein.«

»Und der junge Engländer? Wird er mit dir auf diese Reise gehen?«

Ich schüttelte nur stumm den Kopf.

*

Als ich in die Gaststube zurückkehrte, hatten Blücher und seine Offiziere sich bereits zur Nachtruhe begeben. Thomas war gerade im Begriff gewesen, wieder nach oben zu kommen. Wir trafen uns auf halbem Wege, und als er hörte, dass mein Zimmer mittlerweile anderweitig belegt war, suchten wir uns zwei freie Plätze an einem der Tische.

Thomas war sehr hungrig, er hatte außer dem Müsliriegel, den er sich am Morgen eingesteckt hatte, heute noch nichts gegessen. Diesmal bediente uns die Wirtin. Sie stellte eine verbeulte Zinnschale mit Erbseneintopf vor Thomas hin und lächelte mir verschwörerisch zu.

Beiläufig wedelte sie mit der freien Hand, die mit weißlichen Flecken übersät war – offenbar die Rückstände von der Tinktur. »Morgen könnte der alte Hennes Muck schon die ersten Warzen haben!«

»Hennes Muck?«, fragte Thomas mich, nachdem die Wirtin wieder in der Küche verschwunden war.

»So heißt der örtliche Apotheker. Die Leute halten nichts von ihm.«

»Warum nicht?«

»Anscheinend kann er nichts. Außer in seinem Nebenjob als Geldfälscher.«

Verdutzt hörte Thomas meiner Erklärung zu, stellte aber keine weiteren Fragen. Zu meiner Erleichterung machte er mir keine Vorhaltungen mehr, auch nicht, als ich ihm erzählte, dass ich Hugo ebenfalls mit Medizin versorgt hatte.

Schweigend sah ich ihm zu, wie er den Erbseneintopf und das altbackene Brot verzehrte. Obwohl er ausgehungert sein musste, bemühte er sich wie schon tags zuvor in der Pension Binsenbrech um ordentliche Tischmanieren. Er benutzte sogar sein Taschentuch als Serviette, statt sich mit dem Ärmel den Mund abzuwischen, wie alle anderen Soldaten es hier taten.

»Was wollte Blücher eigentlich vorhin von dir?«, erkundigte ich mich, als er seine Mahlzeit beendet hatte.

»Er hat sich nach dem Befinden meines Vaters erkundigt. Jemand hatte ihm berichtet, dass er erkrankt ist.« Thomas trank von dem Apfelmost, den er zum Essen bestellt hatte.

»Und was hast du ihm gesagt?«

»Dass mein Vater vor Kurzem in französische Gefangenschaft geraten ist.«

»Hast du Blücher auch erzählt, *wer* deinen Vater gefangen hält? Und vor allem, warum?«

Thomas hob die Schultern.

»Du hast es ihm nicht gesagt«, stellte ich fest.

»Nein«, räumte Thomas ein.

»Wieso denn nicht? Vielleicht hätte Blücher dir helfen können!«

»Etwa, indem er mir ein Kontingent Soldaten zur Seite

stellt, die mich über den Rhein begleiten, zu einer gewaltsamen Befreiungsaktion? Was glaubst du, wie lange mein Vater noch zu leben hätte, wenn Montignac den Angriff kommen sieht?«

Am liebsten hätte ich Thomas entgegengehalten, dass sein Vater so oder so keine Chance hatte, ganz egal, ob Thomas morgen mit den beiden Goldkisten oder stattdessen mit einer Befreiungstruppe anrückte. Weil Fairness und Ehrlichkeit für Montignac nun mal absolute Fremdworte waren, so wie für alle kranken, gewissenlosen Sadisten seines Schlags. Aber ich hielt lieber den Mund. Denn selbst wenn es mir gelänge, Thomas zu überzeugen, bei der Befreiung seines Vaters lieber auf eine Offensive statt auf einen friedlichen Austausch zu setzen – was wäre, wenn Montignac dann im Zorn den Earl tatsächlich sofort umbrachte? Ich müsste mir bis an mein Lebensende Vorwürfe machen!

Andererseits – würde Thomas das Gold nicht Montignac, sondern Blücher überlassen, wäre der Frankreichfeldzug der Alliierten gesichert. All die erschreckenden historischen Veränderungen wären damit hinfällig – sie würden gar nicht erst eintreten. Die falsche Welt würde durch die echte ersetzt und Mia wäre wieder da.

Aber im Hier und Jetzt würde Montignac Thomas' Vater töten, wenn er das Gold nicht bekam.

Was für ein furchtbares Dilemma!

Dass ich angefangen hatte zu weinen, bemerkte ich erst, als Thomas mir sanft mit den Fingerspitzen über die tränenfeuchte Wange strich.

»Alles wird gut«, sagte er. »Vertrau mir, Lori.«

»Morgen muss ich nach Hause zurück. Um Mitternacht.«

Thomas wurde blass. »Uns bleibt nur noch ein Tag?«

Ich nickte und unterdrückte ein Schluchzen.

»Seit wann weißt du das?«

»Noch nicht sehr lange.«

Es war mir erst im Laufe der letzten Stunden bewusst geworden. Mein sonderbares Hexengefühl hatte es mir offenbart. Und ebenso wusste ich, dass ich nichts dagegen unternehmen konnte. Eine Verlängerung würde es nicht geben. Wenn ich morgen um Mitternacht noch lebte – was ich doch sehr hoffte –, würde ich oben auf dem Felsen stehen und diese Zeit verlassen. Und Thomas würde hierbleiben.

Offen blieb nur, was bis dahin alles passieren würde. *Das* sagte mir meine Vorausahnung nämlich dummerweise nicht, von daher konnten uns noch alle möglichen grässlichen Dinge zustoßen. Inklusive der Möglichkeit, dass ich am Ende des Tages wieder in der Fake-Welt landete. Das wäre der Worst Case.

Nachdem Thomas seinen Becher mit dem Apfelmost leer getrunken hatte, gingen wir nach draußen, um frische Luft zu schnappen. Es war eine klare, eiskalte Nacht. Myriaden von Sternen funkelten vor der samtigen Schwärze des Firmaments. Die Dächer der umliegenden Häuser waren mit Schnee bedeckt, ebenso wie die Soldatenzelte entlang des Flusses. Es war menschenleer, und um uns herum war es sehr dunkel, nur hier und da sah man den unsteten Widerschein eines Windlichts oder einer Fackel. Die Läden vor den Fenstern der Häuser waren zugeklappt, es drang kaum Licht heraus.

Das vollständige Fehlen jeglicher elektrischen Beleuchtung verdeutlichte den Unterschied zwischen dieser Epoche und meiner eigenen auf extreme Weise. Das, was tagsüber bei flüchtigem Hinschauen kaum auffiel, wirkte bei Nacht völlig ungewohnt, ja beinahe unheimlich.

Wir hielten uns an den Händen und standen nah beieinander, ohne viel zu reden. Was hätten wir auch sagen können, außer wie schlimm es war, dass wir uns so bald, nachdem wir uns gefunden hatten, schon wieder verlieren würden? Irgendwo hatte ich mal gelesen, dass die tragischsten Liebesgeschichten ohne Happy End die schönsten waren. Angeblich gingen sie viel tiefer und erzeugten einen machtvolleren Widerhall. Und im Gegensatz zu denen, die glücklich endeten, waren sie unvergesslich. So wie bei Romeo und Julia.

Ich für meinen Teil *hasste* es, Teil einer tragischen Liebesgeschichte zu sein. Was hatte ich denn von der Liebe, wenn sie mich unglücklich machte?

Ich wollte mit Thomas zusammen sein. Nicht bloß für die kurze Zeit, die das Schicksal uns zugeteilt hatte. Sondern an allen nur erdenklichen Tagen, die noch vor mir lagen. Ich wollte kein *Vom Winde verweht*, sondern ein *Auf immer und ewig*. So wie bei Bella und Edward. Natürlich gerne ohne die Hochzeit, ich hatte ganz bestimmt nicht vor, so früh zu heiraten. Aber ich wollte ein Happy End. Leider war mir keins vergönnt, und dafür verfluchte ich das Schicksal und sämtliche höheren Mächte, die daran schuld waren, auch wenn ich nicht so recht wusste, gegen wen oder was ich meinen Zorn richten sollte. Und das machte mich noch wütender.

»Deine Hände werden heiß«, sagte Thomas. Abrupt ließ er mich los.

Verstört sah ich auf meine Finger hinab und bemerkte das bläuliche Flackern. Hektisch schaute ich mich um, ob irgendwer in der Nähe war. Aber zum Glück war niemand zu sehen. Hastig zog Thomas mich an der Schulter tief in die nächtliche Finsternis hinter den Gasthof.

»Kannst du es wegschleudern und loswerden?«, stieß er hervor.

»Warte«, keuchte ich, während ich panisch meine Hände schlenkerte. »Ich hab's gleich!«

»Vorsicht, nicht gegen die Hauswand! Im Fachwerk ist Holz, es würde sofort Feuer fangen!«

Um meine Hände und Unterarme züngelte und flackerte es lichterloh, bis hinauf zu meinen Ellbogen. Es war viel stärker als heute Morgen vor der Höhle. Ich hatte hexenkraftmäßig eindeutig zugelegt. Seltsamerweise geriet meine Kleidung (oder genauer: Gretels Kleidung) dabei nicht in Brand, wie mir jetzt zum ersten Mal bewusst wurde – offenbar eine Art eingebauter Schutzmechanismus, sonst wäre ich ja selbst das erste Opfer meiner gruseligen Macht geworden.

Mit einem heftigen Ruck schleuderte ich das bläuliche Feuer von meinen Händen in Richtung Boden. Ein scharfer Blitzstrahl brannte auf einer Fläche von der Größe eines Kleinwagens den Schnee weg und hinterließ schwarze, verkohlte Erde. Rauch stieg auf, wurde aber rasch von einer Windbö erfasst und weggepustet. Das war gerade noch mal gut gegangen!

Doch nur einen Moment später kam der nächste Schock – über uns klapperte es. Erschrocken schaute ich nach oben und sah gerade noch, wie im ersten Stock des Gasthauses ein Fenster geschlossen und der Laden vorgelegt wurde.

»Jemand hat es gesehen«, sagte Thomas leise.

Ich schluckte, weil ich auf einmal einen harten Kloß im Hals verspürte. »Gibt es in dieser Zeit eigentlich noch Hexenverbrennungen?«

»Die letzte liegt Jahrzehnte zurück. Geschwätz über Hexerei wird nicht mehr ernst genommen. Es gilt allgemein als Aberglaube. Von amtlicher Seite hast du nichts zu befürchten. Wer immer das auch gerade beobachtet hat und es herumerzählt – man wird es für die Einbildung eines Betrunkenen halten. Oder einfach nur für üble Nachrede.«

Falls Thomas mich damit beruhigen wollte, gelang ihm das nur zum Teil. Ich musste an die Loreley-Sage in dem Buch denken. Thomas hatte mit seiner Vermutung recht gehabt, dass ich wieder einen Blitz schleudern würde und jemand das womöglich mitbekäme. Genau das war eben eingetreten. Hatte ich damit erneut zur Entstehung der falschen Loreley-Sage beigetragen? Was, wenn ich dadurch die Fake-Welt in der Zukunft wahrscheinlicher gemacht hatte, obwohl ich sie doch so dringend verhindern wollte? Meine Furcht, dass ab sofort erst recht alles schiefgehen könnte, vervielfachte sich. Dabei wusste ich nicht, was mir mehr Angst machte – die Gefahr, dass durch meine Schuld Menschen zu Schaden kamen oder aufhörten zu existieren, oder die Gewissheit, mich von Thomas trennen zu müssen.

Ich fing an zu zittern und kämpfte gegen einen Heulkrampf an – vergeblich.

Thomas nahm mich in die Arme. »Schsch! Ist doch noch mal gut gegangen!«

Verzweifelt schluchzte ich in seinen Kragen. »Deswegen weine ich nicht.«

»Ich weiß«, sagte er leise. »Aber fürchte dich nicht. Solange wir zusammen sind, werden wir stärker sein als der Rest der Welt.«

Solange … Ich lauschte seinen Worten nach und spürte die schmerzhafte Einsamkeit, die jenseits dieses *Solange* bereits auf mich wartete.

Aber dann nahm Thomas mich fester in die Arme und küsste mich voller Leidenschaft, und plötzlich war meine Welt wieder so, wie sie sein sollte.

Jedenfalls für den Augenblick.

*

Am nächsten Morgen wachte ich durchgefroren und gerädert in meiner Kammer auf. Es war noch dunkel. Das Fenster war innen von dicken Eisblumen bedeckt, und beim Ausatmen bildeten sich Dampfwolken vor meinem Gesicht.

Eigentlich hatte ich Hugo mein Bett überlassen und mit Gretel in der Küche übernachten wollen, aber als ich ihr das vorschlagen wollte, hatte Gretel ihn bereits in die Küche und auf den von der Gastwirtin versprochenen Strohsack verfrachtet.

Nach dem Aufstehen stapfte ich zitternd in der Kammer umher, bis sich wenigstens meine Füße nicht mehr wie Eisklumpen anfühlten, dann trat ich den unvermeidlichen Gang auf das Örtchen hinterm Haus an, wo ich frierend zuerst zwischen ein paar Gästen vom *Goldenen Hirsch* Schlange stehen musste, bis ich an der Reihe war.

Die Kirchturmglocken läuteten, und ich zählte die Schläge – sieben Uhr. Mir blieb gerade noch Zeit für ein schnelles Frühstück, dann würde es auch schon losgehen.

Am Abend zuvor war ich – nach vielen heißen Küssen hinterm Haus und einem letzten gemeinsamen Absacker mit Apfelmost – kurz nach elf zu Bett gegangen. Doch meine Nacht war sehr unruhig gewesen, weil ich wegen der Kälte und wegen meiner Angst vor den kommenden Ereignissen ständig aus dem Schlaf hochgeschreckt war.

Thomas hatte in der Kammer von zwei englischen Offizieren Unterschlupf gefunden, wo er auf dem Boden geschlafen hatte. Eine seiner leichtesten Übungen, wie er mir beteuerte. Im Krieg habe er nachts häufig nicht einmal ein Dach über dem Kopf gehabt, geschweige denn ein Kissen oder eine Decke.

Ohne gefrühstückt zu haben, verließ er das Gasthaus, weil er noch ein paar Dinge für die anstehende Überfahrt über den Rhein zu erledigen hatte. Unterdessen aß ich in der Gaststube eine Schale Haferbrei. Es schmeckte überraschend lecker. Die Frau des Wirts kam vorbei und erklärte mit abgewandtem Gesicht, sie habe eine Extraportion Sahne und Zucker hineingetan und hoffe sehr, dass es mir munde. Bei diesen Worten knickste sie fast bis zum Boden und blickte scheu zur Seite. Als sie anschließend wieder zurück in die Küche eilte, sah ich, dass sie sich verstohlen bekreuzigte.

Daraus schloss ich, dass *sie* diejenige gewesen war, die am Vorabend zufällig meinen Blitzzauber beobachtet hatte.

Gretel setzte sich zu mir und berichtete mir von dem Wunder, das über Nacht mit Hugo geschehen war – sein Fieber war weg, die Schmerzen in seiner Hand hatten schon nachgelassen. Er hatte seine nächste Medikamentendosis intus und war eindeutig auf dem Wege der Besserung. Momentan lag er wieder in meinem Bett und ruhte sich noch ein bisschen aus.

»Wahrlich, deine Zauberkraft ist groß«, flüsterte Gretel mir zu, dann blickte sie sich rasch nach allen Seiten um und bekreuzigte sich ebenfalls.

Ich wollte ihr sagen, dass die Sache mit der Heilkraft bloß moderne Wissenschaft war, aber da war sie schon wieder die Treppe hinaufgeeilt.

Na toll. Schon zwei Leute, die begeistert an der neuen Loreley-Sage stricken würden! Beziehungsweise drei, wenn man Hugo mitzählte. Nein, fünf, denn den Köhler und seine Frau musste ich auch noch hinzurechnen.

Ungefähr eine halbe Stunde später kehrte Thomas zurück. Er lächelte mich an, als er zu mir an den Tisch kam und mir einen großen Leinensack in die Hand drückte.

»Hier, für dich.«

Verdattert nahm ich den Sack entgegen und zog die Kordel auf, die ihn verschloss. Darin befanden sich ein Fellmantel, feste Schuhe, dicke Strümpfe und Handschuhe.

»Damit du heute nicht frieren musst«, sagte er. »Es ist zwar sonnig, aber über den Fluss weht ein eisiger Wind.«

Am liebsten hätte ich ihn umarmt und geküsst, aber in der Schankstube hatten sich schon jede Menge Frühstücksgäste versammelt.

Froh war ich außerdem auch darüber, dass ich ihn auf seiner Mission begleiten durfte. Gestern Abend hatte er zuerst darauf bestanden, dass ich hier im Gasthaus auf ihn warten sollte, während er das Gold zu Montignac brachte. Er hatte sich hartnäckig geweigert, mich mitzunehmen, weil er davon überzeugt war, dass ich mich damit nur sinnlos in Gefahr begab. Es war ein hartes Stück Arbeit gewesen, ihn umzustimmen.

»Du musst mir glauben«, hatte ich ihn beschworen. »Es ist ungeheuer wichtig, dass wir dort zusammen sind! Zu dieser Zeit, an diesem Ort, wo auch immer das ist. Es läuft alles nur darauf hinaus! Weil genau das der Grund ist, warum ich hier bin. Warum alles überhaupt passiert ist!«

Zweifellos hatte er gespürt, dass meine Worte wahr waren, und deshalb hatte er letztlich trotz seiner Angst um mich nachgegeben.

Ich zog die warmen Sachen über, die er mir mitgebracht hatte, auch wenn ich kurz vor dem Fellmantel zurückschreckte. Die armen Tiere, die dafür gestorben waren (vermutlich Kaninchen), waren ja schon tot, und wenn ich, bloß um ein Anti-Pelz-Statement zu setzen, auf den warmen Mantel verzichtete, wurden sie auch nicht wieder lebendig.

Gretel und Hugo kamen ebenfalls mit – Hugo, weil Montignac ihm befohlen hatte, uns den Treffpunkt erst auf der anderen Rheinseite zu verraten, und Gretel, weil Hugo ihrer Ansicht nach sonst garantiert vergessen würde, rechtzeitig die nächste Tablette einzunehmen. Damit verstärkte sich mein Eindruck, dass sie Hugos Heiratsantrag mittlerweile deutlich aufgeschlossener gegenüberstand.

Bleich und noch etwas wacklig auf den Beinen kam er die Treppe herunter, als es Zeit für unseren Aufbruch wurde. Ein wenig abseits von den Soldatenzelten lag schon das Boot bereit, das uns über den Rhein bringen sollte. Es war ein ziemlich ausladender Lastkahn mit langen Ruderstangen. Ein Mann mit einem gefährlich aussehenden Gewehr bewachte die beiden großen Kisten, die neben einem Uferfelsen für den Abtransport bereitstanden.

Hugo hüstelte und sah plötzlich sehr verlegen aus. »Ich muss den Inhalt prüfen.«

»Du undankbarer Kerl!«, rief Gretel. »Das kann nicht dein Ernst sein nach allem, was diese beiden großherzigen Menschen für dich getan haben!«

»Aber ich habe meine Befehle!«, sagte Hugo mit kläglicher Miene.

»Schon gut«, sagte Thomas. Er öffnete die Vorhängeschlösser, mit denen die Deckel der Kisten gesichert waren. Als er sie beide aufklappte, sah ich die goldenen Münzen mit der aufgehenden Sonne um die Wette schimmern.

Gretel schnappte nach Luft. »Oh mein Gott! Nie sah ich größere Reichtümer! Das muss ein riesiges Vermögen sein! Ein gewaltiger Schatz! Wollen Sie wirklich das ganze schöne Gold dem schrecklichen Franzosen geben?«

»Mein Vater ist mir mehr wert als alles Gold der Welt«, sagte Thomas schlicht. Hugo schnappte sich eine Münze und biss hinein. *»Bon!«* Mit seiner gesunden Hand grub er ein bisschen in den Münzen herum und nickte schließlich zustimmend.

Thomas klappte die Deckel wieder zu und verschloss sie. Dann reichte er Hugo die Schlüssel für die Vorhängeschlösser.

»Hier, als Zeichen meines Vertrauens in die Redlichkeit deines Kommandanten.«

Hugo nahm die beiden Schlüssel entgegen und sagte nichts mehr. Gretel schnaubte verächtlich, aber sie half Hugo trotzdem beim Besteigen des Kahns, weil er wegen seines in der Schlinge liegenden Arms nur schwer das Gleichgewicht halten konnte.

Nachdem Thomas gemeinsam mit dem Bootsführer die beiden Kisten über eine aufgelegte Planke auf das Boot geschleppt hatte, wurden zwei wartende Esel an Bord getrieben, was nicht ganz einfach war, weil sie anscheinend keine Lust auf eine Kahnpartie hatten und sich erst durch viele

Flüche und wiederholtes Schubsen dazu bewegen ließen, über die wacklige Planke zu trotten.

Als alles an Bord war, stieß der Bootsführer den Kahn vom Ufer weg und begann zu rudern. Ohne besondere Aufforderung nahm Thomas die zweite Ruderstange und half dem Schiffer, den Kurs zu halten und die Rheininsel zu passieren. Die Strömung war stark, und was den Wind anging, so hatte Thomas nicht übertrieben. Starke Böen pfiffen uns um die Nase, und das Boot wurde immer wieder abgetrieben. Unwillkürlich musste ich an die Nacht des Sturms denken, als das Boot, auf dem Thomas sich befunden hatte, zusammen mit seinen Männern untergegangen war. Ich sah zu ihm hinüber und beobachtete ihn beim Rudern. Für ein paar Augenblicke kreuzten sich unsere Blicke, und ich erkannte, dass er ebenfalls an das schreckliche Unglück dachte.

Mit zusammengebissenen Zähnen zog er das Ruder durch und gab alles, damit wir sicher über den Fluss kamen. Ich empfand tiefe Erleichterung, als wir endlich an der anderen Seite anlegten, auch wenn wir uns ein ganzes Stück flussabwärts wiederfanden. Möglicherweise war es aber auch Absicht, dass wir dort an Land gingen, weil es sich um einen einsam gelegenen Uferabschnitt handelte, wo weit und breit kein Mensch zu sehen war.

Die Esel wurden an Land verfrachtet, die Kisten ausgeladen und auf die Esel gebunden. Im Vergleich zu den Kisten wirkten die Tiere so schmächtig, dass ich befürchtete, sie würden nach zehn Schritten unter der Last zusammenbrechen.

Aber Gretel beruhigte mich. »Diese Esel sind viel zäher, als sie aussehen! Die könnten glatt das Doppelte schleppen.« Zu Hugo sagte sie mit gedämpfter Stimme: »Weißt du eigentlich, wie dämlich du bist? Wieso hast du nicht ein paar von den Goldstücken eingesteckt? Es wäre Montignac bei dieser Menge überhaupt nicht aufgefallen! Und wir beide hätten uns ein schönes Leben machen können.« Sie beäugte ihn von der Seite. »Du könntest es immer noch tun, denn du hast ja jetzt die Schlüssel. Der junge Engländer hat sicher nichts dagegen. Die Kisten sind bis zum Rand voll, wem würde es auffallen, wenn ein paar von den Goldstücken fehlen?«

»Weib, du bist verrückt, wenn du glaubst, ich würde meinen Colonel betrügen.«

Daraufhin strafte sie ihn mit Missachtung. Hugo wirkte ziemlich unglücklich und bemühte sich einige Male, Gretel wieder gnädig zu stimmen, doch sie ging nicht auf seine schwächlichen Konversationsversuche ein. Hugo war sowieso nicht gerade der geborene Unterhalter, zumal sein starkes Lispeln seinen Äußerungen oft einen unfreiwillig komischen Anstrich verlieh.

Thomas und der Bootsführer waren mit dem Beladen der Esel fertig. Thomas bezahlte den Schiffer und beauftragte ihn, hier am Ufer auf uns zu warten, dann wandte er sich an Hugo.

»Wir sind nun aufbruchbereit. Wo ist der Übergabeort?«

»Ich führe euch hin.«

»Es würde reichen, wenn du uns sagst, wo es ist. Du musst nicht mitgehen. Ich komme schon allein klar.«

»Nein, ich begleite euch.« Erklärend fügte Hugo hinzu: »Ich habe Befehl, die Kisten nicht aus den Augen zu lassen.«

Allmählich wurde ich sauer. »Du unterstellst Thomas ein falsches Spiel? Obwohl er alles getan hat, um Montignacs Bedingungen zu erfüllen?«

»Nicht ich misstraue ihm. Sondern mein Colonel.«

»Aha. *Dem* vertraust du aber bedingungslos, oder was? Glaubst du wirklich, dass er seinen Teil der Abmachung einhält?«

Hugo blickte mich nur mit großen Augen an.

»Dir ist nicht mehr zu helfen«, verkündete Gretel. Zu mir sagte sie: »Tut mir sehr leid, dass er so ein Idiot ist.«

Hugo zog den Kopf ein und sagte nichts. Schwerfällig wandte er sich ab und führte uns vom unbefestigten Ufer des Flusses bis zu einem von Matsch und Schneeresten bedeckten Pfad, auf dem es in Richtung eines kleinen Seitentals weiterging. Wir waren bereits ein ganzes Stück marschiert, als uns ein Fuhrwerk entgegengerumpelt kam. Auf der Ladefläche kollerten ein paar Dutzend Runkelrüben hin und her. Der Bauer auf dem Kutschbock verfluchte uns in einer Mischung aus Deutsch und Französisch, weil er anhalten und warten musste, bis wir mit den Eseln zur Seite gegangen waren, damit er vorbeifahren konnte. Als er seinen Gaul hinterher mit einem Peitschenknall zum Weiterzockeln antrieb, schimpfte er immer noch unflätig vor sich hin. Offenbar hatte er mit Fremden keine guten Erfahrungen gemacht.

Hugo ging weiter, gefolgt von Thomas, der beide Esel am

Strick führte. Gretel und ich bildeten das Schlusslicht unserer kleinen Wandergruppe. Wir folgten den schlammigen Spurrillen, die das Fuhrwerk hinterlassen hatte, bis wir zu einem Dorf kamen. Genau genommen waren es nur ein paar Häuser entlang der verschneiten Straße, die ruhig in der Vormittagssonne lagen. Erst beim Näherkommen sahen wir, dass die Häuser ausgebrannt und teilweise eingestürzt waren. Bei einem von ihnen hing eine Tür lose in den Angeln und schwang mit gespenstischem Knarren hin und her.

»Was ist denn hier passiert?«, fragte ich beklommen.

»Sicher haben die Bewohner Widerstand geleistet und mussten dafür büßen«, sagte Gretel.

»Widerstand gegen wen?«

»Gegen die Söldner natürlich.«

»Welche Söldner meinst du?«

»Wahrscheinlich französische, die auf ihrer Flucht vor den Alliierten hier durchkamen. Aber wer weiß das schon? Tausende von Soldaten ziehen durchs Land. Alle haben Hunger und wollen was zu essen. Am Ende kann man Freund und Feind nicht mehr auseinanderhalten. Es geht nur noch ums Überleben.«

Bei ihren Worten überzog Gänsehaut meinen Körper, obwohl ich nicht mehr fror. Die Kleidung, die Thomas mir mitgebracht hatte, hielt mich einigermaßen warm.

Hugo war stehen geblieben. Ringsumher herrschte Stille, nur zerrissen durch den scheußlichen Misston der hin und her schwingenden Tür. Außer diesem durchdringenden Quietschen war weit und breit nichts zu hören. Das Rauschen des Flusses war schon vor einer Weile in der Ferne verklungen.

Im nächsten Moment schallte uns der verzweifelt klingende Ruf eines Mannes entgegen.

*

17

»Thomas, komm nicht näher! Bring das Gold zurück, und gib es Blücher!«

»Vater!«, schrie Thomas. »Wo bist du?«

»Er ist hier bei mir, und wenn du nicht sofort die Kisten hier herüberschaffst, stirbt er!« Das war Montignac! Seine Stimme kam aus derselben Richtung wie die des Earls. Sie mussten sich in einer der Ruinen aufhalten. In welcher, ließ sich nicht auf Anhieb erkennen.

»Es ist alles in Ordnung, *mon Colonel*!«, rief Hugo. »Die Kisten sind voll mit Gold! Ich habe es überprüft!« Er hielt die Schlüssel hoch. »Und ich besitze die Schlüssel für die Vorhängeschlösser!«

Thomas trat vor. »Vater! Bist du verletzt?«

»Nein, es geht mir gut.« Ein weithin hörbares, heftiges Husten strafte die Worte des Earls Lügen. Aber immerhin, er war am Leben!

»Wir machen es so«, erklärte Montignac laut rufend. »Ihr stellt die Kisten vor dem Haus mit der quietschenden Tür ab. Sobald Hugo mir die Schlüssel übergeben hat, schicke ich den Earl ins Freie und ihr könnt gehen.«

In scharfem Befehlston fügte er hinzu: »Die Hexe bleibt, wo sie ist! Ein Schritt näher, kleine Lori, und der Earl ist ein toter Mann!«

Thomas setzte sich unverzüglich in Bewegung. Er führte die Esel zu der Ruine, gefolgt von Hugo, der an ihm vorbei durch die schrecklich quietschende Tür ins Innere eilte. Ich war wie befohlen bewegungslos stehen geblieben, obwohl die Angst um Thomas mich fast wahnsinnig machte.

Unter Einsatz seiner gesamten Körperkraft wuchtete Thomas die Kisten von den Rücken der Lastesel und verharrte dann wartend.

Zu meinem unendlichen Erstaunen schien Montignac Wort zu halten. Gestützt auf Hugo und Pierre kam nun ein Mann aus dem ausgebrannten Haus gewankt. Trotz der Entfernung erkannte ich sofort, dass es sich um Thomas' Vater handelte. Er war vielleicht Mitte vierzig und genauso hochgewachsen wie sein Sohn. Die beiden ähnelten sich sehr, sowohl von den Gesichtszügen her als auch in ihrer Haltung. Der Earl trug keine Kopfbedeckung und war in Zivil. Dass er krank war, merkte man bereits von Weitem, nicht nur wegen seines Hustens und seines unsicheren Gangs, sondern auch, weil sein Gesicht so weiß war wie der Schnee unter seinen Füßen.

In dem Augenblick, als Thomas seinen Vater in Empfang nahm, krachte ein ohrenbetäubend lauter Schuss, und Thomas zuckte getroffen zusammen.

»Nein!«, schrie ich.

Gleich darauf zerriss ein weiterer Knall die winterliche

Stille, und diesmal war ich das Ziel. Die Kugel, die Montignac durch die quietschende Tür auf mich abgefeuert hatte, verfehlte mich buchstäblich nur um Haaresbreite – ich spürte, wie das Geschoss sengend an meiner Schläfe vorbeistrich. Ich berührte die Stelle und sah auf meinen Fingerspitzen eine Spur von Blut. Meine Knie wurden weich, und einen Moment lang fürchtete ich, in Ohnmacht zu fallen. Schwankend hielt ich mich aufrecht.

Gretel kreischte ohne Unterlass. Ich sah, wie Thomas taumelte und wie sein Vater versuchte, ihn festzuhalten, obwohl er sich wegen seiner körperlichen Schwäche selbst kaum auf den Beinen halten konnte. Hugo schaute sichtlich geschockt zum Haus hinüber. Pierre zerrte derweil hastig eine der Goldkisten zu der quietschenden Tür.

Das alles geschah mehr oder weniger zeitgleich, zumindest innerhalb von Sekundenbruchteilen, während ich benommen versuchte, die Situation zu erfassen.

Abermals tauchte der Lauf eines langen Vorderladers in der offenen Tür auf, und erneut richtete er sich auf mich. Montignac musste sich eine ganze Batterie schussbereiter Gewehre für diesen Hinterhalt bereitgelegt haben.

Ich hatte überhaupt nicht bemerkt, dass meine Hände längst von dem flüssigen blauen Feuer umhüllt waren. Das wurde mir erst richtig bewusst, als ich mit einem wilden Aufschrei beide Arme in Richtung des auf mich zielenden Gewehrs ausstreckte. Eine Millisekunde später zischte ein gezackter Doppelblitz von meinen Fingerspitzen in Richtung Ruine. Der weiße Flammenspeer traf den Gewehrlauf und schleuderte ihn weg wie ein dünnes Streichholz. Was dabei mit Montignac passierte, war nicht zu sehen, weil er sich im Inneren des Hauses befand, aber seinem durchdringenden Schrei nach zu urteilen hatte ich ihn getroffen. Er hatte wohl nicht erwartet, dass ich auf diese Entfernung Blitze schleudern konnte – meine letzte Attacke gegen ihn war im Vergleich zu dieser ja auch ziemlich mickrig ausgefallen.

Pierre hatte sich hinter einer kaputten Mauer in Deckung geworfen.

»Heilige Muttergottes, *jetzt* weiß ich, was Hugo meinte«, hörte ich Gretel hervorstoßen, während ich an ihr vorbeirannte, um zu Thomas zu gelangen.

Hugo hatte seine Erstarrung abgeschüttelt. Mit dem gesunden Arm umfasste er den Earl und schleppte ihn zu einem der Esel. Thomas hinkte zu dem anderen hinüber. Ich war gerade rechtzeitig zur Stelle, um ihm zu helfen, das Lasttier zu erklimmen.

»Bist du schwer verletzt?«, fragte ich voller Panik, als ich das Blut an seinem Oberschenkel sah.

»Ein Streifschuss. Halb so wild. Was ist mit dir?« Er warf einen Blick auf meine Schläfe und stieß einen wüsten Fluch aus.

»Auch nur halb so wild«, versicherte ich.

Die ganze Zeit über behielt ich die Ruine und die immer noch hin und her schwingende Tür im Auge, aber dort rührte sich nichts.

Hugo war es gelungen, den Earl auf den Esel zu verfrachten, und auch Thomas hatte mit unterdrücktem Stöhnen eine halbwegs erträgliche Sitzposition eingenommen. Hastig führten Hugo und ich die Esel aus dem zerstörten Dorf hinaus, zurück in die Richtung, aus der wir gekommen waren. Ich blickte mich immer wieder um, jederzeit bereit, beim kleinsten Anzeichen eines erneuten Angriffs den nächsten Blitz zu schleudern. Doch Montignac hielt sich verborgen. Auch Pierre wagte nicht, sich zu zeigen.

Gretel wartete in einiger Entfernung auf uns, kreidebleich und merklich erschüttert von dem, was sie mit angesehen hatte. Sie half mir, Thomas' Verletzung mit einem provisorischen Verband zu versorgen – wir wickelten sein Halstuch fest um seinen Oberschenkel, um die Blutung zu stillen.

»Als ich dich den Blitz schleudern sah, wollte ich zuerst weglaufen«, informierte Gretel mich, während wir eilig unseren Weg fortsetzten. »So weit wie nur irgend möglich.«

»Ich hätte es dir nicht übel genommen«, sagte ich geistesabwesend, immer noch zutiefst aufgewühlt von der Angst, die ich um Thomas ausgestanden hatte. Wenn er mich nicht zu dieser Mission mitgenommen hätte, wäre er jetzt tot!

»Aber dann entschied ich zu bleiben«, fuhr Gretel fort. »Denn wenn ich weggelaufen wäre, hätte Hugo ja keine Tabletten mehr gehabt.«

»Es geht mir schon viel besser«, meinte Hugo.

»Das ist es ja. Man muss die Tabletten trotzdem nehmen, sonst kommt das Fieber zurück«, erklärte Gretel. Mitleidig betrachtete sie Thomas, der sich mit schmerzverzerrter Miene am Hals des Esels festhielt. »Tut Ihr Bein sehr weh?«

»Ich werde es überleben.«

»Das freut mich.« Als Nächstes nickte sie höflich dem Earl zu, der hustend auf dem anderen Esel saß. »Mein Herr, ich bin so froh, dass Sie endlich in Sicherheit sind!«

Der Earl gab keine Antwort. Die Aufwallung an Energie und innerer Klarheit, die ihm vorhin ermöglicht hatte, Thomas zum Rückzug aufzufordern, war verflogen. Fieberglanz stand in seinen Augen, sein Blick ging ins Leere, und es bereitete ihm große Mühe, sich auf dem Esel zu halten. Er musste wirklich schwer krank sein, bestimmt hatte er eine Lungenentzündung. Hoffentlich stand er es durch!

»Gut, dass du dich vorhin besonnen und doch noch für die richtige Seite entschieden hast«, sagte Gretel zu Hugo.

»Vielleicht stand ich da ja schon vorher.«

Darauf ging sie nicht ein, denn etwas anderes schien ihr wichtiger zu sein. »Wir müssen Montignac das Gold wegnehmen, solange es noch geht!« Eifrig wandte sie sich an Thomas. »Lori kann mit ihrer Zauberkraft Montignac und Pierre in Schach halten. Unterdessen holen wir uns das Gold wieder. Ein Esel kann Sie und Ihren Vater gleichzeitig tragen, diese Tiere sind stark! Und der andere Esel trägt das Gold. Wir könnten es in Säcke umladen, die sind handlicher.«

»In welche Säcke?«, fragte Thomas. Trotz seiner Schmerzen schien er Gretels Vorschlag amüsant zu finden.

»Wir basteln uns welche. Ich könnte meinen Umhang zur Verfügung stellen.« Abschwächend setzte sie hinzu: »Natürlich nur vorübergehend. So lange, bis wir richtige Säcke finden.«

Dass sie überhaupt in Betracht zog, ihren Sonntagsumhang herzugeben, war ein Zeichen dafür, wie ernst es ihr war. Das schien auch Thomas zu bemerken. »Es ehrt dich sehr, dass du dieses Opfer bringen willst, doch es ist wirklich nicht nötig.«

»Aber das schöne Gold!«, rief Gretel.

»Das kann Montignac behalten«, gab Thomas zurück.

»Wie können Sie das nur sagen!«

»Weil das Gold nicht echt ist, darum«, mischte Hugo sich mit stoischer Miene ein.

»*Was?!*«, entfuhr es Gretel und mir gleichzeitig.

»Es stammt aus den Beständen des alten Hennes Muck«, erläuterte Thomas. »Jedenfalls der allergrößte Teil davon. Nur die oberste Schicht der Münzen ist echt. Der Rest ist Blei und poliertes Messing.« Aufmerksam blickte er Hugo an. »Mir war nicht klar, dass dir die Fälschung aufgefallen ist. Warum hast du nichts gesagt?«

»Was hätten Sie denn getan, wenn ich mich bei Ihnen über das Falschgeld beschwert hätte?«, fragte Hugo zurück.

»Die Kisten mit dem echten Gold herbeigeholt«, bekannte Thomas. »Aber ich dachte, einen Versuch sei es wenigstens wert.«

»Dasselbe dachte ich auch«, sagte Hugo.

»Was meinst du damit?«

»Meinen Versuch, zu den Guten zu halten. Ich denke, er ist mir gelungen.« Hugo schaute Gretel an, die seinen Blick mit offenem Mund erwiderte.

»Du hast diesen grässlichen Montignac belogen, damit Herr Wakefields Vater freikommt?«, vergewisserte sie sich.

Hugo hob nur unbeholfen die Schultern. Auf Gretels Gesicht breitete sich ein Strahlen aus.

Wir kehrten auf dem schnellsten Weg zu der Stelle am Fluss zurück, wo der Schiffer mit dem Boot auf uns wartete. Während der Überfahrt hielt Thomas seinen Vater in den Armen. Seine Miene drückte Verzweiflung und tiefe Sorge aus, und dasselbe fühlte ich auch. Würde sein Vater überleben? War es uns gelungen, den ursprünglichen Verlauf der Geschichte wieder in Gang zu bringen? Im Augenblick schien alles noch offen, aber es hätte schlechter stehen können. Thomas' Plan war mit Hugos stillschweigender Unterstützung aufgegangen – das Gold war noch da, in einem sicheren Versteck, und Montignac würde es, wenn nicht noch unvorhergesehene Ereignisse eintraten, nicht mehr in die Finger bekommen.

Nach unserer Ankunft im Ort schickte Thomas einen Boten zu Generalfeldmarschall Blücher, der innerhalb kürzester Zeit persönlich erschien und nach einer kurzen Unterredung mit Thomas dafür sorgte, dass dem schwer kranken Earl im *Goldenen Hirsch* sofort ein Zimmer mit Ofen zur Verfügung gestellt wurde. Thomas' Vater lag fiebernd und hustend im Bett, während ich die Beipackzettel der infrage kommenden Medikamente studierte. Der Rucksack, den wir während unseres Abstechers über den Rhein in meiner abgeschlossenen Kammer zurückgelassen hatten, bot glücklicherweise eine reichhaltige Auswahl.

Schließlich entschied ich mich für das gleiche Mittel, das bereits Hugo so gut geholfen hatte. Dank des Apothekers in der Fake-Welt waren davon mehrere Packungen vorrätig, und es wirkte laut Packungsbeilage auch gegen bakterielle Infekte von Atemwegen. Der Husten des Earls schien mir in diese Kategorie zu fallen. Trotzdem wollte ich die Verantwortung nicht allein tragen und ließ Thomas das Kleingedruckte, sprich den Abschnitt mit den Nebenwirkungen, ebenfalls durchlesen. Er tat es schweigend und mit ernster Miene, und anschließend nickte er nur und verabreichte seinem Vater eigenhändig die erste Tablette.

Danach kümmerte sich Blüchers bester Militärarzt um Thomas' Verletzung. Ich hätte es gern selbst getan, aber die Wunde musste laut Thomas genäht werden, und das traute ich mir beim besten Willen nicht zu.

Doch als er anschließend von der Behandlung zurückkam, wickelte ich als Erstes den Leinenverband ab und benetzte die Wundnaht ausgiebig mit dem Desinfektionsmittel. Obwohl es mich beim Anblick der wulstigen, blutigen Naht grauste, zwang ich mich dazu, es so gründlich wie möglich zu machen. Thomas' Leben konnte davon abhängen. Dann legte ich eine sterile Mullkompresse auf die gereinigte Stelle und verband das Bein sorgfältig.

Von einem der im Gasthaus logierenden englischen Offiziere staubte Thomas eine halbwegs saubere Uniform ab und fühlte sich hinterher wie neugeboren – zumindest behauptete er das, obwohl ihm deutlich anzusehen war, dass ihm das Bein wehtat. Er weigerte sich jedoch, ein Schmerzmittel einzunehmen, anscheinend fand er das irgendwie unmännlich.

Ich selbst war nicht annähernd so tapfer, obwohl die Wunde an meiner Schläfe bloß eine Hautabschürfung war. Schon auf dem Rückweg zum Fluss hatte es nicht mehr geblutet, und nach unserer Ankunft im *Goldenen Hirsch* hatte ich nur ein Pflaster draufgeklebt, mehr war nicht nötig gewesen.

Mehrere Stunden verstrichen, während wir stumm beim Earl ausharrten und inständig hofften, dass es ihm bald besser ging. Ab und zu wurde er von einem Hustenanfall geschüttelt, und kurzzeitig schien das Fieber sogar noch zu steigen, denn seine Stirn fühlte sich glühend heiß an. Er war in eine Art Dämmerzustand gefallen. Manchmal warf er sich unruhig hin und her und murmelte unverständliche Worte vor sich hin.

Thomas redete beruhigend auf ihn ein, bis sein Vater wieder verstummte und still liegen blieb. Irgendwann sank der Earl in tiefen Schlaf, und als ich das nächste Mal seine Stirn berührte, schien das Fieber nachgelassen zu haben.

Zwischendurch kam Gretel zu uns ins Zimmer und berichtete uns von den Aktivitäten im Ort. Die russischen Pioniere hatten begonnen, aus Leinwand, Teer und Holz die Pontonbrücke über den Rhein zu errichten, und die übrigen Truppen sammelten sich zum Vorstoß auf die andere Seite des Flusses. In der Kirche wurden die Schiffer des Orts unter Mitwirkung des Pfarrers als Unterstützer vereidigt – keiner wollte je wieder unter französische Herrschaft geraten. In der bevorstehenden Neujahrsnacht würde die Geschichte jene bedeutsame Wende nehmen, die zur Entstehung meiner Zukunft führte – meiner *richtigen* Zukunft.

Das Gold war in Generalfeldmarschall Blüchers Besitz übergegangen, die Finanzierung des Winterfeldzuges nach Frankreich gesichert. Blücher würde mit seinen Truppen bis nach Paris vordringen und später gemeinsam mit Wellington die Schlacht von Waterloo gewinnen.

Eigentlich hätte ich erleichtert sein müssen, dass bis jetzt alles planmäßig funktioniert hatte. Aber das war ich nicht. Innerlich war ich wie versteinert. Die hereinbrechende Dunkelheit machte mir unausweichlich klar, dass uns nur noch ein paar Stunden blieben.

Die Zeit unseres Abschieds stand bevor.

*

Bereits vor unserem Aufbruch ging es dem Earl deutlich besser. Er wachte auf, ergriff Thomas' Hand und lächelte erleichtert, als er erfuhr, dass das Gold an den bestimmungsgemäßen Empfänger gelangt war. Thomas flößte ihm Wasser ein, und der Earl trank es, ohne ein einziges Mal husten zu müssen.

»Ich bin stolz auf dich, mein Junge«, sagte er leise. »Du hast meine Erwartungen weit übertroffen. Unsere Mission hast du bravourös erfüllt.«

»Ich hatte Glück. Und viel Hilfe.« Thomas blickte mich an.

»Ohne Hilfe geht es nicht«, stimmte der Earl zu. »Aber nun ist es genug. Wir gehen nach Hause.«

Thomas wirkte erstaunt. »Du willst nicht mit Wellington nach Frankreich weiterziehen?«

Der Earl schüttelte den Kopf. »Diese Schlachten können jetzt andere schlagen. Ich werde eine Weile brauchen, um mich zu erholen. Genau wie du.«

»So schlimm ist die Verletzung an meinem Bein nicht. Ich könnte jederzeit wieder auf ein Pferd steigen und ein Bajonett halten.«

»Du wirst mich nach England begleiten.« Die Stimme des Earls klang noch schwach, aber sehr entschlossen. Meine Vermutung, dass er Thomas aus diesem Krieg herausbringen wollte, hatte sich bestätigt.

Der Blick des Earls streifte mich. »Das ist das Mädchen, nicht wahr? Die Blitzhexe, von der Montignac sprach.«

»Ich mag es nicht, wenn man sie so nennt«, sagte Thomas. Es klang ungehalten.

Ich räusperte mich. »Außerdem darf man nicht alles glauben, was Montignac so erzählt.«

»Ich glaube ihm gewiss nicht alles, Loreley … So lautet dein Name, nicht wahr?«

Ich nickte verlegen.

»Du bist sehr schön.«

»Danke.«

»Wo bist du meinem Sohn begegnet? Hier im Ort?«

»Äh … nein, im Wald.«

Der Earl ließ mich nicht aus den Augen. »Ich bekam nicht viel von dem mit, was Montignac über dich sagte, weil ich die meiste Zeit ohne Bewusstsein war. Aber eines entging mir nicht: Montignac fürchtet dich. Zu Recht, wie ich meine. Denn ich sah, wie du einen Blitz auf ihn geschleudert hast.«

Dazu sagte ich lieber nichts. Halb und halb wartete ich darauf, dass er sich bekreuzigte, so wie alle anderen, wenn die Sprache auf meine Zaubertricks kam. Aber der Earl verzog keine Miene. Vielleicht glaubte er ja, alles nur geträumt zu haben. Oder er war einfach die Sorte Mann, die mental nichts so schnell umhaute, nicht mal Hexerei.

Thomas warf einen Blick auf seine Taschenuhr und erhob sich von dem Stuhl, auf dem er gesessen hatte. »Es wird Zeit, Lori.«

»Ich weiß«, murmelte ich. Ich spürte die Notwendigkeit, mich jetzt auf den Weg zu dem Felsen und dem Baum zu machen, so deutlich, als hätten beide nach mir gerufen. Ich zog mir den Fellmantel über, den ich an einem Wandhaken aufgehängt hatte.

»Gute Besserung«, sagte ich zu Thomas' Vater.

Er nickte und beobachtete mit undeutbarer Miene, wie Thomas mich zur Tür begleitete.

»Kommst du wirklich wieder, mein Sohn?«, fragte er leise.

»Gewiss«, erwiderte Thomas. Es klang überrascht, aber auch eine Spur reserviert. »Ich bringe Lori nur rasch … heim.«

»Leb wohl, Lori«, sagte der Earl mit erschöpfter Stimme. »Und Gott schütze dich.«

»Vielen Dank.« Ich lächelte Thomas' Vater ein bisschen zittrig an. Es war ein komisches und irgendwie sehr trauriges Gefühl, sich von ihm zu verabschieden, denn ich wusste ja, dass wir uns nie wiedersehen würden. Er war mir sympathisch und erinnerte mich ein wenig an meinen eigenen Vater, und die Vorstellung, dass er bereits seit Jahrhunderten tot sein würde, sobald ich wieder einen Fuß in meine eigene Welt setzte, hatte etwas Erschreckendes an sich. Doch *richtig* furchtbar war die Vorstellung, dass dasselbe auch auf Thomas zutraf. Ich musste die Luft anhalten, weil es so wehtat, und sofort verbannte ich diesen unerträglichen Gedanken tief in mein Unterbewusstsein. Sonst hätte ich es nicht ausgehalten.

Wir gingen nach unten. Thomas mühte sich humpelnd auf der Treppe ab.

»Du kannst noch nicht wieder richtig laufen«, sagte ich. »Auf keinen Fall kannst du mit in den Wald. Ich schaffe das auch allein.«

Das war die reine Wahrheit. Anders als die letzten Male wusste ich, dass ich den Weg problemlos finden würde, auch ohne GPS-Daten und Wanderkarte. Der Felsen und die Ulme waren wie leuchtende Wegmarken in meinem Inneren. Ich musste nur ihrem geheimen Ruf folgen. Die nötige Beleuchtung hatte ich auch bereits dabei – eine der beiden Taschenlampen aus dem Rucksack.

»Kommt nicht infrage, dass du allein gehst«, erklärte Thomas. »Die Wälder der Umgebung sind immer noch voll von Soldaten. Manche von denen haben seit Monaten keine junge Frau gesehen. Die Zeiten des Krieges sind grausam. Du wärst nicht sicher. Und keine Sorge wegen meines Beins. Wir werden reiten.«

Ich schluckte. »Auf den Eseln?«

Thomas lachte. »Nicht doch. Ich habe ein Pferd organisiert.«

Das war auch nicht viel besser. Im Gegenteil. Ein bisschen verängstigt betrachtete ich das riesige rotbraune Pferd, das vor der Gastwirtschaft angebunden war. Es war ein Fuchswallach (jedenfalls sagte Thomas das, ich selbst hatte die Bezeichnung vorher noch nie gehört) und machte einen fügsamen Eindruck. Doch als ich vorsichtig die Hand ausstreckte, um ihm den Hals zu streicheln, schüttelte es vehement den Kopf und schnaubte geräuschvoll.

»Es mag mich nicht«, sagte ich erschrocken.

»Rubio ist ein Schlachtpferd«, entgegnete Thomas, als wäre das eine passende Begründung.

»Heißt das, es soll geschlachtet werden?«, fragte ich beklommen.

»Nein, Schlachtpferde nennt man so, weil Kavalleristen in der Schlacht auf ihnen reiten. Solche Pferde lassen nicht jeden an sich heran. Getätschel ist ihnen fremd. Sie sind darauf abgerichtet, sich gegen Attacken zu behaupten.«

»Ich tu's nicht wieder«, versicherte ich. »Ist Rubio denn daran gewöhnt, dass zwei Leute auf ihm reiten? Auch wenn es bergauf geht?«

»Mach dir keine Gedanken. Rubio hat Gebirgserfahrung. Du musst dich nur gut an mir festhalten.«

Das würde ich auf jeden Fall tun, denn meine Reiterfahrung ging gegen null. Einmal hatte ich bei einem Kindergeburtstag auf einem Pony gesessen, aber das war mindestens acht Jahre her und gehörte nicht unbedingt zu den Erlebnissen, die ich wiederholen wollte. Das Pony war aus heiterem Himmel losgaloppiert und hätte mich fast abgeworfen. Als Thomas mir versicherte, dass Rubio nur Schritt gehen würde, war ich ziemlich erleichtert.

Hugo und Gretel kamen aus der Gaststube, um sich von mir zu verabschieden.

»Du kannst meine Alltagskleidung behalten«, sagte Gretel.

»Danke, das ist nett von dir. Hast du denn jetzt überhaupt noch Wechselsachen zum Umziehen?«

»Hugo will mir neue Kleider kaufen.«

Daraus schloss ich, dass sie ihre Einstellung zu ihm mittlerweile grundlegend überdacht hatte. Es klang jedenfalls ganz danach, als hätte sie Lust, mit ihm nach Frankreich umzusiedeln. Entweder auf seinen Bauernhof oder nach Paris. Wobei ich Letzteres für wahrscheinlicher hielt.

Hugo machte schon wieder einen ziemlich fitten Eindruck. Er hielt sich gerade, sein Gesicht hatte wieder Farbe, und seine ganze Haltung wirkte aufgeräumt und strahlte Zuversicht aus. Die Zeit mit Montignac schien für ihn der Vergangenheit anzugehören.

»Leb wohl, kleine Blitzhexe«, sagte er zu mir. »Ich hoffe, du findest in deine Welt zurück und bekommst deine Familie wieder. Ich wünsche dir ein gutes Leben.«

»Danke gleichfalls.« Ich war ein bisschen verlegen, denn dass Hugo neuerdings zu den Guten gehören wollte, machte ihn noch lange nicht zu meinem Freund. Schließlich hatte er gestern noch ungerührt dabei zugesehen, wie Montignac mich verschleppt, bedroht und erpresst hatte. Von der Sache mit der Werkbank ganz zu schweigen. Aber das würde ich ihm sicher nicht lange nachtragen. In zwei Stunden war ich sowieso weg, und sobald ich wieder zu Hause war, wäre er dann automatisch schon sehr, sehr lange tot.

Genau wie Thomas.

Abermals schnürte es mir die Kehle zu, denn solche Gedanken hatte ich mir ja eigentlich verboten.

Thomas half mir, das Pferd zu besteigen, dann zog er sich selbst in den Sattel hoch. Trotz der Verletzung bewegte er sich sicher und geschmeidig, und als ich von hinten die Arme um ihn schlang, spürte ich seine tröstliche Wärme. Alles in mir drängte danach, meinen Kopf gegen seinen Rücken zu lehnen und seinem Herzschlag zu lauschen. Doch noch gab es jede Menge Leute um uns herum, die uns beobachteten und uns mit neugierigen Blicken verfolgten, als wir hoch zu Ross durch den Ort ritten. Anstelle der Taschenlampe hatte Thomas ein altmodisches Windlicht vor sich am Sattelknauf befestigt, da die Menschen sonst bestimmt in Scharen zusammengelaufen wären, um die ungewöhnliche Leuchte zu bestaunen.

Im Vorbeireiten sahen wir, dass sich am Ufer des Rheins bereits unzählige Soldaten versammelt hatten. Die Pontonbrücke war zu großen Teilen fertig und schwamm im dunklen Wasser des Flusses, nur hier und da von Bootslaternen beleuchtet. Das Hämmern der Zimmerleute und Pioniere hallte durch die Nacht. Viele Fischer hatten zum Übersetzen der Militärs ihre Kähne klargemacht, die an Stegen und am unbefestigten Ufer bereitlagen.

Der Anfang des neuen Jahres stand bevor, und gleichzeitig würde ein entscheidendes Kapitel der Kriegsgeschichte beginnen. Ich war bloß froh, dass Thomas dabei nicht mehr mitmachen würde, sondern mit seinem Vater nach England zurückkehrte. Hoffentlich erwartete ihn dort ein langes, sicheres und glückliches Leben, ohne Krieg, Krankheiten und sonstigen Stress! Als Erbe eines großen Vermögens würde es ihm sicher gut gehen. Bestimmt fand er bald ein Mädchen, das er über alles liebte und das seinen Antrag garantiert nicht ablehnen würde. So doof war außer mir hundertprozentig keine. Mal ehrlich – ein künftiger Earl! Wahrscheinlich lebte er sogar in einem richtigen Schloss!

»Woran denkst du?«, wollte Thomas wissen, während wir uns auf Rubio allmählich der Ortsgrenze näherten.

»Ob deine Familie in einem Schloss wohnt.«

»Ja, das tun wir. Wobei meine Familie nur aus meinem Vater und mir besteht. Wir leben auf Coldsworth Manor.«

»Heißt euer Schloss so? Coldsworth Manor?«

»Ja.«

Coldsworth Manor. Coldsworth Manor. Ich sagte es in Gedanken ein paarmal auf und ließ es mir innerlich auf der Zunge zergehen. Es klang wirklich sehr … adelig.

»Wie heißt euer Haus in Frankfurt?«, fragte Thomas.

»Es hat keinen Namen. Bloß eine Hausnummer. Und es ist auch kein Haus, sondern nur eine Wohnung. Aber sie ist ziemlich groß, Mia und ich haben beide ein eigenes Zimmer.« Ich hielt inne. »Du hast wahrscheinlich mehr als ein Zimmer.«

»Unser Familienbesitz umfasst mehrere Anwesen. In London haben wir beispielsweise ein Haus am Eaton Place.«

»Die Adresse, die in deinem Pass steht und wo du so gut wie nie bist?«

»Ganz recht. Wir sind sehr selten in London. Und die meiste Zeit des vergangenen Jahres habe ich ohnehin in einem Zelt oder unter freiem Himmel geschlafen.«

»Oder in der Höhle«, fügte ich hinzu.

»Oder in der Höhle«, bestätigte Thomas. »Von allen Nächten, in denen ich behelfsmäßig biwakiert habe, wird mir diese eine in deinen Armen in immerwährender Erinnerung bleiben, Lori.«

Eine bittersüße Traurigkeit machte sich in mir breit. »Ich vermisse dich jetzt schon«, sagte ich leise.

Wie sehr hätte ich mir gewünscht, ihn einfach in meine Zeit mitnehmen zu können, aber meine Hexensicht sagte mir unerbittlich, dass es nicht ging. Ich würde ohne ihn in meine Welt zurückkehren. Das Einzige, was noch unklar war, bestand in der Frage, ob es wirklich meine Welt sein würde oder die veränderte Variante.

Als im nächsten Moment jemand von der Seite auf uns losstürmte, fuhr ich entsetzt zusammen. Eine Gestalt hatte sich aus den dunklen Schatten zwischen zwei Häusern gelöst und griff uns an – ein Mann mit einem Speer! Alles ging so unfassbar schnell, dass ich kaum weitere Einzelheiten erkennen konnte, doch dann erblickte ich das vernarbte Gesicht des Angreifers. Es war Pierre!

»Du bist des Todes, Hexe!«, schrie er auf Französisch.

»Du hast meinen Colonel ermordet! Dein Blitz hat ihn erschlagen!«

Pierre schwang den Speer und hätte mich zweifellos im nächsten Augenblick damit durchbohrt, doch Thomas reagierte sofort. Er riss Rubio am Zügel herum und rief ein scharfes Kommando, worauf das Pferd sich auf die Hinterbeine erhob und die Vorderhufe auf Pierre hinunterdonnern ließ. In diesem Moment verstand ich, was Thomas mit *Schlachtpferd* gemeint hatte! Der Speer zerbrach wie billiges Spielzeug, als Pierre von Rubios Hufen getroffen und zu Boden geschleudert wurde.

Anscheinend war er nicht lebensgefährlich verletzt, denn er war noch dazu in der Lage, wüste Flüche zu brüllen, womit er umgehend mehrere Wachen auf den Plan rief.

»Ein Franzose!«, schrie ein preußischer Soldat. Sofort stürmten weitere Uniformierte heran und packten Pierre. »Er muss sich eingeschlichen haben! Werft ihn ins Gefängnis!«

Zwei Soldaten zogen Pierre auf die Beine und schleiften ihn fort. Ein dritter wandte sich an Thomas. »Alles in Ordnung, Leutnant?«

Thomas nickte. »Danke für Ihre Hilfe, Soldat.«

Mein Herz raste wie eine Dampflok, als wir langsam weiterritten. Das war knapp gewesen! Nie und nimmer hätte ich es rechtzeitig geschafft, einen Blitz zu produzieren! Ich brauchte lange, bis ich wieder normal atmen konnte.

Es ging in Serpentinen bergauf. Rubio trottete unermüdlich weiter. Bald war der Ort hinter uns vollständig im

Dunkel der Nacht verschwunden, und wir befanden uns im tiefen Wald. Nach einer Weile hörte ich von ferne die Kirchenglocke läuten, kam aber beim Zählen der Schläge durcheinander. Thomas hatte besser aufgepasst.

»Noch eine Stunde bis Mitternacht«, sagte er. »Wir liegen gut in der Zeit.«

Die Nacht war eiskalt, trocken und klar. Zwischen den Baumwipfeln waren glitzernde Sterne zu sehen, ein Bild von erhabener Schönheit. Aber ich konnte mich nicht daran erfreuen. Wie sollte ich es bloß aushalten, mich in einer Stunde für immer von Thomas zu trennen?

»Bist du froh, dass Montignac tot ist?«, fragte ich ihn, einfach nur, um mich abzulenken.

»Ja, das bin ich«, sagte Thomas unumwunden. »Und bevor du jetzt wieder anfängst, dir Vorwürfe zu machen, weil du ihn getötet hast – es war reine Notwehr!«

Mit vager Verwunderung erkannte ich, dass ich mir bis dahin überhaupt keine Gedanken darüber gemacht hatte. Mir war trotz Pierres zorniger Anschuldigung gar nicht wirklich bewusst geworden, dass Montignac – buchstäblich – durch meine Hand gestorben war. Ich horchte in mich hinein, aber ich empfand … nichts. Seltsam.

Zwar fand ich es ein wenig herzlos von mir, dass es mich so rein gar nicht tangierte (Hallo? *Ich* hatte ihn getötet!), doch ich dachte nicht weiter darüber nach. Das bisschen Zeit, das mir noch mit Thomas blieb, war zu kostbar, um es mit Schuldgefühlen zu belasten, und davon abgesehen fühlte ich mich sowieso schon elend genug.

Rückblickend hätte ich wohl besser hinterfragen sollen, *wieso* mich Montignacs gewaltsames Dahinscheiden so unberührt ließ, aber ich konnte nicht darüber nachdenken, weil ich abgelenkt war. Wir hatten den Felsen fast erreicht, und ich spürte seine geheimnisumwobene Gegenwart so unmittelbar, als würde er in der Dunkelheit leuchten. Die gespaltene Ulme, die in dieser Zeit eigenartigerweise genauso uralt war wie in meiner, war im Begriff, aus ihrer tiefen Verborgenheit aufzutauchen und sichtbar zu werden. Auf einer weit entfernten Ebene nahm ich wahr, wie ihre Wurzeln vibrierten und sich mit dem Felsen verknüpften, als wüsste sie, dass sich dort bald ein neuer Feuerbogen bilden würde, erzeugt aus dem Blitzgewitter von Hexenkraft und Himmelsmagie.

»Wir sind gleich da«, sagte ich mit belegter Stimme. »Besser, wir halten schon hier an. Sonst wird Rubio sicher Angst bekommen, wenn das Gewitter anfängt.«

Thomas stieg vom Pferd und half mir aus dem Sattel. Er band Rubio an einen Baum und zog seine Taschenuhr hervor. »Noch fünfzehn Minuten bis Mitternacht.«

Nein!, schrie es in mir. Das war zu wenig! Wie sollte das jemals reichen?!

»Ich weiß nicht, wie ich es ohne dich schaffen soll!« Meine Stimme zitterte.

»Du hast dein ganzes bisheriges Leben ohne mich verbracht, und den Rest wirst du genauso hinbekommen.«

»Ich will aber nicht ohne dich leben!« Verzweifelt hielt ich inne. »Wenn ich das mit dem Zaubern besser draufhätte, könnte ich dich mitnehmen! Aber ich kann ja bloß ein paar blöde Blitze schleudern! Es ist so unfair!«

Thomas nahm mich in die Arme. »Vergiss nicht, du hast die Welt gerettet.«

Und dann küsste er mich. In diesem Augenblick war mir alles egal – dass unsere Trennung bevorstand, dass wir uns nie wiedersehen würden und dass wir nach Mitternacht in zwei unterschiedlichen Zeiten leben würden, durch mehr als zweihundert Jahre voneinander getrennt. Wir küssten uns so, als wäre es für immer. Für jeden Tag, der uns versagt blieb. Für jedes Jahr, das uns das Schicksal nicht gönnte. Für den Rest unseres Lebens, wenn uns nur noch unsere Erinnerung verband.

Eng umschlungen gingen wir schließlich zu dem Felsen hinüber. Thomas hinkte und musste sich auf mich stützen, und ich ließ mir noch einmal von ihm versprechen, dass niemand mit ungewaschenen Händen den Verband berühren durfte und dass er nie wieder in den Krieg zog.

»Was wirst du tun, wenn du wieder zu Hause bist?«, fragte ich ihn leise. »Ich meine – was machen Söhne von reichen Adligen überhaupt so, wenn sie keine Soldaten mehr sind?«

»Zur Jagd ausreiten, in London auf Bälle und Pferderennen gehen, Geld am Spieltisch verschleudern«, sagte Thomas. »Viele von uns führen ein überaus nutzloses und hohles Leben.« Er knipste die Taschenlampe an und legte sie neben uns auf den Boden, damit wir uns bis zum Schluss in den Armen halten konnten. Auch ohne die genaue Uhrzeit zu kennen, wusste ich, dass es fast so weit war. Meine Fingerspitzen fühlten sich bereits heiß an.

»Manche gehen auch auf Reisen«, fuhr Thomas fort. Sein Mund war ganz dicht an meinen Lippen. »Das könnte mir eher liegen.«

»Gute Idee, mach das«, murmelte ich, bevor wir uns in einem letzten innigen Kuss verloren.

Meine Hände wurden immer heißer, ich musste Thomas loslassen, sonst hätte sein Umhang Feuer gefangen. Erfüllt von dem herzzerreißenden Verlangen, unsere Verbindung zu bewahren, wollte ich ihn fragen, ob er mir Nachrichten hinterlassen könne, irgendwie und irgendwo. Schließlich gab es ja auch jede Menge anderer Briefe aus dieser Zeit, die bis in die Gegenwart überdauert hatten. Aber ich kam nicht mehr dazu, ihn darum zu bitten. Denn plötzlich erkannte ich, warum es mir so egal gewesen war, dass ich Montignac getötet hatte – unbewusst musste ich gespürt haben, dass er in Wahrheit noch lebte! Im nächsten Moment kam er hinter einem Baum hervorgestürzt und warf sich auf Thomas.

*

18

Wieder hatte er uns an der Nase herumgeführt, diesmal mithilfe von Pierre, der uns weisgemacht hatte, Montignac sei tot! In Wahrheit hatte Montignac uns hier oben beim Felsen aufgelauert und auf seine allerletzte Chance gewartet, sich an uns zu rächen.

Meine Hände waren bereits von dem bläulichen Feuer überzogen, ich hätte sofort einen Blitzstrahl auf Montignac schleudern können. Doch ich wagte es nicht aus Angst, Thomas zu treffen. Er und Montignac waren in ein tödliches Handgemenge verstrickt!

Beide konnten nur mit eingeschränkter Kraft kämpfen – Thomas war wegen seiner Beinverletzung gehandicapt, und Montignacs rechter Arm war verbunden, anscheinend die Folge meines Blitztreffers in der Ruine. Doch Montignac konnte beidhändig mit dem Messer umgehen, wie ich noch sehr gut wusste. Vor meinem inneren Auge erstanden kurz die Szenen, in denen er den Dolch lässig von der einen Hand in die andere geworfen hatte.

Momentan hielt er ihn mit der unverletzten Linken und stach auf Thomas ein. Thomas unterlief den Stoß und bekam Montignacs Hand zu fassen. Er versuchte, die Spitze des Dolchs von sich weg und in Montignacs Richtung zu lenken. Montignac hielt verbissen dagegen. Mit aller Kraft drückte er die tödliche Spitze des Dolchs wieder zurück in Thomas' Richtung. Die Klinge zitterte dicht vor Thomas' Hals.

Ein brausender Wind hatte sich erhoben und wuchs binnen eines Lidschlags zur Stärke eines Orkans an.

»Nein!«, schrie ich, denn im nächsten Augenblick gerieten die miteinander ringenden Gestalten außer Sicht, verborgen hinter einem niederzuckenden Blitz, der dicht neben mir eingeschlagen hatte. »Aufhören!«, rief ich, beide Hände zum Himmel erhoben, um dem einsetzenden Gewitter Einhalt zu gebieten. Doch die entfesselten Elemente entzogen sich meiner Kontrolle. Der Feuerbogen begann bereits, sich herauszubilden. Ich war nur noch das Medium dieser uralten Macht und folgte einer Prophezeiung, die sich jetzt unausweichlich erfüllte, so wie ich es vorhergesehen hatte. Es gab kein Zurück. Flammenzungen zischten aus meinen Händen durch die Nacht, Blitz um Blitz schlug um mich herum ein, begleitet von dröhnendem Donner.

Ein letztes Mal konnte ich die beiden kämpfenden Gestalten noch wie in einer Momentaufnahme sehen, bevor der Feuerbogen zwischen Felsen und Ulme alle sichtbaren Umrisse der Umgebung mit seinem zuckenden Licht überstrahlte. Thomas und Montignac standen wie erstarrt da, nur wenige Schritte von mir entfernt, einander in regloser Haltung umklammernd, das Messer irgendwo zwischen ihnen.

Montignac bewegte sich als Erster. Er ließ Thomas los und wandte sich zu mir um. Inmitten des grellen Blitzgewitters sah ich von ihm nur die weit aufgerissenen, hasserfüllten Augen. Er trat auf mich zu und streckte die Hände nach mir aus. Mit der Linken, die jetzt kein Messer mehr hielt, umschlang er meinen Hals, legte mir den Unterarm über die Kehle und drückte zu.

»Stirb, Hexe!«, zischte er.

Thomas konnte ich nicht mehr sehen, der Feuerbogen verschluckte mich bereits. Der Donner krachte ein letztes Mal.

Dann löste sich alles um mich herum auf.

*

Als die Welt sich wieder zusammenfügte, hatte Montignac immer noch seinen Unterarm um meinen Hals gelegt. Ich war in der Vergangenheit hängen geblieben!

Doch im nächsten Moment begriff ich, dass das nicht stimmte. Es war taghell, es war warm, der Wald war grün. Ich hatte den Durchgang geschafft – aber Montignac offenbar auch!

Das alles erkannte ich binnen eines einzigen Herzschlags. Genauso lange brauchte ich, um mich Montignacs Griff zu entwinden und zu ihm herumzufahren. Mein Entsetzen verwandelte sich in Panik. Er hatte Thomas umgebracht!

»Nein, nein, nein«, stieß ich in monotoner Wiederholung hervor. Das durfte nicht sein!

Doch Montignac machte keine Anstalten, mich erneut anzugreifen, was ganz offensichtlich daran lag, dass das Messer bis zum Heft in seiner Brust steckte. Nicht er hatte den Kampf gewonnen, sondern Thomas!

Mein erleichtertes Stöhnen ging jedoch unmittelbar darauf in einen Aufschrei des Entsetzens über, denn im nächsten Moment geschah dasselbe mit Montignac, was auch Jacques widerfahren war – er zerfiel vor meinen Augen zu Staub. Hastig sah ich zur Seite, weil der Anblick zu viel für mich war.

Rasch entfernte ich mich daraufhin von dem Felsen, aber nicht zu weit, denn ich hielt Ausschau nach Thomas. Vielleicht …

Unzählige Male rief ich seinen Namen. Schluchzend blickte ich hinter alle Bäume im näheren Umkreis, aber von Thomas gab es keine Spur. Welche Laune des Schicksals auch immer dafür gesorgt hatte, dass es Montignac zusammen mit mir hierher verschlagen hatte – für Thomas galt das jedenfalls nicht. Er hatte zurückbleiben müssen, so wie ich es bereits vorhergesehen hatte.

Während meiner Suche ging mir dumpf durch den Kopf, dass es vielleicht tatsächlich Montignacs Schicksal gewesen war, hier zu sterben. In einer für ihn fremden Zeit, wo es ihm für immer verwehrt blieb, jemals Teil einer ruhmreichen Geschichte zu werden. All das, wonach er so verzweifelt gestrebt hatte und wofür er über Leichen gegangen war, hatte er letztlich selbst verspielt.

Ich umrundete die Stelle, wo gestern Abend in der falschen Welt der Schaukasten und die Sitzbank gestanden hatten. Beides war verschwunden.

Doch für die Erleichterung, die sich in mir breitmachen wollte, war es definitiv noch zu früh. Ob wirklich *alle* Veränderungen rückgängig gemacht worden waren, würde ich erst wissen, wenn ich meine Familie wiedersah. Meine *intakte* Familie, mitsamt Mia!

Der Gedanke an meine Schwester war wie eine Initialzündung. Ich rannte los. Doch dabei weinte ich unablässig. Ich hatte Thomas' Gesichtszüge vor Augen, seinen Mund, der mich küsste, die zärtlichen Worte, die er mir vor unserem Abschied zugeflüstert hatte.

Ich werde dich niemals vergessen, Lori. In Gedanken werde ich immer bei dir sein. Nie wieder werde ich ein Mädchen so sehr lieben wie dich.

Im Weiterlaufen zog ich den viel zu warmen Fellmantel aus und ließ ihn einfach zu Boden fallen. Gretels langes Kleid behinderte mich beim Rennen, also blieb ich kurz stehen und versuchte, es mit Gewalt zu kürzen. Doch der Stoff war zu fest, um einfach untenherum ein Stück abzureißen. Alles, was ich zustande brachte, war ein Längsriss an der Vorderseite, der vom Saum bis zum Knie reichte. Immerhin gewann ich dadurch etwas mehr Beinfreiheit.

Die Stiefel bereiteten mir zum Glück kaum Probleme beim Laufen. Gut, dass Thomas mir die noch besorgt hatte, denn mit Gretels Holzpantinen wäre ich nur im Schneckentempo vorangekommen.

Trotzdem entging ich mehrere Male nur um Haaresbreite

einem Sturz, weil ich vor lauter Tränen nicht besonders viel sah. Ich schluchzte die ganze Zeit vor mich hin. Erst, als ich den Wald hinter mir gelassen hatte und der Ort vor mir lag, ebbte der Tränenstrom allmählich ab. Zum Weinen hatte ich später noch genug Zeit. Jetzt schlug die Stunde der Wahrheit! War das hier wirklich die richtige Welt oder nicht?

Das erste Auto, das mir entgegenkam, trug ein französisches Nummernschild. Ich hielt geschockt die Luft an – nur um im nächsten Moment erleichtert aufzuseufzen, weil das zweite Auto ein deutsches Kennzeichen hatte und außerdem von einer sehr deutschen Marke mit einem Stern stammte. Die Straßen besaßen deutsche Namen, die Läden und Cafés ebenfalls. Die ganze Umgebung sah genauso aus wie vor der Verwandlung.

Einige Leute waren in historischer Verkleidung unterwegs, viele davon schienen Touristen zu sein. Die Festspiele liefen also noch.

Ich kam an einer Uhr mit Datumsanzeige vorbei. Es war immer noch Pfingstsonntag, hier war keine Zeit verstrichen.

Das alles nahm ich jedoch nur am Rande wahr, denn ich rannte, was das Zeug hielt. Ich preschte durch den Ort und umrundete unterwegs mit akrobatischen Schlenkern alle möglichen Hindernisse, als müsste ich einen neuen Geschwindigkeitsrekord im Geländelauf aufstellen. Wahrscheinlich tat ich das sogar, denn noch nie im Leben hatte ich mich so ausgepowert gefühlt wie in dem Moment, als ich endlich vor der Pension Binsenbrech langsamer wurde. Keuchend hielt ich mir die Seiten und schnappte nach Luft, bevor ich die Pension betrat – und beinahe in Gülcan hineinrannte.

Sie hatte einen Putzkittel an und einen Pömpel in der Hand. Ich starrte sie entgeistert an. Dieses Detail gehörte eigentlich in die Fake-Welt!

»Die Dusche in Zimmer acht ist verstopft«, sagte sie entnervt. »Was bin ich froh, wenn diese doofen Festspiele endlich vorbei sind und ich wieder zur Uni kann!«

»Du … ähm, du studierst?«, fragte ich atemlos. »Kunstgeschichte in Bonn?«

Gülcan musterte mich stirnrunzelnd. »Natürlich. Wieso fragst du?«

»Und deine Eltern und deine Geschwister … wohnen die noch um die Ecke?«

»Klar. Was ist los mit dir? Warst du zu lange in der Sonne? Du bist total durchgeschwitzt. Bist du gerannt? Und was sind das überhaupt für Klamotten? Hast du dich für das Reenactment als Magd verkleidet oder was?«

Ich hatte keine Zeit, ihre Fragen zu beantworten. Auf der Treppe nahm ich immer zwei Stufen auf einmal, doch als ich das erste Obergeschoss erreichte, wurde ich schon wieder aufgehalten, diesmal von Herrn Binsenbrech.

»Neues Outfit?«, fragte er mich. »Krasser Style. Total … putzmagdmäßig. Sieht cool aus. Authentisch. Ist das dein neuer Look?«

»Nein«, sagte ich. »Ganz sicher nicht.«

Ich eilte an ihm vorbei und stieß die Tür zu meinem und Mias Zimmer auf. Niemand da. Meine und ihre Kleidungsstücke überall im Raum verteilt wie vor der Veränderung. Aber keine Mia.

Ich lief zum Zimmer meiner Eltern. Öffnete, ohne anzuklopfen, die Tür.

Und da waren sie. Alle drei.

Mit einem Aufschrei rannte ich zu Mia und warf die Arme um sie.

»Du bist wieder da!«, rief ich.

Im Wandspiegel sah ich uns beide. Ich hatte in diesen Sachen wirklich was von einer Putzmagd, aber das ließ sich ja jetzt jederzeit ändern. Glücklich presste ich Mia an mich. Ich hatte meine kleine Schwester wieder!

Über meine Schulter warf Mia meinen Eltern im Spiegel einen Hilfe suchenden Blick zu. »Vielleicht hat sie einen Sonnenstich«, sagte sie.

Halb lachend, halb weinend ließ ich sie los und umarmte meinen Vater.

»Ich bin so froh, dass du nicht im Himalaya bist!«

Er erwiderte meine Umarmung von Herzen. »Bist du sicher, dass du nicht zu lange in der Sonne warst, Schatz?«, fragte er mich besorgt. »Wo warst du die ganze letzte Stunde?«

»Ein bisschen unterwegs«, sagte ich lahm.

»Wir wollten gerade schon wieder die Polizei informieren«, erklärte meine Mutter. »Einfach loszuziehen, ohne Bescheid zu sagen! Zum zweiten Mal in zwei Tagen! Langsam bin ich mit den Nerven am Ende. Und was hast du da eigentlich für Sachen an?«

»Dafür gibt es eine einfache Erklärung.« Ich wusste zwar nicht, welche, aber irgendwas würde mir schon noch einfallen.

»Ich geh mich erst mal umziehen«, sagte ich.

*

Meine Handtasche lag auf meinem Bett. Mit zittrigen Fingern kramte ich mein Handy heraus. Es war mein eigenes und völlig unbeschädigt. Meine Kontakte waren alle wieder da. Und der Provider war derselbe wie früher.

Alles im Lack. Die echte Welt hatte mich wieder.

Tief durchatmend schloss ich die Augen und ließ es auf mich wirken.

Mia beobachtete mich. »Du bist so komisch. Was ist los? Ist es wegen Thomas? Er ist weg, oder? Ist er abgereist?«

Ich nickte stumm.

»Habt ihr Schluss gemacht?«

Ich schüttelte den Kopf.

»Dann seid ihr noch zusammen?«

Hastig drehte ich mich von ihr weg, damit sie mein Gesicht nicht sah.

Mia vertiefte das Thema zum Glück nicht weiter. Dafür hatte sie eine andere Frage. »Was ist eigentlich aus diesem Franzosen geworden, der heute nach dir gesucht hat und vor dem Thomas dich beschützen wollte?«

»Das hat sich geklärt. Es war bloß … eine Verwechslung.«

»Gott sei Dank, der Typ war irgendwie gruselig!« Mia senkte die Stimme. »Ich habe Mama und Papa nichts davon erzählt. Die waren sowieso total durch den Wind, als du gestern Abend so lange verschwunden warst. Und vorhin schon wieder! Du warst weg, ohne Tasche und Handy – Mama war drauf und dran, dich noch mal als vermisst zu melden!« Sie hielt inne. »Ich habe mir *echt* Sorgen um dich gemacht. Es ist doch wirklich alles okay, oder?«

»Bestens«, behauptete ich. Aber das war gelogen. Der Trennungsschmerz zerriss mir das Herz.

Bevor ich wieder in Tränen ausbrach, flüchtete ich mich ins Bad. Dort streifte ich leise vor mich hin schluchzend Gretels verdreckte alte Klamotten ab und löste den Nackenzopf, mit dem ich meine abgeschorene Haarpartie kaschiert hatte. Bis alles nachgewachsen war, würde ich wohl eine Zeit lang diese praktische Frisur tragen müssen, da fiel es am wenigsten auf.

Irgendwie schaffte ich es, mich zusammenzureißen. Ich duschte endlos lange, überschminkte meine dunklen Augenringe, zog mir frische Sachen an und ging dann mit Mia und meinen Eltern zur Abschlussveranstaltung dieses Reenactment-Wochenendes. Wir aßen Spießbraten und bummelten an den historischen Ständen vorbei. Mein Vater machte in seiner preußischen Offiziersuniform eine großartige Figur, und meine Mutter blickte mit solcher Begeisterung zu ihm auf, dass es mir durch und durch ging. Zwischen den beiden war so viel Liebe! Als sie sich am Rande der Darbietungen umarmten und küssten, war es mir zum ersten Mal seit Langem kein bisschen peinlich. Ich hätte ihnen ewig dabei zusehen können. Die Sache mit Francois war gegen das, was meine Eltern miteinander verband, bloß lauwarmer Kaffee gewesen. Ich ertappte mich ein paarmal dabei, dass ich nach ihm Ausschau hielt, aber wenn er hier wirklich irgendwo existierte, tauchte er zum Glück nicht auf.

Unter Kanonendonner und Jubel zelebrierten die Darsteller der Historienspiele ihren siegreichen Vorstoß über den Rhein. Als das Feuerwerk bunte Lichter in den Himmel sprühte, blickte ich stumm auf den Fluss und die dahinter aufragende Hügellandschaft und versuchte zu begreifen, was in den letzten Tagen geschehen war. Ich horchte in mich hinein und suchte in meinem Inneren nach den fremdartigen, magischen Kräften, die mich bis zu meiner Rückkehr erfüllt hatten. Doch es war alles weg. Mehr noch – es kam mir so vor, als wäre da nie was gewesen. Als hätte ich mir all das nur eingebildet. Es war ja auch so absurd und unwirklich, dass es eigentlich gar nicht passiert sein konnte. Es gab keine Hexen, also konnte ich auch keine gewesen sein. Und falls doch – nur *falls*! –, dann bloß vorübergehend und ausschließlich in der Fake-Welt. Hier definitiv nicht.

Im Grunde war ich froh darüber. Genauso hatte ich es mir erhofft, und so war es gekommen. Keine Magie mehr, keine Blitze und hoffentlich auch keine schlimmen Albträume.

Erst später am Abend, als wir zu Bett gegangen waren und Mia bereits schlief, tat ich das, wovor ich mich schon den ganzen Tag seit meiner Rückkehr gefürchtet hatte: Ich fing an zu googeln.

*

Ich ging es auf Umwegen an. Zuerst suchte ich nach mir selbst. Genauer: nach der Sagengestalt Loreley. Ich fand nichts weiter als die Versionen der Sage, die ich schon früher gekannt hatte. Der Loreley-Felsen war wieder dort, wo er immer gewesen war. Eine Ulme wurde damit nicht in Zusammenhang gebracht. Der Loreley wurden keine besonderen Heilkräfte nachgesagt. Und auch keine magischen Gaben als Blitzhexe. Sämtliche Bestandteile der Sage aus dem Buch waren spurlos verschwunden, zusammen mit der Fake-Welt, deren Entstehung Thomas und ich gemeinsam verhindert hatten. Es gab nicht mal mehr das Buch, wie ich nebenher herausfand.

Als Nächstes suchte ich nach Charles de Montignac. Menschen mit diesem Namen fand ich massenhaft, aber keinen aus der napoleonischen Epoche, der sich als Held hervorgetan hätte. Es war so, wie ich schon vermutet hatte – er hatte sich sozusagen selbst aus der Geschichte gelöscht.

Zögernd tippte ich schließlich den Namen von Thomas' Vater in das Suchfeld ein und hielt den Atem an, als ich den Eintrag bei Wikipedia fand. Hastig überflog ich die wenigen Abschnitte. Er hatte überlebt! Unbändige Freude erfüllte mich, als ich las, dass er fast neunzig Jahre alt geworden war.

Anders als vorher wurde das Gold nicht mehr erwähnt.

Es war von Anfang bis Ende eine geheime Mission gewesen und deshalb auch nicht in die Geschichtsschreibung eingegangen. Aber der Erfolg dieser Mission zeigte sich daran, dass Napoleon die Schlacht von Waterloo verloren hatte!

Meine Freude verflog rasch und wich tiefer Niedergeschlagenheit, denn zusammen mit der einstigen Erwähnung des Goldes war auch Thomas aus dem Wikipedia-Eintrag verschwunden. Über ihn fand ich nichts.

In dieser Nacht weinte ich mich lange in den Schlaf.

*

1 Jahr später

»Du siehst reizend aus in deinem historischen Kostüm«, sagte mein Vater zu mir. Genau wie vor einem Jahr trug er seine preußische Uniform. Lächelnd streichelte er meine Wange. »Deine Mutter und ich finden es großartig, dass du dieses Jahr auch wieder zu den Festspielen mitgekommen bist. Ich hätte wirklich gedacht, dass du lieber mit deinen Freundinnen nach Mallorca fliegst, um euer Abi zu feiern.«

Kathy und die anderen waren nicht nach Mallorca, sondern nach Kroatien geflogen, da war der Urlaub günstiger, aber ich hielt es nicht für nötig, das extra zu erwähnen, deshalb hob ich nur die Schultern. Bis vor Kurzem war ich mir selbst nicht sicher gewesen, ob ich wirklich noch mal zu dem Reenactment mitkommen wollte, denn die Erinnerung an Thomas tat genauso weh wie vor einem Jahr. Ich vermisste ihn immer noch so sehr, dass mir manchmal, wenn ich an ihn dachte, vor lauter Kummer die Luft wegblieb. Und ich dachte oft an ihn. Eigentlich verging kaum ein Tag, an dem ich *nicht* an ihn dachte.

Anfangs hatte ich noch gehofft, bald darüber hinwegzukommen, so wie man es ja auch von anderen hörte. Jeder hatte so seine Sinnsprüche zum Thema verlorene Liebe: *Aus den Augen, aus dem Sinn. Neue Liebe, neues Glück. Aufstehen, Krönchen richten, weitermachen.*

Bei mir traf nichts davon zu. Es war allerdings nicht so, als hätte ich es nicht versucht. In den letzten beiden Monaten (vorher hätte ich mich beim besten Willen nicht dazu durchringen können) hatte ich im Abstand von je vier Wochen Dates mit zwei Jungs gehabt. Kino, Pizza essen und tanzen gehen – genau wie die anderen Mädchen in meinem Alter. Ich wollte einfach wissen, ob ich es konnte.

Aber über freundschaftliche Unterhaltungen war es nicht hinausgegangen. Die Typen sahen gut aus, waren witzig und cool, und sie mochten mich, sonst hätten sie mich nicht eingeladen. Doch bei mir regte sich nicht das Geringste, und sie merkten es. Es war nichts passiert, nicht mal Händchenhalten.

Jetzt war ich wieder hier am Rhein, und die Erinnerung schmerzte mehr, als ich es für möglich gehalten hätte.

Alles sah genauso aus wie im letzten Jahr, sogar ich. Ich trug wieder ein Musselinkleid im Empirestil, farblich dazu passende Ballerinas und einen Pompadour für mein Handy. Nur meine Haare waren ein bisschen kürzer – ich hatte sie, nachdem die abgesäbelten Partien ausreichend nachgewachsen waren, alle auf Schulterlänge abschneiden lassen und trug sie jetzt wieder offen.

Genau wie vor einem Jahr stand ich mit meinem Vater auf der Straße vor der Pension, während Mia und meine

Mutter noch oben auf dem Zimmer waren, weil irgendwas an Mias Kleid gerichtet werden musste. Seltsam, wie sich manche belanglosen Ereignisse wiederholen konnten!

In anderer Hinsicht waren jedoch einschneidende Veränderungen eingetreten. Herr Binsenbrech hatte die Pension verkauft und war weggezogen; es hieß, er hätte ein Hostel in Dortmund aufgemacht. Gülcan jobbte jetzt in einem Bistro in Bonn, das war näher an der Uni, und sie wurde da besser bezahlt. Wir schrieben uns manchmal. Sie hatte mir zum Abi gratuliert und sich erkundigt, was ich studieren wolle. Ich wusste es schon seit einer Weile. Geschichte.

Historische Recherche war mittlerweile zu einem Hobby von mir geworden. Nach meiner Rückkehr aus dem Jahr 1813 hatte ich angefangen, mit allen möglichen historischen Bibliotheken und Archiven Kontakt aufzunehmen. Zu Hause in meinem Zimmer stand ein Aktenordner mit Kopien von alten Zeitungsausschnitten und noch älteren Geburts- und Sterberegistern.

Einen Auszug aus dem steinalten Jahresbericht eines militärischen Fachmagazins hatte ich mit dem Handy abfotografiert und trug ihn auf diese Weise immer bei mir – es war die einzige relevante Information, die ich bisher über Thomas hatte ausgraben können. Der Eintrag stammte aus dem Jahr 1814.

Lieutenant Thomas Wakefield, einziger Sohn des 5. Earls of Coldsworth, auf Reisen verschollen.

Rückblickend hatte ich mich seither oft verflucht, weil ich ihn mit meiner letzten Bemerkung überhaupt erst zum Reisen ermuntert hatte. Wenn ich beispielsweise anstatt *Gute Idee, mach das* zu ihm gesagt hätte: *Bleib lieber zu Hause*, wäre möglicherweise alles ganz anders gekommen. Vielleicht hätte er dann ein paar langweilige Jahre in London verbracht, beim Whist oder Würfeln oder meinetwegen auch mit Pferdewetten oder auf der Jagd. Aber in diesem Fall hätte er wenigstens noch länger leben und alt werden können, so wie sein Vater. Dann hätte ich auch bestimmt wesentlich mehr Informationen über ihn zusammentragen können. Über den Earl hatte ich sehr viel gefunden; nach seiner ehrenvoll beendeten militärischen Laufbahn hatte er sich als Sponsor zahlreicher wohltätiger Einrichtungen hervorgetan und die Wissenschaften gefördert. Von Thomas war hingegen nichts überliefert bis auf diesen einen Eintrag.

Auf Reisen verschollen bedeutete in jener Zeit meist, dass man mit irgendeinem Schiff untergegangen war. Oder dass man während einer Entdeckungsreise quer durch einen unerforschten, unterentwickelten Kontinent einem wilden Tier oder einem tückischen Fieber zum Opfer gefallen war.

Nach dem Tod von Thomas' Vater hatte ein Großneffe den Titel des Earls geerbt und nach diesem dessen Abkömmlinge. Der derzeitige Inhaber des Titels lebte irgendwo im Ausland, mehr war über ihn nicht bekannt. Besagtes Haus am Eaton Place war über Generationen hinweg in der Familie geblieben und befand sich in seinem Besitz, aber da wohnten nur seine Angestellten. Der Stammsitz der Familie, Coldsworth Manor, existierte hingegen nicht mehr. Das Schloss hatte eine Weile leer gestanden und war dann in den späten 1870er-Jahren zu einem Sanatorium umgebaut worden. Anfang des 20. Jahrhunderts war es bei einem Großfeuer zerstört worden. Es war Teil einer versunkenen Zeit, so wie Thomas.

»Musst du wieder an ihn denken?«, fragte mein Vater behutsam.

Natürlich wussten meine Eltern inzwischen, dass ich mich während der letzten Festspiele Hals über Kopf verliebt hatte und dass daraus nichts geworden war – wie hätte ich es auch geheim halten sollen? Zumal ich anfangs oft aus heiterem Himmel einfach in Tränen ausgebrochen und in mein Zimmer gerannt war. Dazu reichte manchmal der kleinste Anlass, etwa, wenn anlässlich eines gerade anstehenden Reenactments von maßgeschneiderten Uniformen die Rede war – bekanntlich ein Lieblingsthema meines Vaters. Einmal hatten meine Eltern sich über gebirgserfahrene Schlachtpferde unterhalten, danach war ich den ganzen Tag nicht mehr aus meinem Zimmer herausgekommen.

Inzwischen war ich nicht mehr so nah am Wasser gebaut, von daher traf das Sprichwort, wonach die Zeit alle Wunden heilt, zumindest vom Grundgedanken her auf mich zu. Aber ich verfiel immer noch häufig in Melancholie, und leider war ich völlig unbegabt darin, meinen Seelenschmerz zu verbergen. Erst recht nicht vor meinen Eltern, die mich länger und besser kannten als alle anderen Menschen.

»Gibt es denn gar keine Chance, dass ihr irgendwann doch wieder zusammenkommt?«, wollte mein Vater wissen.

Schweigend schüttelte ich den Kopf. Dann sagte ich unvermittelt: »Ich habe heute eigentlich keine Lust auf die Veranstaltungen. Wärst du mir sehr böse, wenn ich stattdessen ein bisschen im Wald spazieren gehe?«

Mein Vater zog die Brauen hoch. »Aber nur mit aufgeladenem Handy.«

Das war kein Problem. Es hatte bis gerade eben noch am Ladekabel gehangen. Ich nahm es aus dem Pompadour und zeigte es ihm. »Guck, hundert Prozent.«

Mein Vater hatte trotzdem Bedenken. »Du musst auf jeden Fall vorm Dunkelwerden wieder da sein, sonst wird deine Mutter garantiert wieder alle nur erdenklichen Behörden einschalten.«

»Ich versprech's.« Spontan küsste ich meinen Vater auf die Wange, dann lief ich los. Vorbei an den historischen Ständen und den verkleideten Touristen, immer weiter bis zum Ortsrand und von da hoch in den Wald. Plötzlich war ich durchdrungen von der Sehnsucht, noch einmal dort zu sein, wo Thomas und ich uns zum letzten Mal in den Armen gehalten hatten. Ich hatte schon vorher mit dem Gedanken gespielt, es aber immer rasch wieder verworfen. Ganz einfach aus dem Grund, weil ich befürchtete, es nicht zu ertragen. Das war an diesem Tag zum ersten Mal anders. Ich *wollte* wieder zu dem Felsen. Ich wollte dort oben in der Abendsonne sitzen und an Thomas denken. An unsere gemeinsame Zeit, die viel zu kurz gewesen war, aber lange genug für eine unvergängliche Liebe.

Im Wald herrschte diese besondere Ruhe, die eigentlich gar keine war – das Zwitschern von Vögeln, das Rauschen der Blätter und das Säuseln des Windes in den Baumkronen verbanden sich zu einer Melodie der Erinnerung, die mich auf meiner Wanderung begleitete. Ich dachte an die Höhle, die sich irgendwo hier in der Nähe befinden musste. Ob dort noch irgendwelche Dinge lagerten, die Thomas nach dem Abtransport des Goldes zurückgelassen hatte? Nicht zum ersten Mal kam mir in den Sinn, hinzugehen und nachzuschauen, aber ich war so gut wie sicher, dass ich die Höhle allein nicht wiederfinden würde. Sie lag so gut versteckt, dass man schon direkt davorstehen musste, um den Eingang zu sehen. Irgendein magisches Weggedächtnis würde mir jedenfalls garantiert nicht bei der Suche helfen. In der echten Welt war mein Orientierungssinn wie immer, nämlich katastrophal. Deshalb hatte ich auch bereits gestern nach unserer Ankunft im Ort einen Abstecher zum Fluss gemacht und vom Ufer aus mit dem Smartphone die Koordinaten des Felsens bestimmt. Nicht in der Absicht, dorthin zu gehen, sondern einfach nur so. Für den Fall, dass ich es mir je anders überlegen würde. Dass es bereits heute dazu gekommen war, hatte ich zu der Zeit noch nicht wirklich auf dem Schirm gehabt.

Den Felsen fand ich dann jedoch ganz ohne Zuhilfenahme meines Handys. Aus unerfindlichen Gründen bog ich automatisch vom Weg ab, als es so weit war, und nachdem ich mich durch ein paar Meter Gebüsch gekämpft hatte, lag er vor mir in der Sonne. Ohne nachzudenken, setzte ich mich auf den hellen, warmen Gesteinsvorsprung und schaute hinab auf den Rhein. Schimmernd floss er zwischen den Hügeln dahin, genauso wie im vergangenen Jahr und in all den früheren Jahren davor.

Ich verschränkte die Arme hinter dem Kopf und legte mich zurück auf den Felsen, wo ich mich von der Sonne bescheinen ließ und mir vorstellte, dass Thomas jetzt dort unten wäre und zu mir heraufschaute. So, als lägen nicht über zweihundert Jahre zwischen uns, sondern als müsste er nur einen Schritt nach vorn tun, um auf die Brücke zwischen den Zeiten zu gelangen. Die Brücke, über die er zu mir finden konnte.

Irgendwann musste ich eingeschlafen sein, denn in meinem Traum war ich plötzlich umgeben von Blitzen und ohrenbetäubenden Donnerschlägen. Ich wollte nachsehen, ob meine Hände flackerten, aber es ging nicht, weil ich die Augen nicht öffnen konnte. Um mich herum tobte ein wilder Sturm, doch ich spürte nichts davon, weil ich ja schlief. Aber irgendwo in der Nähe, das konnte ich spüren, war die mächtige alte Ulme erwacht.

Ich träume das bloß, dachte ich. Genauso, wie man manchmal während eines Traums eben denkt, dass man nur träumt.

Von dem letzten krachenden Donnerschlag wachte ich auf. Ich fuhr hoch und blinzelte desorientiert in die Sonne. Langsam atmete ich aus. Na also, wirklich nur geträumt. Sonne und Blitze und Donner gleichzeitig – so was kam praktisch nicht vor. Außerdem war es absolut windstill.

Dass ich tatsächlich eine Weile geschlafen hatte, merkte ich an der Tönung des Himmels, denn in das satte Blau hatte sich der erste Hauch von abendlichem Rot gemischt, und die Sonne stand ein ganzes Stück tiefer als vorher.

Ich nahm mein Handy aus dem Pompadour. Meine Mutter hatte mir schon zwei Nachrichten geschrieben und in der zweiten angekündigt, dass sie mich in zehn Minuten als vermisst melden würde, wenn ich nicht sofort von mir hören ließ.

Das war achteinhalb Minuten her. Rasch schrieb ich ihr, dass ich schon auf dem Rückweg sei. Dann stand ich auf und machte mich auf den Weg.

Im Wald herrschte bereits ein mattgoldenes Zwielicht mit tiefblauen Schatten. Ich beeilte mich und rannte los, denn ich wollte nicht, dass meine Eltern sich schon wieder Sorgen um mich machen mussten. Die Locken flogen mir ums Gesicht, und mit einer Hand raffte ich den Saum meines Kleides hoch, um nicht darüber zu stolpern.

Dann blieb ich abrupt stehen. An der vor mir liegenden Wegbiegung war eine hochgewachsene Gestalt aufgetaucht. Ein junger Mann in einem altmodischen Anzug und mit einem Dreispitz auf dem Kopf. Als er mich sah, nahm er den Hut ab und hielt ihn sich vor die Brust, dann ließ er ihn fallen und kam mir mit Riesenschritten entgegen.

Auf Reisen verschollen, konnte ich nur denken.

Mit einem Jubelschrei rannte ich los und flog in Thomas' Arme.

Ja, er hatte eine Reise gemacht. Eine sehr weite Reise. Sie hatte ihn über die Brücke zwischen den Zeiten geführt.

Zurück zu mir.

Danach

Nur der Vollständigkeit halber will ich noch kurz erzählen, wie es dazu kam, dass Thomas *auf Reisen verschollen* war.

Er war, nachdem er seinen Vater sicher nach England zurückgebracht hatte, tatsächlich auf Reisen gegangen. Genauer gesagt auf eine Entdeckungstour, die ihn rund um die zu jener Zeit noch unzivilisierte Welt geführt hatte, durch die Flusslandschaften und Steppen Afrikas, die Dschungel und Hochebenen Südamerikas, sogar bis in die abgelegenen Berge des Himalayas. (Der Rucksack hatte ihm dabei noch viele gute Dienste geleistet.)

Ein ganzes Jahr lang war er unterwegs gewesen, und am Ende dieses Jahres hatte er denselben Entschluss gefasst wie ich – er hatte den Ort unserer ersten und letzten Begegnung aufsuchen wollen. Diesen Entschluss hatte er in die Tat umgesetzt und war an den Rhein zurückgekehrt. Von einem Boot aus hatte er mich plötzlich dort oben auf dem Felsen sitzen sehen und seinen Augen nicht getraut. Zum Glück war das Boot diesmal nicht untergegangen. Thomas war ganz dicht beim Ufer gewesen, er hatte nur aussteigen und hinauf in den Wald laufen müssen. Der Rest ist bekannt.

Im Jahr davor, nach dem Abtransport des Goldes, hatte er tatsächlich ein paar Dinge in der Höhle zurückgelassen, unter anderem auch das Hawaiihemd und die Isomatte und die Brieftasche aus der Fake-Welt. Und *das* war das wirklich Unglaubliche – die Sachen waren immer noch da! Thomas, der nach unserem glücklichen Wiedersehen den Weg zu der Höhle problemlos wiederfand, war davon allerdings weniger überrascht als ich, denn er hatte ja schon vorher die These vertreten, dass alles im Leben nach einem festgefügten göttlichen Plan verläuft.

Das Hawaiihemd bestand bloß noch aus ein paar vergammelten farblosen Fetzen. Die Isomatte war nahezu vollständig von irgendwelchen Tieren aufgefressen worden. Auch die Brieftasche sah ziemlich verrottet aus. Aber die Platinkarte war noch gut zu gebrauchen, sogar im wahrsten Sinne des Wortes, denn sie war gültig und echt!

So echt und so real wie Thomas' Existenz und sein ganzer persönlicher Hintergrund in der Gegenwart. Auch wenn er kein Schloss mehr besaß – das Londoner Haus am Eaton Place gehörte immer noch ihm und das Familienvermögen und der Titel auch. Was daran lag, dass *er* der letzte Earl of Coldsworth war! Derjenige, von dem ich nichts weiter in Erfahrung gebracht hatte, als dass er im Ausland lebte.

Was er nun auch wirklich macht. Denn er lebt bei mir.

Das also ist die romantische und ziemlich verrückte Geschichte von meinem Abenteuer als Hexe in der Fake-Welt und in der Vergangenheit. Eine Geschichte, die mir kein Mensch abkaufen würde. Manchmal fällt es sogar mir selbst schwer, sie zu glauben, und wahrscheinlich wäre ich inzwischen schon längst so weit, sie für reine Einbildung zu halten. Wenn da nicht Thomas wäre, der mich jeden Tag daran erinnert, dass sie sich tatsächlich zugetragen hat. Er ist der lebende Beweis dafür, dass gelegentlich sogar die unmöglichsten Träume wahr werden können.

Man muss es nur richtig wollen, und man darf nie aufhören, daran zu glauben.

ENDE

Eva Völler hat als Richterin und Staatsanwältin gearbeitet, bevor sie die Juristerei an den Nagel hängte und sich ganz fürs Schreiben entschied. Bis heute schreibt sie belletristische Romane und Jugendbücher. Die Bestseller-Reihen »Zeitenzauber« und »Time School« haben bis heute zahlreiche Fans.